13
비탄의 망령은
NAGEKI NO BOUREI HA INTAI SHITAI
은퇴하고 싶다
~최약 헌터에 의한 최강 파티 육성술~

CONTENTS

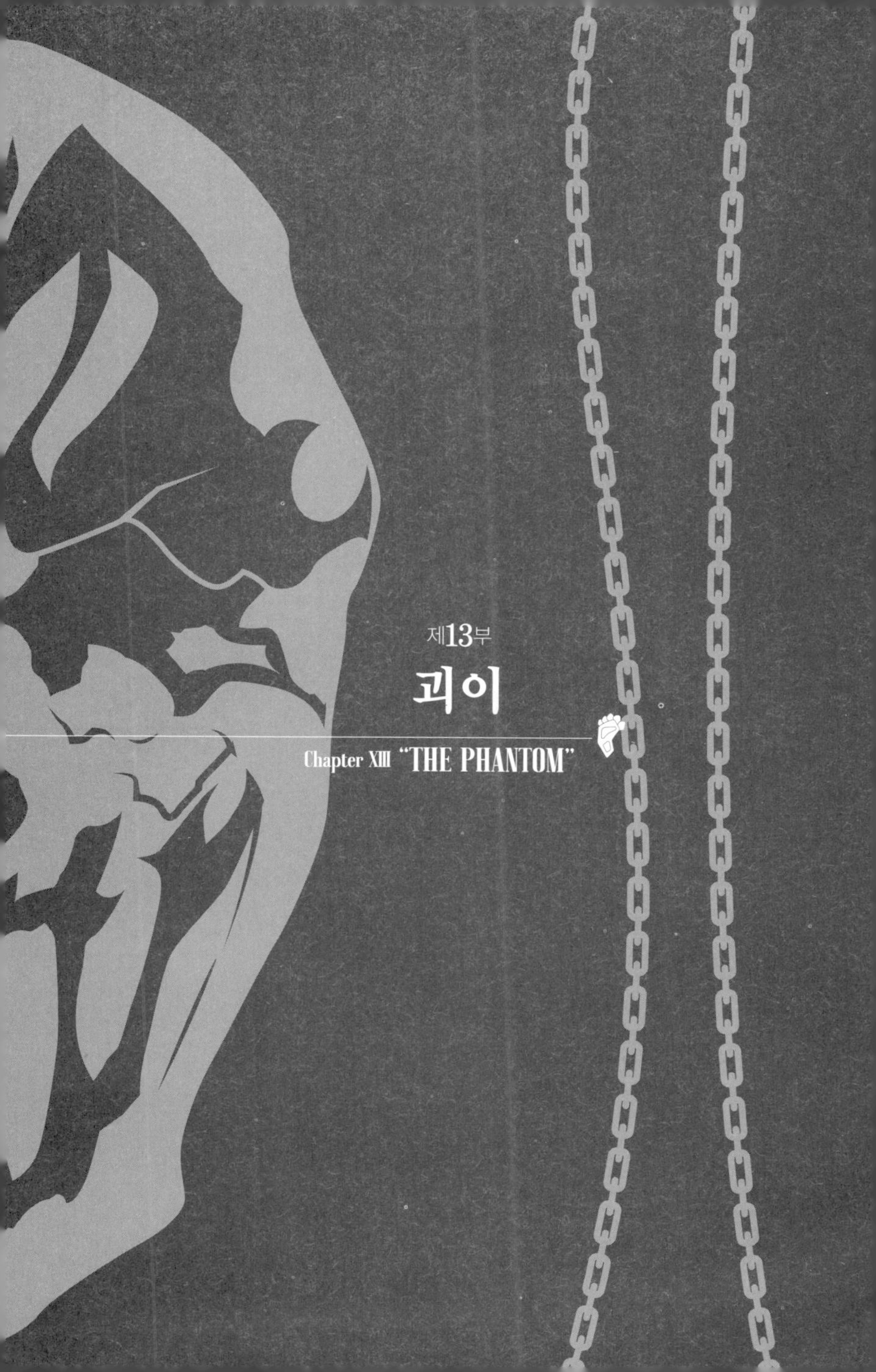

제13부

괴이

Chapter XIII "THE PHANTOM"

Prologue 근신

고기동 요새도시 코드에서 한 달에 걸친 레벨 9 시험을 겨우 마치고, 전이 마법진을 이용해서 제도 제블디아로 귀환했다.

나는 해방감으로 가득 차 있었다. 결과적으로는 내가 거의 아무것도 하지 않았다고는 해도 레벨 9 시험, 원래는 목숨을 걸어야 하는 그 시험을 마쳤으니까. 레벨 9는 사양해 버렸지만(뭐, 아마 사양하지 않았더라도 되지 못했겠지만) 애초에 될 생각도 없었고, 시험을 한 번 쳐서 실패했으니 두 번째 시험은 한참 뒤에 치게 될 것이다.

게다가 왠지 모르겠지만 공주님이 스마트폰까지 만들어 주었다.

리즈 일행도 돌아왔으니 자연스럽게 발걸음이 가벼워진 것도 어쩔 수 없을 것이다.

"으아아아아아아아아아아아앙, 나도 코드에 가고 싶었는데에에에에에에에에에에에에에!"

"크…… 세계수가 아니었나! 세계수에 최강의 검사가 있는 게 아니었냐고!!"

"…………세계수에 검사 같은 게 있을 리가 없지."

여전히 시끄럽게 떠들고 있던 리즈와 루크에게 엘리자가 조용히 태클을 걸었다.

아직 이야기를 자세히 듣지는 못했지만, 보아하니 루크 일행도 유그드라에서 마구 날뛴 모양이었다. 평소보다 지친 것 같은 엘리자의 표정을 보니 대충 짐작이 된다. 도망치는 솜씨가 좋은 엘리자도 녹초가 될 만큼 리즈 일행은 기운이 넘친다.

분한 기색을 보이는 루크를 코드——— 고도 물리문명의 선물을 받고 비교적 기분이 좋은 듯한 시트리가 달랬다.

"너무 그러지 마세요, 루크 씨. 코드에 검사 같은 게 있을 리가 없잖아요. 고도 물리문명의 도시니까…… 굳이 말하자면 원거리 무기를 쓰겠죠."

"으음, 으음."

있었는데 말이지. 건물을 베어버릴 정도로 대단한 검사가.

나는 범죄자들을 전혀 신경 쓰지 않아서 결국 그 대단한 여검사 검미가 어떻게 되었는지는 잘 알지 못하지만, 카이저 일행이 가볍게 정리했을 것이다. 역시 레벨 8 헌터라 그런지 믿음직스럽다.

고개를 끄덕이고 있자니 지금까지 입을 다물고 있던 루시아가 한숨을 쉬며 말했다.

"……그런데, 자기 파티를 따돌리고 레벨 9 시험을 받으러 가는 건 좀 아닌 것 같은데요, 리더."

카이저 일행, 레벨 8 헌터와 맞먹을 정도로 믿음직스러운 루시아가 째려본다.

나는 지금까지 혼자서 레벨 업 시험을 치른 적이 없긴 했다. 당연하다. 나는 어지간한 신입 헌터보다 약하기도 하고, 이번에도 카이저와 사야가 없었다면 절대로 코드에 가지 않았을 것이다.

하지만, 애초에 내가 루시아 일행을 두고 돌아왔던 건 그대로 유그드라에 있었다면 그들이 유그드라에서 펼칠 대모험에 휘말렸을 게 뻔했기 때문이다. 나도 모험에 끌려갈 걸 알면서도 거기에 머무르진 않는다.

결과적으로는 이상한 일에 휘말려 버리긴 했지만, 나는 잠깐이나마 쉬고 싶었을 뿐이다.

"아니…… 잠깐 휴식을 할까 싶어서……."

"휴식……."

"휴, 휴식하면서 코드를 떨어뜨리신 건가요…… 마스터어. 여, 역시 대단하세요, 마스터어……. 어마어마하시네요…………."

뒤에서 따라오던 티노의 표정이 단숨에 굳었다.

어마어마라……. 참고로 시스템 평가는 4점이었답니다. 다른 사람들 평가랑 비교해보고 싶은데.

뭐, 어찌 됐든, 다들 잘 지낸 것 같아 다행이네.

어설프게 미소를 짓고 있자니 리즈가 티노의 머리를 툭툭 두드리며 뽐내는 듯이 말했다.

"맞다, 크라이. 들어봐, 들어봐! 우리 말이지…… 세계수 꼭대기까지 올라갔어!! 티도 끝까지 올라갔거든? 대단하지 않아?! 평소에 훈련을 시킨 보람이 있었다니까!"

"호오………… 꽤 하네…………."

"아뇨……………… 휴, 휴식하면서 부유도시를 떨어뜨리신 마스터어와 비교하면, 저 같은 건 티끌이나 마찬가지죠……."

티노가 완전히 울상을 지으며 말했다. 그렇진 않을 것 같은데…… 세계수는 높이가 몇 미터인지 알 수 없을 정도로 거대했으니까, 어떻게 그 나무를 타고 올라간 건지 알 수가 없다. 정말 거기 남지 않길 잘했네.

그리고 코드가 떨어진 이유에 대해서는 대충 넘어갔을 텐데, 왜 나 때문이라고 딱 잘라 말하는 거야? 그 이유도 전혀 알 수가 없다.

그냥 생각하기에는 그렇게 커다란 섬을 떨어뜨릴 수단 같은 건 없을 텐데.

"…………한동안은 느긋하게 지낼까…… 아니, 코드에서도 딱히 한 건 없지만 말이지. 하하하…… 그, 그 왜, 너희들 이야기도 듣고 싶으니까……."

다들 뭔가 말하고 싶은 듯한 시선으로 나를 바라보았기에 무심코 머리를 긁었다. 그러지 마, 나는 아무것도 안 하는 것만으로도 벅차다고.

…………아니, 잘 생각해보니 쓸데없는 짓을 해서 코드를 떨어뜨렸지.

그래도 뭐, 그건 없었던 일이 되었으니까.

공주님에게도 입막음을 해두었으니 분명히 괜찮을 거라고.

고개를 끄덕이며 나 자신을 납득시키고 있던 와중에 억누르는 듯한 목소리가 들렸다.

"윽…… 크라이! 잘, 돌아왔다. 돌아오자마자 미안하다만, 할 이야기가 있다. 지부장실로 와 줘야겠어."

"거…… 거크………… 씨?"

그곳에 서 있던 사람은 탐색자 협회 제도 지부장. 내가 레벨 9

시험을 치르게 된 계기를 만든 거크 벨터 본인이었다.

하지만, 평소의 거크 씨가 아니었다. 일단, 안색이 안 좋다.

눈 아래에 다크써클도 보이고, 표정에서 피로가 잔뜩 느껴진다.

이런 모습은 지금까지 본 적이 없었다. 그는 이미 은퇴하긴 했지만, 그래도 레벨 7 헌터였다. 마나 머티리얼도 아직 꽤 남아 있을 테고, 전투 능력이 전성기만큼은 아니더라도 충분히 일류일 것이다.

무슨 전쟁을 치르러 다녀온 것도 아닐 텐데, 레벨 7 헌터였던 거크 씨가 이렇게까지 초췌해지다니 보통 일이 아니다.

리즈 같은 사람들도 아무 말도 없이 서 있잖아.

거크 씨가 머리를 누르며 걸어가기 시작했다.

나는 범상치 않은 거크 씨의 모습을 보고 각오를 다진 다음에 뒤를 따라갔다.

"뭐어? 크라이가 근신 처분?! 그게 무슨 소리야?!"

지부장실에 리즈의 의아해하는 목소리가 울려 퍼졌다.

전혀 예상하지 못한 이야기를 듣고 눈을 깜빡이기만 하고 있던 나에게 거크 씨가 팔짱을 낀 채 굳은 표정으로 말했다.

"……이건 본부의 결정이다. 간단히 말하자면, 크라이———너는 너무 지나쳤어."

트레저 헌터가 탐색자 협회에서 근신 처분을 받았다는 이야기는 들어본 적이 없었다.

애초에 헌터는 기본적으로 자영업이다. 탐협은 의뢰를 중개해주거나 다양한 방면으로 보조를 해줄 뿐, 헌터의 고용주는 아니다.

나쁜 짓을 하면 근신 처분이 아니라 제명 처분을 내리고, 그것보다 조금 가벼운 페널티로는 시트리처럼 레벨을 낮추거나 아무도 받지 않는 의뢰――― 벌칙을 떠넘기곤 할 것이다.

그런데 근신 처분이라니, 대체 무슨 소리지?

"그래. 이미 완전히 허용량을 넘어섰다고. 원래 탐색자 협회가 하는 일은 헌터의 보조거든? 하지만 요즘은 이런저런 일들이 너무 많이 일어나서 일손이 너무 부족하단 말이다. 코드 사건 때문에 그런 상황이 손을 쓸 수 없을 정도의 영역에 도달했다. 이건 이미――― 전대미문이야!"

"오, 오오……?"

요즘 제도가 시끌벅적하긴 했다. 주물 관련 소동에도 탐색자 협회가 협력했었으니 바빴다고 할 수도 있을 것이다.

하지만 주물 소동도 절반 정도는 나 때문이 아니고, 유그드라 쪽으로도 나는 딱히 대단한 걸 한 적이 없다.

그런데 내가 근신을 받다니…… 대체 왜?

"아직 주물 관련 사건의 영향도 가시지 않은 참인데 유그드라 관련 사업과 추락한 코드의 뒤처리 때문에 탐색자 협회도, 제블디아도 이제 여력이 없다. 주물 관련 사건의 해결도, 유그드라와 관련된 일들도, 코드 공략도, 따지자면 전부 우리 쪽에서 요구하긴 했다만——. 아무튼 더 이상 뭔가 생기면 곤란하다는 뜻이다. 보통 탐협은 이런 말을 하지 않아. 트레저 헌터는 자유로우니까. 하지만, 이건 탐색자 협회 본부와 제블디아 제국, 양쪽의 요청이다! 알겠지?!"

모르겠는데. 왜 모든 책임이 나에게 있는 것처럼 말하는 건지 전혀 모르겠어.

나는 우선 하드보일드하게 한숨을 쉰 다음, 거크 씨를 보고 확실하게 말했다.

"바라던 바야!"

"?!"

근신 처분이라고? 최고잖아.

거크 씨뿐만이 아니라 리즈 일행도 눈을 크게 뜨고 있긴 하지만, 나는 이래 봬도 일을 하라고 해도 하기 싫은 남자다. 물론 정확히 말하면 위험한 일을 하고 싶지 않다는 뜻이긴 하지만, 뭘 하더라도 위험한 상황이 되니 이제는 방에 틀어박힐 수밖에 없다.

평소였다면 방에 틀어박혀 있을 때 누군가가 일을 가지고 오는데, 근신 처분이라니 당당하게 놀 수 있을 것 같다. 《시작의 발자국》의 클랜 마스터 업무는 해야 할지도 모르지만 그쪽은 에바도 있으니 어떻게든 될 테고.

요즘은 바깥에서 돌아다니기만 했으니 가끔은 사무 업무를 하는 것도 좋겠지(사무 업무도 거의 다 에바가 처리하니까 나에게까지 잘 오지 않는다).

누군가가 나에게 일을 부탁하러 와도 지금 나에게는 움직이지 않아도 될 명확한 이유가 있다.

신세를 지고 있는 탐색자 협회에서 근신 처분을 한다니 나로서는 따를 수밖에 없다.

아~, 일을 하고 싶었는데 말이지~.

"그런데 근신 처분은 얼마나 얌전히 있어야 해? 클랜 하우스 밖으로 나가서 제도를 돌아다니는 것 정도는 괜찮지?"

아무리 그래도 제도 밖으로 나가는 건 용납되지 않을 테니 바캉스는 힘들겠네.

자, 근신 처분 중에 뭘 할까. 우선 요즘 안 닦았던 보구를 닦고――― 맞다, 받은지 얼마 안 된 스마트폰도 많이 써봐야지! 디저트 순례도 한참 못했고. 나에게는 공주님과 다시 만났을 때를 대비해서 최고의 디저트를 알아내야 하는 의무가 있으니까.

그렇게 미래 계획을 생각하며 싱글거리고 있자니 입을 다물고 있던 거크 씨가 떨리는 목소리로 말했다.

"윽………… 아슬아슬한 경계를, 확인하려 하지 마라! 크라이, 넌, 방에서 나오지 마! 잠깐이라도 좋으니 상황이 어느 정도 진정될 때까지라도! 알겠지?"

"어……………… 뭐, 그렇게까지 말하니 그렇게 할까. 방에서 나가지 말라고? 오케이!"

나는 집도 정말 좋아하니까.

외출이 금지라면 쇼핑도 못 하지만, 그건 다른 사람에게 부탁해도 되고.

사실은 내가 사러 가고 싶긴 하지만, 근신 처분이니까~.

"…………."

거크 씨가 수상쩍어하는 눈빛으로 나를 보고 있다. 아니, 괜찮다고.

자랑은 아니지만 나는 방에서 나가지 않는 분야에서는 누구보다 뛰어난 실력을 지니고 있다. 물론 습격을 당한다면 이야기가 달라지겠지만 클랜 마스터실이라면 그럴 걱정도 없다.

그건 그렇고 거크 씨가 나를 불렀을 때는 무슨 말을 하려나 싶었는데, 설마 일을 하지 말라고 할 줄이야. 거크 씨도 가끔은 좋은 말을 하네.

나는 완전히 근신 처분을 받아들일 생각이었다. 그런데 지금까지 조용히 있던 시트리가 소리쳤다.

"잠깐만요, 거크 씨!"

"…………뭐야?"

거크 씨의 날카로운 시선에도 시트리는 주눅 들지 않고 말했다.

"크라이 씨가 상관없다고 하니 전대미문의 근신 처분에 대해서는 따지지 않겠지만—— 뭔가 잊으신 거 없나요?"

"…………."

???

눈을 동그랗게 뜨고 있자니 입을 다물고 있던 거크 씨 앞에서 시트리가 방긋 웃고는 오른손을 들고 돈을 나타내는 포즈를 취했다.

그 포즈를 보고 녹초가 된 거크 씨의 표정이 더욱 어두워졌다.

"별다른 이유도 없이 레벨 8 헌터에게 근신 처분을 내리는 거잖아요. 사정은 이해가 됩니다만, 확실하게 보상을 해주시지 않으면 곤란하죠."

"쳇………… 나도 알아. 《비탄의 망령》의 과거 한 달 수익으로 계산해서 일정 금액을 주마. 그러면 되겠지?"

반론은 용납하지 않겠다는 듯한 거크 씨의 강한 시선.

어? 일을 하지 않아도 돈을 준다고? 나 그냥 계속 근신 처분 당하고 싶은데?

그 말을 듣고 리즈가 눈을 가늘게 뜨며 말했다.

"호오, 거크, 우리 수입을 모르니까 그런 소리를 하는구나? 우리, 유그드라의 대수해를 탐색한 데다 세계수 꼭대기까지 올라갔다 왔는데? 게다가 크라이는 코드를 공략했거든? 파산할걸?"

"언니, 쓸데없는 소리는 하지 마! 파산시키진 않을 거예요. 마이너스가 될 정도로 쥐어 짜내봤자 소용 없으니 확실하게 타협할 수 있는 한계를 잘 가릴 테니까요! …………부족하면 분할 납부도 괜찮고."

"으음…………."

"윽………… 이, 이 녀석들———."

거크 씨는 스마트 자매의 말을 듣고 얼굴을 시뻘겋게 물들이며 주먹을 꽉 쥐었다. 시트리는 틈만 나면 돈을 긁어모으려 한다.

하지만, 이번에는 그 모습을 보고도 말리려 하는 사람이 아무도 없었다.

비교적 상식인인 루시아도 굳은 표정을 지은 채 입을 다물고 있고, 루크는 벽에 걸려 있던 검을 바라보고 있다. 신기하게도 함께 온 엘리자는 왠지 졸린 것 같다. 다들 너무 자유롭다.

제일 원하던 휴식을 준다니까 딱히 돈을 주지 않아도 나는 정말 좋은데.

나는 한숨을 쉰 다음, 분위기를 조금이나마 풀기 위해 거크 씨에게 말을 걸어 보았다.

"그런데 오늘은 카이나 씨가 없네. 신기하게도."

"읏………… 카이나는 아직 본부에 있다. 일이 죽을 만큼 쌓여 있으니까!"

일이 정말 힘든 모양이네. 왠지 미안해, 나만 쉬는 것 같아서.

다음에 에바에게 부탁해서 맛있는 거라도 가져다 주라고 할까.

거크 씨가 일어난 다음, 이쪽을 노려보며 말했다.

"근신의 보상은 나라와 의논한 다음에 정할 거다. 알겠냐, 크라이. 너는, 절대로, 밖으로 나오지 마라! 아무것도 하지 말라고, 알겠지?"

나는 농성…… 근신을 위한 물자를 이것저것 사서 신속하게 집———《시작의 발자국》 클랜 하우스의 클랜 마스터실로 돌아갔다.

오랜만에 돌아다니는 제도에는 내가 기억하고 있었던 것보다 훨씬 사람이 많았다.

지금은 딱히 이벤트 같은 걸 하지도 않을 텐데, 큰길은 물론이고 평소에는 사람이 별로 없는 골목에도 사람들이 넘쳐났다. 바쁘다던 거크 씨 말의 신빙성도 높아졌다.

아마 이 인파는 유그드라의 황녀 세렌이 온 영향 같은 거겠지. 이렇게 사람이 많이 늘어났으니 치안을 유지하느라 나라나 탐색자 협회도 정신이 없을 것 같다.

그렇지 않아도 제도에는 사람이 많았는데, 앞으로 어떻게 되어 버리는 걸까.

경기가 좋은 건 바람직하지만, 앞으로 이게 일상이 된다면 우리도 거점을 바꿔야 할지도 모르겠다.

“근신………… 딱히 나쁜 짓을 한 것도 아닌데 집 밖으로 나가지 말라니, 전대미문이네요…….”

이야기를 들은 에바가 관자놀이를 누르며 굳은 표정을 지었다. 나도 그런 이야기는 들어 본 적이 없다. 《비탄의 망령》에서 지식이 가장 뛰어난 시트리도 처음 듣는 것 같으니 정말 신기한 조치일 것이다.

더욱 신기한 건 그렇게 근신 처분을 당한 본인이 딱히 아무런 일도 하지 않았다는 거지만, 뭐, 탐색자 협회가 쉬라고 했으니 딱히 거절할 이유는 없다.

“유급 휴가라고 생각하면서 한동안 느긋하게 지낼게. 탐색자 협회에서 보상도 해주는 모양이니까.”

교섭을 해준 시트리 덕분이지.

내가 한 말을 듣고 거크 씨를 상대로 겁도 먹지 않고 교섭을 맡아준 시트리가 두 손을 모으며 말했다.

“저희도 한동안 제도에 있을 예정이에요. 요즘은 좀 정신이 없기도 했고, 가져온 것들도 정리해야 하니까…… 미믹 군이 있어서 욕심을 좀 부렸네요."

평소에도 고레벨 보물전에 도전하는 시트리 일행의 성과물은 엄청난데, 거기서 더 욕심을 부렸다니. 대체 얼마나 대단한 성과를 얻은 걸까.

애초에《비탄의 망령》은 매직 백을 가지고 있지 않았다. 가격은 그렇다 치더라도 너무 희귀해서 살 수가 없었기 때문이다.

이번에는 자주식 보물상자형 매직 백, 미믹 군 덕분에 평소보다 많이 가지고 올 수 있었던 모양이다. 미믹 군은 도시 하나를 통째로 삼킬 수 있을 정도로 대식가니까…………

참고로 시트리는 내가 가지고 온 코드의 선물을 보고 눈을 반짝이고 있었다.

《비탄의 망령》 멤버들은 기본적으로 물욕이나 금전욕이 별로 없다. 하지만《연금술사》라 그런지 시트리의 아이템에 대한 정열이라고 해야 하나, 지식욕은 엄청났다. 시간만 들이면 시트리가 코드의 생성물을 분석할 수 있을지도 모른다.

시트리의 말을 듣고 루크가 팔을 빙글빙글 돌리며 야성적인 미소를 지었다.

"나도 요즘 사람을 안 베기도 했고, 둔해진 실력을 되찾아야지. 마수나 팬텀을 상대하는 것도 나쁘진 않지만 순수하게 검술을 단련하려면 역시 인간 형태를 베는 게 제일이야."

"날마다 똑같은 상대와 대련을 해도 지루하니까 가끔은 상대를 바꾸긴 해야지………… 크라이가 근신 처분을 받았으니 우리도 한동안 단련을 해야 할지도 모르겠네."

"언니, 루크 오라버니………… 유그드라에서 더 강해지셨으니까, 상대를 잘 고르지 않으면, 저기, 죽어버릴지도———. 아, 아뇨, 아무것도 아니에요."

"으음, 으음."

내가 근신 처분을 받았으니 다른 멤버들이 단련을 한다니, 대체 무슨 논리인가요………… 뭐, 주위 사람들에게 폐를 끼치지 않는다면 상관없지만 말이지(힘들 것 같은데).

루크 일행 같은 호위도 있으니 오랜만에 제도를 돌아다니는 것도 나쁘진 않겠지만, 근신 처분을 받았으니 이번에는 어쩔 수 없지…… 거크 씨도 힘들어보였으니까 이번에는 클랜 마스터실에서 얌전히 지내야겠다.

"맞다…… 오랜만에 클랜 마스터로서 업무라도 볼까."

내가 손가락을 튕기며 그렇게 말하자 에바가 곧바로 대답했다.

"클랜 운영은 문제없이 이루어지고 있습니다. 이쪽은 걱정하지 마시고…… 근신 처분을 받으셨으니 얌전히 지내셔야 할 것 같네요. 거크 지부장에게 또 혼날 거라고요…… 아무것도 하지 말라는 소리를 듣다니, 정말 말도 안 되는 일이니까요."

흐음, 흐음, 그렇구나………… 보아하니 본격적으로 쉬게 되겠는데?

그렇게 생각하고 있자니 멍한 표정을 짓던 엘리자가 속삭이는 듯한 목소리로 제안했다.

"크………… 유그드라에서 근신할래?"

"…………안 해."

제도 밖으로 나가지 말라고 했잖아.

유그드라로 가는 건 전이 마법 같은 걸로 어떻게든 해결할 수 있을지도 모르겠지만, 유그드라는 대삼림 한복판에 있어서 제블디아보다 위험하니까.

그런데, 엘리자는 결국 헌터로 활동하던 목적을 달성했을 텐데 이대로 헌터로서 파티에 계속 남으려나?

엘리자를 바라보았지만, 엘리자는 의아해하는 듯한 표정으로 눈을 깜빡이기만 했다. 뭐, 오히려 우리로서는 고마울 따름이긴 하지……. 어쩌면 우리 파티가 이 정도 선까지만 날뛰는 게 엘리자가 들어와서 안정 효과를 준 덕분일지도 모르고………….

"그런데 제도에 사람이 정말 많이 늘었네. 다른 나라에서 온 헌터도 많은 것 같고."

"탐협에서 제도에 거점을 둔 헌터에게 은근히 충고한 모양이에요, 언니. 외부에서 온 헌터와 문제를 일으키지 말라고요."

"강한 녀석이 있으려나?"

떠들썩한 건 좋긴 한데, 탐협이 충고할 정도구나. 꼭 근신 처분이 아니라도 어느 정도 차분해질 때까지 바깥으로 나가지 않는 게 좋을지도 모르겠다.

…………루크가 살벌한 말을 하고 있는데, 루크가 마구 날뛰면 외부에서 온 헌터들도 곧바로 도망칠지도 모르겠네.

"《발자국》에도 파티 단위로 클랜에 가입하고 싶다는 사람들이 여럿 왔어요. 추천을 받지 못했길래 거절했습니다만."

"아………… 기본적으로는 거절해도 돼. 어차피 근신 중이기도 하고.”

“그리고 유명한《천변만화》의 얼굴을 보고 싶다는 사람도 몇 명 왔던 모양이에요.”

“………………근신 중이니까 말이지…… 나를 만나고 싶다면 적어도 클랜 멤버들을 쓰러뜨리고 와야지.”

“……무슨 도장 깨기도 아니고.”

아니, 그런 사람들은 대부분 헌터니까 도장 깨기나 마찬가지지……. 굳이 말할 필요도 없지만, 만날 수는 없다.

그 왜, 나는 근신 중이니까.

지금 생각해야 할 건 근신 중에 할 일이라고. 나는 루시아 쪽을 보며 물었다.

“…………참고 삼아 묻는 건데, 루시아는 뭐 할 거야?”

오랜만에 보구가 근처에 있으니까, 루시아가 한가하다면 옆에 있어달라고 한 뒤 요즘에 쓰지 않았던 보구를 가지고 노는 것도 나쁘지 않을지도 모르겠다.

그런 생각으로 말을 꺼내자 루시아는 눈을 깜빡인 다음, 한순간 생각에 잠긴 듯한 표정으로 말했다.

“사실, 선생님께서 조사해주었으면 하는 게 있다고 의뢰를 하나 맡기셔서요…… 그쪽을 해결할까 하는데요.”

선생님.

제블디아 마술학원의 교수 중 한 명이자 루시아가 소속되어 있는 연구실의 주인,《불멸》세이지 클러스터다.

검은 세계수 사건 때 매우 화나게 한 것 같지만 아무래도 루시아와 세이지 씨의 관계에는 영향이 없었던 것 같다.

뭐, 누구에게나 혼나곤 하는 나와는 달리 루시아는 실력이 뛰어나니까…….

그런데, 루시아가 바쁘구나……. 보아하니 보구 충전은 크류스 같은 사람에게 맡길 수밖에 없겠네.

고개를 끄덕이고 있던 나에게 루시아가 이어서 말했다.

"…………아무래도 요즘 마술학원의 학생들이 여러 명이나 사라진 모양이라서요………… 상황이나 인원을 고려해도 단순한 유괴가 아닌 것 같다는데요."

"그거 참…… 무섭네."

제블디아 제국 마술 계열 학술기관의 최고봉, 제블디아 마술학원의 학생이라면 엘리트 중의 엘리트다. 근처 여러 나라에서 재능이 뛰어난 마도사 지망생들이 모였고 귀족 자제도 꽤 많았을 텐데……. 그런 학생들이 여러 명 사라졌는데도 큰 소동이 벌어지지 않은 게 신기할 정도다.

……뭐, 큰 소동이 벌어졌지만 내가 몰랐을 가능성도 있긴 하지.

루시아의 말을 듣고 리즈가 눈을 동그랗게 뜨며 뜻밖이라는 표정을 지었다.

"호오~, 루시아에게 부탁하다니 꽤 심각한 사태인 모양이네. 그 녀석, 이러쿵저러쿵해도 공사는 확실하게 구분하는 타입이니까……. 어지간해선 루시아에게까지 말하진 않았을 거잖아?"

"힘든 상황이라면 우리도 도울까? 성과물 확인은 나중에 해도 문제가 없으니까……."

"루시아, 검사가 나올 것 같으면 사양하지 말고 나에게 말해! 검사가 아니라도 상관없고!"

"으음, 으음……."

《비탄의 망령》 멤버들이 함께 행동할 때는 주로 헌팅을 할 경우다. 각자 받은 의뢰는 개인이 각각 해결한다.

하지만, 곤란한 일이 생겼을 때 마음 편히 서로 도울 수 있는 건 소꿉친구들끼리 모인 파티의 강점이라 할 수 있을 것이다.

저는 굳이 말할 필요도 없이 도움받기만 하고 있지만요.

"고마워. 하지만 아직 제대로 알아보지 않았으니까……."

"그래, 그래. 무슨 일 생기면 말해. 뭐, 나는 근신 중이지만!"

"……왜 그렇게 즐거워 보이는데요? 리더."

루시아는 어이없다는 듯이 미묘한 표정을 지으며 말했다. 말하라고는 했지만 돕겠다는 말을 하지 않은 게 핵심이다. 내가 할 수 있는 일은 루시아 혼자서도 할 수 있다고.

그래도 이야기를 들어주는 것 정도는 할 수 있으니까.

다들 정말 부지런하네.

그때, 리즈가 분위기를 바꾸려는 듯이 활짝 웃으며 물었다.

"그런데…… 코드는 어땠어? 즐거웠어? 레벨 업은 사양해버린 것 같던데——."

"그건…… 마지막에 쓸데없는 짓을 해버렸거든. 같이 시험을 친 다른 레벨 8 두 사람에게는 정말 미안하게 됐어. 용서해 주긴 했지만."

설마, 『라운드 월드』를 깊게 꽂았더니 도시가 떨어질 줄이야.

정말 놀랐다. '대지의 열쇠' 때는 깊게 꽂아서 어떻게 잘 해결되었는데, 상황이 비슷했다 해도 너무 생각이 없는 행동이었다.

카이저와 사야는 아무런 말도 하지 않았다……. 정말, 그 두 사람은 인격적으로도 훌륭했던 모양이다.

시트리가 두 손을 모으며 방긋 웃었다.

"부디 이야기를 자세히 듣고 싶네요. 가져오신 선물에 대해서도요!"

"오~! 크라이, 그래서, 장난 아닌 검사가 있었어? 있었지? 지금이라도 어떻게든 안 될까? 유그드라에서 수행한 성과를 시험해 보고 싶은데……."

"그~러~니~까~, 시트도 말했다시피 있을 리가 없잖아?! 고도 물리문명의 도시니까. 안 그래? 크라이?"

……있었는데 말이지. 참고로 우리 파티의 가짜들과 내 진짜까지 있었다고. 엘리제라는 새로운 멤버까지 늘었고, 공주님 같은 사람들 이야기도 있다. 화제는 잔뜩 있다고.

레벨 9 시험을 어떻게 공략했는지에 대해서는 거의 관광만 하다가 끝나버렸기에 자세히 물어보면 곤란하지만———.

나는 팔짱을 낀 다음, 하드보일드한 미소를 지으며 우선 모두가 흥미있을 것 같은 사람들, 함께 시험을 친 레벨 8 헌터들에 대해 이야기하기로 했다.

제1장 조용한 위협

"자, 어떻게 할까……."

탐색자 협회 본부. 그곳 회의실에서 탐색자 협회의 간부이자 레벨 9 인정 시험의 책임자, 아이작 그로우는 쌓인 과제들을 생각하며 한숨을 쉬었다.

설립 이후로 2000년을 넘는 역사를 자랑하는 탐색자 협회는 지금, 전대미문의 혼란에 빠진 상황이었다.

애초에 트레저 헌터란 현재 가장 활발한 직업 중 하나다. 소속된 헌터들의 숫자나 외부에서 들어오는 의뢰의 숫자도 계속 늘어나고만 있다. 평소 업무만으로도 여유가 별로 없는 와중에 규모가 큰 안건이 여럿 겹치자 이미 허용량을 완전히 넘어서 버렸다. 각 지부에서 원군을 불러오긴 했지만, 직원들의 근무 시간은 늘고만 있다.

하지만, 코드 관련 뒤처리조차 전혀 끝나지 않은 상황이라 해도── 우선 이번 레벨 9 시험의 결과를 내놓아야 했다.

레벨 9 헌터란 영웅의 영역이다. 일반적인 헌터라면 어떤 형태로든 목표만 달성하면 평가할 수 있지만, 이 정도 영역에서는 헌터들에게 모두를 납득시킬 만큼 뛰어난 결과를 바랄 수밖에 없다.

그렇다 해도 일반적인 레벨 9 시험의 경우에는 시험을 치르기 위한 심사가 본선이나 마찬가지이기에 시험을 치르기만 하면 어지간해선 합격할 수 있다. 반대로 따지면 만장일치로 시험을 치르게 된 헌터는 어지간한 의뢰에선 뛰어난 결과를 낼 만큼 좋은 실력을 지니고 있다는 뜻이다.

그렇기에 이번 시험 결과는 탐색자 협회 본부에게 있어서 예상하지 못했던 것이었다.

설마——, 코드의 왕족을 보호하는 임무를 수행하는 과정에서 고기동 요새도시 코드 그 자체를 떨어뜨릴 줄이야.

위험한 임무이긴 했다. 미지수인 임무였다.

애초에 카이저가 정리해서 올린 보고에 따르면 이번에 탐색자 협회에 들어왔던 의뢰는 코드의 인물 진 고든의 함정이었다.

그렇게 압도적으로 불리한 상황에서 대체 어떻게 해야 왕족들을 모두 무사히 보호할뿐만 아니라 도시 그 자체를 떨어뜨릴 수 있는 걸까.

아이작도 오랫동안 탐색자 협회의 운영에 참여했지만, 이번만큼 고레벨 헌터의 힘을 실감한 적은 없었다.

애초에 도시를 떨어뜨릴 필요는 없었는데.

덤으로 의뢰가 함정이었는데도 불구하고, 도시를 떨어뜨렸는데도 불구하고, 보호한 왕족들(특히 아리샤 코드)의 《천변만화》에 대한 평가는 나쁘지 않은 것을 보니 영문을 알 수가 없는 수준이다.

이번 레벨 9 인정 시험의 목표는 어디까지나 코드 왕족의 보호였다. 코드 그 자체의 격추는 분명히 지나친 행동이다.

하지만, 지나친 행동이라고 비판하기에는 성과가 너무나도 컸다.

레벨 9 인정 시험에서 내건 왕족의 보호란, 다시 말해 코드라는 잠재적인 적의 제거다.

《천변만화》가 이루어낸 코드의 격추는 뒤처리를 하는 쪽에서 보기에는 골치 아프기 짝이 없는 행동이지만, 각 나라나 탐색자 협회의 이익과 직접적으로 이어지는 행동이었다. 어떤 나라도 그 행동을 단죄하라고 나서지 않았을 정도로는.

코드 터에 남겨진 여러 아이템과 코드의 주민이라는 인적 자원. 코드라는 도시 그 자체의 정보에도 큰 가치가 있다.

그렇다, 고도 물리문명 시대의 보물전에서 분리되었다는 그 도시에는 '재현성'이 있기 때문이다.

그리고 그 자세한 정보는 아마 코드의 왕족만이 쥐고 있을 것이다.

회의 출석자 중 한 명이 팔짱을 끼고는 굳은 표정으로 말했다.

"큰 이익을 기대할 수 있는 이상, 레벨 9에 합당하다는 판정을 내놓을 수밖에 없겠죠. 만약 그러지 않는다면 소속된 헌터나 여러 나라의 신뢰를 잃을지도 모르니."

"최소한 한 명은 인정해 줘야만 이치가 맞을 겁니다."

그 말에 다른 참가자들도 맞장구를 쳤다. 그게 사실이다.

예기치 못한 성과로 인해 큰 이익을 기대할 수 있게 된 이상, 레벨 9 시험에 불합격이라는 판정을 내릴 수는 없다. 만약에 그렇게 한다면 실태가 어떻든 탐색자 협회의 처우에 불만을 제기할 사람이 나올 것이다.

게다가 이번 안건은 탐색자 협회와 악연이 있었던 안건이다.

의뢰가 함정이었다는 건 그냥 넘어갈 수 있다. 실력이 뛰어난 레벨 8 헌터들에게는 의뢰가 함정일 가능성이 존재한다는 것은 굳이 말할 필요도 없을 정도로 명백한 사실이기 때문이다. 하지만, 이번에는 뒤에서 조종하던 상대가 너무 안 좋았다.

예전에 진행했던 코드 공략 작전 협력자의 아들, 진 고든.

그러한 존재가 나타나버린 건 탐색자 협회에 있어서 틀림없이 큰 실수다.

코드 관련 안건은 오랫동안 탐색자 협회에서 금기에 가까웠다. 당시의 자료도 봉인되어 있었고, 현재 탐색자 협회에는 당시에 대해 아는 사람도 없다.

카이저 일행의 보고를 받고 자료를 다시 세밀하게 조사해 보았지만, 아이에 대한 정보는 나오지 않았다.

아마 협력자가 의도적으로 숨겼을 것이다. 그리고 탐색자 협회도 그 사실을 알면서도 못 본 척했다.

그 협력자에게 복잡한 문제가 여럿 있었기 때문에———.

"설마 아이가 있었고, 그 아이가 살아 있었을 줄이야……. 게다가 그렇게 젊어 보이는 외모로. 역시 '정령인'의 피를 이어받았기 때문이겠지."

"스스로 나서서 협력했다고는 해도 정령인이 죽게 되는 계기를 만들었으니 당시 탐색자 협회도 정말 초조했을 거야."

그렇다. 당시 협력자는 순수한 인간족이 아니었다.

정령인. 지금도 정령인과 인간족 사이에는 여러모로 충돌이 생기곤 하지만, 100년 전에는 지금과 비교도 되지 않을 수준이었다.

그게 아마 그 협력자가 초대 코드 왕의 죽음으로 인해 혼란스러워진 코드에서 도망친 이유일 것이고, 탐색자 협회가 그 협력자를 코드 공략 작전에 참가시켜버린 이유일 것이고, 코드 안건이 금기가 된 이유 중 하나일 것이다.

"아무튼, 이번 건은 세렌 황녀에게 보고할 필요가 있을 겁니다. 진이 반정령인이라면── 지금 유그드라와 문제를 일으킬 수는 없으니까요."

정령인은 인간과 다르다. 모든 정령인은 여왕에게 있어서 사랑스러운 신하이며, 그 사실은 아무리 거리가 멀리 떨어져 있더라도 마찬가지다. 절반이라고는 해도 정령인의 피를 이어받은 이상, 다른 범죄자와는 달리 멋대로 처리할 수는 없다.

진이 위험하다면 모를까, 코드가 사라진 지금 그 남자의 위협은 그렇게까지 크지 않다.

그때, 아이작은 손뼉을 치며 화제를 돌렸다.

"지금은 레벨 9 시험 이야기를 해야겠지. 카이저와 사야, 코드의 왕족들에게서 이야기를 들어보니 세 명 중 왕족의 보호에 가장 크게 공헌한 건 크라이 안드리히가 틀림없어."

본인은 아무것도 하지 않았다고 우겼지만, 다른 두 명의 의견이 일치하는 이상 그 남자의 활약은 분명할 것이다.

실적을 부풀리려 하는 거라면 모를까 없애려 하다니, 대체 무슨 생각을 하는 걸까.

"하지만, 《천변만화》는 레벨 9 인정을 사양했어. 틀림없나? 거크 지부장."

『…………그렇다. 아무래도 그 녀석은 이번 결과에 만족하지 못한 것 같더군.』

책상 위에 놓여 있던 공음석이 억누르는 듯한 목소리로 대답했다.

정말, 레벨 8 헌터는 무슨 생각을 하는 건지 알 수가 없다. 하지만, 그 의견을 무시할 수도 없다.

헌터도 레벨 8쯤 되면 부, 명성, 힘을 전부 갖추고 있다. 그리고 자아도 매우 강한 법이다. 납득이 되지 않는데도 억지로 밀어붙이려 하면 탐색자 협회에서 탈퇴할지도 모른다.

그렇다면 소거법으로 레벨 9로 올릴 사람은《파군천무》카이저 지구르드나《야연제전》사야 크로미즈가 된다.

그때,《파군천무》카이저 지구르드가 소속되어 있는 탐색자 협회 갈리스타 지부장, 워렌 콜이 말했다.

"아~, 카이저는 소거법으로 레벨 9가 되는 건 사양하겠다고 하는군."

"윽……."

그래, 그렇겠지. 그럴 거야! 자신이 활약한 결과라면 모를까, 레벨 9라는 공적을 양보받는다니. 자신감이 가득하던 그 남자에게는 참을 수 없는 일일 게 틀림없다.

이번 작전에서 두 사람은 함정에 빠져서 코드가 추락하기 직전까지 움직이지 못했다는 보고를 받았다. 하지만, 잔뜩 있었던 진 휘하의 용병들――― 범죄자들을 모조리 쓰러뜨린 건 카이저와 사야, 그 두 사람이다. 그렇게 쓰러뜨린 자들 중에는 지명수배

중인 자도 꽤 있었고, 거물도 있었다.

보호한 왕족도 카이저와 사야의 힘은 인정했다. 그들은 자신들이 추락 직전까지 왕족의 보호에 관여하지 못했다고 했지만, 그들이 범죄자들을 붙잡아두고 쓰러뜨리지 않았다면 상황이 달라졌을 것이며, 그것은 일종의 역할 분담이라고도 할 수 있다.

하지만 카이저도 한 번 꺼낸 말을 번복하지는 않을 것이다.

애초에 레벨 9에 의욕을 보이던 카이저가 사양했다면 그럴 만한 이유가 있었으리라.

그렇다면 남은 후보는 한 명뿐인데———.

워렌이 깍지를 끼고는 눈살을 찌푸리며 말했다.

"카이저는 사야 크로미즈가 레벨 9로 올라가야 한다고 했다. 사야 군의 힘은 레벨 9여야 할 만큼 이질적인 것이었다고 말이야."

"…………레벨 9여야 하는 힘, 이라……."

그렇게 자신만만하게 레벨 9에 대한 의욕을 보이던 카이저가 자신을 제쳐두고 그렇게까지 말할 줄이야.

레벨이 높은 헌터를 뛰어넘는 힘을 지닌 '여우'의 구성원 두 명을 일방적으로 제압했다는 '사락사락'. 전투 능력이라는 의미로는 레벨 9라 해도 손색이 없긴 할 것이다.

여러모로 우려가 되는 점이 있긴 하지만———.

사야 크로미즈를 레벨 9로 추천한 테라스 지부장, 콜라리를 보았다.

애초에 사야는 세 명 중에서 레벨 9와 가장 거리가 멀었다. 이번에 사야가 레벨 9로 올라간다면 지금까지 한 번도 레벨 9를 배출하지 못했던 테라스 지부에 있어서 쾌거가 될 것이다.

하지만, 콜라리가 보인 표정은 아이작이 예상했던 것과는 달랐다.

콜라리는 이마에 주름을 지으며 워렌보다 심각한 표정으로 말했다.

"영광이네요. 네, 정말 큰 영광이에요, 사야가 레벨 9로 올라가는 모습을 몇 번이나 상상했으니까요."

"……뭔가 다른 의미가 담겨 있는 듯한 말투로군."

"네…… 그렇죠. 왜냐하면 저는── 반대하니까요. 시험을 치르기 전의 사야였다면 기꺼이 받아들였겠지만요."

"?!"

예상하지 못했던 말이었다. 방 전체가 그 말에 웅성거렸다. 헌터 본인이 긍지의 문제로 레벨 업을 거부한다면 모를까, 레벨 9로 추천한 지부장이 반대한다는 건 본래 있을 수 없는 일이다.

"…………어떻게 된 거지?"

세 명이 동시에 레벨 9 인정 시험을 치르는 것도 매우 드문 일이지만, 모두가 레벨 업을 거부한다는 건 전대미문이다.

콜라리는 방 전체의 시선을 받으며 한숨을 쉬고는 가벼운 말투로 말했다.

"단순한 이야기입니다. 상황이 바뀌었거든요. 그 아이의 '사락사락'에 약점이 사라져 버렸기 때문이에요. 그 《천변만화》가, 놀랍게도 유일하게 존재하던 약점을 없애버렸으니──."

『……잠깐만. 그게 무슨 소리지? 약점은 없는 게 낫지 않나?』

거크 지부장이 한 말은 사실이다. 소속된 헌터가 까다로운 의뢰를 뛰어넘어 약점을 극복한다. 그건 굳이 말하자면 경사일 것이다.

그런데…… 약점이 없어져 버렸기에 레벨 9로 올라가는 것을 반대한다고?

이해가 안 되는 말에 서로 얼굴을 바라보는 아이작 일행. 그걸 본 콜라리는 살짝 헛기침을 하고는 미소를 지었다.

하지만 눈만은 웃고 있지 않았다.

"저는, 지금까지 계속 그 아이의 능력이 완성된 것이라고 생각했습니다. 아니, 그렇게 믿고 싶었던 거겠죠. 공포를 누그러뜨리는 능력의 이름과 별명을 주고, 그 아이의 힘은 여기가 끝이다, 그렇기 때문에 단순히 일류 헌터로서 살아갈 수 있다, 하고요. 사야에게는 약점이 있었기에 다행이었던 거예요. 밤에만 '그것들'을 불러낼 수 있다는, 볼 수 있다는 치명적인 약점이 있었기에 그 아이의 존재가 아슬아슬하게 허용되었던 거죠."

《야연제전》. 다수의 강력한 요마들이 영역 쟁탈전을 벌이는 마경 중심에 존재하는 성채도시 테라스 최강의 트레저 헌터.

예전에 테라스는 끊임없이 공격에 시달리던 도시였다. 하지만, 사야가 활동하기 시작하고 나서 습격 빈도는 크게 줄었다.

정례들만 모인 테라스 지부의 트레저 헌터들과 도시를 지키던 역전의 병사들이 도저히 넘볼 수 없었던 그 힘을 마물들 또한 두려워한 것이다.

그리고 그 누구도 흉내내지 못한 그 공적을 통해 사야는 레벨

8이 되었다. 그 이후로 시간이 꽤 지났지만, 아직 테라스 지부에 사야에 필적하는 헌터는 나타나지 않았다.

콜라리는 한숨을 쉬고는 백기를 드는 것처럼 두 손을 들며 말했다.

"저는 '사락사락'이 지극히 강한 힘인 것과 동시에 큰 위험성 또한 가지고 있다고 생각해요. 정확히 말하자면 '사락사락'이 불러내는 존재겠죠. 이번 건으로 인해 저는 그 위험성을 다시 확인했습니다. 어찌 됐든, 그것들이 무엇인지, 어째서 사야를 도와주는 건지——, 사야 본인도 알지 못하니까요."

좁은 호송 마차 안에는 팽팽한 분위기가 감돌고 있었다.

내구력, 근력이 뛰어나며 어떠한 험로도 아랑곳하지 않는 아이언 호스 여섯 마리가 끌고가는 마차는 빈말로도 승차감이 좋다고 할 수가 없었다. 그러나 쿨 사이코는 그런 것을 신경 쓸 여유가 전혀 없었다.

그 이유는 눈앞에 있는 두 범죄자다.

두꺼운 안대를 차고 있고, 수갑과 족쇄, 사슬로 온몸의 움직임을 막아둔 상황에서도 여유를 보이고 있는 두 범죄자.

무제제 사건으로 인해 세계의 적이 된 최악의 범죄 조직——, '아홉꼬리 그림자여우'의 구성원인 검미와 공미다.

코드에서 우여곡절 끝에 붙잡힌 두 사람은 틀림없이 고레벨 헌터와도 필적——, 또는 뛰어넘는 전투력을 자랑했다.

무제제 때《천변만화》와 싸우면서 힘을 소모한 상태에서도 붙잡지 못했던 공미는 굳이 말할 필요도 없을 것이고, 검미 또한 크라히가 번개로 기습했는데도 쉽사리 받아쳤다. 최종적으로는 세뇌가 풀린 레벨 8 헌터《야연제전》의 힘에 제압되었지만, 그 또한《천변만화》의 기책으로 인해 발생한 의식의 공백을 노리지 않았다면 그렇게 쉽사리 붙잡지는 못했을 것이다.

그리고 무엇보다 가장 큰 문제는 그렇게 흉악하기 짝이 없는 범죄자들을 호송하는 멤버로《비탄의 악령》이 선발되었다는 점이다.

많은 영웅이 생겨나는 이 트레저 헌터 황금시대, 범죄자들의 수준도 점점 올라가고 있으며 레벨이 매우 높은 헌터급 범죄자는 그야말로 차원이 다르다.

맨손으로 합금 사슬이나 수갑을 뜯어내는 건 그나마 양반이고, 무영창으로 주위 일대를 쑥대밭으로 만들었다거나, 시선만으로 호송 멤버를 세뇌했다는 말도 안 되는 소문을 몇 번이나 들었다.

구속당한 상태에서도 위험한 그 범죄자들을 무사히 감옥까지 호송하려면 최소한 비슷한 정도의 전투 능력을 지닌 자가 필요하지만, 보통 그런 헌터의 숫자는 압도적으로 부족하다.

이번에《비탄의 악령》이 이 임무를 맡게 된 것은 리더인 크라이가 멋대로 일을 받아왔기 때문이지만, 그와 동시에 탐색자 협회가 크라히 이상으로 전투 능력이 강한 사람을 데리고 올 수 없었기 때문이기도 했다.

호송에는 그 밖에도 헌터 수십 명이 참가해서 마차 주위를 지키고 있다. 그러나 실제로 두 사람의 전투 능력을 알고 있는 쿨은 그들이 여차할 때 아무런 도움이 되지 못할 것이라 생각했다.

물론 크라히는 강하다. 번개 술법은 코드에서 얻은 경험을 통해 더욱 세련되게 바뀌었고, 육탄전이든 마술전이든 그를 이길 수 있는 사람은 별로 없을 것이다.

하지만 함께 온 쿨 일행은 크라히와 비교하면 훨씬 약하며 이번에는 상대도 만만치 않다.

두 범죄자에게는 최대한 많은 조치가 이루어졌다.

검미가 가지고 있던 대태도는 호송마차에 태우기 직전에 《야연제전》이 회수했고, 장착하고 있던 것들도 전부 몰수했다. 그럴 수 있었던 것은 《야연제전》과 《파군천무》, 그리고 무엇보다 《천변만화》가 있었던 덕분이지만, 지금은 아무도 없다.

크라히는 한쪽 무릎을 꿇고 거의 꿈쩍도 할 수 없는 수준으로 구속당한 범죄자들을 조용히 감시하고 있다.

그때, 안대를 찬 검미가 살짝 숨을 내쉬듯이 웃었다.

"후후…… 그렇게 긴장하지 않아도 돼. 아무리 그래도 이런 상황에서 날뛸 정도로 바보는 아니거든. 검도 빼앗겨 버렸고."

"기특한 태도로군. 일단 경고해두마. 너희가 뭔가 수상쩍은 행동을 한다면── 《야연제전》의 힘을 빌릴 필요도 없다. 내 비장의 수가 너희를 1초도 되지 않아 산산조각 낼 테니."

아니, 죽이면 벌칙을 받을 텐데요………….

그들은 감옥에서 엄하게 취조를 받을 예정이다. 조직의 정보를 얻어낼 천재일우의 기회를 망친다면 탐색자 협회가 감싸주더라도 각 나라에서 잠자코 있지 않겠지.

하지만 이 리더라면 그렇게 할 것이다. 크라히 안드릿히는 자신이 한 말을 실천하는 남자이며, 망설임없는 그 태도는 그가 지닌 힘의 원천이기도 하다.

크라히는 이어서 공미 쪽을 보았다. 크라히는 이미 전투 모드에 들어가 있다. 그 조용한 전의를 나타내는 듯이 머리카락에 보랏빛 번개가 흩날렸다.

"아니면, 내가 비장의 수를 날리기 전에 그 구속을 풀 수 있을지 시험해 보겠나?"

"재미있군………… 코드에서는 제대로 상대해주지 못했으니까."

온갖 마술 대책을 당해 마술의 발동이 막혀 있는 공미가 씨익 웃었다.

아무리 봐도 구속당한 사람의 태도로 보이지 않았다.

그럴 만도 했다. 이 남자는 코드의 감옥으로도 완벽하게 가두지 못했던 남자다. 마술 대책도 얼마나 통할지 모른다.

유일하게 알고 있는 것은, 이렇게 구속당한 상태로는 《뇌제》를 돌파하지 못한다는 사실뿐이었다.

"나도 안타깝군. 너와는 한 번 정면으로 싸우고 싶었다만——, 뭐, 어쩔 수 없지."

"그렇게 싸우고 싶다면 마음대로 해도 상관없지만, 나까지 휘말리게 하진 말아줘. 아무리 나라도 검도 없는 상태로 고레벨 헌터와 싸울 생각은 없으니까. 나는 검사거든. 그리고 《야연제전》

이 아직 감시하고 있을지도 모르잖아?"

《야연제전》. 사야 크로미즈의 '사락사락'.

그 능력은 직접 당해본 것도 아닌 쿨 일행조차도 오싹하게 만들 정도의 힘이었다.

레벨 8 헌터라는 것이 모두 그 정도 힘을 지닌 괴물이라면 재능이 넘치는 크라히라 해도 레벨 8이 되는 건 힘들 것이다. 그렇게 확신하게 만들 만큼.

검미의 말을 듣고 공미가 드리우던 미소를 풀고는 전의를 없앴다.

"…………흥. 그렇긴 하지."

"탐색자 협회도 참, 용케 그렇게 위험한 능력자를 보낼 생각을 했구나."

"위험한 능력자……?"

크라히는 불길한 말을 듣고 눈을 크게 떴다.

위험하다. 쿨도 비슷한 인상을 느끼기는 했다.

그때 어디선가 들리던 그 사락사락 하는 소리는 여전히 귀에 남아 있다. 그 소리를 떠올리자 겁이 나서 등골이 오싹해지는 것만 같았다.

그 소리, 그리고 어느새 나타난 기척에는 근원적인 공포를 불러일으키는 듯한 무언가가 있었다.

목숨을 걸고 나선 전장에서 압도적으로 불리한 상황에 처했는데도 그런 상황 따위는 아무렇지도 않아질 만한 공포를.

"아니, 그냥 숨기고 있었던 것뿐인가? 후후후…… 그건 틀림없이 우리 쪽 능력이야. 불려나온 것이 보이진 않았지만, 《야연제전》 본인의 명령조차 듣지 않았으니까."

"!!"

냉정하게 생각해 보니 그랬다.

사건이 끝난 이후에 해방된 카이저가 사야의 반격을 《천변만화》의 책략이라고 딱 잘라 말했기에 별로 신경 쓰지 않았지만—— 그때, 사야는 가면의 힘에 의해 의지를 완전히 빼앗긴 상태였다.

사역 계열 능력으로 부리는 존재는 보통 사용자의 능력에 절대 복종하는 법이다. 그래야 능력을 컨트롤할 수 있는 것이다. 이번에는 결과적으로 명령을 듣지 않을 수도 있다는 특성이 도움이 되어 반격의 계기로 삼을 수 있었지만, 명령에 절대복종하지 않는다는 건 마음대로 사람을 해칠 가능성도 있다는 뜻이다.

무엇보다 그 능력으로 불려나온 것은 분위기로 보아 분명히 사람의 편이 아니었다.

헌터가 자신의 능력을 숨기는 건 흔히 있는 일이지만, 그 사실이 밝혀지면 탐색자 협회 내부에서 큰 문제가 될 것이다.

"설마 그렇게 이질적인 능력이 존재할 줄이야………… 현대 문명의 종언도 꽤 다가온 것 같군."

"문명의…… 종언?"

쿨이 반응을 보이자 공미가 어이없다는 듯이 말했다.

"무지한 녀석. 그렇게 이상한 능력자가 나타났다는 건 이 세계에 변혁기가 다가왔다는 뜻이다. 이미 이 세계를 맴도는 힘—— 마나 머티리얼은 포화 상태다. 네놈들도 언젠가 몸소 깨닫게 되겠지. 이 문명의 종언이 가까워졌다는 사실을.”

변혁기. 그 단어를 들은 쿨은 눈을 크게 떴다.

지금까지 이 세계에서 수많은 문명이 멸망했다는 사실은 알고 있다. 그것들의 잔향이 마나 머티리얼로 인해 재현된 것이 보물전이나 팬텀이기 때문이다.

마나 머티리얼의 농도가 조금씩 올라가고 있다는 소문도 들은 적이 있긴 했지만, 그것이 문명의 종언과 이어질 거라는 생각은 해본 적이 없었다.

그 말을 황당무계하다며 무시하는 건 간단하다.

만약 자극적인 잡지에서 언급한 이야기였다면 쿨도 웃어넘겼겠지만, 상대가 상대다.

안대를 찬 공미와 검미의 입을 막지 않은 건 가능하면 도중에 정보를 알아내기 위해서였다.

머릿속으로 메모를 하고 있자니 검미가 입가에만 요염한 미소를 드리우고는 크라히에게 말했다.

“지금 우리를 풀어주고 협력한다면 동료로 삼아줄 수도 있어, 《뇌제》. 어차피 우리 두 명을 가두어 둘 수 있는 감옥 같은 건 존재하지 않으니까.”

그것은 고레벨 헌터급 범죄자를 붙잡았을 때 발생하는 큰 문제였다.

이번에 그들을 수감할 곳은 최고급 감옥이다. 간수의 수준도 다른 감옥과 비교도 되지 않을 만큼 뛰어나지만, 그렇다 하더라도 완벽한 대비라고 할 수는 없을 것이다. 무기가 없는 검미라면 모를까, 무기가 필요없는 마도사이자 코드의 감옥도 버거워했던 공미를 어떻게 수감할지에 대해서는 중요한 과제가 되었을 것이다.

하지만, 그런 부분은 쿨 일행이 생각할 만한 것이 아니다.

쿨 일행의 역할은 어디까지나 호송, 그 이후에 대해서는 그쪽 분야의 프로에게 맡기면 된다.

검미가 한 말을 듣고 크라히가 미소를 지으며 대답했다.

"우리를 너무 얕보지 말라고. 너희를 어떻게 가둘지에 대해서는 제블디아 제국이 주도하여 각 나라가 이야기를 나누고 있어. 상황에 따라서는 탐색자 협회에서 고레벨 헌터를 파견하겠지."

무제제 사건에 가장 큰 분노를 드러낸 곳은 제블디아 제국. 국토의 넓이나 국력의 크기를 따지더라도 세계에서 손꼽힌다고 할 수 있는 대국이다. 게다가 그곳의 제도는 헌터들의 성지라 불리며 수많은 트레저 헌터가 거점으로 삼고 있다(진짜가 있기에 《비탄의 악령》은 가본 적이 없지만).

제국이 온 힘을 다하면 탐색자 협회에 고액의 보수로 의뢰를 해서 감옥에 고레벨 헌터를 동원할 수도 있을 것이다.

크라히가 한 말을 듣고 공미는 코웃음치며 말했다.

"제블디아, 제블디아라. 크큭…… 어리석군. 우리를 신경 쓸 여유가 없을 텐데."

"…………."

"제블디아의 제도가 있는 곳은 예전에 신이 있었던 곳――
말하자면 금지된 곳이야. 로댕은 신을 물리치고 신전형 보물전을 소멸시켰지만, 신을 없앤 건 아니지. 당대 황제는 실력이 뛰어난 것 같다만———— 지맥에 가득찬 에너지가 강해지고 있는 지금, 녀석들은 오랫동안 누려온 번영의 대가를 치르게 될 거다."

마치 확신하는 듯한 공미의 말을 듣자 최근에 제블디아에서 발생한 사건들이 머릿속에 떠올랐다.

요즘 소동이 너무 자주 일어난다고 생각하긴 했지만, 어쩌면 진짜로 무슨 이유가 있는지도 모르겠다.

쿨 같은 평범한 헌터는 도저히 상상도 못 할 무언가가.

"하지만, 제블디아에는 너를 붙잡은 《천변만화》도 있는데."

"윽………… 그 녀석 이야기는 하지 마라. 듣고 싶지도 않아."

공미는 욕설처럼 말을 내뱉고는 입을 다물었다.

요즘 같은 트레저 헌터 황금시대, 번영을 자랑하는 제블디아 제국에는 세계 각지에서 온갖 것들이 모여든다.

뛰어난 인재와 귀중한 보구, 그리고 강한 빛에 이끌리듯이 다가오는 범죄자.

제국은 대도시를 많이 보유하고 있지만, 그중에서도 황성이 존재하는 제도 제블디아는 격이 다르다고 할 수 있었다.

과거, 이곳에 절대 불가침 영역으로 군림하던 신전형 보물전————【별의 신전】.

당시 황제가 트레저 헌터들과 공략에 나섰고, 큰 피해를 입으

면서도 신을 물리치는 데 성공했다는 것은 유명한 이야기다.

그리고 황제는 황성을 그【별의 신전】이 존재했던 곳에 짓고는 그곳을 새로운 제도로 삼았다. 그것이 제블디아 영광의 시작이다.

제도 제블디아 중심에 존재하는 황성.

그곳 내부에 존재하는 제0기사단 대기소에서 제0기사단 단장, 프란츠 아그만은 보고서를 확인하고는 눈살을 찌푸렸다.

"말도 안 돼………… 다른 곳도 아니고 이곳 제도에서 행방불명이라고?"

"내용에 대해서는 서둘러 확인하게 했습니다만…… 서서히 소문이 퍼지고 있는 것 같습니다. 제3기사단이 조사하고 있으나 일손이 부족한 모양이라———."

제국에서는 직무에 따라 여러 기사단을 편성해두고 있다. 제도에서 발생한 사건은 기본적으로 치안 유지를 직무로 삼은 제3기사단의 담당이다. 제0기사단까지 올라오는 건 얼마 전 예언처럼 특히 골치가 아픈 사건뿐이다.

하지만, 지금은 상황이 좋지 않다.

정령인 황녀 세렌 유그드라 프레스텔이 방문했다는 사실에 그 모습을 잠깐이라도 보기 위해 외부에서 사람들이 많이 유입되었고, 제도에서 발생하는 사건과 사고 건수가 폭증했다. 게다가 골치 아픈 안건이 여럿 겹쳐서 어디든지 일손이 부족한 상태다.

제0기사단도 한가하진 않다. 불과 얼마 전까지는 세상 물정을 모르고 자유롭게 행동하는 세렌을 경호하는 것만으로도 벅찼고, 얼마 전에 예언과 관련되어 일어난 소동도 아직 뒤처리가 끝나지 않았다.

하지만, 들어온 자료를 확인해보니 협력하지 않을 수는 없을 것 같았다.

제도 제블디아는 제국의 중심이다. 도시 외벽 근처에는 퇴폐 지구라 불리며 치안이 안 좋은 곳도 존재하긴 하지만, 그런 상황은 기사단도 이미 파악하고 있고 사람이 사라지는 사건이 쉽사리 일어날 일도 아니다.

게다가 이번에는 피해자의 숫자가 달랐다.

“어째서 이렇게 많아질 때까지 눈치채지 못한 거지? 게다가 행방불명자가 가장 많이 발생한 제블디아 마술학원의 학생들 중에는 귀족도 많을 텐데.”

보고서를 툭툭 치며 부하를 보았다.

헌터가 행방불명되는 거라면 그나마 이해가 된다. 헌터는 위험한 직업이고, 거친 일을 맡는 경우도 있다. 원한을 살 기회도 많다. 어디선가 객사하더라도 이상할 게 없다.

하지만, 이번에 들어온 보고서에 적혀 있던 행방불명자는 헌터뿐만이 아니었다.

행방불명자들 중에서도 특히 눈에 띄는 건 제국의 마술 계열 학술 기관의 최고봉, 제블디아 마술학원의 학생일 것이다. 리스트에 적힌 것만으로도 수십 명——— 그중에는 극히 소수지만 학생들만이 아니라 교사까지 있었다. 이건 분명히 이상한 사태다.

제블디아 마술학원은 마도사 중에서도 특히 재능이 뛰어난 자, 엘리트 중의 엘리트만 다니는 학교다. 학생들 중에는 귀족의 자

제도 많고, 해외에서 유학 온 사람도 적지 않다. 한 명이라도 행방불명된다면 곧바로 큰 소동이 일어나더라도 이상할 게 없는데도 이렇게까지 행방불명자가 많아질 때까지 프란츠에게 정보가 들어오지 않았을 줄이야———.

"그게…… 불과 얼마 전까지 아무도 사라졌다는 걸 알아채지 못했다고 합니다. 갑자기 행방불명자의 존재를 눈치채고 조사를 했더니 그제야 이렇게 많은 사람들이 사라졌다는 사실이 판명된 모양이라—— 제블디아 마술학원의 세이지 교수는 무언가 초상적인 힘이 작용했을 거라는 견해를 보였습니다."

세이지 클러스터는 황제 폐하께서 직접 초빙한 반정령인 마도사다. 마도사로서 일류인 건 물론이고 지금까지 고레벨 보물전을 수없이 공략한 실적도 지니고 있다. 그 지식과 경험이 제블디아에서도 톱클래스라는 사실은 의심할 여지가 없다.

그러고 보니 세이지 클러스터는 그 《천변만화》의 여동생—— 《만상자재》의 스승이었나…….

"초상적인 힘이라………… 얼마 전 주물도 그렇고, 정말 골치 아프군. 세이지 교수가 그렇게까지 말할 정도니 단순한 범죄자의 소행은 아니겠지…………. 이것도 지맥의 영향인가."

과거에 신전형 보물전이 있었던 곳에 존재하는 제도 제블디아 근처에는 두꺼운 지맥이 여러 개 흐르고 있다. 그것은 제블디아가 많은 보물전을 지니면서 헌터의 성지라 불리는 이유이지만, 그와 동시에 무시할 수 없는 사건이 일어날 가능성을 나타내기도 했다.

지맥을 흐르는 마나 머티리얼은 아직 미지의 힘이다. 특히 요즘 연구에 따르면 지맥을 순환하는 힘의 양이 증가하는 경향을 보이고 있다는 게 알려졌다. 제국 쪽에서도 대책을 세우고 있긴 하지만, 한도라는 것이 있다.

"세이지 교수는………… 일부 고레벨 보물전이 지닌 규칙 개변 효과 때문이 아닐까 하던데요."

"흥………… 다시 말해, 이곳 제도 내부에 보물전이 발생했다는 건가?"

그것은 생각해 볼 수 있는 것들 중 최악의 상황이다.

그리고 그와 동시에 지금 위치로 제도를 옮겼을 때부터 예상했던 사태이기도 했다.

어찌 됐든 이곳은 신전형 보물전이 나타났던 곳이다. 솔리스 로댕의 협력을 받아 신을 추방하고 보물전을 소멸시키는 데는 성공했지만, 애초에 대지를 흐르는 지맥의 구조가 바뀐 것은 아니기에 다시 보물전이 발생하더라도 이상할 것은 없다.

아니, 정확하게 말하자면, 그렇기에 당시 황제가 제도를 이곳으로 옮긴 것이다.

지맥을 흐르는 마나 머티리얼을 다수의 제도 국민들이 분산하여 흡수하게 함으로써 새로운 신전형 보물전이 나타나는 것을 저지함과 동시에 제도 국민들의 능력을 강화시킨다.

지금까지 그 시도는 성공적으로 진행되어 왔다. 천도한 지 벌써 1000년이 지났지만, 지금까지 제도 안에 보물전이 발생한 적은 없다.

"어째서 이 타이밍에……. 따져봤자 소용없나. 세렌 황녀의 정보에 따르면 세계수는 지금 정상적으로 움직이고 있을 거다. 증가하던 경향을 보이던 마나 머티리얼도 차분해졌다고 했다만——."

유그드라 진영과의 접촉 성공은 쾌거였다. 유그드라의 황녀가 전이해서 마음대로 행동했기에 여러모로 문제가 있긴 했지만, 틀림없이 이번 일은 제국의 역사에 새겨질 것이다.

그리고 그것을 통해 얻을 수 있었던 정보 또한 있다. 그중에서도 마나 머티리얼의 조정 기능을 지니고 있는 세계수의 현재 상황에 대하여 알 수 있었다는 것도 클 것이다.

"하지만 보물전이 발생했다면 피해자 수가 너무 적은 것 같기도 합니다."

"정말로 보물전이 있다면 우선 입구를 찾아내야만 하겠지. 제블디아 마술학원의 학생들 중에 행방불명자가 많다면 학원 안에 입구가 있을 가능성이 크겠지만, 그건 이미 세이지 교수가 조사했을 테고."

그렇다면 나라에서 조사해야 할 것은 학교의 부지 바깥이다.

하지만, 제도는 넓다. 사람도 넘쳐난다. 그렇지 않아도 일손이 부족한 상황에서 제도 전역을 조사하는 건 쉬운 일이 아니다.

행방불명자의 정보를 정리하면 어느 정도 후보를 좁힐 수 있을 것 같기도 하지만…….

프란츠는 무심코 머리를 쥐어뜯었다.

"정말, 요즘은 진짜로 전례가 없는 일만 일어나는군."

"………………《천변만화》에게 도움을 요청할까요?"

《천변만화》에게 도움을 요청한다고……?

부하가 너무나도 한심한 말을 꺼내자 프란츠는 무심코 노려보았다.

"안 된다. 결코, 말도 안 돼! 폐하의 호위나 유그드라 건은 그 남자를 써먹은 것도 어쩔 수 없었지만, 이건 제블디아의 문제야! 애초에 이렇게 자주 그 남자에게 기대면 제국의 위광에 흠집이 생긴다."

게다가 《천변만화》는 아무렇지도 않게 터무니없는 짓을 저지르는 남자이기도 하다. 지금 탐색자 협회 본부의 기능이 반쯤 마비된 것도 그 남자가 지나친 짓을 저지른 탓이니 더 이상 그 남자가 마음대로 설치게 둘 수는 없다.

프란츠 또한 《천변만화》에게 심하게 휘둘렸다. 냉정함을 잃는 것이 어리석은 행동이라는 사실은 알고 있지만, 목소리가 낮아지는 건 어쩔 수 없다.

"애초에 그 남자는 지금 근신 중이다. 이번 건은 어떻게 해서든 제국이 주도해서 해결한다. 알겠나?"

"알겠습니다."

제블디아 제국은 대국이다. 《천변만화》의 수완이 약간 비정상적으로 뛰어나다는 건 인정하겠지만, 다양한 부문이나 지식인들의 힘을 한데 모으면 반드시 이번 사건의 원인을 알아내고 해결할 수 있을 것이다. 아니, 그렇게 해야만 한다.

고개를 크게 끄덕인 프란츠에게 부하가 진지한 표정으로 말했다.

"그리고…… 추가로 보고드려야 할 것이 한 가지 있습니다. 좀 전에 판명된 사실입니다만——— 제0기사단에도 피해자가 있는 것 같습니다."

"제0기사단에 피해자가 있다고? 말도 안 돼…… 누구지?"

제0기사단은 근위라는 역할을 지니고 있으며 소수 정예로 구성되어 있다. 그 인원은 다른 기사단과 비교하면 훨씬 적고, 당연히 단장인 프란츠는 모두의 얼굴과 이름을 기억하고 있다. 누군가가 사라지면 금방 알 수 있을 텐데.

팔짱을 낀 채 눈살을 찌푸린 프란츠를 보고 부하는 숨을 한 번 크게 쉬고는 이름을 말했다.

"휴 레그란드입니다. 그 예언 소동 이후로 잠시 휴양하다가 직무에 복귀했습니다만———."

휴 레그란드. 기사학교를 수석으로 졸업하고 근위기사단에 들어온 남자.

야심이 넘쳐나고 자만심이 강하긴 하지만 실력이 뛰어나며, 예언과 관련된 사건이 일어났을 때 스스로 나서서 《천변만화》에게 갔다가 이용당하기만 한 남자이기도 하다.

그 이름은 청천벽력이었다. 방금 이야기를 들을 때까지 전혀 머릿속에 떠오르지 않았다. 마치 기억에서 그 정보가 사라졌었던 것처럼.

지금까지 느껴본 적이 없는 감각이다. 이게 지금까지 문제를 아무도 인식하지 못했던 이유인가?

그리고 원인을 알 수 없는 행방불명이라는 이유도 이해가 된다. 몸소 체험해보니 알겠다.

누구에게도 들키지 않고 사람을 없앴으니 원인을 알 수가 없는 것이다.

"다른 단원들에게 이야기를 들어보니, 아무래도 자취를 감추기 직전에 휴가 뭔가 소문에 대해 조사를 했던 모양입니다. 어떤 소문인지 아는 사람은 없었습니다만――――."

근신 생활은 최고다. 긴급 의뢰가 들어오지도 않고, 거크 씨가 혼내려고 연락하지도 않고. 그저 평화로운 시간이 클랜 마스터실에 흘러가고 있었다.

방에서 나가면 안 된다는 제약이 스트레스로 작용하는 사람도 있을지 모르겠지만, 나는 그렇지 않다.

금전적으로 보상도 해주는 모양이니 어떤 의미로 이 생활은 내가 추구하는 종착점일지도 모르겠다.

유일하게 미안한 건 방에서 절대로 나가면 안 되기 때문에 식사할 때 일부러 누군가에게 밥을 가져다 달라고 해야만 하는 점일까?

아무래도 에바의 이야기를 들어보니 나라와 탐색자 협회 사람들이 내가 방에 제대로 있는지 정기적으로 감시하러 오는 모양이었다. 고생이 많네.

……혹시 이거, 근신이 아니라 유폐 아닌가?

지금 나에게 허락된 행동 범위는 클랜 마스터실과 그곳에서 이어져 있는 개인실(그리고 미믹 군 안)뿐이다. 충분하다고 하면 충분하고, 쾌적하다고 하면 쾌적하지만, 소박하다고 하면 소박하다.

코드의 방에는 여러모로 획기적인 기능이 존재했는데, 혹시 계속 방에 갇혀 있던 공주님도 이런 기분이었을까?

뭐, 나에게는 딱히 볼일도 없는데 꽤 자주 찾아오는 소꿉친구들이 있지만 말이지.

에바가 매일 아침 신문과 잡지를 가져다 주기 때문에 바깥 정보를 알고 싶으면 그걸 봐도 되지만, 딱히 그럴 생각도 들지 않았다. 보구도 닦은 지 얼마 안 되었고.

느긋하게 낮잠이라도 잘까. 그렇게 생각했을 때, 에바가 가져다 준 잡지 중 한 권이 눈에 들어왔다. '월간 길 잃은 여관'. 그것은 괴담이나 시시한 소문 같은 것들을 모아서 내놓는 가십 계열 잡지다.

그런 쪽 잡지 중에서는 규모가 큰 편이고, 괴담 같은 보물전 이야기 중에서도【길 잃은 여관】의 지명도가 높은 이유 중 하나이기도 하다(참고로 비슷한 잡지로 월간 유그드라도 있었지만 그쪽은 정령인들의 맹렬한 항의로 인해 폐간된 모양이다).

별생각 없이 잡지를 집어서 팔랑팔랑 넘겼다. 페이지를 큼직하게 차지하고 있던 기사는 최근에 뜨거운 화제인 유그드라에 대한 기사였다.

세렌이 제도로 오기 전까지 유그드라는 전설의 도시였다. '월간 길 잃은 여관'에서 다루는 단골 테마였던 유그드라가 지금은 평범한 신문에서도 다루어지는 것을 보니 왠지 신기한 기분이다.

그렇게 생각하니 뭐라 말하기 힘든 다른 소문들도 알아보면 진실일지도 모르겠다.

어찌 됐든, 이 세상에서 무슨 일이 일어날지 모른다는 건 내가 가장 많이 몸소 느꼈을 테니까.

오랜만에 본 '월간 길 잃은 여관'의 내용은 여전히 황당무계한 것들뿐이었다.

오히려 예전에 슬쩍 봤을 때보다 내용이 더 과격해진 건 예언 사건이나 유그드라의 황녀가 갑자기 찾아온 일로 현실이 픽션을 뛰어넘어버렸기 때문일까?

아무래도 이번 달 '월간 길 잃은 여관'에서는 행방불명 특집을 다루는 것 같았다.

전혀 모르는 손님이 갑자기 찾아오고 그 손님을 따라가면 사라진다거나, 제도 여기저기에는 수수께끼의 구멍이 있고 거기에 들어가면 사라진다거나, 이런저런 내용이 적혀 있는데………… 전혀 모르는 손님을 따라가거나 구멍에 들어간 시점에서 자업자득이잖아!

거울 속을 들여다보면 빨려 들어간다거나, 꿈속에서 마물에게 쫓기다가 붙잡히면 현실 세계에서도 사라진다느니 하는데, 오히려 누가 그 광경을 목격했는지 신경 쓰인다. 하수도나 퇴폐 지구에 간 사람이 돌아오지 않는 건 행방불명 이전에 다른 사건이다. 제블디아 마술학원 학생이 행방불명되었다고 적혀 있는데, 실제로 있는 기관의 이름을 적어도 되는 건가?

행방불명되었을 때 대처하는 방법도 적혀 있다. 이런 잡지에 적혀 있는 대처 방법을 시험해야 할 사태가 벌어지지 않기만을 기원할 뿐이다.

시시한 잡지이긴 하지만, 시간을 때울 겸 읽기에는 딱 좋네.

애초에 적어도 내가 지금까지 맞닥뜨린 신과 관련된 자들은 그렇게 시시한 행방불명 사건을 일으키지 않을 텐데………… 아니, 《지수》 테름하고 케챠챠카가 【길 잃은 여관】에 붙잡힌 것도 일단은 그렇다고 봐야 하나?

특집은 마지막에 경계하는 문구로 끝났다. 수상쩍은 제안을 받아들이지 말라거나, 위험한 곳에 다가가지 말라는 건 일반 상식이라고 생각한다.

그 밖에도 잡지에는 눈에 보이지 않는 무언가에게 습격당하는 이야기나 사람을 한없이 집어삼키는 보물상자 이야기, 하늘을 날아다니는 초고대 문명 도시 이야기 같은 것도 적혀 있었다. 왠지 엄청 짐작되는 게 있는데………… 이게 그냥 소문인가?

어이쿠, 【길 잃은 여관】이라고 하니 하려고 했던 일이 있었지.

공주님에게 받은 보구—— 스마트폰을 들고 책상 안에 넣어두었던 메모를 확인했다.

스마트폰이란 다양한 기능을 지니고 있는 보구이고, 그중에는 멀리 떨어져 있는 스마트폰을 가진 상대방에게 목소리나 영상을 전해주는 공음석 비슷한 기능도 있다.

공음석과 다른 것은 통화를 하려면 그 상대방의 스마트폰을 특정하기 위해 번호를 입력해야 한다는 점이다. 번호가 없으면 누구와도 통화를 할 수 없다는 뜻이고, 번호만 알면 어떤 스마트폰으로도 통화를 할 수 있다는 뜻이기도 하다.

그리고 나는 여동생 여우와 오빠 여우의 스마트폰 번호를 확실하게 메모해두었다. 내 지인 중에 스마트폰을 가지고 있는 건 그 두 명밖에 없고, 번호를 잃어버리면 스마트폰의 기능을 제대로 써먹지 못하게 되니 당연하다.

스마트폰은 각각 기능의 차이가 있는 보구다. 여동생 여우에게 받았던 예전 스마트폰도 아직 완전히 다루지는 못했지만, 얼마 전에 공주님이 준 건 아마 최신식. 여동생 여우가 준 스마트폰보다 기능이 더 많을 것이다. 여동생 여우와 오빠 여우에게 물어보면 뭔가 새로운 기능을 알아낼 수 있을지도 모른다.

콧노래를 흥얼거리며 메모해 두었던 번호를 입력했다.

스마트폰을 귀에 대고 몇 초만에 통화가 시작된 것과 동시에 나는 재빠르게 신나는 목소리로 말했다.

“여어, 오랜만이야, 나라고, 나. 잘 지냈어?”

『읏?! …………』

깜짝 놀라는 소리. 말없이 통화가 끊겼다.

나는 귀에서 스마트폰을 뗐다. 그리고 받은 지 얼마 안 되어 깨끗한 스마트폰을 내려다보며 눈을 크게 떴다.

갑자기 끊기다니…… 이거 혹시── 스마트폰 매니아들 사이에서 ‘전파가 잘 안 통한다’고 불리는 현상 아닌가?

이 스마트폰이라는 보구는 편리하기 짝이 없지만, 몇 가지 이상한 단점이 존재한다. 그중 하나가 통화에 노이즈가 끼거나 갑자기 끊겨 버리는 현상이다.

원본인 도구에 똑같은 단점이 존재했기에 단점으로 재현되어 버렸다고 하는데, 스마트폰이라는 보구가 제대로 침투하지 못하는 이유 중 하나이기도 했다.

스마트폰 매니아들 사이에서 재미있다거나 로망이라며 기뻐하는 그 끊김 현상도 헌터에게 있어서는 리스크에 불과하다. 긴급 사태일 때는 통화가 끊길 가능성이 있는 보구는 겁이 나서 써먹지 못할 테고, 그럴 거라면 공음석을 쓰는 게 더 확실하다. 뭐, 공음석도 꽤 귀중한 보구이긴 하지만, 당연한 판단이다.

그냥 보구 콜렉터인 나와는 상관이 없지만.

다시 스마트폰에 번호를 입력하고 여동생 여우에게 전화를 걸었다. 좀 전보다 호출음이 더 길게 울렸다.

나는 연결되자마자 하드보일드하게 말했다.

"미안, 미안, 전파가 잘 안 통해서 끊겨버린 모양이라──."

『?! 내가 끊은 거야!』

여동생이 소리를 친 뒤 다시 통화가 끊겼다.

………………내가 무슨 잘못이라도 했나?

뭐, 혹시 바쁜 건지도 모르지. 언제나 통화를 할 수 있다는 건 편리하긴 하지만, 받는 쪽도 사정이 있을 테니까.

나는 마음을 다잡고 이번에는 오빠 여우의 번호를 입력했다.

"여어, 오랜만이야. 잘 지내?"

『…………에휴. 위기감 씨. 당신은 우리를 뭘로 보는 거지? 여동생이 떨고 있다고.』

“………………메일 친구?”

『그건 요즘 안 쓰는 말이야. 그리고 새로운 스마트폰을 손에 넣은 모양인데, 우리에게 무슨 볼일이라도 있어? 우리는 일단 위기감 씨와 적대 관계인 것 같은데…….』

스마트폰의 프로 행세를 하며 꺼낸 말을 듣고 오빠 여우가 어이없다는 듯이 말했다. 메일 친구라는 말은 프로 스마트폰 사용자들 사이에서는 안 쓰는 말이었나…… 창피하다. 앞으로는 안 써야지.

나는 살짝 헛기침을 하며 동요한 마음을 둘러대고는 오빠 여우에게 말했다.

“아니………… 뭐라고 해야 하나, 잘 지내나 싶어서…… 딱히 적이라고 생각하지도 않고.”

『윽………… 미안하지만, 이제 태클을 걸진 않겠어. 어머님께서는 케라와 싸우다 입으신 상처가 아직 낫지 않으셨고, 이제 위기감 씨를 상대하는 건 질색이라고. 미리 말해두지만 이제 우리를 말로 움직이려 해봤자 소용없어. 우리는 위기감 씨를 상대하지 않기로 했다고. 인간은 수명이 짧지. 어차피 위기감 씨도 300년 정도 지나면 수명 때문에 죽을 테니까.』

딱히 뭔가 한 기억은 없는데, 말이 심하네. 그리고 사람의 수명은 300년도 못 돼.

위험한【길 잃은 여관】팬텀이 상대하기 질색이라고 하니, 나는 기뻐해야 하는 건가?

아니, 그래도 내 유일한 메일 친구(요즘 안 쓰는 말)인데…….

"몇 번이나 스마트폰으로 통한 사이인데 그렇게 말하면 쓸쓸하지."

『정말, 위기감 씨는 자신의 행동을 돌아보는 게 좋을 거야, 확실해. 용건이 없다면 이만 끊는다? 여동생이 계속 떨고 있으니까.』

이런, 오랜만에 하는 스마트폰 통화인데 끊기겠다.

나는 재빨리 펼쳐두었던 잡지를 내려다보며 말했다.

"마, 맞다! 너희들, 행방불명에 대해 뭔가 아는 거 없어? 이쪽에서 요즘 유행? 하는 것 같은데."

『몰라. 제블디아는 우리 구역도 아니고, 과거에 거기 있었던 신은 쫓겨났을 텐데. 지금도 아직 돌아오진 않았을 거야. 돌아오면 알 수 있으니까.』

신에게 구역 같은 것도 있구나…… 그리고 역시 소문은 그저 소문에 불과한 모양이다. 이미 알고 있긴 했지만.

제도는 오늘도 평화롭다. 사람이 너무 많아서 사건이 전혀 일어나지 않을 수는 없겠지만, 행방불명 같은 게 유행했다면 주위에서 좀 더 큰 소동이 벌어졌을 테니까.

오빠 여우가 마치 이야기를 얼른 끝내려는 듯이 빠르게 말했다.

『예전에 거기 있었던【별의 신전】의 주인은 침략자였어. 테크놀로지는 지니고 있었지만 사람에 대해 너무 몰랐지. 그래서 로댕과 제국에게 쫓겨난 건데, 만약에 돌아온다면 사람의 약점을 아는 것부터 시작할 거야. 근본이 어머님이나 케라와는 다르다고.』

오빠 여우는 마치【별의 신전】의 신을 아는 듯이 말했다.

제블디아가 지금 위치로 옮겨온 건 1000년 전일 텐데, 팬텀은 나이를 안 먹나?

그리고 신을 쫓아내다니, 로댕은 대단하네. 아크와 친구가 된 건 내 몇 안 되는 행운 중 하나일 것이다. 너무 믿음직스러워서 여기저기에서 데리고 가려 하는 게 옥에 티지만. 다음에 무슨 일이 생기면 아크에게 부탁해야겠다.

“그래도 신은 돌아오지 않잖아? 아크의 조상이 쓰러뜨렸고, 보물전도 사라졌으니까.”

일반적인 보물전의 보스는 쓰러뜨리더라도 마나 머티리얼이 축적되면 다시 생겨나지만, 신전형 보물전만은 예외다.

신전형 보물전의 보스는 유일무이한 존재다. 지니고 있는 막대한 힘이 보물전 자체의 근본이기에 쓰러뜨리면 보물전까지 통째로 소멸하고, 당연히 보스가 다시 생겨나진 않는다.

지맥이 바뀌는 것이 아니기에 마나 머티리얼이 축적되면 같은 곳에 보물전이 나타나겠지만, 그렇게 나타난 보물전은 소멸한 보물전과는 별개다. 그렇기에 신전형 보물전의 공략은 영웅적인 공적이라 평가된다.

하지만, 내 말을 듣고 오빠 여우가 아무렇지도 않게 말했다.

『아니야. 왜냐하면【별의 신전】의 주인은 팬텀이 아니었으니까. 이 별에 흐르는 힘에 매료되어 별 밖에서 찾아와 하등생물이라 생각했던 인간들에게 뜻밖의 일격을 맞고 놀라서 도망쳤어. 이제 그들은 인간을 얕보지 않아. 아무쪼록 경계하라고.』

보물전의 보스는 기본적으로 팬텀이다. 하지만 드물게 바깥에서 온 강력한 환수가 눌러앉아 보물전을 지배하는 경우가 있다.

그런 보스는 당연히 그 보물전에 발생하는 팬텀보다 훨씬 강력한 존재이고, 팬텀이 아니기에 보물전 밖에서도 자유롭게 행동할 수 있다.

신의 팬텀이 나타나는 신전형 보물전을 지배할 수 있을 정도로 강한 힘을 지닌 침략자가 있다면 그것과 신 사이에 무슨 차이가 있다는 걸까?

정말, 이 세계는 위험한 게 잔뜩 있구나. 희귀한 정보라고 하면 희귀한 정보이니 나중에 프란츠 씨와 거크 씨에게 말해둬야겠다.

나는 책상 위로 다리를 쭉 뻗고는 하드보일드하게 말했다.

"바깥에서 온 신이란 말이지. 뭐, 지금 없다면 괜찮아."

『위기감 씨는 정말 위기감이 없네. 너에게 무서운 건 없어?』

무서운 거라면 얼마든지 있다고. 목숨이 위험한 상황도 셀 수 없을 만큼 겪었고.

하지만 지금까지도 어떻게든 되었고, 오빠 여우도 말했지만 내 수명은 300년은커녕 아마 100년도 안 남았을 테니까.

세렌하고 이야기를 했을 때도 느낀 건데, 초상적인 존재들은 다들 느긋해서 다행이다.

나중 일은 나중 사람들이 어떻게든 하겠지. 나처럼 평범한 사람은 언젠가 다가올 천재지변을 겁내면서 살아갈 수 있을 정도로 강하면서도 섬세하지 못하다고.

그럼 슬슬 본론(스마트폰을 써먹는 법)으로 들어갈까.

말을 꺼내려던 순간, 갑자기 뒤에서 목소리가 들렸다.

"…………무슨 이야기를 하고 있는 거예요? 리더."

"?! 그, 그럼, 이만 끊을게. 또 봐."

익숙한 목소리였기에 허둥대며 통화를 끊었다.

방문 근처. 눈살을 찌푸리며 이쪽을 보고 있었던 건 여동생인 루시아였다.

언제 방에 들어온 건지 전혀 눈치채지 못했다. 역시 고레벨 헌터다. 마도사인데도 일반인은 전혀 이해할 수 없는 은밀 성능을 지니고 있다.

아니면 내 주의력이 너무 떨어지는 건지도.

딱히 누가 들어서 곤란한 이야기를 했던 건 아니지만, 상대가 【길 잃은 여관】의 팬텀이라는 걸 알면 무슨 소리를 할지 모른다.

이미 들켰을지도 모르겠지만…….

헛기침을 한 번 한 다음, 다가온 루시아에게 물었다.

"언제부터 들었어?"

"너희들, 행방불명에 대해 뭔가 아는 거 없어? 부터요."

루시아의 눈빛에서는 압력조차 느껴졌다. 그 눈빛에는 수많은 전투를 넘어선 자만이 지니는 것이 용납되는 아우라가 있었다.

눈빛만으로도 여동생에게 질 것 같네요.

겨우 하드보일드한 척하면서 말했다.

"…………그렇구나, 그럼 세이프네."

아니, 처음부터 들었더라도 세이프긴 하지만.

"…………리더, 근신이 무슨 뜻인지 알아요?"

"즐겁게 잡담을 나누었을 뿐이야. 정말로."

펼쳐두고 있었던 '월간 길 잃은 여관'을 덮고 자세를 바로잡았다.

행방불명에 대해서도 진짜로 그럴 거라 생각한 게 아니라 그냥 화제로 꺼냈을 뿐이다. 그리고 그다음에 스마트폰 토크를 펼쳐나갈 예정이었다.

뭐, 오빠 여우와는 언제든 이야기를 할 수 있으니 상관없지만.

"그런데 무슨 일이야? 보구는 어제 충전해줬잖아."

"…………제가 충전할 때만 오는 것 같나요?"

루시아의 눈빛이 너무 싸늘하다. 얼음 마법이 특기라는 것도 납득이 될 정도로.

그녀가 나를 오빠로 여기며 따랐던 것도 어린 시절 몇 년 동안뿐이었다.

여러모로 폐를 끼쳐드려 대단히 죄송합니다.

"아, 아니, 언제든 환영이긴 하지만 말이야…… 그래도 그 왜, 루시아는 뭔가 부탁을 받고 조사한다고 했잖아?"

세이지 씨가 일을 맡겼다고 했던 것 같은데.

뭘 조사한다고 했었지……? 기억이 잘 나진 않지만 레벨 6 헌터에게 의뢰한 거니 꽤 규모가 큰 일일 것이다.

안 그래도 바쁜데 근신당한 오빠를 살펴보러 올 시간은 없을 테고.

"윽………… 오빠가 쓸데없는 짓을 하지 않는지 보러 온 거라고요! 정식으로 근신 처분을 받은 상태에서 움직이면 골치 아프게 될 거라는 거, 알긴 해요?"

"루시아는 걱정이 많구나. 괜찮아. 쓸데없는 짓은 안 해. 누가 부탁한다 해도 움직이지 않을 거라고."

내가 움직이는 건 무언가로부터 도망칠 때뿐이야.

제0기사단의 일원, 휴 레그란드가 깨어났을 때, 그곳은 새까만 어둠에 가까운 공간이었다.

깨어난 직후에는 상황을 이해할 수 없었지만, 차가운 공기가 폐에 들어오자 조금씩 의식이 또렷해지기 시작했다.

차갑고 곰팡이 냄새가 나는 공기와 손바닥에 느껴지는 싸늘한 돌의 감촉. 빛이 전혀 없는 그 공간은 지금이 낮인지 밤인지도 알 수가 없다.

숨을 고르며 의식을 잃기 전에 있었던 일을 떠올렸다.

예언 관련 사건으로 인해 육체적, 정신적으로 아슬아슬하게 지쳤던 휴가 퇴원 허가를 받은 것은 한 달 정도 전이었다.

중요한 임무가 많은 제0기사단에서는 임무 중에 부상을 당할 경우 장기간 휴가를 주고, 의사에게 허가를 받을 때까지 임무에 복귀할 수가 없다. 입원 중에 완전히 둔해져 버린 몸을 조금이라도 빠르게 회복시키고 임무에 복귀하기 위해 제도를 둘러보았다.

입원하기 전까지는 제도가 예언 관련 사건 이야기로 가득했지만, 불과 얼마 지나지 않아 제도는 유그드라의 황녀 방문 이야기로 넘쳐나고 있었다. 그리고 그것은 휴에게 있어서 허용하기 힘든 일이었다.

예언 소동 때, 《천변만화》와의 접촉을 담당한 자신의 행동은 잘못되지 않았다.

유일한 실패는――― 휴가 미처 버티지 못한 것이다.

예언과 관련된 사건은 결국 《천변만화》가 해결했다. 그 실태는 여러 가지 이유로 인해 밝혀지지 않았지만, 제0기사단은 거의 도움이 되지 못했고 다른 사람들도 보조만 한 것뿐이었다.

그리고 휴는 버티지 못했기에 단순한 피해자가 되어버렸다.

정체를 알 수 없는 존재에게 받은 주물을 가져다 주고, 겨우 그것만으로 입원해버린 남자. 만약에 마지막까지 《천변만화》 곁에 설 수 있었다면, 도움이 되지 않았다 하더라도 휴의 공적은 인정받았을 것이다. 혹시나 그 이후에 유그드라로 갈 때도 동행할 수 있었을지 모른다. 그랬다면 휴의 이름은 《천변만화》나 《비탄의 망령》과 함께 찬사를 받았을 것이다.

체험한 천 개의 시련은 소문으로 들었던 것보다 더 가혹했다. 학교를 수석으로 졸업하고 엘리트인 제0기사단에 배속되었다는 자신감은 산산조각 났고, 다시 똑같은 상황에 처하더라도 버틸 수 있을지는 모르겠다.

하지만, 포기할 생각은 없다.

부족한 것이 있다면 보충하면 된다. 더 강인하게 성장하면 된다.

혼자였다면 마음이 꺾였을지도 모른다. 하지만 천 개의 시련을 받고도 꺾이지 않았던 사람들이 많이 있다. 그런 녀석들보다 뒤처진다는 건 휴가 도저히 납득할 수 없는 일이었다.

휴는 아직 《천변만화》에게 걸었던 것이 잘못된 선택이라 생각하지 않는다. 아무리 가혹한 길이라 하더라도 그 너머는 틀림없이 영광으로 이어져 있을 것이다.

필요한 것은 공적이었다. 큰 공적을 세운다면 프란츠 단장도 휴가 다시 《천변만화》에게 접촉하는 것을 인정할 것이다————.

머리를 누르며 목소리를 냈다.

"…………그래. 그 이후에 거리로 나갔고…… 아마…… 소문을 들었을 거야. 거리에 있던 사람에게. 들어간 사람이 돌아오지 않는 가게가 있다고."

제0기사단의 역할은 치안 유지가 아니다. 하지만, 도움을 청하는데도 아무것도 하지 않는 것은 영광스러운 제0기사단의 일원으로서 용납되는 행동이 아니다. 그리고 무엇보다 그것은 그때 휴가 원하던 '공적'이었다.

사건의 냄새. 물론, 휴는 자신이 혼자서 큰 사건을 해결할 수 있을 거라 자만하지 않았다. 진위 조사만 하고 버거울 것 같으면 도움을 청할 생각이었다. 하지만, 아무것도 하지 않고 보고만 하면 휴의 공적이 되지 않는다.

그때, 휴는 어느 정도 독자적으로 조사를 하기로 하고————시민의 안내에 따라 그 가게라는 곳에 가보기로 한 것이다.

조금씩 어둠에 눈이 익숙해졌다. 아무래도 이곳은 지하 감옥 같았다. 돌로 된 벽과 바닥. 진한 어둠 속에서 쇠창살이 어렴풋하게 보였다. 벽에는 구속용 수갑 같은 것도 설치되어 있었지만, 채

워지진 않은 것 같았다.

시간 감각은 없으나 남은 체력으로 보아 시간이 오래 지나진 않았을 것이다. 만에 하나를 대비해서 가지고 있던 검도 뺏기지 않았다.

부자연스럽다. 사람을 붙잡을 때 무기를 몰수하는 건 당연한 조치다.

아마 이곳은 제도 내부일 것이다. 기절한 제0기사단 단원을 제도 밖으로 데리고 나갈 수 있을 만큼 출입 심사가 허술할 거라 생각하고 싶진 않다.

"지하에 감옥이라. 곤란하게 됐군…… 오싹거리는데. 생각보다 거물이었나?"

실적으로는 충분하다.

하지만, 걱정되는 건 휴를 안내해준 시민의 모습이 보이지 않는다는 점이었다.

만약에 휴와 마찬가지로 붙잡혔다면 구해내야만 한다.

그 밖에도 문제가 있다. 어째서 의식을 잃은 건지 기억이 나지 않는다는 점이다.

툭툭, 벽을 노크했다. 작은 소리가 감옥 안에 울렸다. 보아하니 생각보다 넓은 모양이다.

"기사단의 도움은 안 오려나. 뒷골목이었으니까. 그런 곳에 가게가 있었다는 건 알지도 못했고."

낡아서 읽지 못하게 된 간판을 내걸고 있어 척 보기에도 수상한 가게였다. 정말로 영업을 하는 건지도 모르고, 손님이 온다는 것 자체가 믿기지 않을 정도로.

침입하기 전에 정보를 공유할 생각이었지만, 결국 공유하지 못했다. 안내해준 시민이 곧바로 가게 안에 들어가 버렸기 때문이다. 말릴 틈도 없었다.

정말, 욕심을 내면 일이 잘 풀리는 법이 없다.

"뭐, 둔해진 실력을 되찾기에는 딱 좋으려나……."

휴에게는 아직 여유가 있다. 의식을 잃고 지하 감옥에 갇힌 것 정도는 예언 소동 때와 비교하면 아무것도 아니다.

휴는 숨을 살짝 들이마신 다음에 길게 내쉬고는 검을 뽑았다.

날카로운 금속음. 절단된 쇠창살이 바닥에 떨어지며 시끄러운 소리를 냈다.

제0기사단은 정예 중의 정예, 쇠창살을 베는 것 정도는 손쉬운 일이다. 그 《천검》처럼 목검으로 쇠를 벨 수는 없지만――――.

잘려나간 쇠창살 사이를 지나 밖으로 나왔다. 그때, 휴는 눈치챘다.

벤 쇠창살. 그 옆에 있던 철문에 살며시 손을 댔다.

문이 삐걱이는 소리를 내며 열렸다.

이 문, 잠기지 않았다.

이래선 도망쳐 달라고 하는 거나 마찬가지다.

너무나도 있을 수 없는 상황이었기에 정체를 알 수 없는 공포가 등골을 스쳤다. 고개를 들고 감옥 바깥 통로를 보았다.

눈이 조금씩 어둠에 익숙해지고 있긴 하지만, 좁은 통로 너머까지는 보이지 않았다.

기분 나쁜 예감이 들었다. 방심하면 빨려 들어갈 것 같은 이 이질적인 분위기는 결코 제도 안에서 체험할 수 있을 만한 것이 아니었다.

혹시 범죄자에게 붙잡힌 상황이 아닌 건가?

이 세계 그 자체가 적대시하는 것 같은 이 낌새는 인위적으로 뿜어낼 수 있는 게 아니다.

틀림없다. 휴도 전투에 종사하는 자로서 몇 번이나 발을 들인 적이 있다.

이곳은——— 보물전이다. 적어도 제도 근처에는 존재하지 않는 타입의 보물전.

이상 사태로 인해 식은땀이 흐르자 휴는 입술을 핥았다.

"감옥형 보물전이라. 돌아가서 보고하면 큰 공적이 되겠군. 승진은 틀림없어."

목소리가 허무하게 어둠 속에 울렸다. 휴가 한 말에 대답해주는 사람은 없었다.

상상한 게 사실이라면 보물전 중에서도 특히 경계할 필요가 있는 보물전이다.

특징은 복잡하고 기이한 내부 구조와——— 배회하는 팬텀이다. 이런 보물전에는 여러 종류의 강력한 팬텀이 존재하고, 도망치려 하는 자를 끝까지 쫓아온다고 한다.

휴가 지닌 보물전 공략을 위한 노하우는 매우 일반적인 것들이다. 감으로 탐색하기에는 상황이 매우 좋지 않았다.

장비도 빈약하다. 검을 가지고 있긴 하지만 갑옷을 입지는 않았고, 포션도 없다. 하지만 앞으로 나아가지 않으면 결국 체력 소모로 인해 답이 없을 게 뻔했다.

긴장 때문에 목이 말랐다. 정신을 곤두세우고는 모든 방향에 대해 습격을 경계했다.

감옥의 구조는 현대에 쓰이는 것과 거의 다를 게 없었다. 나뉘어 있는 여러 방과 강철 창살——— 제국에서는 이제 쓰이지 않을 정도로 낡은 방식의 감옥이지만, 컨셉은 마찬가지다.

붙잡고, 학대하며, 놓치지 않는다.

하지만, 보물전은 무질서하게 구성되는 곳이 아니다. 이곳이 지하감옥형 보물전이라면 지상 쪽으로 가면 출구를 찾아낼 수 있을 것이다.

탐색을 하다 보니 곧바로 감옥이 늘어선 구역이 끝나고 통로가 나왔다.

기척을 죽이고 발소리가 나지 않게끔 신중하게 나아갔다. 목소리를 내지 않고 자신을 타이르며 기운을 냈다.

휴 레그란드는 강하다. 그 흉악하기 짝이 없는 기척을 흩뿌리는 전설의 주물——— '저주받은 정령석'을 운반하는 것도 누구나 해낼 수 있는 일이 아니다. 적어도 그 레벨 8 헌터가 시련을 내려주기에 합당한 실력을 지니고 있다며 인정했다.

이 미지의 보물전에 뭐가 나타난다 하더라도 '저주받은 정령석' 이상으로 흉악한 상대는 절대로 아닐 것이다. 어찌 됐든 전설에 따르면 그 저주는 여러 나라를 멸망시켰다니까.

그렇게 생각하던 와중에 갑자기 앞쪽에서 고기가 썩은 듯한 자극적인 냄새가 풍겼다. 시원하던 공기가 미지근하게 바뀌었고, 철퍽, 뭔가 축축한 것이 바닥을 때리는 소리가 울렸다.

휴는 숨을 살짝 들이마신 다음 소리가 난 방향을 노려보았다.

코가 삐뚤어질 듯한 냄새. 꽤 가깝다. 아니…… 너무 가깝다.

위화감이 들었다.

이 강렬한 기척——— 휴의 감각이라면 이렇게까지 접근당하기 전에 눈치챘을 텐데.

하지만, 생각하고 있을 시간은 없는 것 같았다.

어둠 속, 통로 모퉁이에서 커다란 그림자가 나타났다.

무심코 숨이 막혔다. 그것은 인간형 생물이었다.

지금까지 본 적이 없는 팬텀인데, 굳이 말하자면——— 고블린일까?

하지만, 일반적인 고블린은 아니다.

빛나는 듯한 진홍색 눈동자. 키는 2m가 넘는다. 통통한 배는 휴의 배보다 3배는 커보였지만 드러난 살은 반쯤 녹아서 흘러내렸고 그것이 닿은 돌바닥에서 연기가 피어오르고 있다.

저게 썩은내의 원인일까.

오른손에는 피로 물든 도끼, 그리고 왼손에는——— 사슬로 묶인 수많은 인간의 머리가 매달려 있었다.

끔찍한 외형. 번쩍이며 빛나는 눈동자가 휴를 보았고, 그 두터운 입술이 새로운 먹잇감을 발견하고는 추악한 미소를 보였다. 썩은 것처럼 보이지만 딱히 아픔을 느끼진 않는 것 같았다.

"찾았…… 다…………."

"?! 말을 할 수 있는 건가…………."

괴물이 포효하며 도끼를 들어올리고는 돌진해 왔다. 그 박력 때문에 휴는 한쪽 발을 한 발짝 뒤로 내딛고는 검을 겨누었다.

의식을 집중한다. 그 도끼에서 흘러내리는 피는, 왼손에 든 머리는, 먼저 여기에 온 희생자들의 것인가? 아니―――.

맞서려는 자세를 취한 휴를 보고 괴물의 눈이 한순간 크게 뜨였다. 약 2m 정도 거리. 괴물이 도끼를 내려치기 직전에 휴가 힘차게 파고들었다.

괴물의 움직임은 빠르지만, 휴가 더 빠르다. 도끼를 내려치기 전에 몸을 낮추고 파고든 다음, 스쳐지나가며 베었다. 그 순간, 왼손에 들려 있던 머리와 눈이 마주쳤다.

정수리를 사슬로 관통하여 묶여 있는 머리다. 눈이 파내진 상태로 고통스러운 표정을 짓고 있는 머리. 휴와 눈이 마주친 순간, 어설프게 벌리고 있던 입이 분명히 씨익, 미소를 드리웠다.

이렇게 많은 두개골을 관통해서 묶는 건 쉽게 해낼 수 있는 일이 아니다.

다시 말해 이건 최근에 행방불명된 희생자가 아니다.

그냥 액세서리다. 도끼에 묻은 피도 아마 진짜가 아닐 것이다. 과거에서 솟아난 존재인 팬텀은 가끔 이러한 특징을 지니고 생겨난다.

액세서리라고 위험하지 않은 것은 아니다. 도끼를 맞으면 머리가 깨질 테고, 녹아내리고 있는 피와 살에 닿으면 대미지를 입을 것이다.

하지만, 이 정도라면 두려워할 필요가 없다.

재빠르게 베는 휴의 움직임에 그 괴물은 완전히 대응하지 못하고 있었다.

아마 이것이 존재하던 시대에는 전투라는 것이 제대로 존재하지 않았을 것이다. 이것이 절대강자였을 것이다. 그러나 현대에서는 그렇지 않다.

이 정도라면 이길 수 있어!

휴는 승리를 확신하고 미소를 지었다.

하지만, 잘라낼 생각으로 날린 참격은 아무것도 베지 못했다.

"윽?!"

벨 생각이었던 일격이 허공을 가르자 몸이 앞으로 기울어졌다.

급하게 자세를 바로잡고는 뒤를 돌아보았다.

그곳에는 아무것도 없었다.

코가 삐뚤어질 것 같던 썩은내도, 기묘한 발소리도, 그리고 물론 추악한 몸집도――― 흔적도 없이 사라졌다.

팬텀의 시체는 원래 언젠가 사라지는 법이지만, 그런 상황이 아니다. 휴는 아직 그것을 쓰러뜨리지 않았다.

나타났을 때와 마찬가지로 한순간에 사라졌다.

"말도 안 돼………… 방금 그건 뭐지……."

등골에 싸늘한 것이 스쳤다. 주위를 확인해 보았지만, 그 괴물이 존재했던 흔적은 전혀 없었다. 바닥에 흘러내린 썩은 살마저 사라졌다.

이해가 안 된다, 영문을 알 수가 없다. 무슨 일이 일어난 건지 전혀 짐작되지 않았지만, 멈춰 서 있을 수는 없다.

휴는 숨을 고르고 식은땀을 닦은 다음, 다시 어둠 속을 걸어가기 시작했다.

아무래도 이 감옥은 꽤 넓은 모양이다. 돌로 이루어진 내부는 마치 미궁처럼 복잡했고, 싸늘한 공기와 어둠이 점점 휴의 체력을 빼앗고 있었다.

팬텀은 처음 만났던 한 마리 이후로 나타나지 않았다. 그 사실 또한 지금까지 탐색했던 보물전과는 달리 부자연스러운 점이었다. 가끔 멀리서 발소리나 다른 소리가 들릴 때도 있었지만, 소리가 울린 탓에 그 소리가 어디서 난 것인지 파악할 수가 없다. 보아하니 상상했던 것보다 꽤 깊은 곳에 붙잡혀 있었던 것 같다.

"윽………… 또 함정인가? 귀찮군."

발치의 돌바닥이 패이고 뒤에서 까맣게 칠해진 화살이 날아왔다. 휴는 몸을 비틀며 날아온 화살을 피했다.

도적이 아닌 휴는 함정 자체를 피할 수 없지만, 날아오는 화살을 피하지 못할 만큼 근위기사는 약하지 않다. 조금 더 빨랐다면 고생했겠지만, 아무래도 이 보물전의 함정은 현대의 인간에게 제대로 대처하지 못하는 것 같았다.

아니면 맞힐 생각이 없는 건지도 모르겠다. 이유는 모르겠지만, 이 보물전은 힘을 조절하는 것 같은 느낌도 들었다. 마치 휴를 시험하려는 듯이.

아무리 나아가도 풍경은 바뀌지 않았다. 방도 꽤 많이 있었지만 내부의 모습은 거의 똑같았고, 이 보물전이 어떤 문명에 기반을 둔 건지도 알 수가 없었다.

이렇게 걸어가다 보니 과연 자신이 앞으로 나아가고 있는지 여부도 알 수가 없어졌다. 정보가 거의 없는 미지의 보물전을 탐색하는 헌터들을 칭찬해주고 싶은 기분이다.

그런 생각을 하며 걸어가다 보니 다시 감옥 비슷한 구역으로 접어들었다. 보아하니 이 보물전은 어두운 통로와 감옥 부분으로 구성되어 있는 것 같다.

혹시 나 말고도 붙잡힌 사람이 있을지도 모른다.

소리를 내지 않게끔 조심하며 금속문을 열고 안을 확인했다.

쇠창살로 가로막힌 수없이 많고 작은 방들을 하나씩 확인해 나갔다.

어떤 방에도 생물의 기척은 없었지만, 방 중 하나를 들여다본 순간 휴는 눈을 크게 떴다.

잠기지 않은 문을 열고 신중하게 안으로 들어갔다. 그곳에 있던 것은——— 시체였다.

이미 완전히 백골이 된 시체. 아마 인간의 시체일 것이다. 벽에 몸을 기댄 채 죽었다.

차림새로 보아 헌터일까. 근처에는 그 헌터의 소지품인지 완전히 녹슨 나이프와 깨진 랜턴 같은 것들이 굴러다니고 있었다.

하지만, 휴가 눈독을 들인 것은 축 늘어진 오른손 앞에 있던 수첩이었다.

그 수첩은 다른 도구와는 달리 심하게 열화되지 않은 것 같았다.

표지가 가죽인 그 수첩을 주워서 팔랑팔랑 넘기며 원하는 정보를 찾아보았다.

다행히도 수첩에 적힌 글자는 휴도 읽을 수 있었다. 게다가 왠지 모르겠지만…… 이 글씨는 어디선가 본 적이 있는 것 같았다.

『이곳은 녀석들의 실험장이다. 녀석들은 사람들을 납치하고, 관찰하고, 실험한다. 아득히 머나먼 신이 내려준 사명을 이루기 위하여.』

실험장? 녀석들……? 아득히 머나먼 신이 내려준 사명?

그 불길한 단어들을 보고 눈살을 찌푸렸다. 제블디아에서 신이라고 하면 제일 먼저 연상되는 것은 과거에 제도가 있는 위치에 존재했던 신전형 보물전을 지배하던 존재다.

하지만, 신전형 보물전이 공략된 것은 1000년 전이다. 무엇보다 이곳은 신전답지 않다.

수첩에 적혀 있던 것은 일기 같았다. 이곳을 조사한 일기.

차분히 읽고 싶었지만, 그럴 시간은 없다. 불필요한 부분을 흘려넘기며 이곳에서 빠져나갈 힌트를 찾아보았다.

『이곳에 출구는 없다. 이곳에 있는 것은 공포뿐이다. 과거의 기억을 통해 두려워하는 것들을 불러낸 이 숨겨진 감옥에 나는【별의 신의 모형정원】이라는 이름을 붙였다. 분명히 이곳에 온 자들은 모두 어떻게 해보지도 못한 채 쓰러질 것이다. 도와줄 사람은 오지 않는다. 빛은 없다. 심연 속에, 영원 속에 남겨진다.』

【별의 신의 모형정원】. 역시 이 보물전은【별의 신전】과 관계가 있는 곳인가?

하지만, 역시 알 수가 없다. 이름을 붙였다고 적혀 있다. 우연히 붙인 이름에 별의 신이라는 단어가 나올 리는 없을 텐데.

별 생각없이 페이지를 넘겼다. 그것이 적혀 있던 것은 마지막 페이지였다.

떨리는 듯한 글자로 적힌 그 문장을 읽은 순간, 숨이 멎었다.

눈을 부릅뜨고 몇 번이나 문장을 다시 읽었다. 이해가 되지 않았다.

『내 이름은 제0기사단의 일원, 휴 레그란드. 결국, 제블디아에서 출세하지도 못하고,《천변만화》의 기억에 남지도 못하고, 누구에게도 인정받지 못한 채 끝나버렸다. 그저 원통할 뿐이다.』

떨리는 손으로 적은 듯이 흐트러진 문장.

그제야 휴는 눈치챘다.

이 수첩에 적힌 글자――― 분명 기억에 있는 것 같긴 했다.

이건 내 글씨다.

"윽?!"

갑자기 땅바닥에 늘어져 있던 시체의 팔이 올라왔고, 그 손이 휴의 손목을 붙잡았다. 급하게 그 손을 뿌리치고는 뒤로 물러섰다.

해골이 깔깔대며 웃었다. 어느새 그 시체의 장비가 헌터의 장비에서 갑옷으로 바뀌었다. 얼룩지고 수많은 흠집이 나 있긴 하지만, 틀림없다.

그 갑옷은 영광스러운 제0기사단의 기사에게만 주어지는 것이다. 바로 근처에는 마찬가지로 허름해진 제0기사단의 검이 떨어져 있다.

현기증이 난다. 심장이 경종을 울리는 것처럼 마구 뛰고 있다. 이건, 미래의 내 모습인가?

그럴 리가 없다.

휴 레그란드는 나 한 명이다. 곧바로 소리쳤다.

"수첩은, 자기소개냐! 어쩐지 제블디아의 공용어로 적혀 있더라니!【별의 신의 모형정원】………… 이 정보를 외부로 가지고 나가면 큰 공이 되겠어!"

이상하긴 했다.

헌터의 장비는 많이 상했는데도 수첩은 문제 없이 읽을 수 있을 정도로 형태를 유지하고 있었다. 시체도 진짜 인간의 시체가 아닐 것이다. 그리고――――― 그 안에 적혀 있던 내용.

공포를 부추기는 듯한 내용. 중간에 나타났던 공격이 통하지 않았던 그 괴물.

그리고 한없이 이어져 있는 것 같던 감옥 내부.

"환상이야! 전부! 내 머릿속을 읽고 있구나! 그렇게 생각하면 지금까지 보았던 현상도 설명이 된다!"

사람을 납치하고 마음을 읽는 보물전. 보물전 중에는 특수한 성질을 지닌 것들이 있는데, 그런 것들과 마찬가지일 것이다.

자기소개를 하는 보물전이 있다는 이야기는 전대미문이지만, 신전형 보물전에 대해서는 아직 해명되지 않은 부분이 많다. 그것과 관계가 있는 존재라면 무슨 일이 생기더라도 이상할 게 없다.

갑자기 온몸에 수많은 시선이 느껴졌다. 보고 있다. 눈에 보이지 않는 무언가가 휴를 관찰하고 있다.

벽에 등을 대고 검을 겨누었다. 하지만, 과연 내가 정말로 벽에 등을 대고 있는지조차 자신이 없었다.

눈에 보이는 모든 것을 믿을 수가 없다.

떨쳐낸 휴의 시체도 어느새 사라졌다. 유품까지 포함해서 전부, 마치 처음부터 거기에는 아무것도 없었던 것처럼.

심호흡을 반복하며 겨우 동요를 가라앉혔다. 보물전의 성질을 알았지만, 상황은 해결되지 않았다. 쓰러뜨려야 할 상대도, 구해야 할 대상도, 탈출 수단도, 전혀 알 수가 없다.

휴는 숨을 거칠게 쉬며 필사적으로 돌파구를 찾았다. 그때, 어둠 안쪽에서 속삭이는 듯한 목소리가 들렸다.

"이 세계의 기사는 다들 이렇게 강해?"

"읏…… 누구냐!!"

언제든 벨 수 있게끔 검을 겨누었다.

어둠 안쪽에서 나타난 것은 검은 머리의 소녀였다. 잘 다듬은 단발에 인형처럼 단정한 외모. 지팡이는 들고 있지 않았지만, 제블디아 마술학원의 인장이 새겨진 교복을 입고 있었다.

그 얼굴을 보니 갑자기 기억이 되살아났다.

어둠 속에서 드러난 얼굴은 휴가 이 상황에 처하게 된 계기가 된 정보를 가져다 준 시민의 것이었다.

전부 함정이었던 건가? 도움을 청한 시점에서.

무시무시한 의태 능력이다. 팬텀인가? 이렇게 눈앞에 있는데도 그 소녀는 인간으로만 보인다.

"설마, 몬스터 디기를 보고도 겁을 먹기는커녕 베려 달려들 줄이야――. 그는 남녀노소를 구분하지 않고 살육하며 대도시를 공포에 몰아넣은 괴물인데…… 몬스터 실격이라면서 완전히 자신감을 잃었다고."

"흥! 흔하디 흔한 괴물이다! 그런 것보다, 너를 쓰러뜨리면 이곳에서 탈출할 수 있는 건가?!"

온 힘을 다해 소리치며 정체를 알 수 없는 괴물을 위협했다.

두려워하지 마라. 인간의 언어를 구사하는 팬텀은 전례가 있다. 고레벨 보물전에만 나타나는 존재지만, 이곳이 평범한 보물전이 아니라는 사실은 이미 알고 있다.

휴는 미지의 팬텀과 맞닥뜨리더라도 겁을 먹지 않는다.

"……이 세계는 어떻게 된 거야? 그리고, 그렇게 무서운 말은 하지 마. 울어버리잖아? 흑…… 후후……."

그 두 눈에서 까만 눈물이 한 줄기 흘러내렸다. 피눈물이다.

지금까지 느껴본 적이 없는 수상쩍은 기척. 소녀가 고개를 숙이고는 어깨를 떨었다. 그리고――――.

"후훗…… 후후훗…… 아하하하하하하하하하하하핫!"

"윽!!"

그 목이 뻗었다. 까만 눈물을 흘리며 공 정도 크기의 머리가 휴를 향해 날아왔다. 휴는 깜짝 놀랐다.

말도 안 된다. 인간과 똑같이 생겼으면서도 목을 늘리는 마물.

많은 마물들 중에서도 이질적인 존재라는 건 틀림없지만, 머리만 날려봤자 뭘 할 수 있을까? 무엇보다, 휴는 검을 지니고 있다.

"우…………오오오오오오오오오오오오오오오오오오오오옷!!"

휴는 약한 마음을 날려버리려는 듯이 포효하며 앞으로 나섰다. 이쪽을 향해 다가오는 머리를 아슬아슬하게 스텝을 밟아 피하고는 검을 들어올렸다.

"늘린 목이 허술해졌다! 약점을 드러내다니, 바보 아닌가?! 머리만 움직이는 거라면 듀라한이 더 강하지!"

"이 세계에는 정말, 너무 많은 것들이 있어. 싫다고. 왜냐하면 지낼 곳이 없으니까."

목을 베기 직전, 말을 남기고 그 모습이 환상처럼 사라졌다.

정적이 돌아온 통로.

상대방의 능력을, 이 보물전의 성질을 알게 된 것 같았다.

공포다. 어둠 속에서 다가오는 무시무시한 기물. 감옥에서 숨을 거둔 자신의 시체.

이 보물전은 환상을 이용하여 휴를 공포에 질리게끔 하려 하고 있다. 일부 요마가 써먹는 수법이다.

이길 수 있다. 공략할 수 있다. 휴 레그란드라면――― 아마신이 남겼을 이 잔해를!

어깨를 들썩이며 숨을 몰아쉬던 휴에게 어디선가 목소리가 들렸다.

"하지만, 안 돼. 당신이 두려워하는 건 이미 알고 있거든. 나와 뭐가 다른지는 모르겠지만――――."

"뭐라고?!"

목소리가 들린 곳을 찾기 위해 급하게 돌아보았다.

그때, 온몸을 흐르는 피가 얼어붙은 것처럼 싸늘한 충격이 휴를 덮쳤다.

지금까지와는 전혀 다른 충격. 숨이 멎고, 손에서 힘이 빠져나갔다. 검이 떨어지는 소리가 울려 퍼졌다. 하지만, 무기를 떨어뜨린 것은 아무래도 상관없다.

눈을 한껏 크게 떴다.

눈앞, 공중에 자그마한 목제 상자가 떠 있었다. 아름다운 장식이 새겨진 상자다.

"마, 말도 안 돼…… 어째서, 이게………… 이건, 이미, 해결되었을 텐데――――."

잊을 수 없는 그 트라우마의 기억.

예언 관련 소동 때 마지막으로 풀려난, 나라를 멸망시킨 전설의 저주.

미지의 존재가 휴에게 떠넘기듯이 맡겼고, 《천변만화》가 해결한 주물.

'저주받은 정령석'.

진한 죽음의 기척. 그 기척은 단순한 환상이 뿜어낼 수 있는 것이 아니었다.

뚜껑이 소리도 없이 젖혀지고, 바닥에 떨어졌다.

예전에는 볼 수조차 없었던 '저주'가 금단의 상자에서 뿜어져 나왔다.

그리고 휴 레그란드의 의식은 어둠에 삼켜졌다.

제2장 방문자

제블디아 제국. 두터운 지맥 위에 영토를 지닌 세계에서 손꼽히는 대국 중 하나로, 트레저 헌터에게 있어서 성지라 불리는 나라. 수많은 보물전을 보유하고 있어 실력만 있으면 부, 명성, 힘, 모든 것을 손에 넣을 수 있다고 한다.

그 나라의 이야기는 예전부터 들었다. 멀리 떨어져 있는 성채 도시 테라스까지 명성을 떨칠 정도로 그곳이 유명했던 것이다.

사야는 설마 자신이 이렇게 여기에 실제로 오게 될 줄은 몰랐다. 사야가 레벨 9 인정 시험에 참가하는 동안 자리를 비우는 것만으로 테라스는 주변 나라에서 실력이 뛰어난 헌터들을 불러와야만 했다. 유일한 레벨 8이 오랫동안 자리를 비울 수 있을 만큼 마경 테라스는 만만한 곳이 아니다.

애초에 거리만 놓고 봐도 제블디아에 오는 것은 현실적이지 못하다.

그렇기에 이렇게 발을 내디딜 수 있었던 것은 분명히 평생에 한 번 있을까 말까 한 행운일 것이다.

전이 마법진을 사용할 때의 특유의 현기증.

잠정 레벨 9,《야연제전》사야 크로미즈는 제도 제블디아에 내려섰다.

마법진을 발동시키기 위해 모여든 마도사들이 전이해 온 사야를 두려움이 절반, 흥미가 절반 정도 섞인 시선으로 보고 있었다. 사야는 숨을 살짝 내쉬고는 주먹을 쥐었다.

"여기가…… 제블디아 제국."

"잘 왔다, 《야연제전》. 탐색자 협회 제블디아 지부는 사야 크로미즈를 환영한다."

기다리고 있었던 건지 머리에 문신이 있고 대머리에 덩치가 큰 남자가 정면에 서 있었다. 그가 야성미 넘치는 미소를 드리우며 사야에게 말을 걸었다.

탐색자 협회 제블디아 지부장, 거크 벨터. 헌터 출신이라고 하며, 사야 크로미즈를 제도 제블디아에 초대한 장본인이기도 했다.

"환영 고마워. 거크 지부장. 날뛰지 않게끔 주의할 테니까 안심해."

"어느 정도는 날뛰어 줘도 상관없는데. 좋은 자극이 될 테니까. 얼마 전에도 안개의 나라 네블라누베스에서 레벨 7이 왔는데, 좋은 자극이 된 것 같았지. 죽이지 않게끔 주의해주면 돼."

역시 제블디아, 헌터들의 질이 꽤 좋은 모양이다. 지부장이 장담할 정도니 어지간히 날뛰는 정도로는 문제가 없을 것 같다. 그리고 사야는 기본적으로 습격당하지 않는 한, 힘을 쓰지 않는다.

무엇보다, 지금은 시기가 안 좋다. 레벨 9 시험에서 벽을 하나 넘어선 사야의 '사락사락'은 지금, 조금 불안정한 상태다.

진지한 표정으로 고개를 끄덕이는 사야에게 거크 지부장이 어깨를 으쓱이며 말했다.

"전 세계에서 헌터들이 모여드는 도시야. 시간은 별로 없을지도 모르겠지만, 차분히 견학하라고. 뭔가 필요한 게 있다면 지부로 오고.”

레벨 9 인정시험 결과, 사야 크로미즈는 잠정 합격하게 되었다.

시험 때 사야는 거의 활약하지 못했다. 한 게 있다면 ‘여우’의 보스를 두 명 붙잡은 것 정도밖에 없다. 원래 임무를 거의 혼자서 달성한 《천변만화》를 제쳐두고 레벨 9가 되는 것도 마음에 걸리긴 했지만, 가장 큰 문제는 합격이 잠정 처리된 이유다.

‘사락사락’에 일종의 위험성이 예상되기 때문.

납득이 되는 이유이긴 했다.

‘사락사락’은 미지의 능력이다. 사야에게 아군이 되어주고 있는 자들이 어떤 존재인지조차 사야는 알지 못한다.

그것은 사야의 일족에게 다가와 지금까지 계속 아군이 되어주었다. 그렇기에 계속 사용했다. 그 결과, 사야는 레벨 8이 되었다.

하지만, 그것들은 분명 사야의 명령을 완전히 들어주는 게 아니다. 좋게 말하자면 유연하게, 나쁘게 말하자면 제멋대로 움직인다.

실질적으로 사야가 그것들에게 할 수 있는 것은 밤에 나타나는 그것들을 보는 것뿐이었다.

그렇다———— 레벨 9 시험 도중에 《천변만화》에게 들었던 말을 힌트로 억지로 아침에 힘을 발동시킨 그 순간까지는.

그 이후로 사야의 눈은 그 전까지보다 훨씬 강해졌다.

아마 햇빛이 내리쬐는 아침에 능력을 발동시킴으로써 벽을 하나 뚫고 힘이 성장했을 것이다.

사야는 심사회에 참가하지 않았기에 무슨 이야기가 오갔는지 자세히 알지는 못하지만, 위험성을 우려하던 심사회 멤버들에게 방금 만난 거크 지부장이 말한 모양이었다.

전 세계에서 고레벨 헌터와 정보가 모이는 제도 제블디아라면 '사락사락'을 제어할 힌트를 발견할지도 모른다고.

그리고 그 제안은 심사회에서 통과되었고, 사야는 잠정 레벨 9라는 지위와 제도로 가는 차표를 손에 넣었다.

마음에 걸리던 사야 부재 중 테라스를 어떻게 할 것인지에 대해서는, 대체 무슨 이유인지 함께 레벨 9 인정 시험에 도전했던 《파군천무》 카이저 지구르드가 대신 맡아주게 되었다.

그는 '하하하, 사양하지 말고 다녀오게나. 뭐, 나도 테라스의 무대에 한 번 서보고 싶었거든. 이제 모국에서 할 일이 없는 나는 제블디아에 언제든지 갈 수 있으니까. 고향은 너무 걱정하지 말게나…… 그런데, 테라스의 헌터들이 이 영웅, 카이저 지구르드를 잊지 못하게 되더라도 원망하지 말도록'이라던데…… 그 남자도 정말 사람이 좋다.

아무튼, 많은 사람들의 협력 덕분에 사야는 멀리 떨어진 제블디아까지 올 수 있었다. 뭔가 힌트 하나라도 찾아내서 돌아가야 한다.

싸움이 끊이지 않는 테라스 지부와는 분위기가 조금 다른 탐색자 협회 지부 건물을 나섰다.

그리고, 사야는 눈을 크게 떴다.

"대단해…… 이게, 그 유명한 제도."

탐색자 협회 건물에서 한 발짝 밖으로 나선 사야의 눈앞에 펼쳐져 있던 것은 수많은 사람들이었다.

큰길을 오가는 무장한 헌터들, 그리고 커다란 마차를 탄 상인들.

관광을 하러 온 건지 여행자 차림인 사람과 학생. 내리쬐는 햇빛 아래에 떠들썩하게 펼쳐진 광경은 테라스만 알고 있던 사야에게 눈부시게 보였다.

무엇보다 사람들의 표정에 그늘이 없다. 오랫동안 전투를 벌인 결과 어느 정도 편해지기는 했지만, 테라스가 여전히 다른 도시와는 다르다는 사실을 실감할 수밖에 없었다.

차림새가 제각각 다른 사람들이 오가는 와중에 왠지 감색 제복을 입은 자신이 이곳과는 어울리지 않는다는 느낌이 들었다. 하지만, 이 제복은 사야가 친부모에게 물려받은 몇 안 되는 물건이다. 버릴 수는 없다.

사야는 고개를 저으며 쓸데없는 잡념을 떨쳐내고는 마음을 다잡고 제도를 둘러보기로 했다.

처음 해본 대도시 산책은 즐거웠다. 놀러 온 것은 아니지만, 이 도시에서는 세계에서 손꼽히는 곳이라고 할 만큼 대단한 느낌이 들었다.

고향인 테라스와는 모든 것이 달랐다. 문화도, 사람들의 숫자도, 문명 수준도. 유일하게 테라스가 더 나은 게 있다면 실전 경험일까?

테라스에서는 도시 방위를 위해 징병이 이루어지며, 남녀노소를 불문하고 싸우지 못하는 사람은 한 명도 없다. 하지만, 싸우지 않고 살 수 있다면 그게 제일일 것이다.

트레저 헌터의 성지라 불리는 곳이기 때문인지 헌터들의 숫자도 테라스에 비해 훨씬 많았다.

이곳에 존재하는 보물전의 숫자는 테라스 주변보다 훨씬 많다. 헌터들은 그것을 찾아 모여들었을 것이다. 정말 이 세계는 불공평하다. 이 제도에 있는 헌터들 중 일부라도 테라스에 왔다면 싸움도 편했을 텐데.

가게를 몇 군데 구경해 보았는데, 거래되는 것들도 테라스보다 훨씬 다양했다. 무엇보다, 기호품이 전시되어 있다. 그 대신 노점에서 마물의 시체를 팔지 않긴 하지만.

거크 지부장이 미리 힌트를 얻을 만한 곳을 가르쳐 주었다.

세계 각지에서 모여든 희귀한 서적이 소장되어 있는 제블디아 대도서관, 미지의 신비에 대하여 연구하는 제국의 기관, 점성신비술원. 그리고 제국에서 활동하는 어떤 헌터의 거점.

온 김에 함께 레벨 9 인정 시험에 도전했던 크라이 안드리히도 만나러 가야 할 것이다. 지금은 코드에서 너무 지나친 행동을 한 탓에 근신 중인 모양인데, 제블디아에 있는 유일한 지인이며 그 청년이 만든 클랜에도 흥미가 있다.

그런 생각을 하며 번잡한 거리를 걸어가고 있자니 뒤에서 빠른 걸음으로 다가온 사람이 사야와 부딪히고는 곧바로 앞질러 갔다.

사야는 몸집이 작고 가녀린 편이지만 헌터다. 근접 전투직은 아니라도, 마나 머티리얼을 나름대로 흡수했기에 일반인에게 살짝 부딪힌 것 정도로는 비틀거리지 않는다.

하지만 처음 느껴본 감각이었기에 한순간 사고가 멎었다.

뒤에서 누군가가 부딪힌 건 처음 경험한 일이었다. 사야는 테라스에서 유명하고 모두가 사야를 두려워하기에 부딪히기는커녕 사야 주위에 공백이 생겨나곤 했다.

곧바로 정신을 차렸지만, 그때는 이미 사야와 부딪힌 건달 같은 남자는 보이지 않게 되었다.

————하지만, 이미 **그들**이 쫓아가고 있었다.

번잡한 인파 속에서 비명이 들렸다.

묵직한 타격음. 주위 사람들에게는 보이지 않겠지만, 사야에게는 보인다.

온몸이 까맣게 덧칠된 듯한 거인이 인파 속에 서 있는 모습이.

'사락사락'의 힘의 원천. 정체불명의 어둠에서 온 '방문자'.

생물인지 여부조차 알 수 없으며 이 세계 바깥의 이치에 속한 자들.

그 긴 손이 사야와 부딪힌 남자를 땅바닥에 억누르고 있었다.

거인이 사야에게 가죽 지갑을 던졌다. 사야의 지갑이다.

부딪힌 남자는 소매치기였다. 물론 지갑을 도둑맞은 사실은 눈치채고 있었기에 방문자가 되찾아주지 않았더라도 알아서 되찾았겠지만, 그 남자는 운이 정말 없었던 것이다.

땅바닥에 파고들 정도로 세게 억눌린 남자의 눈은 무슨 일이 일어난 건지 모르겠다는 공포로 일그러져 있었다.

무심코 눈살을 찌푸렸다.

벽을 뛰어넘고 성장한 '사락사락'은 이제 밤을 부르지 않는다.

사야가 아침에도 발동시킬 수 있다는 사실을 이해해버렸기 때문일까?

어쩌면 눈치챈 것은 사야가 아니라 그들일지도 모른다.

이 세계에 내리쬐는 햇빛은, 그들을 해치지 않는다는 사실을———.

얼마 전까지 사야는 임의로 방문자를 인식할 수 있었다.

하지만, 지금은 계속 보인다. 능력을 발동할 때만 붉게 변색되었던 동공도 지금은 계속 붉은색이다.

그 사실은 탐색자 협회가 떠안고 있던 우려가 결코 기우가 아니라는 뜻을 나타내주고 있었다.

사야는 예전에 능력을 발동시키기 전에 당하는 기습에 약했지만, 지금은 사각이 없다.

빤히 바라보자 소매치기를 억누르고 있던 거인이 손을 떼고 느릿느릿한 동작으로 골목을 향해 사라졌다.

일단은 아직 말을 들어준다. 멋대로 움직이는 경우가 있긴 하지만, 사야의 의지를 거스르며 상대를 죽이진 않는다.

숨을 살짝 내쉬었다. 여전히 땅바닥에서 움찔거리며 경련하고 있던 소매치기는 아마 누군가가 구조해줄 것이다.

안심한 사야를 보고 인파속으로 섞여든 '사락사락'의 방문자들이 어린애처럼 웃었다. 하지만, 그 목소리는 사야에게만 들린다.

조심해야지……. 이번에 그들이 소매치기를 죽이지 않은 이유는 그 소매치기가 사야에게 한 행동이 해라고 할 수 없는 정도였기 때문이다. 하지만, 만약에 소매치기가 아니라 강도였다면 그들은 틀림없이 강도를 처형했을 것이다. 그것도 매우 기뻐하면서.

방문자들은 상대를 공격하는 것을 즐거워한다. 그것도 '사락사락'의 위험성 중 하나다.

능력을 설명하기는 힘들 것이다. 소동에 휘말리는 건 질색이다.

사람들이 모여들고 있는 그곳에서 살며시 떠나려한 순간, 멀리서 무언가 커다란 것이 다가오고 있다는 사실을 눈치챘다.

"?????! 저게 뭐지……."

나타난 것은 거대한 전신 갑옷이었다. 한순간 방문자인가 생각했는데, 아니었다.

자기도 모르게 눈을 크게 뜬 채 얼어붙어 버렸다.

그것은 척 보기에도 너무나 컸다.

사야가 지금까지 보았던 헌터들 중 가장 덩치가 컸던 헌터와 비교해도 두 배는 더 크다. 그야말로 올려다봐야 할 정도로 큰 몸집.

무엇보다 놀라운 점은 그런 존재가 나타났는데도 소동이 거의 일어나지 않았다는 것이다.

물론 사야와 마찬가지로 멍하게 서 있는 사람도 있었지만, 저렇게 거대한 인간(?)이 나타났으니 여기 있는 모두가 공황 상태에 빠져 도망치더라도 이상할 게 없을 텐데.

그런 상황이 되지 않은 이유는 저 거대 갑옷이 이곳 제도에서는 희귀한 존재가 아니기 때문인가?

어떻게 된 영문인지, 좀 전에 소매치기를 제압한 까만 거인보다 더 크다.

거대 갑옷이 인파를 가르며 다가가 소매치기 근처에 앉고는 손바닥을 내밀었다.

그리고, 신성한 빛이 솟구쳤다.

"??? 회복 마법?? 힐러??? 힐러야????"

그것은 틀림없이 사야가 지금까지 보았던 힐러 중에서 최강이었다.

마치 웅대한 대자연을 연상시키는 듯한 온화하고 막대한 마나 머티리얼. 중상을 입은 소매치기의 상처가 한순간에 사라졌다.

너무나도 뛰어난 회복력에 사야는 뭐라 말로 표현하기 힘든 기분이 들었다.

저렇게 몸집이 커다랗고 회복력까지 대단한 힐러가 있다니, 대도시는 대단하구나…….

거대 갑옷을 향해 근처에 있던 남자 헌터가 말했다.

"아, 안셈 씨, 그 녀석 소매치기입니다. 몇 번이나 붙잡혔는데 전혀 반성을 하질 않아요. 어차피 또 소매치기를 하려다 반격당했겠죠."

"…………………………으음~."

보아하니 갑옷 안에는 남자가 있었던 모양이다. 덩치가 큰 남자는 고개를 천천히 끄덕이고는 방금 회복시킨 소매치기의 한쪽 다리를 붙잡고 일어섰다. 그 몸집에 비하면 평균 정도 키인 인간 따위는 장난감이나 마찬가지였다.

어떻게 해보지도 못하고 거꾸로 매달린 소매치기가 공포에 사로잡혀 비명을 질렀다.

설마 여기에서는 악당을 저렇게 거꾸로 매다는 건가…… 대도시는 무서워…….

여기저기 숨어있는 사락사락의 방문자들도 굳은 채 덩치가 큰 남자를 보고 있었다.

아무튼, 저 덩치 큰 남자는 너무나도 이질적이다.

지금까지 방문자들은 어떤 마물 군세를 상대하더라도 겁먹지 않았는데. 덩치가 큰 사람도 많은 테라스 헌터들 중에도 저렇게 덩치가 큰 남자는 없었는데, 대체 뭘 먹으면 저렇게 커질 수 있는 걸까?

도시의 세례(?)로 인해 멍하니 서 있자니 갑자기 누군가가 어깨를 붙잡았다.

"윽?!"

"음…………?"

몸을 움찔거리며 돌아보았다.

거기 있었던 것은 한 여자 헌터였다. 뒤로 묶은 핑크 블론드 머리카락과 똑같은 색을 한 눈동자. 눈을 크게 뜨고는 사야를 들여다보고 있었다.

아마 직업은 도적일 것이다.

꽤 실력이 좋다. 몸집은 작지만, 세차게 타오르는 듯한 불꽃 같은 에너지가 그 몸에 깃들어 있다는 게 느껴졌다.

곧바로 주위로 다가온 방문자들이 몸을 뻗어 들여다보며 그 얼굴을 확인하고 있었다.

사야는 살짝 헛기침을 하고는 왠지 모르겠지만 구멍이 뚫릴 것처럼 사야를 빤히 바라보는 그 헌터에게 물었다.

"………………왜?"

이렇게 빤히 바라볼 이유는 없을 텐데. 소매치기가 쓰러진 것도 사야가 한 짓이라는 사실을 눈치챌 사람은 없을 것이다. 지갑이 날아온 모습을 봤을지는 모르겠지만…….

말없이 시간이 흘러갔다. 그리고 몇 초가 지나자 여자 헌터가 눈을 깜빡이고는 고개를 갸웃거리며 말했다.

"혹시…… 크라이가 말했던 사야?"

"?! ……어떻게 내 이름을……?"

사야의 차림새가 조금 특이하긴 하지만 많은 사람들 속에서는 그렇게까지 눈에 띄지 않았고, 그렇게까지 강자라는 느낌이 드는 차림새도 아니었다. 멀리 떨어진 제블디아에서는 지명도도 거의 없는 수준일 것이다.

버릇처럼 경계하던 사야에게 그 여자 헌터가 쾌활하게 웃으며 말했다.

"역시나~! 우리 크라이가 레벨 9 시험 때 신세를 졌다고 했거든! 뭐야? 놀러 왔어?"

"!! 그렇다면………… 당신은 《비탄의 망령》 멤버……?"

"《절영》 리즈 스마트. 잘 부탁해. 뭐야? 방금 그게 말로만 들었던 '사락사락'? 어떻게 한 거야?"

자신감이 넘쳐나는 미소와 강한 의지가 깃든 눈빛을 본 사야는 잠시 주눅이 들었다.

뜻밖이다. 설마 《비탄의 망령》 멤버가 이렇게 친근한 사람이었을 줄이야. 게다가 크라이에게 사야의 이야기를 들은 모양인데도 경계하는 느낌이 전혀 들지 않았다.

혼란스러워하며 말문이 막힌 사야를 보고 리즈는 주위를 두리번거리며 확인한 다음, 말을 마구 쏟아냈다.

"혼자야? 카이저는 안 왔어? 나는 카이저하고도 만나고 싶었는데…… 크라이가 엄청 칭찬했으니까. 아, 맞다! 마침 한가하니까 제도를 안내해줄까?"

안내라니, 지금까지 그런 대접을 받아본 적은 없다. 사야의 힘 중 대부분은 이능이지만 마나 머티리얼 또한 대량으로 흡수했다. 어느 정도 눈썰미가 있는 사람이 보면 일반인이 아니라는 사실을 확실하게 알 수 있었고, 애초에 테라스 지부에서 사야는 유명했다.

일기당천의 《야연제전》.

사야를 두려워하지 않는 자는 '사락사락'으로 인해 다가오는 자들뿐이다.

무심코 눈을 크게 뜨고는 리즈에게 물었다.

"당신은…… 그와 무슨 관계야?"

아무리 크라이가 파티 리더라 하더라도 이야기를 잠깐 들은 정도로 처음 보는 상대에게 이렇게까지 친근하게 말을 건다는 건 사야에게 있을 수 없는 일이었다.

테라스에서의 대우와 차이가 너무 컸기에 마치 꿈이라도 꾸는 듯한 기분이었던 사야에게 리즈가 한순간 어리둥절한 표정을 짓고는 말했다.

"어? 무슨 관계냐니………… 친구? 그리고, 친구의 친구도 친구지. 당연하잖아?"

"!! 그……럴지도 모르겠어. 분명."

친구. 그 목소리에서 깊은 신뢰를 느낀 사야는 자기도 모르게 고개를 끄덕였다.

친구의 친구는 친구다. 이렇게 멋진 말이 또 있을까. 물론 그런 논리로 따지다 보면 친구가 한없이 늘어나버릴 것이다.

사야는 세상이 그런 규칙으로 이루어져 있다고 믿을 만큼 어린애가 아니었지만, 크라이의 동료가 모두 똑같은 생각을 가지고 있다면 이곳 제블디아에 머무르는 기간은 사야에게 있어서 멋진 시간이 될 것이다.

혹시 제블디아에는 이런 헌터들만 있는 건가?

사야는 성격이 밝은 사람을 꺼리는 편이지만, 크라이의 친구라면 좋은 친구가 될 수 있을 것 같다.

크라이는 분명 제블디아에 오면 파티 멤버를 소개해주겠다고 말했었다……. 그래도 이번엔 갑자기 온 건데, 미리 이야기를 해두었다니……. 이것도 《천변만화》라 불리는 이유인가?

기대감이 커지기만 한다. 이런저런 생각이 머릿속을 빙글빙글 맴돌았다.

지금까지 만난 적이 없는 캐릭터성에 흥미가 생겼는지, 찐득찐득한 점액 투성이인 육체를 지닌 인간형 방문자가 다가왔다. 눈과 코, 입이 없고 까만 인간 형태다.

사야의 '사락사락'으로 다가오는 방문자들 중에도 종류가 있다.

자유자재로 변하는 육체를 지닌 인간형 방문자는 가장 자주 나타나며 사야가 '그림자사람'이라 부르는 종류다.

사야와 리즈 사이에 끼어들어서 길고 가는 촉수 같은 목 끄트머리를 거대한 눈알로 변형시킨 채 리즈를 바라보고 있는 그림자사람.

충혈된 눈알이 리즈 쪽으로 다가가 위에서 들여다보기 시작했다.

그때, 리즈의 눈썹이 한순간 움찔거렸다. 특이한 수갑으로 감싸인 팔이 사야 쪽으로 뻗었다.

무심코 눈을 크게 떴다. 똑바로 뻗은 손가락 끝은 사야——가 아니라 그림자사람의 가녀린 목에 닿았다.

"?! 어?"

그리고 리즈의 손이 그림자사람의 목을 힘껏 쥐었다.

긴 목 끄트머리에 돋아나 있던 눈이 새빨갛게 변했고, 떨리는 듯한 절규가 큰길의 떠들썩한 소리를 묻어버렸다.

하지만, 큰길에 가득 차 있던 사람들은 그 절규를 눈치채지 못했다.

'사락사락'의 방문자는 누구도 볼 수 없고, 들을 수 없으며, 만질 수도 없다. 사야 말고는.

"??? 어?"

하지만, 눈앞에 있는 이 크라이의 친구는 분명히 사락사락의 방문자에게 간섭했다.

원래 리즈의 손은 그림자 사람을 건드리지 못하고 관통했어야 한다.

꽉 쥔 손 안에서 그림자 사람이 꿈틀댔다. 그것은 사야가 처음으로 본 방문자의 고통이었다.

둘러싸고 있던 다른 그림자사람들이 처음으로 자신들에게 간섭한 상대를 보고 깜짝 놀란 듯이 일제히 눈알을 드러냈다.

리즈가 사야의 눈동자를 똑바로 쳐다보며 왠지 사나워 보이는 미소와 함께 말했다.

"호오~, 이게 '사락사락'의 정체야? 보이지도 않고 기척도 없는데 존재한다니. 마술도 아닌 것 같고, 재미있네. 아까 그것도 이 녀석들이 한 짓이야?"

있을 수 없는 일이다.

그녀는 보지 못하고, 기척도 느끼지 못한다. 절규도 못 듣는 것 같다.

그런데 어떻게 닿을 수 있는 거지?

지금까지 '사락사락'을 당해낸 사람은 한 명도 없었는데.

지나가던 사람들이 리즈를 의아한 눈초리로 바라보았다.

동요한 기색을 감추지 못하는 사야의 의사와는 상관없이 근처에 있던 방문자들이 움직이기 시작했다.

골목 안에서, 갈라진 길바닥 틈새에서, 건물의 창문에서, 형태가 제각각 다른 방문자들이 수없이 기어나왔다.

사야가 헌터가 된 계기를 만든 사건. 소용돌이에서 쏟아져 나오는 마물 무리를 상대했을 때 나타난 숫자와 맞먹는 규모다.

하늘이 약간 어두워졌다. 리즈 뒤쪽, 땅바닥에 커다랗고 까만 얼룩이 퍼져나갔다.

그림자보다 더욱 어둡고, 구멍이 아니기에 바닥은 보이지 않는다.

그것은 경계였다. 방문자들이 사는 세계와 이 세계와의 경계.

방문자는 항상 어둠 속에서 나타난다. 경계의 크기는 방문자의 크기다.

그곳에서 나타나는 존재는 분명 사야가 지금까지 본 적이 없는 종류의 방문자일 것이다.

자신의 눈동자가 약간 열기를 띠고 있었다. 사야는 그 이유를 직감적으로 알 수 있었다.

능력의 역전 현상이 일어나고 있다. 사야가 능력을 발동시켰기에 그것들이 나타나는 것이 아니라, 그것들이 나타났기에 능력이 더욱 강하게 발동되고 있다.

이것은 사야가 기대했던 것과는 정반대의 성장이다.

그 경계의 크기에 무심코 숨이 막혔다.

————그때, 리즈가 목을 잡고 있던 손을 곧바로 놓았다.

"아~, 장난이야, 장난. 본 적도 없는 게 사이에 끼어들길래……미안해?"

풀려난 그림자사람이 비틀비틀 뒤로 물러섰다.

얼마나 세게 조였는지, 목에 손자국이 남아 있었다.

사야는 당장에라도 공격을 가하려던 다른 방문자들을 급하게 시선으로 견제했다.

이 리즈는 강하긴 하지만, '사락사락'이 불러내는 존재의 숫자는 막대하다. 무엇보다 이런 인파 속에서 싸우게 되면 피바다가 생겨나 버릴지도 모른다.

방문자들에게서 지금까지 느끼지 못했던 강한 감정이 느껴졌다. 공포일까 분노일까, 인간 형태이긴 하지만 인간이 아닌 그들의 표정은 사야도 알아볼 수가 없다.

그래도, 의지를 담아 바라보자 주위를 둘러싸고 있던 방문자들이 어쩔 수 없다는 듯이 리즈에게서 물러났다.

땅바닥에 퍼져나가던 얼룩도 노려보자 망설이듯이 확장을 멈췄고, 줄어들더니 사라졌다.

능력이 진화하고 나서 들리지 않았던 사락사락 하는 소리가 한순간 들렸다.

하늘이 밝아졌다. 일단 위기는 사라진 모양이다.

코드에서 붙잡혔을 때보다 더 간담이 서늘했다.

리즈의 아름다운 분홍색 눈동자가 사야의 눈을 빤히 바라보고 있다.

그런데 설마 '사락사락'을 건드릴 수 있는 사람이 있을 줄이야. 크라이의 신산귀모도 엄청났지만, 파티 멤버의 실력 또한 크라이 못지 않았던 모양이다.

어떻게 방문자에게 간섭할 수 있었는지 신경 쓰이긴 해도, 헌터가 자신의 능력을 밝히지는 않겠지.

사야는 물어볼지 말지 십몇 초 동안 망설인 결과, 전혀 다른 것을 물어보았다.

"…………리즈, 당신 레벨은 몇이야?"

"응? 6인데………… 안셈 오빠, 이거 봐, 이거 봐! 크라이가 말했던 사야를 찾았어! 놀러 왔대!"

"!! …………으음."

인파 속에서도 리즈가 망설이지 않고 소리치자 완전히 존재를 잊고 있었던 소매치기를 거꾸로 매달았던 그 거인이 리즈와 사야를 보며 대답했다.

?! 안셈 오빠? 오빠?? 오빠라고?? 저게 정말로 인간이야??

………………제블디아. …………무슨 이런 곳이 있어!

사야는 성큼성큼 인파를 헤치며 다가오는 덩치 큰 남자를 보고 좀 전에 있었던 일도 잊은 채 그저 멍하니 서서 어깨를 떨었다.

여러 가지 의미로 놀라운 스마트 남매의 안내를 받으며 제도를 돌아다녔다.

보아하니 스마트 남매(특히 안셈 쪽)은 지명도가 대단한지 시선을 독차지했고, 걸어가기만 해도 인파가 갈라졌다. 사야도 자신의 거점인 테라스에서는 두려움을 사곤 했지만, 안셈 스마트만큼 충격적이진 못했다.

"이곳이 유물조사원. 보물전이나 보구와 관련해서 뭔가 발견했을 때는 여기에 통보하면 돼. 크라이 이름만 대면 금방 튀어나오니까!"

"저기가 말이지, 이곳 제도의 치안 유지를 담당하고 있는 제3기사단 대기소야. 누군가에게 습격당했을 때는 붙잡아서 여기에 데리고 오면 짭짤할지도 몰라. 현상수배범 리스트도 있고…… 아, 무슨 일이 생기면 크라이 이름을 대면 돼. 내 이름도 상관없긴 한데."

"이 길을 똑바로 가면 '퇴폐 지구'라는 치안이 안 좋은 구역이 있어. 돌아다니다 보면 덤벼드니까 사야라면 손쉽게 돈을 벌 수 있을지도 모르겠는데? 뭐, 자주 하다 보면 얼굴이랑 이름이 알려져서 덤벼들지 않게 되지만………… 덤벼들게 하려면 크라이 이름은 안 대는 게 좋을지도 모르겠네."

"일단 제블디아에서 뭐나 곤란한 일이 생기면 크라이 이름을 대면 돼!"

"…………으음."

"그렇구나……."

역시 레벨 8, 나라에서도 신뢰가 두터운 모양이다.

그런데 안내를 받아보니 정말로 큰 도시인 것 같다.

방문자들도 다들 각자 처음 온 이 지역에 흥미를 보이는 것 같았다.

이 지역은 마나 머티리얼의 기척이 테라스에 비해 매우 진했다. 제도 제블디아는 두터운 지맥 위에 존재한다는 이야기를 들은 적이 있었는데, 그 소문이 사실인 모양이다.

이 도시의 주민들은 그냥 살기만 해도 조금씩 마나 머티리얼을

흡수할 것이다. 트레저 헌터의 성지가 될 만도 하다.

마나 머티리얼을 흡수한 것만으로 모두가 싸울 수 있게 되는 건 아니지만—— 문제가 생기기 쉬운 특성이 있는데도 두터운 지맥 바로 위에 도시를 세우고 이 정도 규모까지 키우다니, 제블디아 제국의 역대 황제들은 꽤 대단한 사람들이었을 게 틀림없다.

거리를 걸어가며 리즈가 아쉬워하는 말투로 말했다.

"카이저를 만나고 싶었단 말이지. 크라이가 실제로 본 건 아니라고 했지만, 춤을 추며 싸운다면서?"

"맞아. 그가 싸우는 모습은 훌륭했어."

댄서라는 이야기를 들었을 때는 어떤 수법을 쓰는 건가 하는 생각이 들었지만, 실제로 코드 추락 직전에 본 그것은 분명 댄스였다.

하지만 실제로 본 지금도 어떻게 춤추는 듯한 움직임으로 진 고든이 마련한 병력을 쓰러뜨린 건지까지는 모르겠다.

《천변만화》뿐만 아니라 레벨 8이란 정말 다들 엉망진창이다.

"그러고 보니까, 크라이도 한 때 댄서가 되겠다고 말했던 적이 있었지. 헌터가 되기 전에 말이지만."

"?!"

"으음…………."

레벨 8은 대체…… 혹시, 나도 조금이나마 춤을 출 수 있게 되는 게 나오려나……?

……아니, 아니. 아마 그냥 우연이겠지.

왠지 답답한 기분이 든 사야에게 리즈가 말했다.

"그래서, 사야에게 부탁할 게 하나 있는데에, 나한테 카이저의 춤을 가르쳐주면 안 될까?"

"어?"

리즈가 뒤통수에 깍지를 끼고는 미소를 지었다.

"아니, 세계수에도 올라갔으니까, 이참에 한층 더 레벨 업 해둘까 해서. 크라이도 앞으로 점점 레벨을 올려나갈지도 모르니까, 조금이나마 강해지고 싶거든? 몸놀림에는 자신이 있고, 레벨 8의 기술을 익힐 수 있다면 더욱 높은 경지에 오를 수 있을 것 같잖아?"

"으음, 으음."

안셈은 고개를 크게 끄덕이며 맞장구를 쳤다.

세계수에 올라간 것만으로도 위업인데 그 이상의 목표를 잡다니, 향상심이 너무 대단하다.

애초에 카이저가 제도에 왔다 하더라도 자신이 만들어낸 비전을 다른 사람에게 가르쳐줄 리가…… 그라면 그냥 가르쳐줄 것 같기도 하다.

주위의 적을 휩쓸어버리는 댄스도 대단했지만, 강제로 주위의 시선을 끌어당기는 그 힘은 보물전을 탐색할 때도 유용할 것이다. 아무나 습득할 수 있는 건지는 모르겠지만.

사야는 춤을 배우고 싶다는 생각은 해보지도 못했다.

직업이 다르니까. 그렇게 따지면 그만이겠지만, 그 향상심과 유연한 사고가 가능한지의 여부는 큰 차이를 만들 것이다.

보아하니 친구를 만드는 것 말고도 이 도시에서는 얻을 것이 많을 것 같다.

잠정 레벨 9라는 입장도 사야에게는 이능 소유자의 지위 향상으로 나아가는 통과 지점에 불과하니까.

새삼 마음을 굳게 먹은 사야에게 리즈가 두 손을 모으며 말했다.

"그래서어, 혹시 생각이 있으면 말인데………. 사야도 나중에 함께 모의전을 해주지 않을래? 이제 이곳에는 모의전에 어울려주는 사람도 별로 없어서어. 아마 다른 사람들도 다른 나라의 레벨 8이랑 싸워보고 싶을 거야. 안셈 오빠도 '사락사락', 보고 싶지?"

"으음, 으음, 으음!"

"그건…… 상관없긴 한데."

보통은 거절했을 상황이다. 사야를 상대로 모의전을 해봤자 의미가 없다.

하지만 리즈는 원래 보이지 않고 닿을 수 없는 방문자에게 대미지를 입혔다. 차분히 그 싸움을 관찰하면 어떻게 '사락사락'에 맞설 수 있었던 건지 알 수도 있을 것이다. 그것이 탐색자 협회에서 떠안고 있는 '사락사락'에 대한 불안감을 해소하는 것으로 이어질 가능성도 있다.

주고받던 이야기를 들은 건지, 방문자들이 사야 일행을 둘러싸기 시작했다. 딱히 지시를 내리지도 않았지만 그들은 애초에 사람들의 언어를 이해하는 것 같기도 했다.

보아하니 그들도 의욕이 넘쳐 보인다. 어디선가 모여든 숫자는 이미 수십이 넘었다.

이렇게까지 많이 모이면 사야의 눈에는 방문자들 때문에 오히려 평범한 경치가 보이지 않는다. 지금 당장 모의전을 하려는 게 아닌데…….

만약 일반인들이 방문자를 볼 수 있었다면 큰 소동이 벌어졌겠지. 한숨을 쉬고는 옆을 보았다.

그때 사야는 둘러싸고 있던 존재들 중에서 처음으로 본 종류의 방문자가 있다는 사실을 눈치챘다.

지금까지 '사락사락'으로 다가오는 방문자는 모두 까만색이었다. 어둠을 녹여서 형태를 갖춘 듯한 괴물이다.

하지만, 그 개체는 까맣지 않았다.

아니, 그뿐만이 아니라――――― 꽤 인간과 비슷한 형태를 갖추고 있었다. 사야가 그것을 곧바로 방문자라고 판단할 수 있었던 이유는 두르고 있는 분위기가 달랐고 얼굴이 특이했기 때문이다.

까만 머리카락과 하얀 피부. 생김새는 사야보다 어린 소녀지만, 그 두 눈에 해당되는 부분에는 구멍이 뻥 뚫려 있었다.

복장은 어딘가의 제복 같았지만, 소매 밖으로 뻗은 앙상한 팔에는 핏기가 없었다.

구멍에서 피눈물이 흘러내렸다. 척 보기에는 무시무시한 모습이지만, 다른 방문자들과 비교하면 귀여운 수준이다.

신기한 건지, 그림자사람들이 커다란 눈알로 그 새로운 동료를 빤히 관찰했다.

시선을 받자 그 신종 방문자는 척 보기에도 당황했다. 주위를 두리번거리며 확인하고 있는데, 그 모습은 다른 방문자들 사이에서도 분명히 눈에 띄었다.

"?!"

빤히 바라보고 있자니 그 방문자가 사야를 보고는 갑자기 등을 돌려 뛰어가기 시작했다. 왠지 모르겠지만 그림자사람들이 미끄러지는 듯한 움직임으로 뒤를 쫓아갔다.

대체 뭘 하고 있는 걸까……. 어쩌면 그들도 새로운 도시에 와서 흥분한 건가?

뭐, 멋대로 날뛰지 않는다면 아무래도 상관없지만…….

"좋아, 그러면 우리 클랜 하우스로 갈까? 크라이도 있고, 다른 멤버도 소개해줄게. 그리고 클랜 멤버들도 분명 레벨 8이랑 싸우고 싶어할 거야!"

"…………맡길게."

나는 일단 우리 지역에서는 두려움을 사는 존재고, 모의전을 하고 싶다는 말을 꺼낸 사람은 아무도 없었는데…….

어이없어 해야 할까, 아니면 감탄해야 할까. 사야는 일단 신종 방문자에 대해서는 잊은 뒤 어떻게 모의전을 해나갈지 생각하기로 했다.

그건 대체…… 뭐지?

희미하고 푸른 조명이 비추는 복도에서 그것은 예상하지 못한 상황에 당황하고 있었다.

당황한 원인은 좀 전에 **표면** 세계에서 발견한 기묘한 존재 때문이었다.

어둠 그 자체를 뭉쳐서 만든 것 같은 칠흑의 인간 형태.

정체도 모르고 어디서 왔는지도 모르는 그 이상한 형태는 확실하게 **이쪽**을 인식하고 있었다.

한때 지금 제도가 있는 지역에 존재하던 【별의 신전】. 그 터에 나타난 【별의 신의 모형정원】의 팬텀인 나――――'흐느껴 우는 레이디'를.

기본적으로 레이디의 모습은 레이디가 원하지 않는 한 보물전 밖에서는 보이지 않을 것이다.

그 이유는 레이디가 소속된 【별의 신의 모형정원】이 현실 세계와 겹치듯이 존재하는 특수한 보물전이기 때문이다. 이것은 보물전 그 자체가 지닌 특성이라 할 수 있다.

하지만, 그 이형(異形)은 분명히 나를 인식하고 있었다.

게다가 이형은 한 마리가 아니었다. 인파에 섞여서 셀 수 없을 만큼 많이 존재했다.

그리고 그렇게 많이 지나다니던 사람들이 그 존재를 눈치채지 못했다.

레이디가 이곳 제도에 나타나고 나서 오랜 세월이 지났지만, 처음 보는 광경이었다.

한순간 그 괴물도【별의 신의 모형정원】에 나타난 팬텀인 줄 알았지만 아니었다.

기척이 다르다. 그것은 애초에 팬텀이 아니다.

싸늘한 공기가 가득 찬 아무도 없는 복도에서 원래 흐트러질 수 없는 숨을 가다듬었다.

레이디는 공포의 화신이다. 수많은 인간들을 공포의 구렁텅이에 몰아넣고 인간의 약점을 찾아내기 위해 발생했다.

내가 겁을 먹을 리가 없다. 그런 일이 있어서는 안 된다.

그리고 한 가지 더, 신경 쓰이는 게 있다. 레이디를 보고 있던 인간이 있었다.

까만 머리에 붉은 눈, 어둡고 깊은 마나 머티리얼이 몸에 깃든 여자였다.

그것 또한 원래는 있을 수 없는 일이다. 그리고 그 여자는 까맣고 이상한 형태들 또한 인식하고 있는 것 같았다.

좀처럼 믿기지가 않지만, 실제로 나를 본 이상 인정할 수밖에 없다.

어떻게 레이디의 모습을 볼 수 있었는지는 모르겠다. 혹시 상성이 좋았던 건가? 지금까지 잡아온 인간들 중에도 그 여자만큼은 아니지만 감각이 예민한 자들이 있었다.

인간은 무시무시하다. 과거에 강력하기 짝이 없는 힘을 자랑하던【별의 신전】의 주인이 거점을 버리고 도망친 이유도 지금은 이해가 된다.

기록에도 남지 않을 정도로 먼 옛날에 대도시에서 두려움을 사던 괴물, 몬스터 디기를 상대로 정면으로 맞서 싸웠으며 겁을 주기 위해 뻗은 레이디의 목을 빈틈이라 단정하고 베려 했던 기사.

몬스터보다 더 커다란 몸집을 자랑하며 영문 모를 거대한 전신 갑옷을 입은 남자와 나를 인식한 데다 왠지 모르게 쫓아온 까만 이형들. 그리고 결코 보이지 않을 레이디를 보고 있던 그 여자.

그 밖에도 바깥 세계에는 검을 든 자에게 망설임없이 덤벼드는 요괴 같은 남자도 존재하는 모양이었다.

도저히 상대해줄 수가 없다.

레이디의 역할은 인간의 약점을 찾는 것이다. 그런 녀석들과 싸울 수는 없다.

전부 지맥을 흐르는 마나 머티리얼이 갑자기 줄어든 탓이다.

마나 머티리얼이 가득차 있던 동안, 보물전의 은폐 능력은 완벽했다. '별의 신의 실험장'의 규칙이 피해자, 그리고 피해자와 관련된 모든 정보를 망각시키고 행방불명을 완벽하게 만들었다.

마나 머티리얼의 감소로 인해 규칙이 흐트러지지 않았다면 사람이 아무리 많이 사라졌더라도 사라졌다는 사실을 눈치채지 못했을 텐데———.

어째서 지맥의 에너지가 줄어든 건지는 알 수가 없다. 아무래도 상관없는 일이다.

문제는 레이디가 진심으로 겁을 줘도 두려움을 느끼지 않는 녀석들이 행방불명된 사람들을 찾기 시작했다는 점이다.

지금까지도 레이디를 위협할 만한 상대는 피해서 행방불명의 표적을 선정해 왔지만, 지금까지보다 더욱 주의해서 선택해야만 한다.

"으으………… 죽인다……."

어느새 곁에 나타난 공포. 80명을 죽이고 한 도시의 밤을 공포로 물들였다는 몬스터 디기가 그 거대한 몸집을 움츠리고는 번들거리는 눈으로 레이디를 보고 있었다.

가엾게도 과거에 전설까지 되었던 살인 몬스터가 그 기사 때문에 완전히 자신감을 잃었다.

그가 들고 있던 피에 젖어 끔찍해 이던 해체용 식칼은 전히 반짝반짝한 새 식칼처럼 변했고, 왼손에 들고 다니는 머리의 숫자도 줄어들었다.

이 몬스터에게 있어서 공포는 힘 그 자체. 상대가 공포를 느끼지 않으면 그 힘을 잃게 된다.

그리고 레이디 또한 마찬가지다.

레이디는 자신을 타이르듯이 말했다.

"괜찮아, 괜찮다고. 그건 좀 지나친 도전이었어. 더 약한 녀석을 찾으면 돼. 금방 찾을 수 있을 거야. 바깥 세계에는 인간이 그렇게 많으니까."

"으으…… 나, 열심히 할게……."

몬스터 디기가 비통함이 느껴지는 울음소리를 내고는 느릿느릿 걸어갔다.

남 일이 아니다.

몬스터 디기가 자신감을 잃은 것은 현대에 그를 뛰어넘는 마물이 잔뜩 존재하기 때문이지만, 척 보기에 사람 같기만 한 레이디가 공포를 모으는 건 더 힘든 일이다. 목을 늘려도, 피눈물을 흘려도 비명을 지르지 않는다면 대체 어떻게 해야 할까…….

레이디는 애수가 감도는 그 뒷모습을 바라본 다음 자신도 새로운 먹잇감을 찾으러 가기로 했다.

크라이 안드리히가 설립했다는 《시작의 발자국》의 클랜 하우스는 테라스에서 찾아볼 수 없을 정도로 세련된 건물이었다.

큰길 근처, 다른 사람들 눈에 잘 띄는 곳에 있어서 그런지 척 보기에는 도무지 트레저 헌터들이 모여드는 클랜 하우스 같지 않았다. 테라스에서는 클랜 하우스를 마물들이 도시에 침입했을 때 요새로 이용할 수 있게끔 짓기 때문에 생김새가 투박하다.

생각하면 할수록 《천변만화》의 공적은 엄청났다. 만약 사야와 크라이의 입장이 뒤바뀌었다면 겨우 몇 년만에 제도 제블디아의 고급 지역에 이렇게 큰 클랜 하우스를 지을 수는 없었을 것이다.

트레저 헌터들이 치열하게 경쟁을 벌이는 제도에서 새로 클랜을 만들고, 그 클랜을 유명한 클랜으로 키우기 위해서는 실적 이상으로 인망이 반드시 필요하다.

어떤 수법을 쓴 건지는 모르겠지만, 그런 경지에 이르기까지는 엄청난 고생이 있었을 것이 뻔하다. 그리고 그 공적은 그저 능력을 쓰며 끊임없이 몰려드는 마물들을 시체 더미로 바꾸어서 레벨 8까지 올라온 사야보다 훨씬 뛰어난 위업이라 할 수 있을 것이다.

얼마 전 레벨 9 인정 시험 때도 크라이 본인이 거부하지 않았다면 레벨 9가 된 건 크라이였을 게 틀림없다.

과연 나에게 부족한 것은, 크라이에게 있지만 나에게 없는 것은 무엇일까?

무심코 진지한 표정으로 생각에 잠겨 있자니 안셈도 지나갈 수 있을 만큼 커다란 문에서 나온 남자가 말을 걸었다.

특이하게도 장궁을 등에 멘 헌터였다.

“응? 리즈, 무슨 일 있었어? 기분이 꽤 좋아보이는데.”

“알아보겠어어? 크라이가 레벨 9 시험을 함께 쳤던 손님을 데리고 왔거든. 사야라고 해!! 모의전을 같이 해준대. 사야, 이 녀석은…… 궁수인 《남격》 스벤 앵거야. 일단은 그럭저럭 실력이 있으니까……. 궁수하고 싸워 본 적은 없지?”

나는 딱히 그렇게까지 싸우고 싶은 건 아닌데…….

리즈가 소개하자 스벤이 눈을 한껏 크게 뜨고는 사야를 보았다.

“?! 진짜로………………? 설마 크라이보다 어린 레벨 8이 있었다니…… 세계는 넓구나…….”

“그치~? 나도 깜짝 놀랐어. 그래도 크라이와 동격인 헌터라고 하니까 두근거리지 않아?”

“………….”

아, 아니……………… 거의 싸우지도 않고 고기동 요새도시 코드를 추락시킨 그 사람이랑 똑같다고 생각하면 곤란한데…….

애초에 사야는 그렇게 어리지 않다.

그저 육체에 새겨질 예정이었던 시간을 방문자들에게 빼앗겨 버렸을 뿐이다.

"맞다, 너도 싸워보고 싶지? 하고 싶은 사람 모두 모아둬. 사야는 재미있으니까! 이런 기회는 좀처럼 없잖아?"

"……이렇게 말하는데, 괜찮겠어?"

스벤 앵거가 약간이나마 미안해하는 듯한 표정으로 물었다.

"상관없긴, 한데…………."

'싸움이 되지 않을지도 모른다'. 사야는 그 말을 집어삼켰다.

헌터 중에는 성격이 급한 사람도 많다. 그것은 겉으로 보기에는 그렇게까지 강한 것 같지 않은 사야의 처세술이었다.

힘을 보여주면 이 도시에서도 두려움을 사게 될지 모르지만, 어차피 영원히 숨길 수는 없다.

사야의 표정에서 무언가를 느낀 건지, 스벤이 씨익 웃었다.

"크큭………… 알겠어. 자신이 있는 것 같으니, 사양하지 않고 부탁 좀 해볼까. 다른 나라의 레벨 8이랑 대결할 수 있는 기회는 좀처럼 없으니까. 시험해보고 싶은 녀석도 꽤 많겠지."

"같은 상대하고만 계속 훈련해봤자 의미가 없으니까."

"으음, 으음……."

스벤도 리즈와 마찬가지로 실력이 꽤 좋을 것이다. 별명이 붙은 헌터는 그렇게 많지 않다. 안셈은 굳이 말할 필요도 없고.

그런데…… 나는 과연 모의전을 잘 할 수 있을까? 이기는 건 문제가 없지만, 이 능력은 세밀하게 조정하기가 힘들다. 가능하면

이 도시에서도 두려움을 사는 건 피하고 싶은데.

잘 해야만 한다. 혹시나 새로운 친구가 생길지도 모르니까…….

사야에게만 보이는 방문자들은 전의와는 다른 의미로 두근거리고 있는 사야를 둘러싼 채 빤히 바라보고 있었다.

리즈와 똑같은 색의 눈이 사야의 온몸을 빤히 관찰하고 있다.

클랜 하우스 3층. 척 보기에도 연구실 같은 곳에서 기다리던 사람은 리즈 스마트와 머리도 눈도 똑같은 색이지만 인상이 꽤 다른 여자── 시트리 스마트였다.

보아하니 스마트 남매는 세 명이었던 모양이다. 시트리는 지금까지 느껴본 적이 없었던 시선으로 사야의 온몸을 머리부터 발끝까지 확인하고는.

"음………… 그렇군요, 그렇군요……."

고개를 끄덕이더니 엄지손가락을 들고 미소를 지으며 말했다.

"합격이에요! 죄송합니다. 요즘 저의 크라이 씨에게 접근하는 괘씸한 녀석들이 많아서요."

"저의? 야, 얼렁뚱땅 이상한 소리 하지 마!"

"으음, 으음."

미소를 지은 채 옆얼굴을 얻어맞은 시트리와 갑작스러운 리즈의 폭행도 아랑곳하지 않고 고개를 끄덕이는 안셈. 그 모습은 그런 상황이 자주 있는 편이라는 것을 느끼게 해주었다.

보아하니 《비탄의 망령》은 그 이름과는 달리 꽤 활기찬 파티인 모양이다. 부럽다.

그런데, 뭘 느끼고 합격이라는 판단을 내린 걸까…….

은빛으로 반짝이는 액체가 든 플라스크를 흔들며 시트리가 눈을 빛내고 말했다.

"모의전 말이죠? 물론 참가할게요! 크라이 씨께서 말씀하신 '사락사락'도 신경 쓰이니까요!"

"…………."

당신은 《연금술사》 아닌가요?

사야의 기억이 정확하다면 보조 쪽에 가까운 직업일 텐데.

《비탄의 망령》 멤버들은 전투욕이 너무 강하다. 전투욕이 제일 약한 사람은 리더인 크라이일지도 모르겠다는 시시한 생각까지 떠올랐다.

리즈가 눈살을 찌푸리며 시트리에게 물었다.

"시트, 너 어떻게 싸울 생각인데? 아까 살짝 시험해 봤는데, 사야는 꽤 대단한 것 같거든?"

"걱정해야 할 사람은 언니잖아? 언니는 물리 공격만 할 수 있으니까…………. 나는 그 왜, 가스가 있으니까. 유그드라의 소재로 합성한 신형."

?! 가스? 방금, 가스라고 했어?

굳어버린 사야 앞에서 리즈가 놀리는 듯한 말투로 말했다.

"뭐어? 레벨 8 헌터에게 가스 같은 게 통할 리가 없잖아! 아무래도 상관없긴 한데, 크라이의 친구에게 추태를 보이지는 말라고."

"괜찮다니까. 이건 위력이 강한 신형이니까. 그리고 사야 씨에게 통한다면 인간 상대로는 누구든 통하겠지? 문제는 넓은 범위에 퍼져버린다는 건데…….”

“………………으음.”

…………완전히 사야 본인을 노릴 셈이다.

코드에서 사야가 보여준 추태에 대해 이야기를 들은 건가? 아니, 말하는 걸 들어보니 그런 건 아닌 것 같다.

애초에 넓은 범위에 영향을 주는 가스를 사용하는 것은 이 도시의 법률로 허용되는 건가? 그건 전투 쪽으로는 규칙이 느슨한 테라스에서도 용납되지 않는데…….

뭐, 하지만 지금 사야에게는 가스 같은 게 통하지 않는다. 애초에 사야에게는 어지간한 독물이 통하지 않았지만, 코드에서 벌인 전투로 인해 내성이 더욱 강해졌다.

무엇보다 방문자들은 두 번 다시 사야가 기절하는 것을 용납하지 않을 것이다.

“슬슬 새로운 힘이 필요하다고 생각했거든요! 시험 사격을 하게 해주신다니, 도움이 많이 되겠어요!”

“그, 그래…….”

시트리는 눈을 반짝이며 두 손을 잡았다.

시험 사격…….

스벤의 반응도 그렇고, 이 도시의 헌터는 정말 적극적이다. 어쩌면 테라스 지부의 헌터들보다 더욱.

사야는 모의전 상대보다 친구를 원하는데……. 그러고 보니 크라이가 사야에게 친구가 될 수 있을 거라고 한 사람은 그의 여동생이었을 것이다.

이름이 아마…… 맞다, 루시아다. 루시아 로제.

"남은 사람은 루크랑 루시아, 그리고 엘리자인가……."

"루크 씨는 새로운 기술을 시험하겠다고 도장에 갔어요. 엘리자 씨는 세렌 씨가 불렀다고 했으니 세렌 씨에게 갔겠죠. 유그드라에 탐협 지부를 만드는 과정에서 의견을 듣고 싶다고 해서요……."

역시 레벨 8 헌터의 파티 멤버다. 각자 바쁜 모양이다.

카이저가 대신 맡아주고 있다고는 해도 사야도 이곳에 오래 머무를 수는 없다. 목적도 따로 있다.

하지만 적어도 크라이가 친구가 될 수 있다고 했던 루시아와는 만나고 싶다.

"뭐, 루크는 부르면 아마 날아오겠지. 루시아는 그 의뢰인가…… 그거 엄청 골치 아플 것 같던데. 좀 알아봤거든."

"!! ……의뢰?"

리즈가 인상을 찌푸렸다. 사야가 묻자 시트리가 쓴웃음을 지으며 대답해 주었다.

"지금 제도에서 행방불명 사건이 여러 건 발생해서, 루시아가 지명의뢰를 받고 그에 대해 조사하고 있어요. 저도 신경 쓰여서 살짝 알아봤는데…… 꽤 골치 아플 것 같더라고요. 이런 건 원래 크라이 씨께서 잘하시는데."

행방불명이라.

사야가 돌아본 거리는 어디에나 사람이 넘쳐났다.

이런 곳에서 사건이 일어났다면 조사하는 것도 꽤 힘들 것이다.

애초에 헌터에게 그런 조사 주체의 의뢰가 들어오는 것도 드문

일일 텐데. 그 크라이의 여동생이니 실력이 정말 좋기 때문일 것이다.

“그렇다면 크라이에게 부탁하면 되는 거 아니야? 같은 파티 멤버고 친구니까.”

신산귀모의 《천변만화》다. 정보가 거의 없었던 코드를 추락시킨 그 지모는 모든 것이 끝난 지금도 마법 같다는 생각만 든다.

이야기를 들었지만 의미를 이해할 수가 없었다. 본인은 아무것도 하지 않았다고 우겼고, 거짓말을 하는 것 같지도 않았으니 그에게 있어서는 레벨 9 시험조차 별것 아닌 안건이었을지도 모른다.

사야가 한 말을 듣고 리즈는 머리를 벅벅 긁으며 말했다.

“아니~, 사실 크라이는 지금 움직일 수가 없거든. 그리고 힘든 의뢰라 해도 알아서 해결하지 않으면 성장하지 못하잖아? 애초에 친구는 그런 게 아니기도 하고. 크라이가 먼저 말을 꺼낸다면 모를까. 보답을 원하면 친구라고 할 수 없지 않아? 그런 친구는 필요 없다고.”

“!! 그, 그렇구나…….”

그렇구나, 친구라는 건 그런 게 아니었구나.

크라이는 분명 레벨 9 시험 때 사야의 힘을 본 뒤에도 도와달라는 말을 한 번도 하지 않았다.

혹시 그것도 그런 이유 때문이었을까?

사야는 테라스에서 두려움의 대상임과 동시에 의지의 대상이다. 하지만, 도움을 청하는 사람은 있어도 친구라고 할 만한 존재는 없었다.

그리고 리즈 스마트가 한 말에서는 헌터로서의 강한 긍지 또한 느껴졌다.

왠지 눈이 뜨인 듯한 기분이었다. 이 리즈와 비교하면 다른 사람을 이기는 것조차 두려워하는 나는 얼마나 약한――― 아니, 약했을까.

그리고 확신이 들었다.

아마 그녀라면 내가 이기든 지든 좋은 관계를 맺을 수 있을 것 같다는 확신이.

시트리가 두 손을 모으고는 방긋 웃으며 말했다.

"뭐, 모처럼 기회가 생겼으니 먼저 모의전을 할까요? 크라이 씨께 보여드리기 전에 신작의 성과도 확인해두고 싶으니까요."

"시트, 사야는 크라이의 친구니까 성능 시험도 적당히 하라고."

재미있다. 사야는 처음으로 모의전이라는 것에 의욕이 솟구치는 느낌이 들었다.

지금까지 사야도 모의전을 몇 번 해본 적이 있었지만, 솔직히 재미는 없었다.

이기는 것조차 의욕이 없었으니 당연하다.

그저 능력을 쓰기만 하는 작업이나 마찬가지였다. 대전 상대로부터 느껴지는 그 지더라도 어쩔 수 없다는 분위기와 끝난 뒤에 느껴지는 괴물이라도 보는 듯한 눈초리.

"미안하지만………… 힘 조절은 못 해."

"뭐어? 당연하잖아?! 힘 조절을 할 생각이었어? 그런 짓을 하면 절교야! 모의전이라 해도 죽일 생각으로 하지 않으면 의미가 없잖아?!"

지금까지 꺼내지 못하다가 툭 내뱉은 말을 듣고 리즈가 눈이 뒤집힌 채 소리쳤다.

사야는 자기도 모르게 미소를 지었다.

이번에는 괜찮다. 설령 사야가 그 힘을 보여준다 해도 이 새로운 친구라면 사야를 겁내지 않을 것이다.

죽일 생각으로 하는 건 좀 아닌 것 같지만.

사야의 능력은 핏줄에서 온 것이다.

지금은 사야만 남았지만, 사야의 일족은 차이는 있어도 모두들 이능을 쓸 수 있었던 모양이다.

마녀의 일족으로 두려움을 사며 계속 외딴 곳에서 살아왔다. 그런 사야가 헌터가 된 계기는 테라스 지방에 발생한 마도 재해였다.

정체불명의 소용돌이——— 게이트에서 쏟아져 나온 마물 군세.

원래는 성채도시 테라스를 멸망시킬 줄 알았던 그 무리와 이레 밤낮 동안 싸운 그날, 사야는 처음으로 바깥으로 나가는 것을 허락받았다.

마녀의 일족 최후의 한 명. 딱히 뚜렷한 이유도 없이 싸우고, 홀로 마물 군세를 물리친 사야를 탐색자 협회 테라스 지부장, 콜라리 크로미즈가 양자로 맞이한 것이다.

그 능력에 '사락사락'이라는 이름을 붙여주고, 이례적인 조치를 통해 레벨을 올려주었다.

성채도시 테라스에 전력이 한 명이라도 더 필요하다는 이유도 있었겠지만, 그것은 무엇보다 사야를 생각한 결과였을 것이다.

이름을 줌으로써 사야의 능력은 적어도 완전히 미지의 능력이 아니게 되었다.

그리고 레벨 8이 됨으로써 사야는 마녀에서 영웅이 되었다.

레벨 8이라면 인지를 초월할 정도로 무시무시한 힘을 지니고 있어도 용납되기 때문이다.

클랜 하우스 지하의 훈련장은 사야가 상상했던 것보다 더 넓은 공간이었다.

천장도 높고 널찍한 데다 아무것도 없는 공간. 금속제 바닥과 벽에는 수많은 흠집이 남아 있었기에 이 방이 지금까지 얼마나 많이 이용되었는지 상상할 수 있었다.

벽 근처에는 《시작의 발자국》 헌터들 수십 명이 모여서 사야를 보고 있다.

그 눈빛에서는 두려움 같은 것이 느껴지지 않았다. 사야의 레벨을 알고 있을 텐데도 사야를 두려워하지 않는다. 평소에 레벨 8과 가까이 지냈기 때문인가?

수라장을 헤쳐온 자 특유의 분위기. 이렇게 많은 사람들을 이 정도로 단련시키다니, 역시 《천변만화》라고 해야 할 것이다.

적어도 사야는 하지 못한다.

숨을 크게 쉬며 실내를 확인했다. 실내에 있는 방문자의 숫자는 바깥에 비해 적었다.

하지만, 모의전이 시작되면 어디선가 우글우글 모여들 것이다.

사람과 제대로 싸운 적은 거의 없다. 하지만, 오랜만에 대인전을 벌이게 되니 신기하게도 가슴이 뛰었다.

검을, 활을, 지팡이를, 곤봉을. 각자 잘 쓰는 무기를 든 채 사야를 두려워하지 않는 헌터들.

사야는 가지고 있던 매직 백에 손을 넣고 무기를 꺼냈다.

무기 같은 건 필요 없지만 맨손으로 맞서는 건 너무나도 실례다.

꺼낸 것은 은색 막대기 한 자루였다. 길이가 10cm 정도인 막대기를 들어올리고 힘을 주어 휘두르자 70cm 정도로 늘어나더니 철컥, 소리를 울리며 고정되었다.

다른 무기에 비해 너무나도 허약해보이는 생김새를 보고 리즈가 눈을 동그랗게 떴다.

"경봉이네. 신기해~, 그게 사야의 무기야?"

"세계는 넓군. 활보다 희귀한 무기잖아."

"금속이고, 지팡이도 아니잖아. 얕보고 있는 건가?"

합금제 특수 경봉. 단단하고, 가볍고, 온 힘을 다해 휘두르면 바위 정도는 부술 수 있지만, 기본적으로는 비살상 무기.

마물을 상대하기에는 약하고 헌터를 상대하기에도 약하다.

하지만 그거면 된다. 상대방을 얕보는 것도 아니다.

사야에게는 이 정도가 딱 좋다.

트레저 헌터에게 있어서 힘은 그 가치를 가장 잘 나타내주는 척

도다. 강자는 존경을 받고 인정을 받는다.

단, 사야가 예외였을 뿐.

사야는 경봉을 쥐고는 그 끄트머리를 《시작의 발자국》 멤버에게 겨눈 다음 말했다.

"언제든 덤벼도 돼. 1대1이 아니어도 좋고."

사야는 알고 있다. 자신의 말에 담긴 압박감이 비슷한 수준의 헌터와 비교하면 꽤 약하다는 사실을. 실제로 코드의 평가 시스템에서도 사야의 점수는 카이저보다 훨씬 낮았다.

누구에게도 보이지 않는 '사락사락'의 힘은 그 누구도 느낄 수 없는 것이다.

하지만, 《시작의 발자국》 헌터들의 표정에는 감탄할 정도로 방심하는 기색이 없었다.

분명 그들의 우두머리인 《천변만화》 또한 의태의 달인이기 때문일 것이다.

과연 리즈처럼 '사락사락'에 간섭할 수 있는 헌터가 또 있을까?

그것을 알아보려 하던 사야 앞으로 많은 《시작의 발자국》 헌터들 중에서 한 소녀가 뛰쳐나왔다.

까만 머리카락을 새빨간 리본으로 묶은 소녀다. 검은색 기반에 깔끔하고 움직이기 편해보이는 차림새, 그리고 허리에 찬 단검.

다른 헌터들과 비교해도 꽤 어리긴 하지만, 그 나이치고는 놀라울 정도로 강한 힘이 느껴졌다.

소녀는 리즈 정도는 아니지만 강한 의지가 느껴지는 칠흑색 눈동자로 사야를 보고 있었다.

"언니, 선봉은 저에게 맡겨 주세요! 유그드라에서 얻은 성과를 시험해 보고 싶어요!"

"티, 후후…… 신이 났네. 세계수에 올라갔을 때는 다 죽어 갔으면서."

"좋아, 해라, 해! 하지만 우리가 얕보이지 않게끔 확실하게 하라고, 티! ———사야, 내 제자인 티야, 잘 부탁해."

리즈의 제자인가?

소녀는 심호흡을 하고는 파고들면서 소리쳤다.

"레벨 4 티노 셰이드. 갑니다!"

"!!"

허를 찔렸다.

티노가 한걸음에 거리를 좁혔다. 힘찬 움직임과 주저하지 않는 공격 행동.

눈앞으로 다가온 날카로운 손날에 사야는 숨이 막혔다.

빨라!

……아니, 좀 치사하다. 파고든 것도 완전히 자기소개를 하기 전이었다.

뭐, 딱히 상관없긴 한데. 아무래도 사야와는 달리 대인전에 꽤 익숙한 모양이다. 아마 스승하고도 대련을 꽤 많이 했을 것이다.

사야는 그 손날을 경봉으로 쳐올렸다. 묵직한 감촉이 손에 돌아왔다.

곧바로 날아든 발차기를 경봉으로 막았다. 티노는 호흡이 전혀 흐트러지지 않았다.

강하다. 레벨 4 같지 않을 정도로 날카로운 움직임이다. 이게 제도의 수준인가?

사야가 그 공격을 막을 수 있었던 것은 단순히 사야가 마나 머티리얼을 더 많이 흡수했고, 신체 능력이 강했기 때문이다. 격투 기술은 틀림없이 티노 쪽이 더 위다.

리즈의 제자인 듯하고 무투가라면 움직임이 달랐을 테니 아마 도적일 것이다.

숨 돌릴 틈도 없이 날아드는 연속 공격을 경봉으로 막아내고 튕겨냈다.

대단하네. 강해. 치열한 연속 공격을 펼쳤는데도 표정에는 피로가 없었다.

스태미너도 꽤 많이 단련했을 게 틀림없다.

"오, 티노 녀석, 또 실력이 늘었네."

"역시 목숨을 걸고 수라장을 헤쳐나가는 게 효과가 제일 좋죠."

시트리가 느긋하게 구경꾼들과 이야기를 나누고 있다. 티노의 기세는 멈출 줄을 몰랐다.

페인트는 거의 없고, 날카로우며 올곧은 연속 공격. 아직 대처하고 있긴 하지만 반격할 틈이 없었다.

애초에 경봉으로 반격하는 건 신체 능력 차이로 밀어붙일 수 있을 만한 상대에게나 통한다.

티노의 눈빛에 한순간 의문이 스쳐갔다. 방어만 하는 사야에게서 위화감이 들었을 것이다.

원래 레벨 8(일단 사야는 잠정 레벨 9지만)과 레벨 4 사이에는 제대로 전투가 성립되지도 않기 때문이다.

티노의 실제 능력은 평균적인 레벨 4보다 훨씬 뛰어나지만, 그렇다 해도 고레벨 헌터와의 사이에는 엄연한 차이가 존재한다.

의문은 망설임으로 이어지고, 망설임은 빈틈을 만들어낸다.

하지만, 티노는 의문을 단숨에 떨쳐내고── 가속했다.

"!!"

설마── 일부러 속도를 떨어뜨리고 있던 건가?!

자신보다 강한 사람을 상대로 페인트를 걸다니, 정말 배짱이 엄청나다.

날카로운 소리를 내며 급속도로 뻗은 손날. 경봉을 휘두르는 게 너무 늦었다.

시야에 다가오는 손가락 끝.

급소를 노린 그 망설임없는 일격을, 사야는 저항하지 않고 받아들였다.

처음으로 티노의 표정이 경악으로 일그러졌다. 구경꾼들이 웅성댔다.

티노의 입술이 떨렸고, 하얀 피부에 식은땀이 흘러내렸다.

"윽?! 이, 건────."

"말도 안 돼……."

티노의 일격은 사야의 피부에 전혀 상처를 입히지 못했다.

무슨 일이 일어난 건지 전혀 이해하지 못할 것이다.

사야의 피부 앞에서 멈춘 손가락 끝 사이에 존재하는 1cm의 의미를 티노는 이해하지 못하고 있다.

사이에 끼어든 방문자가 그 일격을 손바닥으로 막아낸 것이다.

"크윽………….."

하지만 티노는 그런 상황에서도 생각을, 움직임을 멈추지 않았다.

곧바로 팔을 당기고 자연스럽게 돌려차기를 날렸다.

사야는 이제 움직이지 않았다.

그림자사람이 티노의 발차기를 부드럽게 막아냈다.

지르기도, 주먹도, 발차기도. 검이나 활, 마법조차 이 방어는 뚫을 수 없다.

마치 연무처럼 보이는 연속 공격을 마친 티노가 처음으로 뒤로 물러섰다.

분명한 동요. 호흡이 흐트러졌다.

"절대…… 방어?"

"《천변만화》와, 똑같……다고?"

"레벨 8은 다들 절대 방어를 지니고 있는 거야?!"

?!

그건 아마 아닐 것 같은데.

사야는 경봉을 쥔 다음, 거리를 벌린 채 방심하지 않고 자세를 취하는 티노를 향해 들이댔다.

이것은 무기가 아니다. 마법 지팡이도 아니다.

이것은── 그림자사람들을 지휘할 때 쓰는 지휘봉이다.

사야의 경봉의 움직임에 따르는 듯이 그림자사람이 접근했다. 하지만, 티노에게는 아무것도 보이지 않았다.

그 두 팔이 해머처럼 변형한 다음, 자세를 취하고 있던 티노의 무방비한 몸통을 후려쳤다.

"윽?!"

티노의 자그마한 몸집이 날아갔다.

티노는 공중에서 자세를 바꾸고는 벽을 박찬 다음 깔끔하게 착지했다.

대미지는 그렇게까지 크지 않았지만, 표정에는 여유가 없었다.

정체불명의 공격은 상대방의 정신력 또한 소모시킨다.

"방금 그건 뭐야?! 무슨 일이 일어난 건데?"

"손도 대지 않고 날려버리다니…… 설마, 마스터와 똑같은 능력을?!"

"저건 설마── 아카샤 골렘을 날려버렸을 때의 그──."

"?!"

무슨 말을 하는 건지…… 알 수가 없다.

아까부터 그런 이야기를 들을 때마다 사야까지 놀라고 있다.

크라이는 대체 뭐지?

그래도 의문은 일단 제쳐두고, 사고를 전환하며 눈앞에 있는 상대와 마주 보았다.

티노는 강하다. 냉정한 상황 판단. 보이지 않는 능력을 상대하며 최선을 다하고 있다.

그러나 그 정도가 한계다. 리즈의 제자라고 해서 기대했지만 방문자에게 간섭은 하지 못한다.

승부는 났다. 그녀는 장래가 유망하다. 하나 이 정도라면 테라스에도 있다.

티노가 동요하는 기색을 감추지 못하면서도 힘차게 파고들며 거리를 좁혔다.

그 속도는 초기 속도만 놓고 보면 사야의 동체 시력을 뛰어넘었다.

지면을 세게 박차는 묵직한 소리. 단숨에 그 모습이 시야에서 사라진 다음, 티노가 뒤에서 덤벼들었다.

다만 사야의 방어에는 사각이 없다. 전혀 없다.

그 누구에게도 보이지 않지만, 이미 다섯 마리가 넘는 그림자 사람이 사야 주위에 대기하고 있었다.

발차기는 쉽사리 그림자사람에게 붙잡혔다. 다리를 잡힌 티노가 그림자사람에게 마구 휘둘렸다.

죽일 생각도, 크게 다치게 만들 생각도 물론 없다.

갑자기 생겨난 바람을 가르는 소리.

구경꾼 중 한 명── 클랜 하우스 입구에서 만났던 스벤이 화살을 날린 것이다. 하지만, 신속의 화살도 사야에게 도달하지 못한 채 공중에서 그림자사람이 막아냈다.

간섭하지 못한다는 것은 대미지를 입히지 못한다는 뜻이다.

스벤이 눈을 크게 떴다.

"윽…… 이게 레벨 8인가…… 엄청나군. 아크의 레벨이 올라가지 않을 만도 하겠어. 방어만 놓고 보면 크라이보다 더 뛰어난가?"

"떠 있어……?"

그림자사람이 막아낸 화살의 숫자는 열 개 이상. 그 한순간에 이렇게 많은 화살을 날리다니, 대단한 실력이다.

다른 사람이 보기에는 화살이 공중에 떠 있는 것처럼 보일 것이다.

그림자사람들이 흥미를 잃은 듯이 화살을 놓았다. 화살은 묵직한 소리를 내며 바닥에 떨어졌다.

내동댕이쳐진 티노가 바닥에 멋지게 착지했다.

조금 강하게 반격해버렸는데, 괜찮을까?

살며시 티노를 살펴보았다. 하지만, 아무래도 그런 걱정은 할 필요가 없는 것 같았다.

일어선 티노에게서는 여유가 사라졌지만, 그 눈빛에는 아직 전의가 깃들어 있었다.

대체 어떻게 마음을 저렇게까지 단련시킨 거지?

정체불명인 사야의 능력은 보통 두려워할 만한 능력일 텐데.

지금 살펴보니 다른 헌터들도 아직 사야에게서 공포를 느끼지 못하는 것 같았다.

적어도 테라스의 헌터 정도는 아니다.

정말 좋다. 하지만, 사야는 아직 제 실력을 발휘하지 않았다.

과연 지금부터 쓸 능력을 보고도 여전히 표정이 바뀌지 않을까?

팽팽한 분위기. 티노가 자세를 취하고는 조금씩 거리를 재고 있었다.

공격 중시에서 수비 중시로 전환한 것이다.

사야의 능력의 사정거리를 확인하려는 생각이겠지만…… 그 예상은 빗나갔다.

'사락사락'에게 있어서 사정거리는 없는 거나 마찬가지다. 지휘도 하지 않아도 된다.

티노는 이미 사야의 공격 사정거리 안에 있다.

티노뿐만 아니라, 구경하고 있는 다른 헌터들까지 모두.

다음은 사야가 공격할 차례일 것이다.

경봉을 들어올린 사야를 보고 티노가 급하게 발을 내디디려 했다.

그때, 실내에 성난 목소리가 울려 퍼졌다.

"티이이이이이이이이이이!! 너, 크라이랑 의뢰를 대체 몇 번을 함께 했는데! 속임수에 넘어가지 말라고! 미지 같은 건 이미 익숙하잖아! 왜 똑바로 보지 않는 거야! 멍청아! 제대로 관찰하라고오!"

"윽?!"

금속제 방을 뒤흔들 정도로 큰 목소리에 티노가 몸을 움찔거렸다.

파고들다가 억지로 브레이크를 걸고는 뒤로 물러났다.

"?? 잘 본다……?"

티노는 리즈의 말에 대답하지 않았다.

스승의 질책에 몸이 떨리긴 했지만, 사야에게서 주의를 돌리지는 않았다.

신중한 발놀림. 사야의 빈틈을 살피는 그 칠흑의 눈동자가 스승의 조언을 받아들이려는 듯이 더욱 커졌다.

리즈는 대체 무슨 말을 하고 있는 거지?

방문자는 그 누구에게도 보이지 않는다. 그렇기 때문에 그것을 볼 수 있고, 도움을 받을 수 있었던 사야의 일족은 마녀라 불리며 두려움을 샀다.

하지만 리즈는 지금까지 본 사람들 중에서 유일하게 방문자에게 간섭한 헌터다.

사야는 경봉을 겨눈 채 일단 방문자들을 시선으로 막았다.

티노의 시선은 티노와 사야 사이에 있는 방문자들을 완전히 무시하고 있었다.

눈과 눈이 마주쳤다.

재치있어 보이는 눈초리, 조금이나마 상황을 파악하려 하는 시선.

그리고——— 티노의 표정에 당황한 기색이 스쳤다.

"!! …………어?"

"?!"

티노의 시선이 사야와 바로 오른쪽 앞에 있던 방문자 사이를 오갔다.

척 보기에도 시선의 움직임이 부자연스럽다. 설마, 여기 있는 존재를 눈치챈 건가?

대체 무슨 일이 일어난 건지 모르겠다.

스스로 눈치챈 리즈는 그렇다 치더라도, 조언을 듣기만 한 제자까지 보이게 되다니——.

아니………… 보인다고?

아니다. 티노는 방문자를 보지 못한다. 애초에 훈련장에 있는 방문자는 한 마리가 아니다.

보인다면 그쪽으로도 시선을 돌렸을 텐데——.

사야의 눈을 똑바로 바라보고 있던 티노를 향해 시험 삼아 그림자사람을 보냈다.

"?! 크윽……!"

티노는 달려드는 그림자사람을 향해 뒤로 물러나면서 지르기를 날렸다.

지르기 공격이 그림자사람의 몸에 박히자 그 몸이 일그러졌다. 곧바로 형태가 바뀌며 팔에 달라붙은 그림자사람을 티노가 팔을 휘둘러 떨쳐냈다.

"읏?! 뭐, 뭔가, 있어?!"

간섭하고 있다. 하지만, 보지는 못한다. 티노의 시선은 그림자사람에게 향하지 않았다.

티노가 보고 있는 것은—— 사야다.

그러고 보니 리즈가 처음에 그림자사람에게 간섭했을 때도 그녀는 그림자사람이 아니라 사야를 보고 있었다.

더 정확하게 말하자면—— 보고 있던 것은 사야의 눈동자다.

"티! 장난치지 마! 얼른 뭉개버려! 위치를 알았다고 해도 불리한 건 마찬가지니까!"

리즈가 질책했다. 이건———.

"설마…… 내 눈동자에, 비친 거야……?"

"?! 뭐어?! 사야, 설마 눈치 못 채고 있었어?!"

설마…… 사락사락에 그런 돌파 방법이 있었을 줄이야.

눈동자에 비친다는 것도, 그리고 그것을 통해 방문자를 인식하면 간섭할 수 있게 된다는 것도 처음 알게 된 정보다.

무엇보다 믿기지 않는 것은 사야 본인조차 눈치채지 못했던 특성을 처음 보고 깨달은 리즈 스마트의 통찰력. 그리고 약간 조언을 해준 것만으로도 그 말의 의미를 이해한 티노 셰이드의 유연한 대처 능력.

오랫동안 함께 싸웠던 테라스의 헌터들은 어째서 눈치채지 못한 걸까…… 그런 생각이 들었지만 어쩔 수 없는 일일지도 모르겠다.

그들은 사야를 두려워했고, 눈을 보려 하지 않았으니까———.

티노가 자잘한 스텝을 통해 그림자사람의 품속으로 파고들어 손바닥으로 공격을 날렸다.

사야는 눈을 크게 뜨고 그 모습을 바라보았다.

솟구치는 그림자사람의 몸. 사야는 경봉을 쓰다듬으며 감탄했다.

사야의 눈동자에 비춘 모습을 토대로 싸운다면 티노에게는 그림자사람의 뒷모습만 보일 것이다. 그럼에도 불구하고 간격이 완벽하다. 아마 경험과 각오가 이루어낸 기술이라고 해야 할 것이다.

그림자사람이 안개가 되어 사라졌다. 하지만, 죽은 것은 아니다.

아마 약간…… 놀랐기 때문일 것이다.

리즈가 간섭했을 때 눈치챈 건데, 아무래도 그들은 공격당하는 것에 익숙하지 않은 모양이다.

"후욱……!"

장애물이 사라진 티노가 몸을 낮추고는 단숨에 사야에게 파고들었다.

그렇게 움직이는 동안에도 시선은 사야의 눈동자에서 벗어나지 않았다.

쥔 주먹이 사야의 턱을 가격하려던 순간, 티노의 몸이 옆에서 날아든 까만 손바닥에 튕겨 나갔다.

"윽?!"

공중으로 튕겨져 나간 티노를 바로 위에서 떨어져 내린 손바닥이 짓눌렀다.

마치 벌레를 뭉개버리려는 듯이.

금속 바닥에 살을 내려친 듯한 기분 나쁜 소리가 울려 퍼졌다.

애벌레처럼 생긴 타원형 몸통에 길이가 몇 미터나 되는 길고 가는 팔이 여러 개 돋아난 방문자.

곤충으로 예를 들자면, 거미다.

그 몸통에는 인간의 얼굴처럼 생긴 것들이 빽빽하게 들어차 있다.

'사락사락'으로 인해 다가오는 방문자들에게는 힘의 차이가 있다.

그림자사람이 레벨 1이라면, 이 '인면거미'는 레벨 2다.

"윽?! 이건——."

"손…… 바닥……?"

바닥에 인면거미의 발자국———— 핏자국 같은 손자국이 생겨났다.

더욱 깊은 곳에서 온 그들은 이 세계에 조금이나마 흔적을 남긴다. 그것도 시간이 지나면 사라져 버리지만.

구경꾼들이 이상한 광경을 보고 웅성대고 있다. 하지만, 바닥에 내동댕이쳐져 짓눌린 티노를 걱정하는 사람은 아무도 없었다.

혹시 익숙한가?

안타깝게도 리즈가 찾아낸 단서만으로는 방문자에게 맞설 수 없다. 왜냐하면 그들은 사야가 한번 인식하면 그것만으로도 한동안은 안 보고 있어도 행동할 수 있기 때문이다.

탐색자 협회가 떠안고 있던 우려를 완전히 떨쳐낼 수는 없었다. 그러나 제도에 온 지 몇 시간 만에 아무도 눈치채지 못했던 특성을 알아낸 걸 보니 기대해도 될 것 같았다.

"에휴………… 티, 네가 졌어! 안셈 오빠, 회복시켜줘."

"으음."

다른 강인한 헌터들과 비교해도 두 배 이상 큰 안셈이 바닥에 짓눌린 티노에게 다가갔다.

웅대한 산을 앞에 둔 것 같은 존재감. 체중이 얼마나 나가는지 걸어가기만 해도 방이 조금씩 떨렸다.

무슨 생각인 건지, 티노에게 다가가던 안셈을 그림자사람들 다섯 마리가 둘러쌌다.

그림자사람들은 길게 뻗은 그 팔을 안셈의 다리에, 팔에, 온몸에 휘감았다.

"…………?"

"?!"

안셈이 한순간 눈살을 찌푸리고는 곧바로 다시 이동하기 시작했다.

그 움직임에는 아무런 비밀도 없었다.

그는 순수한 힘으로 온몸에 달라붙은 그림자사람들을 아랑곳하지 않고 티노에게 다가갔다.

한 마리가 목에 달라붙어 조이고 있지만, 그것조차 신경 쓰지 않았다.

그림자사람들은 각각 꽤 강한 힘을 지니고 있다. 온몸에 달라붙으면 힘이 엄청나게 센 헌터도 움직이지 못하게 될 것이다.

티노에게 손을 뻗은 안셈에게 인면거미가 위에서 짓누르려는 듯이 달려들었다. 그 힘은 그림자사람보다 훨씬 강할 텐데, 안셈의 몸은 여전히 흔들리지 않았다.

바로 위에서 찍어내리는 힘을 맞고도 자세가 무너지지도 않았다.

게다가 안셈은 사야의 눈을 보지 않았다. 여동생이 한 말을 들었을 텐데도 마치 그런 건 상관이 없다는 듯이———.

코드에서 마지막으로 싸웠던 '여우'의 리더조차 뛰어넘을 만한 압도적인 힘과 맷집. 그리고 대항 수단이 없는 상태에서 보이지 않는 자를 상대하는 데도 전혀 흔들림이 없는 정신성.

《부동불변》이라는 말이 정말 잘 어울린다. 어쩌면………… 가장 껄끄러운 상대일지도 모르겠다.

이 남자는 수많은 보호자가 사야를 지키고 있다 해도 아랑곳하지 않고 정면으로 덤벼들 것이다.

그와 싸운다면 사야도 가만히 서서 방문자에게 맡기기만 할 수는 없겠지.

"맞다, 다음에는 안셈 오빠가 할래?"

"으음, 으음."

한순간에 상처를 치료한 안셈이 묵직한 움직임으로 사야를 돌아보았다.

척 보기에도 맷집과 힘에 마나 머티리얼을 쏟아부은 파격적인 거구. 몸집이 작은 사야가 보기에는 하늘을 뚫을 듯한 그 거대한 몸집은 사야의 눈동자를 들여다보기에는 매우 불리할 것이다.

하지만, 표정은 전혀 흔들리지 않았다. 그림자사람이 당장에라도 목을 뜯어내려 하고 있는데, 대체 얼마나 튼튼한 걸까.

게다가 이런 사람이 힐러라니, 대체…….

너무나도 파격적인 모습에 무심코 정색하고 있자니 구경하던 헌터들이 목소리를 내기 시작했다.

"잠깐만 기다려, 안셈. 다들 모의전 차례를 기다리고 있잖아. 네가 다음에 나서면 다른 녀석들이 나설 차례가 없어진다고!"

"레벨 8――― 그것도 이렇게 안전한 레벨 8에게 도전할 수 있는 기회는 거의 없단 말이다!"

"맞아~! 맞아~!"

"으음……."

안전하다고?! 방금 내가 안전하다고 했어?!

제도………… 정말 무시무시한 곳이다. 제도의 레벨 8 기준은 대체 어떻게 된 걸까.

테라스와의 차이로 인해 처음으로 공포를 느낀 사야 앞을 새로운 도전자가 의기양양하게 막아섰다.

살짝 열린 창문을 통해 시원한 바람이 방 안으로 흘러들었다.

클랜 마스터실 집무용 책상.

나는 지정석에 몸을 기댄 채 에바의 보고를 들으며 눈을 반짝였다.

"어? 사야가 왔어? 제도에? 예상보다 일찍 왔네."

"네. 리즈 씨가 발견해서 지금은 지하 훈련장에서 모의전을 벌이고 있는 모양이에요."

"??? 응? 어째서?"

사야 크로미즈. 레벨 9 인정 시험을 함께 치른 레벨 8 헌터다.

제도에 와보고 싶다고 했던 것 같긴 한데, 행동이 너무 빠르네. 게다가 오자마자 하는 게 모의전이라니 영문을 모르겠다.

역시 레벨 8 헌터라고 해야 하나…… 그러고 보니 레벨 9는 되었을까?

리즈 같은 사람들이 폐를 끼치지 않으면 좋을 텐데……. 오자마자 모의전을 하는 걸 보니 너희들, 정말 금방 친해지는구나.

그때, 클랜하우스가 살짝 흔들렸다. 보아하니 정말 치열하게 벌이고 있는 모양이다.

일단은 지나치게 하더라도 클랜하우스가 무너지지 않게끔 훈련장을 지하에 만들기는 했지만, 그런 상황에서도 흔들리는 걸 보면 고레벨 헌터는 정말 무시무시한 존재다.

흔들리는 천장을 본 나에게 에바가 눈살을 찌푸리며 말했다.

"붕괴 대책은 완벽합니다. 우리 클랜에는 고레벨 헌터들이 많으니까요."

"안셈 같은 사람은 두꺼운 금속 벽을 아무렇지도 않게 뚫으니까."

뭐든지 일도양단하는 루크도 그렇고, 같은 인간이 하는 행동 같지 않다. 건물을 튼튼한 자재로 짓는다고 해도 한도가 있으니까…….

헌터를 지망하기 전에는 나와 거의 마찬가지였을 텐데, 차이가 너무 많이 난다.

가만히 생각에 잠겨 있자니 에바가 입구 쪽을 한 번 보고는 물었다.

"만나시겠어요?"

"……아니, 사야에게는 미안하지만 됐어. 다들 예민한 모양이고, 괜히 건드렸다가 일이 커지면 안 될 테니까."

클랜 마스터실 입구—— 열려 있는 문 앞에는 사람들이 열 명 정도 서서 진지한 눈빛으로 이쪽을 보고 있다.

복장이나 나이가 제각각 다른 그들은 근신이 시작되고 얼마 뒤에 온 내 감시 담당이다. 탐색자 협회, 각 기사단, 유물조사원 등, 각 기관에서 보낸 사람들인 모양이다.

제도에 온 지 몇 년이 지났는데, 처음 들어본 대처 방법이다(참고로 에바가 거부할 수 있다고 했지만, 그냥 받아들였다).

"근처에서 어슬렁거리다가 이상한 소문을 내면 곤란한데요……."

"뭐, 너무 그러지 마. 저 사람들도 일 때문에 온 거니까, 고생이 많겠지. 차라도 내줘."

지금도 클랜 마스터실 바깥에서 감시하고 있는 사람들에게 손을 흔들어 주었지만, 다들 진지한 표정을 유지한 채 반응을 보이지 않았다.

참고로 교대 요원까지 동원해서 24시간 내내 감시하고 있다. 개인실까지 들어오진 않지만, 이렇게까지 인원을 투입해서 확실하게 감시하다니. 황제 폐하 이상의 대우 아닐까?

아무것도 안 한다고 했고, 지금까지 뭔가 한 적도 거의 없는데 신용이 너무 없다. 왠지 계속 유폐당해 있던 공주님의 심정이 조금이나마 이해되네.

"크라이 씨께서 그렇게 말씀하시니……. 어차피 오래 가진 못하겠지만요. 근신 보상금 액수도 그렇고요."

에바가 한숨을 쉬고는 감시 담당자들로부터 눈을 돌렸다. 보아하니 에바는 지금 상황을 별로 탐탁지 않아하는 것 같았다.

자기 클랜의 마스터가 나쁜 짓을 하지도 않았는데 감시가 딸린 근신 처분을 받았으니 기분이 좋지 않긴 할 것이다. 처분에 항의

하지 않으면 얕보인다는 이유도 있을지 모르겠지만── 뭐, 이번에는 빚을 지워줬다고 생각하고 관대하게 넘어가 줘야겠어.

"사건이 얼른 해결되면 좋겠는데요."

"응? 무슨 일 있어?"

"……모르고 계셨나요? 현재 각 기관에서 열심히 원인을 알아내기 위해 움직이고 있는 것 같은데요────."

내가 느긋하게 묻자 에바가 눈을 크게 뜨고는 가르쳐 주었다.

에바가 해준 이야기를 정리하자면, 요즘 제도에 행방불명 사건이 자주 일어나고 있고, 나라에서 그 사건을 조사하기 위해 움직이고 있는 모양이었다.

"아, 그러고 보니 루시아도 그런 이야기를 했었지."

"조사가 진행됨에 따라 꽤 많은 사람들이 사라졌다는 게 밝혀진 모양이라서요…… 이례적인 사태라네요."

그거 참…… 정말 고생이 많겠어. 내가 근신 처분을 받지 않았다면 또 거크 씨 같은 사람들이 골치 아픈 의뢰를 했을지도 몰라. 근신 중이라 다행이다.

그렇다면 갑자기 감시 담당자가 와서 나를 매우 험악한 눈초리로 바라보게 된 이유는 내가 또 쓸데없는 짓을 저지르지 않는지 감시하기 위해서라는 건가?

부탁하더라도 안 움직여!

"이해가 안 되는 점이 너무나도 많은 사건이라 신과 관련이 있을 거라는 우려도 있다고 하네요…… 다들 경계하는 모양이에요. 이곳은 【별의 신전】이 있던 곳이니까요."

"신……? 아니, 그건 아닐 거야."

"?! 어떻게 아시는 거죠?"

내 대답을 듣고 이쪽을 감시하고 있던 사람들이 웅성대기 시작했다.

귀를 기울이고 있었던 모양이다. 아니, 이미 알고 있기는 했지……. 저 사람들은 내가 쓸데없는 짓을 하지 않는지 감시하기 위해 온 사람들이니까.

여동생 여우에게 스마트폰으로 전화를 걸어서 알게 된 사실인데, 그것을 솔직하게 말할 수는 없다. 여동생 여우는 먹보지만 일단은 팬텀이니까……. 나는 집게손가락으로 책상을 톡톡 두드리며 하드보일드하게 말했다.

"근신 중이라 해도 그 정도는 알아. 뭐, 루시아가 움직이고 있다면 금방 해결되겠지."

감시 담당자들이 갑자기 당황하며 어디론가 연락하는 모습을 본 나는 기지개를 켰다.

루시아는 나보다 만 배는 더 뛰어나고 친구도 많으니까. 게다가 루크나 리즈와는 달리 루시아에게는 딱히 약점이라고 할 만한 것이 없다.

그녀가 해결하지 못한다면 정말 큰 사건일 것이다.

아, 그런데 혹시 사건이 해결되면 근신도 풀려 버리는 건가…… 그렇게 생각하니 이 시간도 정말 귀중하게 느껴진다. 확실하게 게으름을 피워야지.

"글쎄요. 정보가 꽤 혼란스러운 모양이라……."

"혼란스럽다고……? 단서가 전혀 없는 게 아니라?"

"없다기보다는 너무 많은 것 같아요. 제도 전체에 이상한 소문이 퍼지고 있는 것 같아서———— 늦은 밤에 뒷골목을 걸어가다 보니 머리를 들고 다니는 몬스터에게 납치당했다거나, 밤에 자고 있었는데 갑자기 누군가가 방문을 노크해서 대답했더니 어둠의 세계로 끌려가서 두 번 다시 돌아오지 않았다거나…… 대부분 근거가 없는 뜬소문이겠지만, 기사단에서도 주의하라고 권고했고요."

그렇구나, 제도 안에서 행방불명 사건이 일어났으니 소동이 벌어지긴 했겠지. 주의하라는 권고까지 했다면 더더욱 그렇고.

사건의 주모자가 붙잡히는 것도 시간 문제겠어.

그런데 근거가 없는 뜬소문이라…….

"어떻게 근거가 없는 뜬소문이라는 걸 알았어?"

"어떻게냐뇨…… 마주친 사람이 두 번 다시 돌아오지 못하게 되었는데 누가 소문을 퍼뜨린다는 거죠?"

"…………에바, 머리가 좋구나."

맞는 말이다. 전멸했다면 소문이 퍼질 리가 없다.

뭐, 나는 노크하더라도 절대로 대답하지 않을 거고, 늦은 밤에 뒷골목을 돌아다니지도 않을 테니 어차피 상관이 없지만.

내가 한 말을 듣고 에바가 미묘한 표정을 지었다.

"…………황송하네요. 지금까지 들어보지도 못했던 소문이 폭발적으로 늘어나고 있는 모양이라 시민들도 겁에 질린 것 같아요. 저도 그런 쪽 정보는 항상 파악할 수 있게끔 해두었는데…… 전혀 알지 못했고요."

에바는 뭘 물어봐도 곧바로 대답해주긴 했지…… 정말 부지런하다. 정보상으로도 먹고 살 수 있지 않을까?

"소문의 출처도 알 수 없고, 그 소문과 행방불명의 관계도 알 수가 없기 때문에 어느 기관에서도 아직 원인을 알아내지 못한 것 같아요."

"제도의 조사 기관은 실력이 뛰어난 곳들뿐인데 그거 큰일이네. 사람이 사라졌으니까 금방 알아낼 만도 한데……."

아마 조사하고 있는 기관은 나를 감시하고 있는 저 사람들이 소속되어 있는 기관일 것이다. 감시하는 사람들을 힐끔 보면서 감정을 담아 그렇게 말했다.

교육 기관도 충실하고 철저한 실력지상주의로 돌아가는 제블디아의 인재 수준은 꽤 높다고 한다. 누구나 될 수 있는 헌터는 실력의 차이가 크지만, 국가에 소속된 사람들 중에 무능한 사람은 없을 것이다.

그렇게 뛰어난 인재들이 모여 있는데도 원인을 알아내지 못하다니…… 정말로 제도 안에서 일어난 사건 맞나? 제블디아는 비교적 치안이 좋고 안전한 나라일 텐데, 정말 요즘은 너무 많은 일들이 일어났다.

헌터가 할 일이 많아서 좋다고 생각해야 하나?

그때, 에바가 이상한 질문을 했다.

"조사해봐도 이상한 소문뿐이라 원인을 알 수가 없고. 사라진 사람들도 찾을 수가 없고. 인간의 소행 같지 않은 기묘한 특징도 여럿 보이고. 크라이 씨라면 어떻게 하시겠어요?"

"응……? ……아무것도 하지 말고 누군가가 해결해 줄 때까지 기다리려나."

"…………."

"노, 농담이야. 으음~, 그러게……."

반쯤 진심으로 대답하자 에바가 눈살을 찌푸리며 나를 바라보았다. 왠지 모르겠지만 엄청난 압박감이 느껴졌다.

나는 앉은 채로 다리를 반대쪽으로 꼬고는 에바가 내준 홍차를 마셨다.

아무리 생각해도 실력이 뛰어난 멤버들이 총동원되어 조사했는데 아무것도 알아내지 못한 사건을 내가 어떻게 해볼 수 있을 리가 없잖아……. 아, 그렇지.

클랜을 만들기 전에 나는《비탄의 망령》과 함께 사선을 여러 번 넘나들었다. 넘나들었다고 해야 하나, 정확하게 말하자면 상황에 휩쓸린 것뿐이긴 하지만, 뜻밖에도 그러한 수라장 속에는 그렇게 긴박한 상황을 내가 타파한 경우도 있다.

나는 집게손가락을 펴고 하드보일드하게 말했다.

"그럴 때는 말이지, 자신이 사건의 피해자가 되면 돼. 이번 같은 경우에는 행방불명 당해 버리면 되는 거야."

"?!"

감시 담당자들이 내 결론을 듣고 눈을 크게 뜨고는 이쪽을 빤히 바라보았다. 훗, 이 대답은 예상하지 못했겠지. 뭐, 나라면 절대로 그러지 않겠지만.

눈을 크게 뜬 에바가 침을 꿀꺽 삼키고는 조심조심 물었다.

"저기………… 그건, 어떻게 하는 거죠?"

"…………."

그럴싸한 의문이었기에 나는 방긋 웃었다.

그야 뭐, 아무것도 하지 않으면서 누군가가 해결해 줄 때까지 기다리다 보면 보통은 휘말리니까.

"나, 납치된 다음에는 어떻게 하나요?"

"…………."

나는 좀 전에 드리운 미소를 온 힘을 다해 유지했다.

그야 뭐, 아무것도 하지 않고 누군가가 해결해 줄 때까지 기다리다 보면 동료들이 도와주니까.

"참고로 제가 들은 이야기에 따르면 그런 작전은 이미 기사단에 제출되어서 닥치는대로 소문을 시험해 봤다고 하는데, 사라진 사람은 아무도 없었던 모양이에요. 그렇죠?"

"네, 네. 그렇습니다. 아무래도 단서가 거의 없는 상태이다 보니……."

에바가 감시 담당자 쪽을 보자 경갑 차림인 청년이 힘없는 표정으로 대답했다.

아, 네, 그렇죠. 나라도 간단히 생각해낼 만한 걸 이 사람들이 모를 리가 없겠지.

"행방불명된 피해자들 중 대부분은 전투 능력이 없는 일반 시민, 그렇지 않다고 해도 학생이나 신입 헌터들뿐이며 레벨이 높은 헌터나 기사 같은 사람들 중에서는 피해자가 거의 없다고 합니다. 사라진 사람들의 정보를 종합해서 경향을 분석한 결과——

마치 표적을 정해서 행방불명시키고 있는 것 같다네요. 그렇죠?"

"?! 어, 어떻게 그걸——."

탐색자 협회에서 나온 감시 담당자가 깜짝 놀란 듯이 에바를 보았다. 에바 씨의 정보망이 너무 강한데.

"다들 열심히 조사하고 있는데 마치 그 모습을 비웃는 듯이 사라지는 사람들이 계속 늘어나고 있다고 해요. 제국은………… 보물전이 발생했을 가능성도 시야에 두고 있다고 하고요."

보물전이 발생했단 말이지. 이런 도시 안에 그럴 수가 있나? 상식적으로 생각하면 있을 수 없는 일이다.

보물전은 기본적으로 사람들이 사는 곳과 멀리 떨어진 곳에 발생하는 법이다. 특히 제도는 손에 꼽힐 정도로 많은 인구를 자랑하는 대도시고, 마나 머티리얼 중 대부분은 제도 사람들이 흡수해서 보물전이 나타날 정도로 쌓이진 못할 것이다. 아마도.

그래도 보물전까지는 지나친 우려겠지만, 나라의 기관이 여러 군데 협력해서 조사한 보람은 있는 것 같다.

이렇게 단기간만에 그렇게까지 조사하고 분석하다니—— 내가 그 사건에 휘말렸다면 첫날에 사라졌겠지. 운이 안 좋으니까.

그런데 감시 담당자들이 아까부터 이쪽을 보고 있는 이유는 뭐지? 설마 내 조언을 기대하는 거야?

"……뭐, 내가 할 수 있는 말은 없겠지. 근신 중이기도 하고."

"?! 뭐, 뭐, 그야 그렇지만요……."

"그리고, 그렇게 많이 알아냈다면 이제 금방 해결할 수 있지 않을까? 나라의 기관이 여러 군데 협력해서 사태를 해결하기 위해 나섰으니까, 신과 관련이 없으니 식은 죽 먹기겠지."

아무리 나라고 해도 신의 팬텀과 관련이 있다면 곧바로 제도에서 도망쳤겠지만, 그 부분은 부정당했다.

원인이 뭔지는 몰라도 신과 관련이 없다면 이 클랜 마스터실은 거의 안전할 것이다. 아마도.

그때 나는 나이스 아이디어가 떠올랐기에 손가락을 튕겼다.

"아, 맞다. 모처럼 사야가 와 있으니까 도와달라고 하면 되잖아? 사야의 능력은 솔직히 꽤 대단하거든. 레벨도 높고, 그 애의 '사락사락'은 이번 사건을 해결하는 데 안성맞춤이야. 응, 그게 좋겠네! 결정!"

'사락사락'이 뭔지는 아직 잘 모르겠지만, 뭐든지 할 수 있다고 말했던 사야라면 문제가 없을 것이다.

그리고 사건이 해결되면 내 근신도 완화되겠지. 일을 하면 안 된다는 건 그대로 유지하고, 외출 정도는 허락받는 게 가장 좋다.

지금까지는 딱히 문제없었지만, 이 근신이 오랫동안 이어지면 아무리 나라도 심심해져 버릴지도 모르니까…….

"…………다른 나라의 헌터가 해결하면 그것도 나름대로 문제가 생길 것 같습니다만…… 에휴. 알겠습니다. 일단 이야기 해볼게요."

"부탁할게. 루시아 혼자서는 조금 걱정되기도 했고, 그랬는데도 안 되면 그때 다시 생각할 테니까. ……이 정도는 뭔가 한 걸로 안 치겠지?"

일단 물어보자 감시 담당자들이 눈을 슬쩍 피했다. 보아하니

아슬아슬하게 OK인 모양이다.

에바가 책자를 책상 위에 내려놓으며 말했다.

"도움이 될지는 모르겠습니다만, 일단 지금 시점에서 알아낸 정보를 정리해 두었습니다. 루시아 양이 오면 건네주세요."

"음~, 고마워. 도움이 많이 되겠네. 에바는 정말 사람이 좋단 말이지."

"…………황송합니다."

정말 고맙다니까. 클랜을 운영하는 것만으로도 벅찰 텐데 루시아까지 신경 써주다니.

나에게 에바의 급료를 올려줄 권리가 있다면 올려줬을 텐데(참고로 권리는 본인이 가지고 있다).

책자를 힐끔 본 나는 기지개를 크게 한 번 켜고 스마트폰을 꺼냈다.

보고를 마치고 클랜 마스터실을 나섰다.

근신 중인 《천변만화》를 감시하기 위해 각 기관에서 파견된 자들이 당황한 표정으로 이야기를 나누고 있다.

그들 사이에 흐르고 있는 뭐라 말하기 힘든 분위기에 에바는 안경을 누르며 한숨을 쉬었다.

아마 크라이의 태도가 레벨 8이라고 하기에는 너무나도 거리가 멀었기 때문일 것이다.

감시 담당자들이 온 이후로 크라이는 더더욱 아무것도 하지 않았다.

클랜 마스터실에 틀어박혀서 보구를 닦거나, 책을 읽거나, 낮잠을 자기만 했다. 감시를 당한다는 불명예스러운 조치에도 불평한 마디 하지 않았고, 때로는 감시 담당자들에게 차라도 내주라는 말까지 꺼냈다. 사건을 조사하기는커녕, 생산적인 일을 할 낌새는 전혀 없었기에 그의 입장을 알지 못했다면 감시 담당자들도 분명 크라이를 그냥 게으름뱅이라 단정지었을 것이다.

각 기사단을 비롯하여 여러 국가 기관에서 보낸 감시 담당자는 24시간 체제로 크라이를 감시했다. 현재 제도 전체에서 떠들썩한 행방불명에 관한 소문. 그것에 대처하기 위한 일손도 부족할 상황에서 이렇게 많은 감시 담당자들의 숫자. 에바는 제국 쪽의 의도가 뻔히 보였다.

그렇다……《천변만화》의 영향력을 약화시키려는 의도다.

공적을 너무 많이 세워서 보수를 지불하지 못하니까, 라는 시시한 이유는 아니다.

그저《천변만화》가 너무 지나쳤던 것이다. 탐색자 협회가 제국 쪽을 배려해줄 수밖에 없었을 정도로.

크라이 안드리히는 최근에 제도에서 발생한 대규모 사건에 거의 전부 관여했고, 그것들을 해결했다.

하지만, 그것들은 원래 일개 헌터가 해결할 만한 규모의 사건이 아니었다.

원래는 그 사건들을 해결해야만 했던 국가 기관이 따로 있었다. 주체가 되어 사건을 해결할 의무를 지닌 조직이.

그리고 그러한 기관들의 평가는 《천변만화》가 사건을 해결할 때마다 떨어졌다. 원래 아무런 관계도 없는 헌터보다 덜떨어지는 무능력자들이라고.

아니, 그 정도까지는 아니라 해도── 국가 기관이 사건을 해결하지 못하면 국민들의 눈초리가 험악해질 테고, 무슨 일이 생길 때마다 사태의 해결을 헌터에게 의존한다면 나라의 평가 또한 떨어지게 된다.

나아가서는 국력의 저하로 이어질지도 모른다.

그것은 트레저 헌터의 우대 정책을 펼치며 실력이 뛰어난 헌터들을 모아 헌터의 성지라 불리게 되기까지 한 제블디아 특유의 문제라고도 할 수 있었다.

하지만 원래 실력이 뛰어난 헌터는 많으면 많을수록 좋다.

실력이 뛰어난 헌터와 함께 활동하면 그 과정에서 배워서 다른 자들의 수준 또한 올라갈 테니까. 그것은 제국 쪽에서 헌터 우대 정책을 펼치고 있는 이유 중 하나이기도 했다.

《천변만화》라는 헌터의 유일하면서도 가장 큰 문제점을 하나 들자면, 크라이 안드리히와 함께 활동해도 크라이 안드리히가 지닌 능력을 익힐 수 없다는 점일 것이다.

모든 자들을 덮치는 재앙처럼 한계에 딱 걸칠 정도로 내려주는 시련은 분명 그 시련에 휘말린 사람들의 능력을 크게 향상시켜주었지만, 그것을 통해 《천변만화》에 필적할 만한 인재는 생겨나지 않았다.

여전히 '천 개의 시련'은 그것을 받은 자들에게 있어서 예상하지 못한 시련이며, 대다수 사람들에게 있어서 두려움에 불과했다.

아마 황제의 호위 의뢰를 부탁했을 단계에서는 크라이가 그나마 제국에게 있어서 지극히 유능한 헌터에 불과했을 것이다. 하지만, 예언 소동으로부터 시작된 유그드라와의 국교 수립, 코드 공략 성공, 이 커다란 세 가지 성과로 인해 평가가 바뀌었다.

더 이상 그 힘을 빌리는 건 영향이 너무 크다고.

탐색자 협회에서 근신 보상금으로 제시한 막대한 금액은 탐색자 협회가 단독으로 내놓을 수 있는 금액이 아니다.

그 액수가 《천변만화》의 평가를 나타내주고 있다.

이번 사건의 해결에는 나라의 위신이 걸려 있다. 제국은 《천변만화》 이외의 모든 것을 동원해서 이 사건을 해결할 생각이다.

굳은 표정으로 이야기를 나누고 있는 감시 담당자들을 힐끔 보았다. 그들을 보면 원래 있을 수 없는 이유로 마스터가 근신 처분을 당한 에바로서는 답답하기도 하지만——— 그와 동시에 동정의 여지도 있다.

에바가 보고한 대로, 제국의 기관은 여전히 행방불명 사건을 해명하지 못했다. 크라이는 '제도의 조사 기관은 실력이 뛰어난 곳들뿐인데 그거 큰일이네'라고 비꼬는 듯이 말했지만, 결코 조사 기관이 무능한 것이 아니다. 그가 이상한 것이다.

감시 담당자들은 아무것도 하지 않는 《천변만화》를 보고 위화감을 품으면서도 내심 안심하고 있겠지만, 에바는 알고 있다.

그 청년에게 있어서——— 아무것도 하지 않고 사건을 해결하는 것 따위는 식은 죽 먹기라는 사실을.

아무것도 하지 못하게끔, 방에서 나가지 못하게끔 감시하는 것 따위는 전혀 안심이 되지 못한다.

에바는 이번에 그들에게 최대한 정보를 줄 수 있게끔 크라이와 이야기를 나누었다.

이것이 아슬아슬한 선에서의 양보다. 이 정도라면 《천변만화》의 힘을 빌렸다고 간주되지 않을 것이다.

이제 크라이가 근신에 질리기 전에 그들이 해결해주기만을 기원할 뿐이다.

"사야 크로미즈는 지하 훈련장에 있습니다."

"윽…… 협력에 감사한다."

굳은 표정으로 고개를 숙여 인사를 하고 나서 흩어지는 각 기관의 엘리트들.

그 모습을 바라보던 에바는 마지막으로 클랜 마스터실을 돌아보고는 신이 나서 스마트폰을 만지작거리기 시작한 크라이를 보았다.

방에서 나오지도 않는 남자와 조직이 총동원되어 사건을 해결하기 위해 움직이는 제국.

과연 어느 쪽이 이길지, 에바는 예상할 수가 없었다.

점성신비술원. 그곳은 미지의 현상이나 신비를 주로 연구하는 제블디아의 국영 기관이다.

제도 중심에서 조금 떨어진 곳에 존재하는 그 새하얀 건물의 방에 사람들이 모여 있었다. 요즘 제도에서 조금씩 퍼져나가고 있는 행방불명 사건을 해결하기 위해 대책 본부를 발족한 것이다.

치안 유지를 담당하는 기사단과 점성신비술원의 직원을 비롯한 국영 기관의 멤버들, 거기에 협력하는 탐색자 협회, 대규모 상회와 보도 기관 등. 제국 내부에서 강한 영향력을 지닌 민간 조직의 협력자까지 포함된 참가자들은 하나같이 쟁쟁했고, 어떤 한 명만 제외하면 곧바로 소집할 수 있는 사람들 중에서는 베스트 멤버에 가까울 것이다.

이 상황은 그만큼 이번 사건의 영향이 크다는 사실을 나타내주고 있었다.

현재 제도는 유그드라와 국교를 맺으며 매우 활기가 넘치는 상태다. 그런 상황에서 갑작스럽게 발생한 행방불명 사건은 조급히 해결해야만 하는 안건이었다.

사람이 사라지는 것만으로도 큰 문제지만, 최근에 제도에 온 사람들 중에는 다른 나라의 요인이나 유그드라의 사자도 적지 않게 포함되어 있다. 경호를 붙여두긴 했지만, 만에 하나 그런 사람이 행방불명 당한다면 외교 문제로 불거질지도 모른다.

황제 직속의 근위, 제0기사단 단장 프란츠 아그만은 조사 보고를 확인하고는 눈살을 찌푸렸다.

"심각한 사태야. 전부 헛수고라니."

"마치 안개를 쫓아다니는 것 같군."

프란츠가 한 말을 듣고 대책 본부의 멤버로 선발된 제블디아 마술학원 교수, 세이지 클러스터가 한숨을 쉬었다.

탁자를 둘러싸고 있던 다른 사람들도 모두 프란츠와 비슷한 표정이었다.

여러 곳에서 사람들을 모아 대책 본부를 발족한 뒤, 프란츠는 동원할 수 있는 인원을 전부 동원해서 한시라도 빠르게 사건을 해결하려 했다.

온갖 수단을 썼다. 갑작스럽게 늘어난 행방불명 관련 소문을 하나씩 확인, 검증하게 했고, 미끼도 썼다.

그 밖에도 피해자의 발자취를 알아내기 위해 제도 전체에 기사를 파견했고, 지금까지 반쯤 내버려 두고 있던 퇴폐 지구에도 기사단을 보냈다. 때로는 민간인이 소유하고 있는 건물 안까지 들어가 조사를 진행했다.

하지만, 결국 아무런 성과도 없었다.

행방불명된 사람들의 흔적은 전혀 찾아내지 못했고, 보낸 사람들은 모두가 무사히 돌아왔다.

그럼에도 불구하고 행방불명자는 계속 늘어나고 있다. 프란츠 일행은 소문이 어디서 시작된 건지조차 알아내지 못했다.

세이지 교수가 말한 대로 그야말로 안개라도 쫓아다니는 것처럼 손맛이 전혀 없다.

만약에 사람이 저지른 짓이라면 꽤 큰 영향력을 지닌 범죄 조직의 소행일 것이다.

하지만, 그럴 가능성이 거의 없다는 건 뻔했다.

이미 그럴 수 있을 만한 조직은 제도에 존재하지 않는다. 만에 하나 남아있다 하더라도 이렇게까지 큰 규모로 행동하면서 아무런 흔적도 남기지 않았다는 것은 현실적이지 못한 이야기다.

지금 판명된 바로는, 행방불명된 피해자들 중에 가장 많은 비중을 차지하고 있는 것은 제블디아 마술학원의 학생들이다.

그것만 놓고 생각하면 이번 사건도 마도사의 소행이라고 생각할 수도 있다.

하지만, 세이지 교수가 어깨를 으쓱이며 말했다.

"학교 내부도 조사해 보았지만 규모가 큰 술식이 사용된 낌새는 없었다. 애초에 이렇게 단기간에 이렇게 많은 사람들을 납치하는 건 어지간한 마도사로서는 불가능할 거다. 가능성이 있다고 한다면――."

"짚이는 곳이 있나?"

마도사. 범죄자가 남몰래 사람들을 납치했을 거라 생각하는 것보다는 가능성이 더 크긴 할 것이다.

하지만, 세이지는 프란츠의 물음에 한숨을 쉬고 대답했다.

"가능성이 있다고 한다면―― 세렌 황녀 정도밖에 없을 거다. 그녀는 홀로 전이 마법을 사용할 수 있고, 고위 정령인이라면 행방불명의 흔적을 없애는 독자적인 술식을 지니고 있다 해도 이상할 게 없겠지."

"윽…… 말도 안 되는 소리."

그 아름다운 정령인 여왕의 모습을 머릿속에 떠올린 프란츠는 욕설을 내뱉는 듯이 말했다.

유그드라의 여왕이자 세계수의 황녀, 세렌 유그드라 프레스텔은 분명히 인간계의 상식을 잘 알지 못하며 전이 마법을 사용해서 제도에 잠입했을 정도로 무시무시한 마도사다. 그러나 그녀에게는 동기가 없으며 이렇게까지 깔끔하게 사람을 납치할 수 있을 정도로 재주가 좋을 것 같지도 않았다.

"애초에 세렌 황녀가 온 건 사람들이 행방불명되기 시작하고 나서 시기가 꽤 지난 뒤였다."

"실례. 그랬지. 그렇다면 역시 초상적인 현상이라고 생각할 수밖에 없겠군."

행방불명자의 존재가 발각된 것은 세렌 황녀가 제도에 온 이후이고, 조사 결과 행방불명 사건은 꽤 예전부터 일어났다는 사실을 알게 되었다. 최근까지 아무도 그 사실을 눈치채지 못했을 뿐. 지금도 시민들에게서 차례차례 행방불명 신고가 들어오고 있기에 이번 사건의 피해자 규모를 완벽하게 파악하려면 아직 멀었을 것이다.

점성신비술원의 직원이 프란츠의 시선을 받으며 말했다.

"예언은 딱히 없습니다. 애초에 얼마 전에 나온 참이고, 모든 사상이 예언으로 나타나는 것도 아니니까요."

"주위 보물전에도 눈에 띄는 변화는 없군요. 어느 정도 레벨이 떨어진 것이 확인되긴 했습니다만, 이건 세계수의 부활로 인한 영향이겠지요. 그것도 나름대로 골치가 아픈 문제이긴 합니다만——."

유물조사원 직원이 땀을 닦으며 증언했다. 레벨이 오르는 거라면 모를까, 떨어진 거라면 이번 사건과는 관계가 없을 것이다.

제블디아 마술학원에 이어 행방불명자가 많은 프림스 마도과학원 학장, 니콜라루프 스모키가 수염을 쓰다듬으며 말했다.

"서적을 조사해 보고 있지만 비슷한 현상은 보이지 않는군. 사람을 납치하기만 하는 거라면 모를까, 그 존재를 잊게 만든다니. 이렇게까지 범위가 넓으면서도 깔끔하게 인식 저해를 일으키는 건 내 포션으로도 불가능하니까. 가능하다면 한번 보고 싶다만."

"마술로도 불가능해. 행방불명자의 존재만 속이다니, 그렇게 편리한 마술은 없거든. 크큭…… 《천변만화》의 마도서에 없다면 말이지만."

의미심장한 미소를 지은 세이지의 말을 듣고 그 뒤에 무뚝뚝한 표정으로 서 있던 여마도사—— 루시아 로제가 눈을 크게 떴다.

"?! 안 만들었어요. 만들 리가 없잖아요, 그렇게 써먹을 곳도 마땅찮은 마법을."

레벨 6 헌터이자 《만상자재》라는 별명을 지닌 마도사.

세이지 클러스터의 제자이자 세이지가 이번 사건의 조사를 맡긴 인물이기도 하지만, 무엇보다 중요한 것은 루시아가 《천변만화》의 파티 멤버이자 그 남자의 여동생이라는 점이다.

이번에 프란츠는 《천변만화》를 이용하지 않고 이 사건을 해결하려 하고 있다. 《천변만화》와 가까운 자의 힘을 빌리는 것은 향후 영향을 고려하더라도 피하고 싶지만…… 제블디아 마술학원에서는 피해자가 다수 발생했기에 교수 중 한 명인 세이지가 실력이 뛰어난 마도사이자 제자이기도 한 루시아에게 사건 해결 의뢰를 맡긴 것은 지극히 당연하다고도 할 수 있다.

《천변만화》를 이용하지만 않으면 된다. 그러면 최소한 그 남자의 특별성이 약해진다.

만약 루시아가 《천변만화》의 조언을 받았다고 하더라도 둘러댈 수 있을 것이다.

"이번 건에 대해 루시아를 통해 보고할 게 있다. ――루시아."

"네. 역시 소문입니다. 소문이 열쇠가 되는 것 같습니다. 제가 진행한 청취 조사에 따르면 소문을 시험해본 사람은 사라졌고, 시험해보지 않은 사람은 남았습니다. 소문이 지금까지 퍼지지 않았던 이유는 시험해보지 않았던 사람이 그 이후에 그런 소문이 있었다는 사실 자체를 잊고 있었기 때문입니다. 우리가 행방불명 사건을 눈치채지 못했던 것처럼, 기억에서 깔끔하게 사라진 겁니다. 최근까지는요."

끊임없이 이어진 보고를 듣고 프란츠가 눈살을 찌푸렸다.

실력이 뛰어난 마도사의 정보는 프란츠에게도 들어온다. 루시아 로제는 틀림없이 일류다.

무슨 일이 생겼을 때 모조리 태운다는 선택지를 고르지 않기에 《심연화멸》보다 안심이 되고, 귀족 상대로 시비를 걸어 큰 소동을 일으키지 않기에 정령인 마도사보다 더 믿음직스럽다.

하지만, 이런 사건을 조사하는 데 있어서는 오빠인 《천변만화》 쪽이 틀림없이 더 뛰어날 것이다.

루시아의 보고는 약간 실망스러웠다. 능력과 지독한 태도가 비례하지 않는다는 건 알고 있지만—— 오빠였다면 더 치명적이고 프란츠의 위장에 대미지를 입힐 만한 말을 꺼냈을 것이다.

루시아가 지팡이로 바닥을 툭툭 두드리며 계속 말했다.

"그래서 저는 제블디아 마술학원 학생들에게 마커를 심었습니다."

"마커, 라고?"

프란츠가 예상하지 못했던 말을 듣고 눈을 크게 뜨자 루시아의 지팡이로부터 100길 동전 정도 크기의 까만 빛이 사출되었다.

루시아는 진지한 표정으로 말했다.

"이건 저희 리더가 보물전 탐색 중에 자주 없어지기 때문에 만들어낸 오리지널 탐색 마법입니다. 마술적인 표식——— 마커를 심어둔 자의 위치를 높은 정확도로 탐지할 수 있습니다. 간단히 말씀드리자면…… 사라지면 알 수 있다는 거죠."

오리지널 마법. 유용한 마법이다. 비슷한 기능이 있는 보구가 존재하긴 하지만 한도가 있고, 마법으로 대체할 수 있다면 대체하는 것이 훨씬 좋다.

제도 내부의 치안 유지를 담당하고 있는 제3기사단 단장이 그 말을 듣고 눈살을 찌푸렸다.

"다시 말해…… 민간인을 미끼로 삼았다는 뜻인가?"

"미끼로 삼지는 않았습니다. 마커를 심어두었을 뿐이죠. 사람이 사라지면 그 순간 바로 무슨 일이 일어난 건지 조사하기 위해서요."

시민에게 소문을 시험하게끔 시키는 거라면 모를까, 마커를 심어두는 것만이라면 법에도 아슬아슬하게 저촉되지 않기는 할 것이다.

기사단은 쓰지 못하는 수법이다. 하지만 지금은 비상 사태다. 나쁘지 않은 방법이다.

프란츠는 루시아의 평가를 올렸다.

적어도 행동거지만큼은 오빠보다 훨씬 낫다.

뭔가 말하고 싶은 듯한 제3기사단 단장을 시선으로 말린 다음, 루시아에게 계속 말하게끔 했다.

"우선 100명에게 마커를 심어두고 상황을 지켜본 결과, 세 명의 반응이 소실되었습니다. 제블디아 마술학원 내부에서요."

"학원 내부라고?"

뛰어난 마도사가 만들어낸 오리지널 마법. 입장 때문에 기사단에서는 사용하는 것이 불가능한 수법.

웅성대는 실내에 루시아의 보고가 담담하게 이어졌다.

"갑작스럽게 소실되었습니다. 납치당한 것도, 살해당한 것도 아니죠. 하지만 추적할 수 없게 되었습니다. 사라진 곳은 마술학원의 D 연구동에 존재하는 낡은 교실 중 한 곳――― 제66교실. 현재는 창고로 쓰이고 있는 그 방에는 어떤 소문이 있습니다."

"'열리지 않는 유령 교실'인가."

세이지 클러스터가 인상을 쓰며 말했다.

요즘 항간에 퍼지고 있는 다양한 소문은 진위 여부를 불문하고 전부 모이고 있다.

'열리지 않는 유령 교실'은 현재 제블디아 마술학원 안에서 퍼지고 있는 다양한 소문 중 하나였다.

그 소문에 따르면 역사가 긴 제블디아 마술학원에는 예전에 뛰어난 재능이 있는데도 교수로 인정받지 못하고 실의에 빠진 채 병사한 학생의 유령이 남몰래 마도의 진수를 가르쳐주는 비밀의 교실이 있다고 한다.

잠그지도 않았는데 왠지 문을 열 수가 없는 그 교실에는 선택받은 학생만 들어갈 수 있고, 병사한 학생이 생전에 쓴 책에도 남기지 않았던 금기의 비술을 몰래 전수해 준다는 모양이다.

마술이라는 것은 마도사가 아닌 자가 도저히 이해할 수 없는 법이다. 역사를 파헤쳐보면 용납되지 않을 마술을 만들어내 세계의 적이 된 마도사가 수십 명은 존재한다. 단순히 소문의 신빙성이라는 의미에서 그 소문은 사실이라 해도 이상할 게 없는 이야기처럼 들린다.

하지만, 세이지는 어깨를 으쓱이고 나서 딱 잘라 말했다.

"말도 안 되는 소문이다. 애초에 루시아가 말한 대로 제66교실은 창고로 쓰이고 있다. 다시 말해 문이 열리지 않을 리가 없다. 평소에는 방범상의 이유로 문을 잠가둔다만."

"…………거기에는 뭔가 위험한 게 있나?"

"위험물을 교실이었던 곳에 보관해둘 리가 없잖나. 제66교실은 귀중한 촉매나 위험한 도구를 관리하는 보관고가 아니다. 이제 쓰지 않게 된 물건들을 일시적으로 보관해두는 평범한 창고다."

그럴싸한 말이긴 하다.

세이지 교수의 표정에는 딱히 거짓말을 하는 듯한 낌새가 없었다. 담담한 목소리로 말을 이어나갔다.

"게다가 제블디아 마술학원은 이곳 제도에서도 훨씬 상위인 학교다. 이곳에 소속되는 사람은 교사든 학생이든 엘리트들뿐이다. 혹시나 하는 생각해 조사를 진행했다만, 재능을 인정받지 못하고 실의에 빠진 채 병사한 학생은 존재하지 않았다. 다시 말해 소문은 소문일뿐이다. 게다가………… 교수가 된 지 세월이 꽤 지났다만, 그런 소문은 지금까지 한 번도 들은 적이 없었다. 최근까지는 말이지."

"또 그 패턴인가? 정말 무슨 일이 일어나고 있는 거지?"

무심코 혀를 찼다.

행방불명에 대한 소문은 방금 들은 것처럼 정합성이 거의 없는 것들뿐이었다.

찾아온 손님이 사라진다는 소문이 난 부티크는 조사해 본 결과 아무것도 나오지 않은 평범한 가게였고, 괴물이 돌아다니는 미로 같은 골목이라는 곳은 잠깐만 확인해 봐도 헤맬 리가 없고 그냥 좁은 골목이었을 뿐이다.

바닥이 없을 정도로 깊다는 저수지는 어른이라면 발이 닿을 정도 깊이에 불과했고, 4시 44분에 딱 들여다보면 빨려 들어간다는 소문이 난 악마의 전신 거울은 최근에 만들어진 공업 제품이었다.

평소에는 이런 소문을 믿는 사람이 바보라며 코웃음 치고 넘어갈 정도의 소문이다.

하지만, 선량한 시민들은 그러한 소문을 실제로 일어나고 있는 행방불명 사건과 결부시켜 두려워하기 시작하고 있다.

아직 유그드라의 화제가 더 강하기에 공황 상태가 벌어지지는 않았지만, 이대로 행방불명 사건이 계속 이어진다면 제도는 금방 큰 혼란에 휩싸일 것이다.

루시아가 계속 말했다.

"열쇠와 사람을 빌려 교실을 조사해 보았습니다만, 사라진 학생은 발견하지 못했습니다. 그뿐만이 아니라 방에 들어간 흔적조차 없었죠. 그야말로 '행방불명' 상태입니다."

"열쇠? 문이 잠겨 있었던 건가? 학생들은 그 방 안에서 사라졌을 텐데?"

"그렇습니다. 다시 말해, 그 학생 세 명은 어떤 수법을 썼는지는 모르겠지만, 열쇠 없이 그 방에 들어간 겁니다."

루시아가 싸늘한 눈초리로 말했다. 방이 조용해졌다.

이해가 되지 않았다. 겨우 이해가 된 것은 터무니없는 일이 일어났다는 것뿐이다.

싸늘한 무언가가 등골을 스쳤다.

무시무시한 저주를 상대했던 예언 소동과도 달리 조용한 위협———.

"……신의 팬텀과 관련이 없다는 건 사실이겠지?"

"뭐, 그런 것 같더군. 근거는 모르겠지만—— 분명 신의 팬텀은 이렇게 뒤에서 암약하진 않을 테니."

프란츠가 묻자 세이지가 어깨를 으쓱였다.

근거는 알 수 없다. 그 남자가 한 말의 근거를 생각해봤자 시간 낭비다. 어차피 프란츠를 화나게 할 말을 꺼낼 게 분명하다.

중요한 것은 사실이다.

신의 팬텀과 관련이 없다면 《천변만화》 정도의 능력이 없다 하더라도 사태를 수습할 수 있을 것이다.

《천변만화》를 근신시킬 수 있는 기간은 짧다. 사건이 더욱 확대되면 시민들은 어째서 《천변만화》에게 의뢰하지 않는 거냐며 떠들어대기 시작할 것이다.

역시 위험부담이 크긴 하지만, 어떻게든 해서 실제로 행방불명 당해볼 수밖에 없다.

제0기사단 중에서는 휴 레그란드가 여전히 자취를 감춘 상황이다.

틀림없이 행방불명되었을 것이다.

휴는 아직 젊지만, 뛰어난 전투 능력을 지니고 있으며 유망한 기사였다. 그런데도 돌아오지 않는 것을 보니 그 이상의 실력자를 보내거나 부족한 실력을 커버할 수 있을 정도로 많은 인원을 보낼 필요가 있다.

"어떻게든 해서 실제로 행방불명을 당해볼 수밖에 없겠군. 뛰어난 상황 판단 능력을 지니고 있으면서 전투도 할 수 있고 경험이 풍부한 멤버가 필요하다. 거크 지부장."

"이미 탐색자 협회에서는 실력이 좋은 헌터를 몇 명 보내려 했다. 하지만, 전부 헛수고였지."

세이지가 한 말에 거크가 묵직한 목소리로 대답했다.

탐색자 협회 또한 행방불명된 피해자가 많은 조직 중 한 곳이다. 현재 판명된 피해자의 숫자는 제블디아 마술학원, 프림스 마도과학원에 이어 세 번째로 많다.

호기심이 강한 헌터가 많이 있는데도 그 정도에 그친 것은 헌터들이 그런 소문에 일종의 경계심을 품고 있기 때문일 것이다.

"루시아, 너, 직접 소문을 시험해 봤나?"

"……아직, 시험해 보지 않았습니다. 조사하는 것만으로도 벅차서요."

루시아가 한순간 어두운 표정을 짓다가 곧바로 고개를 들고 확실하게 대답했다.

"하지만 아마 조우하지 못할 겁니다. 이미 아시다시피, 최근 피해자는 레벨이 낮은 헌터나 학생들 중에서도 성적이 낮은 사람들 위주니까요. 레벨이 높은 헌터들 중에도 분명히 소문을 듣고 시험해본 사람이 있을 텐데도 사건을 해결할 수 있을 만한 사람들 중에서는 사라진 사람이 아무도 없어요."

"행방불명당하는 조건이라…………."

프란츠도 이미 기사를 몇 명 보내려 하다 실패했다.

자연 현상인지 누군가의 의지가 개입된 건지는 모르겠지만, 정말 골치 아픈 상황이다.

그리고, 의문이 한 가지 든다.

"행방불명된 제0기사단의 휴는 마나 머티리얼을 흡수한 실력자였다. 휴가 행방불명되었다면 내가 보내려 했던 조사 요원이 모두 허탕을 치는 건 있을 수 없는 일일 텐데."

"후후후, 중간에 제한이 생겼다고 생각해야 하나? 데이터를 보아하니 과거에는 더 폭넓게 행방불명된 것 같긴 하군."

많은 인원을 동원해서 진행한 행방불명 피해자 체크. 사람들이 넘쳐나는 지금 제도에서 고생해서 만든 리스트를 훑어보며 니콜라루프가 눈을 가늘게 떴다.

"매우 흥미로운데. 무슨 일이 일어나고 있는지 지적 호기심을 자극하는군. 나도 꼭 좀 실제로 사건에 맞닥뜨려서 검증을 해보고 싶어."

프림스 마도과학원 학장의 표정은 진심으로 즐거워 보였다. 무심코 질색했다.

이 프림스 마도과학원의 학장은 실력이 뛰어난 남자인 건 분명하지만, 오랫동안 알고 지낸 프란츠가 보기에도 매드 사이언티스트와의 경계에 한없이 가까운 위치에 있다고 판단할 수밖에 없었다. 예언 관련 사건 때도 스스로 혼란을 부추기는 짓을 저질렀는데, 슬슬 자신의 입장이라는 것을 고려해 주었으면 한다.

그러고 보니 니콜라루프 또한 《비탄의 망령》 멤버의 스승이었나…… 정말.

"가능하다면 그렇게 해줬으면 좋겠다만……."

이렇게 많은 사람들이 모였는데도 좀처럼 해결책이 나오지 않는 상황이라는 게 답답했다.

《천변만화》처럼 갑자기, 그것도 엉망진창인 형태로 결과만 내놓는 것도 매우 곤란하긴 하지만——. 그 남자는 정말, 작전에 참가하든 안 하든 프란츠를 짜증 나게 만든다.

보아하니 한동안 황제 폐하께 좋은 보고를 드릴 수는 없을 것 같다.

하지만, 곧바로 해결하지 못한다 해도 프란츠는 이 현상을 대처 불가능한 일이라고 생각하지 않았다. 《천변만화》가 태어나기 전부터 이 제국은 위대하신 황제 폐하와 그 국민들이 번영을 유지해 왔으니까.

오히려 이것이 보통. 이것이 원래 형태다.

그리고…… 아직 행방불명된 휴 레그란드가 죽었을 거라는 보장도 없다.

그 남자는 아직 젊지만 영광스러운 근위기사단 중 한 명이다. 아무것도 해보지 못한 채 당하기만 하지는 않았을 것이다.

휴가 행방불명에서 탈출한다면 사건의 해결에 바짝 다가설 수 있을 것이다.

"우선, 많은 소문들 중에서도 '열리지 않는 유령 교실'이 행방불명으로 이어진다는 사실은 알게 되었군. 그 교실에 뭔가 징조가 없는지 철저하게 조사하도록 하지. 점성신비술원이나 유물조사원의 영역이겠어."

행방불명의 원인이 범죄자나 마물이라면 해결도 기사단의 영역이겠지만, 이번 사건은 척 보기에도 그렇지 않았다.

제국에서 오랫동안 신비와 보물전에 대하여 연구를 해온 두 기관은 안성맞춤이다. 이미 학교 쪽에서도 조사를 하긴 했겠지만, 전문가와 함께 다시 확인하면 알아낼 수 있는 게 있을지도 모른다.

마지막으로 각 조직이 서로 협력하여 사태를 해결하기로 약속한 다음에 대책 회의를 마치려 한 순간, 방 밖에 대기시켜 두었던 부하가 방으로 들어왔다.

회의 중에는 어지간한 일로는 들어오지 말라고 명령을 내려 두었다.

무슨 일이냐며 눈길을 준 프란츠에게 부하가 작은 목소리로 보고했다.

"프란츠 단장님, 《천변만화》를 감시하고 있던 멤버에게서 연락이 왔습니다."

"…………뭔데?"

이렇게 일손이 부족한 상황에서 《천변만화》에게 감시를 붙이는 것에 대해 갈등하긴 했다.

프란츠는 이번에 어떻게 해서든 《천변만화》의 힘을 빌리지 않고 사태를 해결해야만 한다.

하지만, 완전히 무시하기에는 그 남자의 힘이 너무나도 크다. 감시를 붙인 건 그 남자가 움직이지 못하게 하기 위해서였지만, 그와 동시에 조금이나마 그의 행동에서 사건을 해결하기 위한 힌트를 얻으려는 목적도 있었다.

이것은 제국 귀족의 한 사람으로서 상상도 하지 못할 행동이다. 멀리 내치면서도 그 힘을 기대하다니, 너무나도 한심하다. 《천변만화》의 발바닥을 핥고 있는 기분이다.

하지만 어쩔 수 없다. 어쩔 수 없는 것이다. 무슨 일이 생길 때마다 《천변만화》를 써먹으면 점점 제국이 얕보이겠지만, 《천변만화》를 써먹지 않았다가 만에 하나 사건을 해결하지 못한다면 더 큰 문제가 생길 테니까.

그리고 《천변만화》에게 정식으로 의뢰하지도 않고 콩고물만 얻어먹으려는 듯이 지저분하게 행동하는 것은, 다른 귀족들은 할 수 없는 일이다.

속이 쓰렸지만 꾹 참고 계속 말하게 했다.

부하의 보고는 어떻게 판단해야 할지 고민이 되는 내용이었다.

"……이번 사건을 해결하는 데 안성맞춤인, 헌터, 라고?"

《천변만화》를 써먹는 대신 다른 헌터를 써먹는다. 그건 주객전도 아닌가?

애초에 이번 사건을 해결하기 위해 탐색자 협회에서도 전면적으로 협력해주고 있다. 협력자 중에는 《천변만화》와 동격인 레벨 8, 《심연화멸》도 포함되어 있다. 이 사건은 강력한 마물이 날뛰는 사건과는 달리 고레벨 헌터라고 누구나 해결할 수 있을 만한 것이 아니다.

사건을 해결하는 데 안성맞춤인 헌터가 존재한다고?

《야연제전》 사야 크로미즈.

복잡한 사정으로 제도에 온 그 고레벨 헌터 이야기는 이미 듣긴 했지만——.

레벨이 높은 헌터 중에는 상식이 통하지 않는 재능의 소유자도 존재한다. 그 사실을 알고 있으면서도 그 남자가 추천했다는 점이 마음에 걸렸다.

설마 또 뭔가 있는 건 아니겠지?

…………안 되겠군. 너무 의심에 사로잡혔어.

적어도 어떤 헌터든 그 남자보다는 낫다.

고레벨 헌터를 우대하는 것은 국책이기도 하다. 다른 나라의 헌터라고 해도 얼굴을 봐두는 건 손해가 아닐 것이다. 프란츠는 두 손으로 깍지를 끼고는 이런저런 감정을 억누르며 말했다.

"좋다. 지금은 누구의 도움이든 필요하니까. 그 남자를 제외하면 말이지. 데리고 와라."

————그리고, 프란츠 아그만은 그 사람을 만나기로 선택한 것을 한순간, 후회했다.

후회하고, 후회했다는 사실에 깜짝 놀랐다.

대책 회의가 진행되고 있던 회의실의 분위기가 단숨에 팽팽해졌다. 눈살을 찌푸린 거크 지부장. 굳은 표정을 짓고 있는 세이지 교수, 그리고 수염을 쓰다듬으며 여유로운 표정을 지으면서도 눈은 웃고 있지 않은 니콜라루프 학장.

평소부터 많은 신비에 익숙한 점성신비술원과 유물조사원의 직원은 당연하고, 민간 조직의 협력자까지 모두가 그 분위기의 변화를 느끼고 있었다.

지금까지 기사단의 일원으로서 많은 고난과 맞서온 프란츠조차 기억에 없는 분위기.

프란츠는 이 상황을 뭐라고 해야 할지 몰랐다.

하지만, 본능이 경종을 울리고 있었다.

인간족의, 생물로서의, 근원적인 본능이.

압박감의 근원, 짐작되는 것은 한 가지밖에 없다. 하지만 믿기지 않는다.

아직 눈앞에 나타나지도 않았는데――――이 기척은 지금까지 프란츠가 마주쳤던 어떠한 것보다도――――무시무시하다.

힘과 무시무시함은 다르다. 그 진리를 그 남자로부터 배운 프란츠가―― 전율을 멈출 수가 없었다.

문이 열렸다. 방 안의 시선이 소리도 내지 않고 열린 문 너머로 쏠렸다.

거기에 서 있던 것은 검은 머리 여자였다. 검은 머리와 빛나는 붉은 눈. 젊다는 이야기를 듣긴 했지만 상상 이상이었다. 아무리 봐도 스무 살 정도 여자로만 보인다.

하지만, 그게 무시무시하다. 외모만 보고 얕잡아 보면 쓴맛을 보게 된 다는 사실을 프란츠는《천변만화》를 통해 뼈아플 정도로 제대로 배웠지만, 그 경험이 없었다 하더라도 그 여자를 결코 얕보지는 않았을 것이다.

그 여자는―――― 프란츠의 눈에는 도저히 인간으로 보이지 않았다.

《천변만화》를 제치고 잠정 레벨 9로 인정받은 여자 헌터.

《야연제전》 사야 크로미즈.

삐걱대는 소리가 났다. 사야의 발치에 금이 갔다. 그 금은 발치를 중심으로 점점 퍼져나갔다.

물리적인 파괴조차 동반하는 압박감.

모두가 조용해진 와중에 프란츠는 쥐어짜낸 듯한 목소리로 말했다.

"거크 지부장, 아무래도…… 탐협은 터무니없는 헌터를 이 나라에 데리고 온 모양이로군."

"……제도에 온 직후에는 이 정도까지는 아니었는데………… 《야연제전》, 무슨 일이 있었지?"

거크가 한 말을 듣고 사야가 시선을 그쪽으로 돌렸다.

피처럼 붉고 꺼림칙한 느낌까지 드는 눈동자.

하지만, 신기하게도 그 시선에서는 살의 같은 것이 느껴지지 않았다.

느껴지는 압박감의 원인을 알 수가 없다.

사야가 입술을 벌렸다.

거기에서 나온 목소리는 그 무시무시한 외모와는 달리 피곤한 듯한 목소리였다.

"……모의전을 좀, 했어. 그래서 아주 조금 힘을 써버린 것뿐이야. 흥분한 것뿐이니까 괜찮아."

말과 겉모습이 전혀 일치하지 않는다.

말문이 막힌 프란츠와 거크에게 사야가 한숨을 쉬고는 이어서 말했다.

"이곳의 헌터—— 그가 단련시킨 헌터들은, 활기가 너무 넘쳐. 불러줘서 다행이야."

그, 그렇군………… 아무래도 《야연제전》은 겉보기만큼 무시무시한 존재가 아닌 것 같다.

적어도 프란츠가 알고 있는 '진짜로 위험한 헌터'는 곤란해하지 않는다.

문제는 이 헌터가 어떤 이유로 이번 사건에 가장 적합한 것인지인데———.

그때, 팔짱을 낀 채 눈살을 찌푸리며 사야를 관찰하고 있던 루시아가 일어섰다.

"……아무래도 저희 리더가 폐를 끼친 모양이네요. 정말, 근신 중인데도……."

"!!"

"우선 저는 다른 소문을 검증하겠습니다. 피해자의 숫자로 보아 행방불명되는 소문이 한 가지라는 건 말이 안 되는 것 같으니까요. 사람을 좀 빌릴 수 있을까요?"

"음…… 그렇군. 루시아 로제, 몇 명 필요하지?"

그 크라이 안드리히의 여동생치고는 너무 상식인 같기도 하지만, 마도사 혼자서 조사를 계속 이어나가는 게 위험한 건 분명하다. 그녀에게는《비탄의 망령》이라는 강한 아군도 있겠지만 본인이 사람을 빌리고 싶다면 내주는 게 더 나을 것이다.

그리고 루시아의 수사 방법은 윤리적으로 다소 문제가 있으나, 지금까지는 그 누구보다 사태의 해결에 가깝다.

여차할 때 전투가 발생할 것까지 감안하면 기사단의 멤버를 붙여줘야 할까.

프란츠가 그렇게 생각하고 있자니 사야가 손을 들었다.

"내가 갈게."

"…………어?"

루시아가 눈을 동그랗게 뜨고는 예상하지 못한 말을 꺼낸 사야를 보았다.

제3장 별의 신의 모형정원

대책 본부를 나선 다음, 루시아와 이야기를 나누었다.

지금까지의 경위를 들은 루시아는 한숨을 쉬고는 고개를 숙였다.

"그렇군요, 오빠— 저희 리더가 그런 짓을. 폐를 끼쳐드려 죄송합니다."

그렇구나……. 크라이의 말대로 착실한 여동생이다.

의미도 없이 고개를 끄덕였다. 루시아 로제는 크라이와 마찬가지로 머리카락과 눈이 검은색인 소녀였다.

하지만 닮은 건 그 정도뿐이고, 외모에서 느껴지는 인상이 전혀 달랐다. 오빠인 크라이는 표정도 왠지 멍했고 엄청나다는 느낌이 전혀 들지 않았지만, 루시아는 정반대였다.

이지적인 눈초리와 그 가녀린 몸에서 솟구치는 마력. 마도사로서의 격도 고향인 테라스에서도 거의 찾아볼 수 없는 수준이지만, 무엇보다 정말…… 귀엽다.

이 정도의 마력과 미모, 게다가 《비탄의 망령》 중에서는 지금 레벨 7에 가장 가깝다고 한다.

자랑스러운 여동생이라는 말도 납득이 된다. 사야도 이런 여동생이 있었으면 했는데…….

뭐, 여동생만이 아니라 사야의 일족은 사야만 남겨두고 전멸했지만.

"부럽다……."

"? 뭐라고 하셨나요?"

이런, 이런, 나도 모르게 빤히 보고 있었네.

리즈나 클랜 멤버들은 정말 다들 헌터로서 훌륭한 자질을 지니고 있었는데, 루시아는 그 이상일지도 모르겠다.

방문자들이 루시아를 빤히 관찰하고 있다. 방문자는 강자에게 흥미를 품는 성질이 있다. 카이저도 빤히 보고 있었고, 방문자들이 흥미를 보이지 않았던 강자는 크라이뿐이다.

루시아의 눈빛에서는 리즈 같은 사람들과 마찬가지로 사야에 대한 공포가 전혀 느껴지지 않았다. 크라이가 대체 무슨 말을 했는지 정말 신경 쓰이긴 하지만, 모의전을 하면서 능력이 지나치게 발동되어 버렸을 때도 그의 동료들은 테라스의 헌터만큼 겁에 질리지 않았던 걸 보면 단련하는 방식이 달랐던 모양이다.

"아무것도 아니야. 그리고 상관없어. 그에게는 신세를 졌으니까………. 이야기는 들었어. 저기……."

"저도 들었어요, 사야 씨. 리더가…… 저와 사야 씨는 좋은 친구가 될 수 있을 거라고 하던데요."

루시아는 진지한 표정으로 그렇게 말했다.

아무래도 크라이는 사야에게 했던 말을 루시아에게도 그대로 한 모양이었다.

친구 만들기를 도와주려 한 건 아니겠지만, 사야에게는 도움이 많이 된다.

그리고 보아하니 역시 크라이는 사야가 올 거라는 사실을 완전히 예측하고 있었던 것 같다. 친구가 될 수 있을 거라는 이야기도 해준 데다 이렇게 함께 의뢰를 수행할 기회까지 마련해 주었으니까.

의뢰를 수행하면 친구가 될 수 있을 거라는 보장은 없지만, 계기는 될 것이다.

문제는 해결해야만 하는 의뢰의 내용이 꽤 거창하다는 점인데……. 크라이가 이 의뢰에는 사야가 가장 적합하다고 했다던데, 의뢰를 수행하는 데 있어서 가장 적합하다는 의미일까, 아니면 루시아와 친구가 될 계기로 적합하다는 의미일까?

어찌 됐든, 해야 할 일을 할 뿐이다.

새로운 친구(후보) 앞에서 꼴사나운 모습을 보여줄 수는 없다.

사야는 헌터로서의 능력으로 자신을 어필할 수밖에 없으니까.

"사야라고 불러도 돼, 루시아. 루시아의 오빠는…… 놀라운 헌터였어. 내가 할 수 있는 일이 있으면 좋겠는데……."

사야가 한 말을 듣고 루시아는 눈을 잠시 크게 뜨고는 곤란하다는 듯한 표정을 지었다.

"……그러게요. 리더가 가장 적합하다고 했으니 의미가 있을 거예요. 아무 말이나 늘어놓은 게 아니라면 말이지만요……."

"아무 말이나 늘어놓을 때도 있어?"

"가장 적합하다는 말이 다른 의미일 가능성이 있으니까요. 어쩌면 리더는 사야가── 아뇨, 지금은 말하지 않을게요."

무슨 의미지? 크라이에게 정말 특이한 구석이 있긴 했지만────.

루시아는 살짝 헛기침을 하고는 사야를 보며 진지한 표정으로 말했다.

"우선 현지를 확인해 보죠. 뭔가 눈치챈 게 있으면 말해주세요."

안내를 받아 간 곳은 믿기지 않을 정도로 훌륭한 학교였다.

테라스에는 학교라는 것이 손꼽을 정도밖에 없다. 게다가 그 학교도 전투 기술을 가르치는 곳이 대부분이며, 살벌한 분위기가 흐르는 곳이었다.

마물의 위협이 없는 대도시의 학교는 이렇게 다른가? 스쳐 지나가는 학생들도 다들 깔끔했고, 루시아와 사야를 볼 때마다 고개를 숙여 인사해 주었다.

사야는 학교에 다닌 적이 없지만, 학교에 다녔다면 친구도 많이 생겼을까?

사야는 고개를 살짝 저으며 그런 망상을 떨쳐냈다.

테라스에는 친구가 없지만 함께 싸웠던 자들이 있다. 그리고 사야의 힘으로 구해낸 목숨이 있다.

레벨 9 시험을 치르기 전에 응원해준 사람들도 있긴 했다.

사람에게는 주제라는 것이 있다. 지금 사야의 인생은 사야가 선택한 것이다.

방문자들에게 부탁해서 학원의 상황을 확인하러 가달라고 했다.

사야는 주위를 가볍게 확인한 다음, 루시아에게 물었다.

"강한 마법의 기척이 느껴져……. 마법이 걸려있는 거야?"

"네. 얼마 전에 큰 사건이 일어나서 결계도 다시 친 지 얼마 안 되었거든요…… 알아보시나요?"

"대충은. 내 눈은 특별하니까."

주된 능력은 방문자들을 보는 것이지만, 그 이외에도 평범한 사람들에게 보이지 않는 것이 보일 때가 있다.

편리하기도 하고 불편하기도 하지만, 적어도 사야가 마술적인 것들을 놓칠 일은 없다.

그 대신 코드에서는 진짜로 약점을 찔려버렸지만.

"마안인가요?"

"맞아. 원래는 능력을 발동시킬 때만 색이 바뀌었는데…… 크라이의 조언을 받고 썼더니 계속 발동하게 되었어."

"…………죄송합니다, 저희 리더가."

아차…… 루시아가 사과하게 만들어 버렸네.

"……아니, 상관없어. 그는 올바른 행동을 했으니까."

"그런가요, 그런가요."

루시아가 고개를 살짝 끄덕였다.

딱히 후회하지는 않는다. 낮에 능력을 발동시키지 않았다면 그 상황을 해결할 수는 없었을 테고, 그랬다면 검미와 공미가 왕탑으로 달려갔을 것이다. 아무리 《천변만화》라 하더라도 그 두 사람을 동시에 상대하는 건 불가능했을 테니.

코드를 추락시킨 건 지나친 행동이었던 것 같지만 죽은 사람은 한 명도 없었던 것 같고, 분명 어쩔 수 없는 대처였을 것이다.

"…………코드에서 리더는 어땠나요?"

루시아가 잠시 침묵하다가 물었다. 그 말을 듣고 사야는 잠깐 눈을 감고는 코드에서 있었던 일을 떠올려 보았다.

사야는 코드에 잠입한 직후에 붙잡혔고, 계속 하얀 가면을 쓴 채 정신이 속박된 상태였다. 그렇기 때문에 크라이의 행동을 근처에서 관찰한 것은 아니지만, 하얀 가면을 쓰고 있던 동안에 일어난 일들도 어렴풋이 기억에 남아 있다.

앵거스 왕자도, 남몰래 음모를 꾸미고 있던 진 고든도 마지막까지 크라이의 실력을 알아채지 못했다. 사야조차 걸려든 시스템 평가를 속인 것까지 포함해서 전부 《천변만화》의 힘이었을 것이다.

"루시아, 당신 오빠는…………."

'강하다'? 아니야. '대단하다'? 대단하긴 하지만, 그게 아닌 것 같다.

그렇다면 크라이 안드리히가 코드에서 활약한 것에 대해 한마디로 어떻게 표현해야 할까.

사야는 잠시 고민하다가 대답했다.

"아마도, 꽤 즐기고 있었을 거야."

"……정말 죄송합니다. 예전부터 그랬거든요. 악의는 없는데요……."

루시아는 얼굴을 새빨갛게 물들인 채 몸을 움츠렸다.

"크라이는 잘못한 게 없어. 나와 다른 한 사람이 실수를 저지르지 않았다면 아마 그도 다른 수단을 동원했을 테니까."

적어도 사야와 카이저가 붙잡히지 않았다면 마지막에 코드를 떨어뜨리지도 않았을 것이다.

…………뭐, 근신 처분을 당한 것도 미안하긴 하지만, 어쩔 수 없다는 생각도 든다.

"그렇지는 않을 거예요. 정말, 오빠는 터무니없는 짓을 저지르곤 하니까요……."

루시아는 한숨을 크게 내쉬었다. 그 말에는 실감이 담겨 있었다.

그렇게 대단한 오빠인데………… 뭐, 터무니없다고 하면 부정할 순 없겠지만.

뭐라고 대답해야 할지 망설이고 있자니 방문자들이 돌아왔다.

방문자 중에 인간의 언어를 구사할 수 있는 자들은 별로 없다. 하지만, 어지간한 개체는 손짓발짓으로 의사소통 정도는 할 수 있다.

루시아는 방문자들을 눈치챈 낌새를 전혀 보이지 않고 연구동을 올려다보며 말했다.

"프란츠 씨가 보낸 조사 부대는 이미 현지에 와 있을 거예요."

"…………루시아, 이쪽에 뭔가 있는 것 같아."

"!!"

긴 팔을 움직여서 손짓하고 있는 방문자를 따라갔다.

멋진 학교 건물 가장자리를 타고 돌아 부지 안을 걸어갔다.

도착한 곳은 탑 같은 건물로 둘러싸인 안뜰 같은 공간이었다.

많은 학생들이 각자 휴식하고 있던 밝은 안뜰. 방문자가 멈춰

선 곳은 그 중심에 존재하는 나무 한 그루 앞이었다.

가늘지는 않지만 거목이라고 하기에는 힘들고 아무런 특징도 없는 나무. 푸르게 우거진 잎이 그늘을 드리우고 있었다.

방문자가 팔을 들었다. 루시아가 뭔가 생각났다는 듯이 말했다.

"아, 여기에도 소문이 있어요. 피해자는 아마 없겠지만—— '고백의 매직 트리'라는 소문이 있거든요. 여기에서 사랑을 고백하면——."

"반드시 맺어진다고?"

이야기에 자주 나오는 내용이다.

하지만, 루시아는 사야의 말을 듣고 고개를 저으면서 약간 꺼리는 표정으로 말했다.

"아뇨…… 고백해서 차이면 자신과 상대방 모두가 나무에게 먹혀서 사라져 버린다는 소문이……."

"그 소문은 뭐야………."

아무도 행복해지지 못하잖아. 대체 누가 그런 소문을 퍼뜨린 거지?

"그래서 아마 피해자가 없을 거예요. 애초에 이곳에는 항상 사람들이 꽤 많으니까요. 이런 곳에서 고백하려 할 정도로 특이한 사람은 없을 테고, 사라졌다면 반드시 목격자가 있을 거예요."

"그렇구나……."

그럼 지금 사야의 눈에 보이는, 매직 트리 앞에 떠 있는 기묘한 안개는 뭘까?

보라색 안개다. 주먹 크기였던 그 안개는 사야가 보고 있던 동안에 공기에 녹아들 듯이 사라졌다.

마치 전부 눈의 착각이었던 것처럼.

방문자가 일부러 안내해준 이상, 방금 그 안개는 일반인에게 보이지 않을 것이다. 그런 것은 테라스에서도 본 적이 없었다.

방문자가 다가올 때 생겨나는 일그러진 공간과 약간 비슷하긴 했으나 색이 달랐다.

하지만, 지금은 더 이상 생각해 봤자 결론이 나오지 않을 것이다. 사야는 루시아의 오빠처럼 머리로 생각하는 타입이 아니니까.

곧바로 사고를 전환하고는 루시아에게 말했다.

"알았어. 루시아, 그 교실로 가자."

"그래요. 뭐, 이 나무가 행방불명의 원인이었다 하더라도 베거나 태워버리면 되는 거니까요. 뭐, '열리지 않는 유령 교실'도 최종적으로는 폭파해버리면 해결되겠지만, 허가가 나오질 않아서……."

가끔, 루시아의 말과 행동이 리즈나 시트리 같은 사람들과 겹치는데…… 역시 그녀도 《비탄의 망령》 멤버인 것 같다.

하지만 상관없다. 루시아는 정말 귀엽고, 신산귀모의 《천변만화》도 보장해준 사야의 친구 후보다. 그리고 오히려 다른 사람이 보기에는 사야도 마찬가지일 테니——.

"루시아, 나랑 모의전 하고 싶어?"

"그렇죠. 나중에 부탁드릴게요."

조심조심 묻자 루시아는 곧바로 대답했다.

창문으로 스며드는 희미한 달빛만이 복도를 비추고 있었다.

보물전【별의 신의 모형정원】.

제블디아와 겹치듯이 존재하고 있는 그 보물전에는 기본적으로 낮이라는 것이 존재하지 않는다.

아마 인간이라는 생물이 본능적으로 어둠을 두려워하기 때문일 것이다. 과거에 인간이 물리친 '별의 신'이 인간이 두려워하는 것을 알기 위해 만들어낸 그 보물전이 어둠에 감싸여 있는 것은 필연적이라 할 수 있다.

보물전에 나타나는 팬텀 또한 과거에 존재했던 공포의 상징이다. 어두운 밤에 덤벼드는 살인귀. 극비 실험 시설에서 만들어낸 몬스터, 그리고 괴담이 되어 두려움을 사던 죽은 자의 혼.

과거에 특히 아이들 사이에서 두려움의 대상이었던 소녀 괴이.

'흐느껴 우는 레이디' 또한 마나 머티리얼이 불러온 공포의 상징이었다.

밤에, 학교 건물에, 병원에, 조명이 없는 거리에 나타나는 상징으로서의 소녀 망령.

때로는 잠복하고, 때로는 숨어들고, 때로는 저주하고, 두려움을 사던 망령의 상징. 하지만 지금은 인간 언어를 이해하지 못하는 자들도 많은【별의 신의 모형정원】팬텀들 중에서 대표 같은 위치에 있었다.

그것은 매우 골치 아픈 임무였다. 말을 제대로 하지 못하는 살인귀—— 몬스터 디기가 그나마 【모형정원】의 팬텀들 중에서는 말이 잘 통하는 편이라고 하면 골치 아프다는 말도 이해가 될 것이다.

인간이 물리친 별의 신이 귀환할 낌새는 아직 보이지 않는다. 하지만 공포를 모은다는 사명은 순조롭게 진행되고 있다고 할 수 있었다.

물론, 사고가 어느 정도 일어나기는 했다. 몬스터 디기와 레이디에 대한 공포를 뛰어넘고 덤벼드는 기사를 붙잡아 버렸고, 보물전으로 흘러드는 힘이 줄어든 탓에 원래는 마땅한 시기가 될 때까지 감춰져 있어야 할 행방불명자의 존재가 드러나 버렸다. 지금까지 본 적도 없었던 괴물이 바깥 거리를 돌아다니고 있었고, 숨겨진 레이디를 보는 여자까지 나타났다.

하지만, 적어도 그 이후로는 순조로웠다.

지금 보물전의 내부는 잡아온 자들의 소리 없는 비명으로 인해 공포로 가득 차 있다. 그에 더불어 레이디 같은 팬텀들의 힘도 강해지고 있으며, 이 보물전에는 아직 봉인된 마성이 여럿 존재한다.

바깥에 있는 녀석들이 행방불명에 대해 조사하기 시작했지만, 조심스럽게 대상을 선정하면 아무런 문제도 없다.

이 보물전에는—— 초대받지 않는 한 결코 들어올 수 없으니까.

리놀륨이 깔린 복도. 늘어선 낡은 창문을 통해 어두운 하늘을 올려다보고 있자니 뒤에서 축축한 발소리가 들리기 시작했다.

"으…… 나, 해냈어……."

"여기로 데리고 오지 말고, 마음에 드는 곳에 쳐박아 둬."

쉰 목소리. 축 늘어진 채 기절한 인간을 떠안은 몬스터 디기를 보고 레이디는 눈살을 찌푸렸다. 어디서 잡아 온 건지는 모르겠지만, 살인귀나 괴물의 소문은 이미 제도에 여럿 퍼졌기에 그중 하나를 이용했을 것이다.

몬스터 디기는 이형의 괴물이다. 그 휴라는 기사에게는 통하지 않았지만, 일반인이라면 겉모습만 봐도 공포에 질린 나머지 의식을 잃을 것이다.

행방불명은 소문을 통해 이루어진다. 그것을 제일 먼저 퍼뜨린 사람은 레이디지만, 이미 소문은 레이디의 손을 떠나 알아서 퍼져나가고 있다. 어떤 소문이 행방불명으로 이어지는지 바깥에 있는 녀석들이 조사하기 시작했으나 소용없다.

전부다. 모든 소문이 이 보물전으로 들어오는 입구인 것이다. 소문은 소문, 진짜나 가짜는 없다. 레이디는 소문을 시험해 보는 어리석은 인간을 살며시 감추기만 하면 된다.

"으으…… 나, 죽이고 싶다. 머리를, 원해……."

"당신까지…… 무슨 심정인지는 알겠지만, 그러지 마."

몬스터 디기는 '머리를 모으는 살인귀'라는 아이덴티티를 부여받고 태어났다. 그 본능을 참는 건 힘들 것이다.

하지만, 죽음이 공포라는 사실은 이미 알고 있다. 레이디 일행의 사명은 죽음을 두려워하지 않고 싸우는 인간이 두려워할 만한 대상을 찾는 것이다.

고개를 숙이고 살의를 억누르는 디기에게 레이디가 목소리를 낮추며 달래는 듯이 말했다.

"착하지…… 나를 화나게 하지 마. 말을 안 듣는 건 **그것**만으로도 충분하다고."

그렇게 말한 것과 동시에 복도가 약간 떨렸다. **그것**이 온 것이다.

대체 어느 시대의 어떤 것에서 끌어낸 팬텀일까…… 한숨을 쉬며 복도 너머를 보았다.

빛을 희미하게 반사하는 복도에 기묘한 삼각형이 튀어나와 있었다. 그 삼각형은 소리도 없이 좌우로 흔들리며 미끄러지듯이 이쪽으로 다가오고 있었다.

그것을 보고 무엇인지 대답할 수 있는 존재는 없을 것이다. 레이디도 처음 그것을 보았을 때는 자신의 눈을 의심했다.

몬스터 디기가 바닥에 무기를 내려놓고는 머리가 달린 사슬을 들어올리고 빙글빙글 돌렸다.

빠르게 다가오는 삼각형, 아니, 삼각형이 아니다.

그것은── 꼬리지느러미였다.

인간으로부터 몇 미터 떨어진 곳에서 등지느러미가 솟구치자 바닥에 감춰져 있던 전체적인 모습이 드러났다.

그것은 상어였다. 꼬리 끝부터 머리 끝까지 칠흑색이며 지면을 자유자재로 헤엄치는 상어. 본인이 자기소개를 할 수 없어서 레이디 일행이 데몬 샤크라고 이름을 붙인 팬텀이다.

높게 솟구친 다음, 인간을 물어뜯으려 하는 데몬 샤크. 그를 향해 몬스터 디기가 사슬에 묶인 자기 머리를 힘껏 후려쳤다.

머리가 뭉개지는 소리. 쇳덩이를 가볍게 휘두르는 괴력에 반격당한 데몬 샤크는 멀리 날아갔고, 곧바로 바닥에 가라앉은 뒤 사라졌다.

"잘했어. 그런데 저런 괴물이 대체 어떤 시대에 서식하고 있었던 걸까?"

무시무시하긴 하지만, 물이 아니라 바닥이나 벽을 자유자재로 넘나들 수 있는 상어가 과거에 존재했을 거라고는 도무지 믿기지 않았다.

지능이 낮고 사명을 이해하고 있는지조차 알 수가 없기에 아직 저것이 바깥으로 마음대로 나갈 수 없다는 게 행운이라는 사실을 바깥에 있는 인간들도 알아야 할 것이다.

지면을 자유자재로 넘나들며 덤벼드는 상어의 소문이라니. 만약에 그게 퍼져나간다 하더라도 시험해 보려는 사람은 아무도 없겠지.

레이디가 보기에는 명령을 듣지 않고 생물을 발견하면 곧바로 잡아먹으려 하는 상어는 골치 아프기 짝이 없었다. 그나마 레이디 일행에게 덤벼들지는 않지만…… 레이디나 몬스터 디기를 두려워하지 않았던 그 기사는 과연 데몬 샤크도 두려워하지 않을까?

레이디에 대한 공포를 뛰어넘어 덤벼든 휴와의 조우는 뜻밖이었지만, 한 가지 깨달음을 주었다.

이 시대의 인간에게는 이 시대의 공포가 있다. 공포라는 감정 그 자체를 지니지 않은 자는 이 세상에 존재하지 않는다는 것.

그리고 레이디 일행이 많은 공포를 모았을 때, 이 보물전을 마련한 별의 신도 귀환할 것이다.

"나, 찾는다……."

몬스터 디기가 인간을 떠안고 다시 걸어가기 시작했다.

그 끔찍한 뒷모습을 향해 레이디가 말을 걸었다.

"조심해. 이제 다들 행방불명을 경계하고 있어. 싸울 수 있는 인간을 보낼지도 몰라. 바깥 세계에서는 우리도 무적이 아니니까."

"…………."

몬스터 디기는 아무런 대답도 하지 않았다.

인간의 움직임을 조심한다.

아무렇게나 인간을 습격하는 몬스터에게 있어서 존재 의의를 뒤흔들 수도 있는 행동일 것이다.

이 보물전은 레이디 일행의 영역이다. 기본적으로는 패배하지 않는다.

하지만, 바깥 세계에서는 그렇지 않다. 보물전이 지니고 있던 인식 저해 능력이 통하지 않는 이상, 붙잡힐 가능성도 전혀 없지는 않다. 사명을 위해 움직이고 있는 레이디로서는 그렇게 위험한 행동을 용납할 수는 없었다.

그때 레이디는 일단 생각을 접어두고 천장을 보았다.

느껴진다. 누군가가 또 소문을 시험하려 하고 있다.

바깥 세계에서는 행방불명이라는 현상이 인지되고 있다. 이대로 상황이 진행되면 언젠가 소문을 시험하려는 자가 없어질지도 모른다. 그러기 전에 최대한 많은 인간을 확보해 둘 필요가 있다.

물론, 상대는 잘 골라야겠지만――.

"이 느낌…… 제블디아 마술학원이구나."

레이디가 평소에 입고 다니는 옷은 제블디아 마술학원의 교복이다. 그 학교는 레이디에게 있어서 유리한 곳이었다.

신비에 적당히 익숙하고, 향상심과 모험심이 강한 아이들이 많이 있다. 레이디 일행은 지금까지 많은 인간들을 잡아왔지만, 가장 많은 건 학생일 것이다. 꼬시는 것도 간단하고, 붙잡는 것도 간단하다. 물론 제블디아 마술학원의 학생들이 거의 모두 마도사라는 점은 잊어선 안 되겠지——.

제블디아 마술학원도 행방불명의 인식 저해가 풀린 뒤로는 경계가 매우 심해졌다.

얼마 전에 학생을 잡아온 참인데 이렇게 바로 다음 먹잇감이 오진 않을 것이다.

"게다가 시험해 보고 있는 이 소문——— '열리지 않는 유령 교실'이구나. 저번에 학생을 없앤 참인데."

'열리지 않는 유령 교실'은 딱히 까다로운 조건이 존재하지 않고 단순한 소문이다.

현재 창고로 쓰이고 있고 사람이 거의 오지 않는 제66교실에서 유령이 마도의 진수를 가르쳐준다는 소문.

행방불명의 소문은 여럿 흘렸지만, 먹잇감이 전혀 걸려들지 않는 소문도 많다. 제블디아 마술학원에 퍼뜨린 소문 중에는 퍼뜨려 본 건 좋은데 시험해 보는 사람이 전혀 없어서 연결고리가 끊어져 버린 '고백의 매직 트리'가 실패작에 해당되는데, 유령 교실은 퍼뜨린 소문 중에서 효과적이었던 소문 중 하나다.

유령 교실은 인기척이 별로 없는 곳에 존재한다. 레이디는 소문을 시험하려 하는 학생들을 확인하고 함정이 아니라고 판단했을 때만 이 보물전과 그 교실의 문을 연결해서 납치하면 된다.

하지만, 얼마 전에 학생을 없앤 직후에 없앤 학생과는 비교도 되지 않을 정도로 강력한 마도사가 여러 사람을 이끌고 와 그 교실을 검증했다.

당연히 그자들이 왔을 때는 교실과 보물전이 이어져 있지 않았기에 조사해 봤자 아무것도 찾아내지 못했지만, 그 이후로 시간이 얼마 지나지 않았는데 사람이 또 온 걸 보면 아무것도 모르는 학생이 소문을 시험하러 왔다기보다는 다시 조사하러 왔다고 생각해야 할 것이다.

손가락을 튕기자 주위의 풍경이 복도에서 교실로 바뀌었다. 제블디아 마술학원 제66교실을 본떠 만든 교실이다. 단, 현실 세계의 교실 안에 놓여 있던 물건은 존재하지 않는다. 그 대신 늘어서 있는 책상과 교단. 그리고 칠판에 그려진 마법진——— 소문난 유령 교실처럼 만든 무대다.

현재, 제66교실과 보물전은 겹쳐진 상태다.

레이디의 생각만으로 바꿀 수 있게끔 준비를 마친 상황이다.

그러나 바꾸기 전까지 현실 세계에서 보물전에 간섭할 방법은 없다.

"역시 조사 부대구나. 아무리 조사해 봤자 아무것도 나올 리가 없는데……."

마나 머티리얼 공급이 줄어들어 행방불명 현상의 인식 저해 능력이 사라지긴 했지만, 【별의 신의 모형정원】은 강력한 보물전이다. 다른 차원에 존재한다는 특성은 마술적인 구조에 의한 것이 아니며, 굳이 말하자면 별의 신의 능력이다. 인간이 조사해봤자 알아낼 리가 없다.

현실 세계의 상황을 들여다보았다. 조사 부대의 인원은 열 명 정도였다. 공포의 수준을 알아보기 위해 언젠가 한 번은 많은 인원을 납치해야겠다고 생각하긴 했지만, 아무리 그래도 처음에 이렇게 많은 인원을【별의 신의 모형정원】에 끌어들이는 것은 위험부담이 너무 크다. 게다가 아마 이 조사 부대는 행방불명당했을 때를 대비해서 편성되었을 것이다. 또 패배를 맞이하면 몬스터 디기에게 트라우마가 되어버릴지도 모른다.

현실 세계 교실 문의 자물쇠가 달그락거리며 소리를 내고 있다.

역시 이번에는 그냥 지켜봐야겠다. 그렇게 결심한 레이디 앞에서 문이 소리를 내며 열렸다.

선두에 서서 교실로 들어온 사람은—— 두 여자였다. 레이디는 자기도 모르게 숨이 막혔다.

첫 번째 사람은 얼마 전에 행방불명 사건이 생긴 뒤에 조사를 하러 왔던 여자 마도사였다. 납치한 학생과는 비교도 되지 않을 정도로 강력한 마력을 지닌 마도사. 이쪽도 나름대로 레이디가 절대로 표적으로 삼지 않을 인간이긴 했지만, 문제는 다른 한 명이었다.

다른 한 명은—— 거리에서 보았던 여자다. 빛나는 진홍색 두 눈, 그리고 레이디조차 본 적이 없는 이형들을 데리고 있던 여자. 튼튼함과는 거리가 먼 그 가녀린 몸에서 솟구치는 기묘한 힘은 마나 머티리얼을 대량으로 흡수했다는 말만으로는 표현할 수 없을 만큼 이질적이었다.

마도사 여자가 선반이 빽빽하게 늘어선 제66교실을 바라보며 말했다.

『역시 우리는 대상이 아닌 것 같네요. 얼른 아무것도 없는지 조사해보고 다음 장소로 넘어가죠.』

레이디는 눈앞에 있지만, 그 시선은 완전히 레이디를 지나쳤다. 애초에 레이디가 있는 유령 교실이 보이지 않을 것이다.

그게 보통이다. 레이디는 다른 위상에 존재하고 있기에 보일 리가 없다.

————하지만, 다른 여자의 진홍색 눈동자는 완전히 레이디를 보고 있었다.

크게 뜨인 그 두 눈에는 또렷하게 멍해진 레이디의 표정이 비치고 있었다.

보이고 있다. 확실하게. 이건, 마안이다. 이계를 들여다볼 수 있는 지극히 희귀한 마안.

주위에는 도로에서도 보았던 그림자 같은 이형이 여러 마리, 마치 여자를 지키려는 듯이 둘러싸고 있었다. 그 생물들도 여자와 마찬가지로 레이디를 보고 있다.

하지만 아직 보고 있을 뿐이다. 레이디가 있는 곳은 보물전 안이다. 현실의 교실이 아니다.

레이디가 숨을 죽이자 여자가 눈을 깜빡이고는 고개를 한 번 끄덕였다.

『그렇구나……. 이유는 모르겠지만…… 이건 내가 제일 적합할 지도 모르겠어. 역시 크라이는 옳아. 그를 이길 수는 없어.』

『……네? 사야, 뭔가 알아냈나요?』

『루시아, 교실에서 나가. 시험해 볼게.』

『…………알겠어요.』

보아하니 이 여자의 이름은 사야인 것 같다.

사야가 루시아라고 부르던 마도사와 함께 교실에서 나간 다음, 문을 닫았다. 함께 왔던 조사 멤버들도 의아한 듯한 표정을 짓고 있었다.

시험한다고? 대체 무슨 시험을 할 생각인데?

눈살을 찌푸리고 있던 레이디 앞에서 사야가 문에 손을 댔다.

하지만, 손을 댄 것은 현실의 교실 문이 아니었다. 그건 유령 교실의 문――― 보물전으로 이어지는 문이다!

"?! 뭐, 뭐야……?"

있을 수 없는 일이다. 다른 차원에 존재하는 교실의 문에 간섭하다니!

예상하지 못했다. 틀림없다. 이 여자는 이 보물전의 천적이다.

문은 유령 교실의 입구다. 이대로 가다가는 이 보물전에 침입해 버릴 것이다.

급하게 문에 달라붙어 열리지 않게끔 힘을 주었다. 사야가 열리지 않는 문을 보고 눈을 깜빡이고는 고개를 갸웃거렸다.

『열리지 않아……? 유령 교실의 문은 잠기지 않았을 텐데…….』

선택받은 학생만 들어갈 수 있다는 소문이잖아!! 포기해!

그렇게 기원하던 레이디 앞에서 루시아가 말했다.

『이상하네요. 애초에 방금 자물쇠를 땄을 텐데요…….』

『내가 손을 대고 있는 문은 다른 문이니까———.』

큰일이야…… 이 여자, 레이디보다 힘이 세다. 애초에 레이디는 영적인 존재로 두려움을 살 뿐, 이런 육체적인 부분에서는 거의 평범한 인간이나 마찬가지다.

그때, 몬스터 디기가 창문을 깨고는 들어왔다. 이 교실에 그 모습이 어울리지 않으니 들어오지 말라고 말해두었는데, 레이디가 위기에 처한 걸 알아차린 건가?

레이디는 필사적으로 뒤쪽을 향해, 디기를 향해 소리쳤다.

"디기! 도와줘!"

"오오오오오오오오!!"

몬스터 디기가 문에 달라붙은 다음, 있는 힘껏 그 문을 밀었다. 물리적으로 사람을 덮치는 계열인 괴인, 몬스터 디기의 완력은 레이디와 비교도 되지 않는다.

온 힘을 다해 문을 밀고 있는 레이디 일행을 눈치챈 건지 아닌지, 사야가 루시아에게 느긋한 목소리로 말을 걸었다.

『왠지 목소리가 들리지 않아?』

『……그런가요?』

그런데 이 사야라는 여자…… 힘이 세다. 몬스터 디기가 온 힘을 다해 밀고 있는데도 아슬아슬하다.

온 힘을 다해 저항하고 있자니 사야가 손을 뗐다.

포기한 건가?

기도하는 듯한 심정이었던 레이디에게 사야가 아무렇지도 않게 말했다.

『열리지 않네. 어쩔 수 없으니까, 파괴할게.』

“뭐…… 뭐어어어어어어어어어어어어어어어?”

영문을 알 수가 없다. 자기도 모르게 소리를 지른 레이디 앞에서 사야 뒤에 대기하고 있던 인간 형태의 이형이 있는 힘껏 팔을 들어올렸다.

급하게 몬스터 디기를 잡고 문에서 물러났다. 물러난 것과 동시에 문이 힘차게 날아가 버렸다.

너무나도 폭력적이다. 공포를 주는 건 레이디 쪽이라는 게 규칙인데, 전혀 자기 주제를 모르고 있다.

적이 드러난 입구를 통해 유령 교실 안으로 들어왔다. 레이디는 재빨리 손가락을 튕겼다. 넘어져 있던 몬스터 디기의 모습이 사라졌다.

“여기는………….”

“루시아, 경계해. 내가 앞으로 나설게.”

루시아와 사야, 그리고 사야가 이끌고 있는 이형들. 뜻밖인 것도 정도가 있지. 설마 입구를 억지로 뚫고 들어오는 존재가 인간 중에 있을 줄이야.

이렇게 된 이상 어쩔 수 없다. 다행히 두 사람을 제외한 다른 조사원들은 유령 교실 앞에서 들어오지 못하고 있다.

레이디는 다른 방해꾼들이 들어오기 전에 손가락을 튕겼다.

문이 세차게 닫히며 사야와 루시아, 그리고 다른 조사부대를 차단했다. 그리고 곧바로 유령 교실과 학교의 제66교실에 존재하던 연결고리를 삭제했다.

이제 이 문은 두 번 다시 이용할 수 없다. 하지만 이제 사야가 두 번 다시 억지로 열 수도 없을 것이다. 어찌 됐든 문 그 자체를 파괴해 버렸으니까.

어차피 이 유령 교실은 너무 많이 알려졌다. 슬슬 없앨 생각이었으니 문제는 없다.

그리고, 이곳은 보물전【별의 신의 모형정원】.

침입에 성공했다고 생각할지는 모르겠지만——— 말하자면 이곳은 레이디의 뱃속이나 마찬가지다.

루시아가 닫힌 문을 열고 소리쳤다.

"윽?! 사야, 문 너머가———."

"차단당했어. 루시아, 조심해."

문 너머에 있는 것은 좀 전까지 루시아 일행이 있었던 학교 건물이 아니라 밤의 제블디아 마술학원이다.

하지만, 시간이 지난 것은 아니다.

이곳에는 많이 있던 학생들이나 교사도 없다. 바깥 세계를 본떠 만들었지만 치명적으로 다른, 이계의 학교이자 레이디 일행의 사냥터다.

이곳은 제도 뒤쪽, 별의 신이 공포에 대해 알기 위해 만들어낸 보물전【별의 신의 모형정원】.

루시아가 어둠을 노려보며 거칠게 말했다.

"…………최악이야."

레이디도 완전히 동의한다. 하지만 이 보물전에 발을 내디딘 건 너희들이다.

루시아의 눈이 처음으로 레이디를 보았다.

가장 큰 문제는 문을 억지로 열어젖힌 사야라는 여자지만, 루시아 또한 나름대로 꽤 골치 아플 것 같았다.

레이디에게는 그 몸에 솟구치는 힘이 보였다. 아마 몬스터 디기의 자신감을 잃게 만든 휴보다 더 강할 것이다. 지금까지 납치했던 학생들과는 격이 다르다.

루시아의 눈은 레이디를 적인지 아군인지 판단하지 못하고 있었다. 레이디가 제블디아 마술학원의 교복을 입고 있기 때문이었다.

그래도 아군인 척하긴 힘들겠지. 사야는 예전에 똑같은 모습으로 밖에 나간 모습을 보인 적이 있다.

그녀들은 둘 다 골치 아픈 상대다. 하지만, 그녀들의 공포의 대상을 알 수 있다면 별의 신의 귀환도 매우 가까워질 것이 틀림없다.

선전포고의 의미를 담아 미소를 지었다. 우선 첫 번째로 그 상태에서 찐득거리는 피눈물을 흘려 보았다.

레이디가 가지고 있는 기억이 정확하다면 여자나 어린애들이 비명을 지를 만큼 충격적인 모습일 것이다.

공교롭게도 이곳에 나타나고 나서 이것을 무서워한 사람은 거의 없었지만———.

"윽?!"

루시아가 눈을 크게 뜨고는 표정이 얼었다. 예상하지 못한 반응이었기에 레이디는 자기도 모르게 진지한 표정을 지었다.

사야 쪽은 눈썹 하나 꿈쩍하지 않고 감정도 흐트러지지 않았는데, 루시아 쪽에서는 강한 감정의 파도가 느껴진다. 레이디 일행의 목적이자 정말 좋아하는 것── 공포의 감정이다.

혹시 루시아는 레이디가 상상했던 만큼 강하지 않은 건가?

시험 삼아 루시아를 향해 손을 뻗었다. 움찔거리고 있는 루시아에게 레이디가 고개를 갸웃거리며 가녀린 목소리로 물었다.

"언니…… 나를, 구해주러, 온 거야?"

"윽?!"

"위험해! 루시아!!!"

"?!"

사야가 정갈 방해된다.

행방불명시키기 시작한 이후로 최고의 손맛을 느낀 순간, 사야를 따르는 이형들이 덤벼들었다.

다행히 보굴전에 파고든 것은 세 마리 정도뿐이었지만, 너무나도 골치가 아프다. 허약한 소녀의 모습인 레이디를 향해 이형이 있는 힘껏 팔을 들어올렸다.

이 생물은 대체 뭐지? 재빨리 뒤로 물러난 레이디의 눈앞을 그림자 같은 생물의 주먹이 아슬아슬하게 스쳤다.

그리고── 주먹은 그대로 교실 벽에 박히며 쉽사리 관통했다.

뒤늦게 금이 갔고, 벽이 산산조각났다.

레이디는 강화시킨 벽을 마치 종잇장처럼 뚫어버린 괴물을 보고는 멍해질 수밖에 없었다.

사야가 의아한 표정으로 말했다.

"파워가…… 강해졌어……?"

"?! 왜 이런 걸 데리고 온 거야, 언니?!"

레이디는 자기도 모르게 비명 같은 목소리를 냈다.

이 보물전은 공포를 관찰하기 위해 존재하는 보물전이다. 레이디 일행보다 더 뛰어난 공포의 존재 같은 것을 데리고 오면 안 된다.

이런 존재가 나타나면 몬스터 디기도 도망쳐 다녀야 할지도 모른다.

이형으로부터 사락사락, 기묘한 소리가 들리기 시작했다.

모래가 흘러내리는 듯한 기묘한 소리다. 본받고 싶을 정도로 무시무시하다.

게다가 이형은 세 마리나 있다. 밖에는 더 많이 있을 것이다.

루시아가 혼자 왔다면 대환영이었을 텐데, 최악이다.

안 되겠다, 모처럼 멋진 손님이 와 줬는데, 도망칠 수밖에 없다.

레이디는 두 팔을 들어올리고는 피를 뚝뚝 흘리면서 루시아에게 비틀비틀 다가갔다.

"언니이이이이이이이이이이이이이이이이이이이이이이!"

"윽!!"

무서워하고 있다. 비명은 지르지 않았지만, 나를, 무서워하고 있어!

하지만 뒤로 물러선 루시아와 레이디 사이로 사야가 끼어들었다. 그 손에는 어느새 금속제 경봉을 쥐고 있었다. 사야는 레이디를 보고도 아무런 감정도 드러내지 않았다.

아니———— 정확히 말하자면 드리우는 것은 있었다.

짜증이다. 사야는 여전히 말없이 깔끔한 동작으로 피로 물든 레이디를 향해 망설임 없이 경봉을 내리쳤다.

이 보물전은 레이디 일행의 홈그라운드다. 어지간한 공격은 통하지 않는다.

그러나, 직감적으로 알았다.

"윽?!"

그 경봉은 분명—— 레이디에게 막대한 대미지를 입힐 수 있다는 사실을.

맨손으로 유령 교실의 문에 간섭한 그 힘. 그 힘이 경봉에도 적용되고 있는 것이다.

경봉이 명중하기 직전에 레이디는 아슬아슬하게 존재를 흩어지게 만들었다.

경봉이 허공을 갈랐다. 레이디는 가벼운 통증을 느꼈다. 믿기지 않았다.

존재를 안개 형태로 바꾸어서 도망쳤을 텐데, 스치기만 한 상황에서 대미지를 입다니————.

사야가 경계를 거두지 않은 채 주위를 둘러보고는 혀를 차며 경봉을 집어넣었다.

"쳇…… 도망쳤어. 거의 다 잡았는데."

한시라도 빨리 이 사야를 쫓아내야 한다.

안 된다. 레이디 일행의 세계에 괴물을 상대로 싸우는 기사나 묘한 능력을 지닌 여자가 들어오면 안 된다.

레이디 일행에게 필요한 것은 이 루시아처럼 제대로 두려워해 주는 사람뿐이다.

몸을 안개로 바꾸는 것은 최종 수단이다. 이 상태가 되면 거의 모든 공격이 통하지 않지만, 한동안 힘을 거의 쓰지 못하게 되어버린다.

이렇게 하지 않았다면 사야는 분명히 레이디를 완전히 소멸시켰을 것이다.

레이디는 도망치기 전에 겨우 의식을 루시아에게 접근시키고는 귓가에 속삭였다.

"잘 있어, 착한 언니."

"윽?!"

"거기다!!!"

루시아가 떨었다. 사야가 곧바로 루시아의 귓가를 경봉으로 후려쳤다.

강한 통증이 레이디를 덮쳤다. 아픔이란 경계 신호다. 아마 이 공격은 레이디에게 크든 작든 대미지로 축적될 것이다.

최악이다, 정말로 최악이다.

레이디는 누구에게도 보이지 않는 눈물을 뚝뚝 흘리며 그곳에서 도망쳤다.

"어어어어어어어어어어어어어?! 레벨 8 헌터가 왔었다고?!"

루크 오라버니가 한탄하는 목소리가 《시작의 발자국》 클랜 하우스 3층, 연금술 연구실에 울려 퍼졌다.

시트리 언니가 쓴웃음을 지으며 덧붙였다.

"나중에 확인했는데요, 정확히는 잠정 레벨 9인 모양이에요. 크라이 씨께서 양보한 것 같아요."

"젠장! 나도 베고 싶었는데…… 왜 항상 이렇게 타이밍이 안 좋은 거야!"

"음…… 평소의 행실?"

"평소의 행실……."

스승님의 말이 너무 심한 것 같았기에 포션을 꿀꺽꿀꺽 마시고 있던 티노는 약간 정색하며 중얼거렸다.

지하 훈련장에서 갑작스럽게 시작된 전대미문의 모의전은 성황리에 막을 내렸다.

사야 크로미즈는 강했다. 게다가 그 힘은 일반적인 헌터들의 연장선상에 존재하는 것이 아니었다.

보지도, 건드리지도 못하는 무언가를 조종하는 힘이라니, 그런 건 본 적도 없고 이야기를 들은 적도 없었다. 분명히 언니가 도적 특유의 경이로운 통찰력으로 공략의 실마리를 알아차리지 않았다면 누구도 눈치채지 못했을 것이다.

요즘 티노는 자신의 실력이 강해졌다고 생각했지만, 아직 미숙하다는 사실을 느꼈다.

그건 분명히 마음가짐의 차이일 것이다.

마스터와 함께 모험을 하러 다녔던 언니는 가끔 천 개의 시련을 받기만 하는 정도인 티노와는 주의력이 다를 것이다.

지금까지 레벨 9 헌터를 만난 적은 한 번도 없었는데, 레벨 9란 이렇게 대단한 존재였나?

눈을 감으면 사야가 마지막으로 풀려 했던 것이 떠오른다.

사야의 눈동자를 보지 않아도 느껴지는 이상한 분위기. 티노의 직감이 정확하다면, 그것은 밖으로 나와서는 안 되는 존재다. 물론, 컨트롤은 하고 있었겠지만…….

결국, 모의전 결과는 언니와 시트리 언니까지 뛰어들어서 대혼전이 벌어지던 와중에 호출이 들어와 어중간하게 끝나버렸다.

언니와 시트리 언니가 참가한 뒤에는 사야도 피하게 되었지만, 유일하게 그 모의전을 통해 알아낸 것이 있다면 그렇게 많은 인원을 동시에 상대했는데도 사야가 마지막까지 멀쩡했다는 사실이다.

공격을 피한 시점에서 그냥 잠자코 공격을 당하는 마스터보다는 약하겠지만…….

“그래도 루크가 안 와서 다행이었지~. 만약에 왔다면 사야가 너무 가엾어지니까…….”

“요즘 루크 씨의 참격은 날아가니까…… 초전에는 막는 것도 꽤 힘들 테고.”

루크 오라버니가 유그드라에서 터득한 참격은 도저히 검술 같지 않은 기술이었다. 대체 루크 오라버니가 목표로 삼은 경지는 어떤 것일까?

"저기, 한 번 더 오진 않으려나? 크라이에게 부탁하면 돼? 치사하다고, 너희만 레벨 9를 베다니———."

"베진 않았어. 그리고 루크가 없었던 게 잘못이잖아?"

루크 오라버니는 여전하다. 참고로 루크 오라버니가 자리를 비웠던 이유는 수행을 하러 갔었기 때문인 모양이다.

평소에도 단련을 게을리하지 않는 언니도 시간이 나면 쇼핑을 하러 가곤 하는데, 루크 오라버니에게는 그런 게 전혀 없다. 너무나도 금욕적이다.

"그러고 보니 시트리 언니, 모의전 때 가스를 안 쓰셨네요."

"사야 씨 능력은 대충 알았으니까. 강하긴 하지만 그 정도라면 어떻게든 할 수 있잖아? 클랜 멤버들도 많이 있었으니까 가스를 쓰긴 좀 그래서."

"잘 먹히면 강하지만 기습에 엄청 약하단 말이지, 사야. 대책을 세워두긴 했겠지만."

사야 본체의 전투 능력은 티노와 크게 다를 게 없긴 했다. 대인 전투를 단련한 티노와 비슷한 수준의 전투력은 지니고 있는 것 같았지만, 인정 레벨을 고려하면 꽤 약한 수준일 것이다.

능력을 이용한 방어도 티노라면 모를까 언니가 가하는 신속의 공격이라면 파고들 가능성도 있다. 시트리 언니의 가스나 루시아 언니의 마법도 가능성은 있을 것이다.

하지만, 실제로 사야는 전장에서 오랫동안 살아남아 레벨 9가 되었다. 티노는 몸을 떨며 말했다.

"비장의 수가 있겠죠…… 아니면 더 강한 존재를 불러낼 수 있다거나…….”

“모의전 때 사람을 죽일 수도 없으니까, 전장에서는 더 강할 것 같긴 해.”

“그, 그렇군요…………..”

시트리 언니 말이 맞다. 이번에 싸운 것처럼 모의전이라면 모를까, 혼전이 벌어졌을 때 ‘사락사락’에 대처하는 건 불가능할 것이다.

앞으로는 모의전을 피하는 게 좋을지도 모르겠다. 마지막에 호출이 들어왔을 때도 그것을 보지 못하는 국가 기관의 직원들이 압박감 때문에 숨도 제대로 쉬지 못할 정도였다.

언니는 그것에 대한 대책으로 사야의 눈동자에 비춘 모습을 본다는 수법을 이끌어냈다. 하지만, 그 수법은 사야 쪽에서 대책을 세우면 간단히 막힌다. 눈을 잠깐 감으면 눈동자에 비춘 모습 같은 건 상관도 없고, 그런 상태에서도 능력은 발동되고 있으니까.

“티노, 좋은 경험을 했구나…… 크윽…….”

“가, 감사합니다, 루크 오라버니…….”

루크 오라버니는 진심으로 분한 듯이 말했다. 하긴, 이번 모의전은 좋은 경험이 된 건지도 모르겠다.

안전한 모의전을 통해 레벨 9와 싸울 수 있다는 건 자주 생기는 기회가 아니다. 이것도 전부 마스터 덕분일 것이다.

그때, 여전히 분한 기색을 감추지 못하고 있던 루크 오라버니에게 시트리 언니가 말했다.

“또 금방 기회가 올 거예요. 한가하면 루시아를 도와주러 가는 건 어떨까요? 사야 씨도 있을지 모르니까요."

"!! 루시아!! …………그래도 우선 혼자서 의뢰를 수행해보겠다고 했잖아? 방해하고 싶진 않아."

루크 오라버니에게 브레이크가 있었어?!

팔짱을 낀 채 표정이 굳어진 루크 오라버니에게 시트리 언니가 방금 조합한 포션을 흔들며 말했다.

"지금이라면 마음이 바뀌었을지도 모르죠. 이번 안건은 루시아가 껄끄러워하는 타입인 것 같으니까요."

"? 루시아 언니가 껄끄러워하는 타입이 있나요?"

언니는 재색겸비에 문무양도, 제블디아 마술학원의 초대를 받아 《만상자재》라는 별명까지 받은 마도사다. 마도사라는 존재는 보통 만능인 법이지만, 마스터의 마도서를 해독하여 오리지널 마법을 여럿 만들어낸 루시아 언니의 힘은 다른 마도사들과 비교하더라도 훨씬 뛰어나다. 정령과도 계약했고, 주위 사람들의 평판도 좋다.

티노가 아는 한 루시아 언니에게는 약점 같은 게 없을 텐데. 눈을 동그랗게 뜨고 있던 티노에게 언니가 즐거운 듯이 말했다.

"아~, 루시아가 껄끄러워하는 타입 말이지. 루시아는 말이야…… 후후. 귀신을 껄끄러워하는 것 같아."

"귀…………신?"

예상하지 못한 말에 티노는 잠시 혼란스러워졌다.

귀신. 유령. 괴담은 헌터 황금시대인 지금 여기저기에서 실제로 신기한 현상을 볼 수 있는데도 여전히 오락으로서 꾸준히 인기를 자랑하고 있다. 티노도 한두 개 정도는 들어본 적이 있다.

하지만 루시아 언니는 항상 높은 레벨을 인정받은 마물이나 팬텀과 싸우고…… 그중에는 생김새가 징그러운 것들도 많으며 목숨도 위험했을 텐데. 그런 상황에서 귀신을 무서워한다고?

애초에 귀신이란 뭘까? 얼마 전에 교회에서 싸웠던 그 저주받은 물건에 빙의되어 있던 '마린의 통곡'도 인간 형태였으니 유령 같은 존재일 것이다. 그때 루시아 언니는 교회에서 다른 사람들과 함께 공격에 참가했을 텐데.

"괴담 같은 걸 예전부터 껄끄러워했지…… 나는 정말 좋아하지만."

그리고 시트리 언니의 밝은 미소…… 분명 루시아 언니를 마구 놀려댔을 것 같다. 티노가 볼 때만 하지 않았을 뿐.

"그래, 나도 귀신은 껄끄러워. 벨 수가 없으니까……. 벨 거지만."

"사람들이 많을 때는 괜찮은데 말이지. 루시아는 지는 걸 싫어하기도 하고."

루크 오라버니는 아무렇지도 않은 것 같네요. 그런데 설마 루시아 언니에게 그런 약점이 있었다니…… 루시아 언니라면 공황 상태에 빠지더라도 아무렇지도 않게 마법을 쓸 것 같은데.

티노도 행방불명에 대한 소문은 몇 개 들었는데, 좀 괴담 같긴 했다. 계속 제도에 살던 티노도 제도에 그런 소문이 이렇게까지 많이 퍼진 건 이번이 처음이다.

"사야도 그 안건 때문에 호출받은 거니까 같이 가면 만날 수 있을지도 모르는데요?"

"흐응~. 모의전을 할 수 있을까?"

"굳이 말하자면 루크가 더 괴담 같단 말이지."

일부 사람들 사이에서는 괴담보다 더 두려움을 사고 있을 것 같은데요…… 루크 오라버니는. 특히 검을 든 상대를 일단 베고 보려 하기 때문에 검사나 기사들은 얼굴만 봐도 도망치는 수준이다.

그리고 시트리 언니의 키르키르 군도 괴담보다 더 무서운 것 같아요…….

"그래도 말이지~, 아직 도와달라고 한 게 아니니까~."

"루시아를 방해하면 안 되니까. 그래도 꽤 재미있을 것 같은 안건이니 미리 준비해 두는 것도 괜찮지 않을까?"

"…………레벨 9를 베고 싶어."

"나도 한 번 더 싸우고 싶네. 다음에는 반드시 사야가 불러낸 것들을 쳐죽일 거라고."

"저도 사야의 그 눈을 차분히 조사해 보고 싶어요."

루시아 언니…… 괜찮을까? 정 뭐하면 제가 도와드릴게요!

티노는 우선 언니 일행에 대한 생각을 머릿속에서 몰아낸 다음, 성실한 루시아 언니가 무사하기를 기원하기로 했다.

테라스 지방. 성채도시 테라스가 존재하는 그곳 일대는 이매망

량이 활개치는 마경이다.

일반적인 나라와는 달리 그 지방에서는 주민들의 안전이 전혀 보장되지 못하고 있다. 제블디아 같은 대국이라면 안전이 보장되었을 도로도 호위 없이 다니는 것은 목숨을 버리는 것이나 마찬가지인 행동이라고 할 정도이며, 마물이 도시 자체를 습격하는 상황도 한 달에 한 번 정도는 발생한다.

애초에 성채도시 테라스는 인류가 개척하지 못한 구역을 개척하기 위한 목적을 지닌 도시였다. 하지만 많은 희생을 치른 끝에 도시를 세운 이후로 인간족은 한 발짝도 나아가지 못하고 있다.

모든 원인은 그 너머에서 발생했던 치열한 생존 경쟁 때문이다.

성채도시 테라스 너머에 펼쳐져 있는 것은 습지, 산맥, 수해다. 큰 강을 사이에 두고 그 너머에는 평원도 보이지만, 그 모든 것들을 걸고 다양한 마물들이 쟁탈전을 벌이고 있었다. 그중에는 뛰어난 지성을 지니고 인간의 언어를 이해하며 인간의 도구를 빼앗아 다룰 정도로 교활한 마물까지 있었다.

그러한 마물들에게 공격당한 성채도시 테라스는 몇 번이나 멸망 직전까지 내몰렸고, 아슬아슬하게 도시를 유지하는 데 성공했다.

그렇기에 테라스는 세계에서 가장 가혹한 곳 중 한 군데라고 한다. 과연 테라스 너머에 무엇이 존재하고 어째서 그렇게 다양한 마물들이 그 지역을 노리고 있는지 아는 사람은 아직 없다.

이른 아침. 두꺼운 돌벽으로 둘러싸인 거리에 갑자기 사이렌 소리가 울려 퍼졌다.

"습격이다! 습지의 리자드맨이 쳐들어왔어! 숫자는――

약 천!"

"《야연제전》에게 호되게 당한 이후로 한동안 얌전했는데…… 설마 자리를 비운 사실을 들킨 건가?!"

헌터들이, 경비병들이 급하게 사이렌이 울린 문 쪽으로 뛰어갔다.

사야 크로미즈가 이곳 테라스에서 활동하기 시작한 이후로 습격 횟수는 줄어들었다. 외벽을 수복하는 데 들어가는 시간도 줄어들었고, 원래 쓰일 예정이었던 자원을 설비 강화에 투자할 수도 있게 되었다.

리자드맨은 전투 능력을 따지자면 그럭저럭인 종족이다. 강화된 외벽은 그 공격으로는 거의 꿈쩍도 하지 않는다. 하지만, 테라스에는 그렇게 습격해 온 마물들을 한시라도 빠르게 괴멸시켜야 하는 이유가 있었다.

얕보이기 때문이다.

사야가 지닌 '사락사락'의 압도적인 섬멸 능력으로 인해 테라스는 한동안 거의 일방적으로 습격자를 괴멸시킬 수 있었다. 특수 능력자 한 명의 힘으로 인해 테라스가 습격당하는 빈도 자체도 줄어들었다.

하지만, 녀석들은 아직 성채도시 테라스를 함락시키는 것을 포기하지 않았다.

아마 이 근처에서 생존 경쟁을 벌이는 많은 마물들이 인간과 리자드맨의 충돌을 관찰하고 있을 것이다.

지금까지 일방적으로 적의 전력을 없애왔던 테라스가 리자드맨을 상대로 버거워한다면 사야 크로미즈가 자리를 비운 사실을 들킬지도 모른다.

만약에 절대 강자였던 사야가 없다는 사실이 알려진다면, 지금이 바로 천재일우의 기회라며 주변에 전개되어 있는 거의 모든 마물들이 한데 모여 테라스를 덮치리라.

평소에 서로 증오하는 마물들도 사야의 아성을 무너뜨리기 위해서라면 죽을 힘을 다해 덤빌 것이 틀림없다.

벽 위에서 화살이, 마법이, 리자드맨 무리를 향해 날아갔다. 역전의 강자들이 날린 공격은 그저 정신없이 나아가고 있던 리자드맨들을 착실하게 줄여나갔다.

하지만, 부족하다. 100명이 넘는 사람이 격퇴에 참가했는데도 사야 한 명의 섬멸 능력보다 훨씬 뒤처졌다. 이것이 테라스 헌터들의 파워 밸런스다.

선두에 서서 격퇴에 참가하던 사람이 혀를 찼다. 테라스를 거점으로 삼은 역전의 헌터 중 한 명, 방위대장을 맡기도 하는 남자였다.

"역시 어렴풋이 눈치채고 있군. 레벨 9 인정 시험은 어쩔 수 없지만…… 아무리 그래도 자리를 너무 오래 비웠어."

사야가 레벨 9 인정 시험을 치르러 간 직후에는 아무런 일도 없었다. 테라스 주위를 자신들의 영역으로 삼은 마물들 모두에게 '사락사락'의 공포가 새겨져 있었기 때문이다.

대규모 습격은 없었다. 가끔 목숨 아까운 줄 모르는 외톨이 마물이 덤벼들기는 했지만, 다른 헌터들이 쉽사리 물리쳤다.

하지만, 새겨진 공포가 희미해지고 있다.

테라스를 노리는 마물들은 최근 한 달 동안 아무도 소리를 듣지 못했다.

본능 안쪽에서 공포의 감정을 이끌어내는 듯한 그 사락사락 하는 소리를.

이번 리자드맨의 습격은 시작에 불과하다. 지금부터는 마물들의 대규모 습격이 늘어날 것이다.

그것도 시간이 지날수록 그 규모는 커질 테고, 더욱 강인하고 똑똑하며 상위에 있는 마물들이 테라스를 노릴 것이 틀림없다.

"죽여라아아아아아아아아아아아아아아아아아아! 《야연제전》의 힘을 빌릴 필요도 없다고! 무용을 떨쳐라!"

"우오오오오오오오오오오오오오오오오오오오오오오오!"

벽 위에서 외치는 목소리. 허세다. 테라스 근처에 있는 마물들 중에는 인간의 언어를 이해하는 자들도 있기에 말을 함부로 할 수는 없다.

하지만, 그 거짓말이 계속 통할 리도 없다.

레벨 9 시험을 마친 사야 크로미즈는 지금, 제도 제블디아에 있으니까.

그때, 벽 위에 한 남자가 올라섰다.

잘 단련된 몸에 키가 큰 남자였다. 긴 끈처럼 특이한 장식이 달린 하얀 옷을 입은 채 여유가 가득한 표정을 짓고 있는 금발의 미장부.

《야연제전》 대신 테라스로 온 별종 레벨 8 헌터.

《파군천무》. 카이저 지구르드는 신기하게도 잘 들리는 목소리로 말했다.

“이런, 이런, 역시 사야 군의 본거지로군. 하지만, 그렇기에 나도 힘이 솟아난다고. 도마뱀 군들, 부디 내 이름을 기억하고 돌아가도록. 그리고 그 눈에 새기도록 해. 열다섯 나라의 전쟁을 막고, 《야연제전》, 《천변만화》와 함께 코드를 공략한 이 《파군천무》의 모습을!”

카이저는 10m 가까운 높이인 성벽에서 망설임없이 뛰어내린 다음, 미끄러지는 듯한 기묘한 움직임으로 아직 절반 정도 남아 있던 리자드맨을 향해 돌격했다.

싸움의 기본은 일대다 상황을 피하는 것이다. 숫자는 어느 정도의 실력 차이를 뒤엎는다. 베테랑 헌터라 해도 적의 군세 안에서 오랫동안 싸우면 서서히 힘이 떨어지다가 나중에는 땅에 쓰러질 것이다.

하지만, 카이저 시구르드의 능력은 사야와 마찬가지로 상식을 뒤엎는 것이었다.

방위대 사람들이 바라보고 있는 가운데, 일직선으로 달려간 카이저와 리자드맨 무리가 맞부딪혔다.

그저 그것만으로 리자드맨이 터져나갔다.

마치 굴삭기가 암석을 쉽사리 파괴하는 것처럼, 리자드맨의 살점이 하늘에 솟구쳤다. 벽 위에서는 카이저가 홀로 진형을 이룬 리자드맨 군세를 종잇장처럼 갈기갈기 찢어나가는 모습이 잘 보였다.

리자드맨들이 비명을 질렀다. 사야가 보여주던 것과는 다른 방식으로 무시무시한 무위.

카이저는 맨손이었다. 하지만, 그 공격 범위에 들어오지 않았던 리자드맨까지 날아갔다.

"복장이 묘하다 싶었는데── 저 옷의 끈 같은 거…… 와이어인가?"

옷에 이어져 있는 와이어를 채찍처럼 휘두르며 무기로 삼아 적을 공격하고 있다. 물론, 실제로는 말로 표현하는 것보다 훨씬 까다로울 것이다.

그것은 그야말로 오랜 시간을 들여 단련하고 수련한 기술의 극치였다. 그것도 오랫동안 테라스에서 전쟁을 벌였던 헌터들 중에도 본 사람이 아무도 없는 기술이다.

하지만, 가장 무시무시한 것은────.

옆에서 전황을 살펴보던 동료가 침을 꿀꺽 삼키고는 굳은 표정으로 말했다.

"이, 이봐…… 왜 저 카이저는 손에 무기를 들지 않는 거지? 손으로 쓰는 게 훨씬 더 편할 텐데."

"……몰라."

그렇다. 가장 무시무시한 것은, 군더더기가 너무 많다는 점이다.

옷에 이어진 와이어로 적을 공격하는 것과 손에 든 채찍으로 적을 공격하는 것을 비교하면 분명 후자가 더 유리할 것이다.

달려가기만 해서 적을 쓰러뜨리고 싶다면 다른 무기를 이용하는 방법도 있다. 대체 무슨 경위로 카이저 지구르드가 저렇게 기묘한 기술을 익히게 되었는지, 전혀 상상도 되지 않았다.

그러던 와중에 리저드맨들이 모두 쓰러졌다.

사야 정도까지는 아니지만, 무시무시하게 빨랐다. 그 모습을 보면 다른 마물들도 한동안 습격하지 않을 것 같다는 생각이 들 정도로 발랐다.

멈춰 선 카이저는 숨이 전혀 흐트러지지 않았다. 그뿐만이 아니라—— 옷에는 피가 한 방울도 묻지 않았다.

구세주, 카이저 지구르드의 무위를 보고 방위대가 승리의 함성을 질렀다. 오랜만에 허세나 속임수가 아니라 감정이 담긴 목소리.

그 목소리를 들은 카이저는 벽을 올려다보고는 하얀 이를 드러내며 미소를 지은 다음, 오른손을 천천히 흔들었다. 말없이 적을 박살 내고 감정을 전혀 보이지 않았던 사야와는 전혀 달랐다. 같은 레벨 8인데도 성격이 이렇게까지 다르다는 점이 조금 재미있다.

카이저는 한참 손을 흔든 다음, 머리카락을 쓸어올리며 말했다.

"칭찬, 땡큐! 그렇게 응원해 주니 열기가 솟구쳐 버리잖아. 모처럼 나왔으니 이쪽을 빤히 관찰하고 있는 관객 여러분에게도 이 카이저 지구르드의 힘을 보여주도록 하겠어."

"뭐?!"

카이저가 다시 뛰어가기 시작했다. 리저드맨들이 온 습지대를 향해. 그 속도는 좀 전과는 비교도 되지 않았다.

무심코 눈을 비볐다. 그 모습이 마구 흔들리며 두 명, 세 명으로 보였기 때문이다.

예전에 들었던 정보가 떠올랐다.

특수한 스텝의 사용자.

질풍과도 같이 움직이고, 폭풍과도 같이 춤추는 카이저 지구르드의 템페스트 댄싱.

단숨에 카이저의 모습이 지평선 너머로 사라졌다. 동료가 몸을 떨며 말했다.

"대, 대단하네…… 저 속도라면 무슨 일이 생기더라도 바로 돌아올 수 있겠어. 다음에 습격당하기 전에!"

오랫동안 이곳 테라스에 군림했던 밤의 여왕, 사야 크로미즈에게는 약점이 있었다.

그것은 신체 능력이 보통 수준이었다는 점이다. 그녀의 '사락사락'은 최강이지만, 신체 쪽으로는 일반인의 영역을 벗어나지 못했다.

그렇기에 사야는 성채도시 테라스를 철벽으로 만들 수는 있었지만 마경을 개척하지는 못했다.

사야가 도시를 떠나 공격에 나서면 그 빈틈을 노리고 곧바로 다른 마물 군세가 테라스를 습격하기 때문이다. 사야가 자리를 비운 것이 확실한 상태인데도 테라스를 내버려 둘 만큼 도시를 노리는 마물들은 멍청하지 않았다.

하지만, 저 카이저 지구르드라면 어떨까?

카이저 지구르드의 신체 능력은 레벨에 걸맞게 뛰어나다. 광범위 섬멸 능력은 《야연제전》보다 뒤처진다 해도 그것을 보완하고도 남을 만한 기술이 있다.

하늘을 미끄러지는 듯한 질주. 군세를 상대로 망설임 없이 돌격하는 용기. 튄 피조차 묻지 않은 채 일기당천을 이루어낸 그 모습은 그야말로 영웅이라는 이름에 걸맞았다.

그 속도가 있다면 마물들의 전선기지를 밀어낼 수도 있을지 모른다.

이제부터 녀석들은 《야연제전》뿐만이 아니라 《파군천무》 또한 두려워하게 될 것이다.

문제는 저 움직임을 따라잡을 만한 인재가 테라스에 없다는 점이지만———.

"대단한 헌터가 와 줬구나……. 저 정도면 《야연제전》을 충분히 대신할 수 있겠어."

승리의 함성은 한동안 잠잠해지지 않을 것 같았다.

성채도시 테라스. 그곳에 있는 유일한 술집 무대 위에서 카이저 지구르드가 거대한 술잔을 들어올린 뒤 말했다.

"하하하하하하! 그럼 이 카이저 지구르드와 테라스의 용사들의 만남과 승리를 기념하며, 건배!"

좀 전에 외쳤던 승리의 함성 못지 않게 폭발적인 환호성과 함께 연회가 시작되었다.

술집에는 사람이 무척 많아서, 테라스의 방위대가 대부분 모인 것만 같았다. 항상 습격의 위기에 처해 있는 테라스에서 술집에 이렇게 많은 사람들이 동시에 모인 것은 드문 일이다. 그만큼 다들 이 새로운 영웅을 보고 싶었을 것이다.

"카이저, 너무 많이 마시지 말라고! 이곳에서는 그 녀석들이 언제 습격할지 모르니까!"

누군가가 그렇게 소리치자 카이저는 단숨에 술잔에 든 술을 마시고는 호쾌하게 웃었다.

"하하하, 누구에게 그런 말을 하는 거야? 알코올 같은 건 이미 통하지 않는다고!"

역시 레벨 8 헌터다. 그리고 《야연제전》과는 성격이 너무나도 다르다.

카이저가 술잔을 한 손에 들고 사람들로 가득한 술집 안을 돌아다니며 각 테이블에 앉은 사람들에게 전혀 거리낌 없이 말을 건넸다.

살벌한 싸움이 계속 이어지는 이 도시에서 모두의 마음을 한데 모으는 것은 중요한 의식이다. 보아하니 사교성이라는 면에서 카이저는 《야연제전》을 훨씬 뛰어넘는 것 같았다.

"아, 고생 많았어. 이 카이저 지구르드의 활약은 어땠지?"

"그래, 정말 훌륭했어. 《야연제전》이 자리를 오래 비운다고 해서 어떻게 되려나 싶었는데, 정말 멋진 활약이었다고."

카이저가 쾌활하게 말을 걸자 벽 위에서 전황을 지켜보고 있던 헌터가 칭찬했다.

아마 다들 이 남자가 한 말에 동의할 것이다. 그리 길지 않은 기간이라 하더라도 이 도시의 방위를 맡은 사람들은 《야연제전》의 부재로 인해 어느 정도나마 불안해하고 있었을 것이다.

그 불안감이 해소되었다. 새롭게 온 영웅으로 인해.

카이저는 의자를 끌어당겨 테이블 앞에 앉고는 미소를 지으며 물었다.

“그래서, 사야 군과 비교하면 어때? 아, 어떠냐고 물어보면 곤란한가? 나는 사야 군과 나 사이에 어느 정도 힘의 차이가 있는지 알고 싶거든. 솔직하게 말해달라고!”

그 목소리로 인해 떠들썩하던 분위기가 단숨에 조용해졌다. 솔직하게 말해야 할까, 분위기를 망치지 않게끔 대답해야 할까. 다들 머릿속에 망설임이 스쳐간 것이다.

그리고, 그 정적은 대답이기도 했다.

카이저 지구르드는 강하다. 하지만, 《야연제전》에는 미치지 못한다.

실제로 이곳에 있는 사람들이 레벨이 매우 높은 두 헌터의 전투 능력을 정확하게 비교할 수 있을 정도로 뛰어난 실력을 지닌 것은 아니다.

하지만, 그런 사실이 사소하게 느껴질 정도로 《야연제전》의 ‘사락사락’이 떨친 무위는 방위부대와 헌터들의 마음에 새겨져 있었다.

카이저가 곧바로 둘러대는 듯이 말했다.

“알겠어. 알겠다고. 사야 군은 강하지, 그건 인정하겠어. 내가 최선을 다하더라도 당해내지 못할지도 모를 정도로는 말이야.”

아마 대답을 예상하고 있었을 것이다.

이곳 성채도시 테라스의 넘버 원은 계속 《야연제전》이었다. 아마 테라스를 습격하는 마물들 사이에서도 마찬가지로.

사락사락은── 최강이다. 떠올리기만 해도 심장이 얼어붙을 것 같은 느낌이 들 만큼, 그 힘은 강하다.

"카이저, 《야연제전》은 말이 없었어. 술집에 거의 오지도 않았고, 당신처럼 말을 걸어주지도 않았지. 누군가와 노는 모습을 본 적도 없어. 하지만, 그럼에도 불구하고 그 녀석은── 그 누구도 불평하지 못할 정도로 에이스였다고."

《야연제전》에게는 탐색자 협회 테라스 지부장인 콜라리 크로미즈라는 뒷배가 있었다.

하지만, 그런 것이 없었다 하더라도 결과는 마찬가지였을 것이다.

"그 녀석은 그저 담담하게 몇 년 동안이나 이 도시를 지켜왔어. 단 한 번의 패배도 없이. 그게 사실이라고. 무엇보다 중요한 사실이지. 그러니 이곳 테라스에 《야연제전》을 모르는 사람은 없어."

그저 강했다. 비교할 여지가 없을 만큼, 터무니없이 강했다. 고독하고 고고하게, 그저 계속 이겨나갔다. 테라스 방위대는 모두 그 뒷모습을 봐 왔다.

남자가 한 말을 듣고 카이저는 눈썹 하나 꿈쩍하지 않았다. 그저 조용히 듣고 있다.

"그런데, 그런 것치고는── 다들 사야 군을 조심스러워하는 것 같은데. 혹시 싫어하는 건가?"

핵심을 찌르는 말에 술집이 조용해졌다.

이거다. 카이저는 이 이야기를 하기 위해 술집에 온 것이다. 남자는 확신했다.

자신의 무용을 뽐낸 건 덤에 불과하다. 그저 함께 레벨 9 인정 시험을 치른 《야연제전》에 대해 잘 알아보기 위해서.

"카이저, 《야연제전》은 강했어. 그야말로 말 그대로 우리 모두가 한데 모여도 당해낼 수 없을 만큼. 습격해 오는 마물들도 《야연제전》 한 명을 이기지 못했다고. 하지만――― 그럼에도 불구하고 우리가 《야연제전》과 함께 싸웠던 이유가 달리 뭐였겠어?"

"흐음………… 그렇군."

《야연제전》은 영웅이다. 커뮤니케이션을 거의 하지 않는다 하더라도 자신을 뽐내지도 않고 담담하게 도시를 위해 싸우는 영웅을 싫어하는 사람이 있을 리가 없다. 그렇기에 남자들은 함께 싸웠던 것이다. 때로는 참전을 은근슬쩍 거부하는 《야연제전》의 말을 거절하면서까지.

맥주로 입술을 축인 다음, 심호흡을 한 번 크게 했다. 그리고 남자는 몸을 떨면서 말했다.

"우리는 싫어하는 게 아니야. 그저 두려워할 뿐이지. 《야연제전》의 힘――― '사락사락'을."

그렇다. 두려워하고 있다. 그 표현이야말로 《야연제전》에 대한 감정을 정확하게 나타내고 있다.

"마녀는 악마와 계약해서 힘을 얻는다고 하잖아? 하지만, 《야연제전》이 부리는 건 악마 같은 게 아니야. 콜라리 지부장이 붙여준 별명은―― 사기라고. 《야연제전》의 '사락사락'이라니."

오랫동안 근처에서 싸우는 광경을 보았기에 그 능력도 어렴풋이 짐작이 된다.

"악마란 말이지. 정말 살벌하군."

"당신은 아직…… '사락사락'의 본질을 이해하지 못했어."

아니, 몇 년 동안이나 함께 싸웠던 나도 아직 본질을 제대로 파악하지는 못했다.

맥주를 힘껏 마셔댔다. 하지만, 전혀 술기운이 도는 것 같지 않았다.

모두가 숨을 죽이고 있었다. 마치 그 사락사락이라는 소리가 들리는 게 아닌지 온 힘을 다해 확인하려는 것처럼.

"알겠어? 《야연제전》이 이곳 테라스에 처음으로 그 존재를 드러냈을 때, 《야연제전》은 열 살 정도밖에 안 되는 나이였다고. 《야연제전》은 가족이 아무도 없는 고아였고, 어린애였고, 그런 상태에서 이레 밤낮으로 습격해온 적들을 섬멸했단 말이야. 하지만, 그건 문제가 안 되지."

"문제는――《야연제전》이 나이를 먹지 않게 되었다는 점이야. '사락사락'으로 다가오는 무언가가 노화를 빼앗았다고. 열다섯 살 때였나?"

불로불사.

고금동서, 인류가 몇 번이나 꿈꾸었던 개념이지만, 그것이 실제로 주어진다면 이야기가 달라진다.

게다가 그것이 《야연제전》의 의지와는 상관없이 일방적으로 주어졌다면 더더욱 그렇다.

나이를 먹지 않게 된 《야연제전》을 보면 어지간히 둔한 게 아닌 이상, 눈치챘다.

사락사락 하는 소리만을 내며 나타나는 그것들이 인지를 초월한 존재이며, 《야연제전》 본인의 의지 따위는 존중하지 않는다는 사실을.

《야연제전》은 이제 수명으로 죽지 않는다. 대체 그것은 누구를 위한, 무엇을 위한 조치일까———.

"콜라리 지부장이 해준 이야기에 따르면 《야연제전》의 핏줄은 모두 힘의 차이는 있지만 다들 똑같은 능력을 지니고 있었던 모양이야. 그렇다면 어째서 《야연제전》은 혼자만 남은 걸까. 가족들도 모두 무적의 '사락사락'을 지니고 있었을 텐데. 그 사실을 눈치챈 순간, 우리는 무서워졌다고. 뭐, 눈치채기 전에도 그 소리는 무서웠지만."

"…………."

카이저는 진지한 표정으로 입을 다물었다.

헌터에게 있어서 감은 중요하다. 논리가 아니라 자신의 감을 믿었기에 목숨을 건진 적도 있다.

그 감이 말해주고 있다. '사락사락'은 위험하다고.

하지만, 그와 동시에 그 능력이 없었다면 성채도시 테라스의 상황이 힘들어졌을 것이라는 예측도 사실이다.

"우리는 콜라리 지부장이 전해준 《야연제전》의 귀환 연기 소식을 듣고도 불평하지 않았어. 귀환이 늦어짐으로써 이곳 테라스가 멸망의 위기에 처하더라도—— 대국 제블디아에서 '사락사락'의 능력에 대해 조금이나마 지식을 얻을 수 있으면 좋겠다고 생각했기 때문이야. 그건 나아가서 우리의 목숨을 구해주는 상황으로 이어질 테니까."

그 능력이 우리에게 위협이 되지 않을까. 그것은《야연제전》과 함께 싸웠던 사람들이 한 번은 품게 되는 의문이다.

필요한 것은 지식이다. 미지라는 것은 가끔 무엇보다 무시무시할 때가 있다.

"흐음………… 그렇군. 자네들의 판단은 꽤 정확해. 사야 군은 반드시 능력을 제어하는 힌트를 얻어서 돌아오겠지. 내가 책임을 대신해주고 있으니까, 그 정도는 해내주지 않으면 곤란하다고. 나를 제쳐두고 레벨 9 헌터가 되었으니 말이야."

남자가 한 말을 듣고 카이저는 고개를 크게 끄덕인 다음, 미소를 지으며 멀리 떨어진 하늘을 올려다보았다.

"그리고…… 제블디아에는《천변만화》도 있다고. 사야 군의 '사락사락'을 한 번 보기만 했는데도 그 능력을 성장시키는 방법을 이끌어낸 그라면 사야 군이 처한 상황도 해결할 수 있을지도 모르지."

《천변만화》…… 이름만이라면 들어본 적이 있다. 뛰어난 두뇌로 널리 알려진 헌터였을 것이다.

하지만, '사락사락'을 통해 사야가 부리는 존재들은 인지를 초월한 존재다. 아무리 고레벨 헌터라 해도 '사락사락'을 어떻게 해볼 수가 있을까?

트레저 헌터라면 밤눈이 밝은 것이 당연하지만, 사야의 눈은 어두운 밤이라 하더라도 마치 대낮처럼 볼 수 있다.

사야는 교실의 문——— 유령 교실에 왔을 때 통과한 공간을 주의 깊게 관찰했다.

이곳에 돌입했을 때 억지로 열어 젖혔던 왜곡은 어디에도 없었다. 아마 그 소녀 형태의 팬텀이 닫았을 것이다.

"갇혔네…… 출구를 찾아야겠어."

이곳은 틀림없이 보물전이다. 차원의 틈새에 존재하는 특성을 지닌 보물전.

애초에 보물전은 내부의 넓이가 겉보기보다 훨씬 넓은 경우가 자주 있다. 규모가 다르기는 하지만, 있을 수 없는 일은 아니다.

보물전을 탐색한다는 것은 그런 것이다.

적어도 행방불명이 어떻게 발생하는지는 알아냈다.

지성을 지닌 팬텀은 일반적으로 위험하다. 그 소녀 형태의 팬텀이 이 세계의 지배자일 것이다.

그때, 심호흡을 크게 하고 있던 루시아가 한 발짝 다가와서는 약간 낮은 목소리로 물었다.

"휴우~, 휴우…… 사야. 여긴 어디죠?"

"……유령 교실. 보물전, 인 것 같아. 입구를 억지로 열고 들어왔는데 나갈 수가 없어…… 미안해."

루시아까지 끌어들여 버렸다. 적어도 열기 전에 한 마디라도 말을 해야 했다.

어째서 사야가 입구를 억지로 열 수 있었는지는 모른다. 하지만,

아마 이 보물전은 사락사락으로 인해 다가오는 방문자와 비슷한 존재일 것이다.

그래서 사야는 원래 먹잇감을 함정에 빠뜨릴 때만 나오는 유령 교실의 입구에 간섭할 수 있었다. 영문 모를 반응을 보인 팬텀에게 대미지를 입힐 수 있었다. 그리고 《천변만화》는 분명히 그 사실을 눈치챘기에 이번 사건을 해결하라며 사야를 보낸 것이다.

대체 어디까지 예측하고 있을까, 미래시에 가까운 신산귀모라는 평판이 헛소문만은 아닌 건지도 모르겠다.

하지만 지금 문제는 루시아다. 모처럼 친구가 될 수 있을 줄 알았는데, 무심코 멋진 모습을 보여주려다가 성급하게 끌어들여 버렸다.

아마 바깥과 이어지는 출구는 있을 것이다. 그렇지 않다면 마나 머티리얼의 공급이 차단되어 보물전으로서 형태를 유지하지 못하게 될 테니까. 하지만 이것은 추측에 불과하다.

어떻게 변명할까. 손에 땀이 잔뜩 났다.

그때, 지금까지 입을 다물고 있었던 루시아가 갑자기 소리를 크게 질렀다.

"아아아아아아아아아아아아아아아, 정말!! 정말! 정마아아아아아아아알!!"

"?!"

"또 당했어…… 설마, 온 지 얼마 안 된 사야까지 이용하다니!!"

루시아는 떼를 쓰는 듯이 발을 동동 굴렀다. 그 모습에 멍하니 서 있자니 루시아가 사야를 보며 말했다.

"미안해요, 사야. 우리 리더가 자주 이러거든요. 약점을 들이대는 거…… 그 때문에 골치 아픈 상황에 몇 번이나 처했는지……."

오히려 사과를 받을 줄이야…… 처음 경험한 일이었기에 사야는 한순간 말문이 막혔다.

루시아 로제는 이 보물전에 갇힌 게 사야 때문이라고 전혀 생각하지 않았다. 오히려 사야가 피해자라 생각하는 것이다.

테라스에서는 다들 조심하며 쩔쩔매던 《야연제전》을 피해자로 여기다니. 이렇게 마음씨가 착한 아이가 있을 수 있을까.

"루시아, 괜찮아. 나에게 약점 같은 건 없어."

더 이상 신경 쓰지 않게끔 힘주어 말하자 루시아는 왠지 모르겠지만 자신을 납득시키려는 듯이 고개를 몇 번이나 끄덕였다.

"…………그렇군요. 그래, 그렇구나…………."

"루시아, 나를 원망하지 않아? 갇혀버렸는데……."

"괜찮아요, 괜찮아. 사야, 진정해요. 이곳은 보물전이니까 출구가 없다는 건 있을 수 없는 일이에요. 절대로 있을 수 없는 일이죠. 마나 머티리얼의 공급은 차단할 수 없으니까요, 진정해요."

루시아가 얼굴을 탁탁 두드리며 말했다. 척 보기에도 진정하지 못한 사람은 루시아인 것 같은데…… 뭐, 상관없지.

출구가 없다 해도 좀 전에 마주친 팬텀을 찾아내서 해치우면 그만이다.

그 팬텀은 틀림없이 사야와 루시아가 들어온 입구를 조작했다. 언어도 이해하는 것 같았으니 붙잡으면 행방불명된 피해자들이 어떻게 되었는지도 알 수 있을 것이다. 아마 이미 살아있진 않겠지만.

문제는 그 팬텀에게 이길 수 있을지 여부인데——— 분명 평범한 팬텀은 아니었으나 사야의 공격을 필사적으로 피한 것을 보니 전투를 잘 하는 타입 같지는 않았다. 방문자를 볼 수 있다는 점은 지금까지 싸웠던 마물이나 팬텀과는 다르지만, 루시아에게 커버해달라고 하고 기습해서 대미지를 입히면 붙잡을 수도 있을 것이다.

코드에서는 실수를 저질러서 크라이에게 한심한 모습을 보여 버렸다. 여동생에게도 그런 모습을 보일 수는 없다.

오히려 이제부터 친구가 될 거니까 사야의 장점을 봐줬으면 좋겠다.

하지만, 루시아에게는 루시아가 수행해야 하는 의뢰도 있다. 즉, 행방불명의 원인을 알아내고 사라진 사람들을 구해내는 것이다.

피해자가 이미 죽었을 경우에도 죽었다는 증거가 필요하다.

"루시아, 코드에서는 나와 크라이가 따로 행동했는데———."

"같이 행동하죠! 이곳은 미지의 보물전이니까요."

"……그래. 알겠어."

따로 행동하며 효율 좋게 탐색을 진행하자고 제안할 생각이었지만, 루시아가 곧바로 거절해 버렸다.

뭐, 미지의 보물전을 탐색할 때 단독 행동을 피하는 건 상식이긴 하지만…… 루시아만큼 실력이 뛰어난 마도사라면 혼자서도 행동할 수 있을 텐데, 정말 조심성이 많은 것 같다. 계속 혼자 활동했던 사야의 행동이 일반적이지 않은 건지도 모르겠지만———.

"알겠어. 누가 앞장설까?"

"사야가 앞에………… 아니, 잠깐만요. 내가 앞장서는 게 나으려나? 하지만…………………."

"…………?"

루시아가 뭔가 계속 중얼거리고 있다. 다급한 듯이 혼잣말을 하고 있는 루시아는 도무지 실력이 엄청난 마도사로 보이지 않았다. 물론 그 몸에 깃든 막대한 마력은 정말 놀랍지만———.

루시아는 한동안 중얼거리다가 고개를 크게 끄덕이고는 사야에게 말했다.

"옆으로 나란히 서서 가죠."

"옆으로 나란히………… 상관없긴 한데."

보물전을 탐색할 때 나란히 걷다니, 드문 일이다. 보통은 전위와 후위로 나누곤 하는데. 혹시 제도에서는 이게 상식인가?

그래도 나쁘지 않을지도 모르겠다. 앞뒤로 늘어서는 것보다는 이야기하기도 편할 테고, 루시아의 표정도 알아볼 수 있다. 앞뒤는 '사락사락'에게 감시를 맡기면 된다.

루시아가 옆에 섰다. 보면 볼수록 단정하게 생긴 여자애다. 오빠와는 별로 닮지 않았지만, 이상한 말을 꺼내는 구석은 조금 닮았을지도 모르겠다.

곧바로 문을 열고 복도의 상황을 확인했다.

이곳으로 오면서 보았을 때는 꽤 멋진 건물이라고 생각했던 제블디아 마술학원의 건물도 어둠에 감싸인 상태가 되니 인상이 전혀 달랐다.

어둡고 자신의 발소리가 울릴 정도로 조용한 데다 싸늘한 공기가 흐르고 있다. 지금까지는 생명의 기척이 느껴지지 않았지만, 이곳이 보물전이라면 틀림없이 팬텀이 존재할 것이다. 생물인지 여부는 모르겠지만———.

걸어가기 시작하자마자 루시아가 사야에게 작은 목소리로 말을 걸었다.

“사야…… 조명을 켜도 괜찮을까요?”

“어? ……앞이 안 보여?”

“……보여요. 그래도 조명이 있으면 사야도 더 잘 보일 것 같아서요.”

루시아가 진지한 표정으로 말했다. 하지만, 어둠을 들여다볼 수 있는 눈을 지닌 헌터에게는 조명을 켜서 얻을 이익이 없다.

오히려 팬텀들의 주의를 끄는 결과가 될지도 모른다.

“고마워. 하지만 이대로도 잘 보이니까 괜찮아. 그리고 조명을 켜면 더 달려들 거야.”

“……알겠어요. 어쩔 수 없겠네요.”

루시아가 고개를 숙이고는 살짝 저었다.

마도사는 보통 파티의 핵심이다. 상황에 맞추어 적절한 마술을 사용하며 어떤 때라도 전황을 지탱하려면 항상 냉정하고 침착하게 행동할 필요가 있다. 몸을 지키는 일이나 탐색 같은 역할은 멤버를 전부 갖춘 파티에서는 마도사가 맡을 분야가 아니다.

지금 루시아는 주위를 너무 신경 쓰는 것처럼 보인다. 아직 사야의 능력을 추측하고 있는 단계이기 때문일까?

별생각 없이 창문 근처로 다가갔다. 창밖은 완전히 어두웠고, 아무것도 보이지 않았다. 어둠이 진하다기보다는 아무것도 없는 건지도 모르겠다.

창틀에 손을 대자 먼지가 쌓여 있다는 걸 알 수 있었다. 루시아가 어두운 복도를 신중하게 둘러보면서 말했다.

"이 공간, 진짜 학교와는 조금 다르네요."

"뭐가 달라?"

"뭐라고 해야 하나…… 낡았어요. 바깥의 학교 건물은 얼마 전에 오빠가 큰 소동을 벌인 결과로 망가져서 다시 세웠는데요———."

"……크라이는 항상 그렇게 행동해?"

근신 처분을 받은 것도 타당한 결과일지 모르겠다.

마음을 다잡고는 루시아에게 말했다.

"일단, 이 보물전에 들어올 수 있었던 건 행운일지도 몰라. 피해자와 출구를 찾은 다음에 얼른 탈출하자. 아마 이제 잠입할 수는 없을 테니까."

사야가 보이지 않는 문을 열 수 있다는 사실을 알게 된 이상, 그 팬텀도 뭔가 대처할 것이다. 시간을 너무 오래 끌 수는 없다.

그리고 사건을 금방 해결하면 놀러 갈 시간이 생길지도 모르니까.

"피해자 수색은 내 능력으로 할 테니까, 우리는 출구를 찾자."

만약에 피해자가 살아있다면 탈출 경로를 확보해야만 한다.

출구라는 말을 듣고 루시아가 눈썹을 움찔거렸다.

"출구…… 사야, 미리 알아두고 싶은데요, 사야의 그 눈에는 유령 교실 앞에 다른 문이 보였던 거 맞나요?"

"맞아."

단적으로 상황을 말했을 뿐인데, 이해가 빠르다. 루시아는 잠시 입술에 손가락을 댄 채 생각하고 있다가.

"혹시, '고백의 매직 트리' 앞에도 문이 보였나요?"

고백의 매직 트리. 학원 부지 안에 들어와서 방문자들에게 조사를 맡긴 결과 찾아낸 곳이었다.

그 나무 아래에서 사랑을 고백했다가 실패하면 둘 다 나무에게 잡아먹혀 버린다는, 아무도 시험해 볼 것 같지 않은 말도 안 되는 소문.

방문자들이 사야를 부른 이유는 그 나무 앞에 기묘한 안개 같은 것이 떠 있었기 때문이다.

결국 금방 사라져 버렸지만. 그렇구나, 그것도 문이었을지 모르겠다.

"지금 생각해보니 유령 교실 앞에 있었던 것과 비슷했어. 금방 사라져 버리긴 했지만……."

어째서 사라졌는지는 모르겠지만, 의도적으로 없앤 것이 아니라 자연스럽게 사라졌을 것이다.

그리고 사라져버린 문은 사야의 힘으로도 어떻게 해볼 수가 없다.

"그렇다면 매직 트리도 행방불명으로 이어지는 소문이었겠네요."

"가능성은 있어. 피해자가 발생하지 않았을 뿐."

행방불명과 관련된 소문을 정리한 자료를 보았는데, 정말로 많은 소문이 돌고 있는 것 같았다. 그것만 놓고 보면 그냥 이런저런 소문이 있네요라고 넘어갈 수도 있었겠지만, 보물전과 인간의 언어를 이해하는 팬텀이 관여했다면 이야기가 달라진다.

그 소문을 퍼뜨린 것이 팬텀이라면 퀄리티의 차이가 너무나도 크다. 그 팬텀은 질은 신경 쓰지 않고 소문을 많이 퍼뜨려서 걸려든 사람을 보물전으로 끌어들인 건지도 모르겠다. 그렇다, 거미가 줄을 쳐서 집을 짓고 먹잇감을 기다리는 것처럼.

루시아는 심호흡을 하고 눈을 몇 초 동안 감고 있다가 각오를 다진 듯이 말했다.

"사야, 제블디아 마술학원에는…… 그 밖에도 소문이 여러 개 있어요."

"!! 그렇구나…………."

루시아는 그 이상 말하지 않았지만, 충분했다.

다른 소문. 매직 트리 앞에 있던 문은 사라져 버렸고, 유령 교실의 문은 팬텀이 없애버렸지만, 다른 소문이 있는 곳에는 문이 남아 있을지도 모른다. 현실 세계와 이 세계를 오갈 수 있는 문이.

문제는 그 팬텀이 나머지 문을 없애려 할지도 모른다는 점이다. 루시아가 마지막까지 말하지 않았던 이유도 그 팬텀이 듣고 있을 가능성을 고려했기 때문일 것이다.

시험해 볼 만한 가치는 있다. 사야는 근처에 있던 그림자사람에게 시선으로 지시를 내렸다.

————아까 그 팬텀을 찾아내서 공격해라. 사야와 루시아를

신경 쓸 여유가 없을 만큼 집요하게.

아무래도 이곳에서는 방문자를 추가로 부를 수는 없는 것 같았고, 써먹을 수 있는 방문자는 사야가 유령 교실에 침입했을 때 곧바로 따라온 개체뿐이었다.

하지만 적은 숫자로도 충분할 것이다. 아침에도 능력을 발동할 수 있게 되었다고는 해도 역시 《야연제전》의 원래 실력은 어둠 속에서 발휘되는 법.

세 그림자사람이 서로 얼굴을 마주 보고는 제자리에서 아래쪽부터 잘게 자른 것처럼 나뉘었다. 각 조각들이 자그마한 그림자사람이 되어 복도 안에 흩어졌다.

아무리 제블디아 마술학원이 넓다 해도 그들이라면 금방 그 팬텀을 찾아내서 붙잡아 둘 것이다.

뭔가 알아차렸는지, 루시아가 움찔거리며 어깨를 떨었다.

사야는 그림자사람이 사라지는 모습을 눈에 확실히 새기고는 왠지 불안한 듯한 표정을 짓고 있던 루시아를 보고 말했다.

"이제 됐어. 루시아, 차례대로 살펴보자. 괜찮아, 둘이서 힘을 합치면 분명 잘 될 거야."

자, 어떻게 해줄까.

보물전【별의 신의 모형정원】의 팬텀이자, 소녀들의 공포의 상징인 '흐느껴 우는 레이디'는 침입자의 동향을 감시하며 가만히 생각하고 있었다.

이 보물전은 레이디의 영역이다. 어느 정도 거리가 떨어진 곳에서도 상황을 확인하는 건 간단한 일이다. 그 밖에도 공포를 주기 위해 다양한 것들을 할 수 있다.

사야와 루시아, 그 두 사람은 밤의 제블디아 마술학원을 신중하게 나아가고 있었다.

이 보물전에는 휴를 붙잡아 두었던 감옥을 비롯하여 공포를 주기 위한 구역이 여러 곳 존재한다. 하지만, 그녀들에게는 제블디아 마술학원을 본떠 만든 구역이 어울릴 것이다. 일상적인 공간이 이계로 바뀐 순간 강한 공포가 발생하기 때문이다. 그리고 공포가, 두려움이 생긴 그 순간, 레이디 같은 공포의 상징은 허세가 아니라 진짜 힘을 얻게 된다.

"일단 사야가 방해되네…………."

루시아는 상관없다. 레이디를 제대로 무서워 해준 모범적인 표적이다. 하지만, 사야는 그렇지 않다.

그 위험한 이형들을 거느리고 있어서 그런지, 그 여자에게서는 레이디에 대한 공포나 두려움, 경의가 전혀 느껴지지 않았다. 휴는 그래 봬도 아주 약간이나마 공포를 느꼈지만 사야에게선 지독할 만큼 느껴지지 않았다.

그래도 이제 와서 사야만 이 보물전 밖으로 내쫓을 수는 없다. 영역 안에 있는 이상 그녀는 이미 레이디의 먹잇감이 되었다.

상대가 도망친다면 모를까, 골치 아픈 상대이기 때문에 쫓아낸

다는 것은 상대방을 공포에 질리게 만드는 것을 존재 이유로 삼고 있는 레이디에게 있어서 패배 선언이며 존재 의의를 부정하는 것이나 마찬가지다.

휴가 몬스터 디기에게 덤벼들자 그가 자신감과 동시에 힘을 잃은 것처럼, 그런 상황이 계속 이어지면 언젠가 레이디는 힘을 잃고 마지막에는 사라져 버릴 것이다.

인간에게 있어서 공포라는 감정은 갖추고 있는 게 당연한 것이다. 사야에게도 두려워하는 것이 있을 것이다.

우선 시험해 볼 수 있는 걸 다 해보자. 휴처럼 사고를 읽어도 되겠지만, 그건 일단 다른 것들을 해본 뒤에 한다.

사야 일행은 복도를 걸어가고 있다. 제블디아 마술학원의 연구동 5층이다. 레이디는 우선 복도 창밖에 하얀 사람 형태를 날아가게 했다.

뻔한 수법이지만, 지금까지 많은 인간들에게 시험해 보았고 꽤 많이 공포에 질렸던 수법이다.

『?!』

소리도 없이 움직이는 사람 형태를 루시아가 한순간에 알아보고는 깜짝 놀랐다. 힘은 틀림없이 지금까지 납치해 온 사람들 중에서도 가장 강할 텐데, 이렇게까지 동요해 주니 정말 좋은 손님이다.

『왜 그래?』

『바깥에 사람 모습이————.』

『…………….』

사야가 말없이, 망설이지도 않고 창문을 열었다. 안 된다. 감정이 전혀 움직이지도 않은 채 그런 짓을 하면 안 된다.

관찰력은 루시아가 더 뛰어나다. 흡수한 마나 머티리얼 농도도 그렇게까지 큰 차이는 없을 텐데 어째서 이렇게까지 움직임이 다른 거지?

시험 삼아 루시아 뒤에 흰색 옷을 입은 여자를 내보내 보았다. 볼이 핼쑥하고 원래 눈알이 있는 곳이 뻥 뚫려 있어 척 보기에도 무시무시하게 생긴 여자다.

너무나도 뻔한 수법에 맞서 사야가 바닥을 박차고는 루시아의 어깨를 잡고 힘껏 뛰어오른 뒤 경봉으로 레이디가 내보낸 팬텀을 찔렀다.

『뭐, 뭐죠?!』

『그냥………… 벌레가 있었을 뿐이야.』

이길 수 있을 만한 방법이———— 전혀 떠오르지 않는다.

대체 어떤 인생을 살면 이런 인간이 생겨나는 건지 모르겠다. 어둠 속에서 끔찍하게 생긴 것이 보이면 아무리 그게 환상이라 하더라도 경계 정도는 해야 하지 않나?

아니…… 이렇게 생긴 것들에 익숙한 건가? 거느리고 있는 것들도 생김새가 꽤 지독하니까…….

시험 삼아 뒤쪽에 발소리를 내 보았다. 루시아가 제일 먼저 돌아보았고, 사야도 뒤따라 돌아보았다. 물론 그곳에는 아무것도 없다.

정체를 알 수 없다는 것은 공포의 기본이다.

『뭐, 뭘까요………… 방금 그 소리.』
『신경 쓸 필요 없어. 아무것도 없으니까. 보아하니 그 팬텀은 우리에게 겁을 주려고 하는 것 같아.』
저 눈인가? 저 피처럼 새빨간 눈 때문인가? 아니면 이런 괴이에 익숙한 건가?
창문에 비친 하얀 사람 모습이나 뒤에서 들린 발소리 같은 건 사야가 거느리고 있는 괴이와 비교하면 별것 아니라고 할 수도 있다.
그렇다면 비장의 수를 써주지.
척 보기에도 긴장한 루시아와는 달리 사야는 아직 표정에 여유가 넘친다.
그 여유로운 가면을 떼어내 주겠어!
레이디는 눈을 감고는 사야와 루시아가 있는 복도, 그곳 바로 밖으로 순간이동했다.
지금부터 진짜 실력을 발휘한다. 레이디는 속도를 높이며 하늘을 날아 연속으로 창문을 손바닥으로 두들겼다.
"?!"
손바닥 형태의 핏자국이 거센 소리와 함께 창문에 달라붙었다.
루시아의 얼굴에서 핏기가 가셨다. 이걸 보고도 공포를 전혀 느끼지 않은 사람은 없다고!
레이디는 자신만만하게 미소를 지었다. 하지만, 그 비장의 수에 대한 사야의 반응은 비정했다. 그녀는 무표정으로 조용히 말했다.

"……이거, 나도 할 수 있어."

"?!"

말도 안 돼…… 이 사야라는 여자, 정말 인간 맞아?

사야는 경봉을 꺼낸 다음, 손바닥이 남아 있던 창문을 힘껏 두드리기 시작했다. 쨍그랑, 쨍그랑, 시끄러운 소리를 내며 유리가 아무렇게나 깨져나갔다. 레이디가 겁을 주자 무서워하던 루시아가 공포를 잊고는 눈을 크게 뜨고 있었다.

괴기현상에 휩쓸렸는데 갑자기 창문을 깨기 시작하다니, 불량학생도 그러진 않아!

깨진 창문 너머로 사야가 몸을 쭉 내밀고는 이쪽을 보았다.

"사야?!"

"찾았다…… 나의 루시아에게 겁을 주다니, 용서 못 해."

"?!"

그 기백에 소름이 돋았다. 빛나는 눈동자. 이제는 누가 공포의 상징인지 모르겠다. 꿈에 나올 것만 같다.

사야가 가벼운 몸놀림으로 창틀을 붙잡고는 바깥으로 뛰쳐나갔다.

여기는 5층인데!

깜짝 놀란 레이디의 예상과는 달리, 사야는 떨어지지 않았다. 그대로 공중을 박차고는 레이디 쪽으로 접근해 왔다.

"?!"

반사적으로 도망쳤지만 사야는 정확하게 레이디를 쫓아왔다.

말도 안 돼, 말도 안 돼, 말도 안 돼. 전혀 예상하지 못한 상황에 혼란스러워하는 레이디를 향해 사야가 경봉을 높게 들어 올렸다.

하지만, 사야는 그 경봉을 내려치기 전에 학교 건물 안에서 뻗어온 두꺼운 팔에 붙잡혔다.

"디기! 잘 했어!"

"아…… 아아………… 아아아아아아아아아아아아아!"

표면이 문드러지고 투박한 팔.

몬스터 디기가 끙끙대는 듯한 소리를 지르며 사야를 힘껏 벽에 내던졌다.

살육 몬스터 디기는 굳이 따지자면 정신적인 공포를 주는 레이디와는 정반대되는 존재다. 같은 보물전의 동료라고 해도 그 힘을 빌리는 건 조금 분하긴 하지만, 정신적인 공포로 이길 수 없다면 물리적인 능력으로 압도할 수밖에 없다.

몬스터 디기는 원래 인간이었지만, 그 신체 능력은 인간을 뛰어넘는다.

과거에 존재했을 때는 수많은 시민들을 공포의 구렁텅이에 몰아넣었고, 군대가 출동했는데도 그 습격을 막아내지 못했을 정도로 진정한 공포의 몬스터다.

그렇다———— 과거에는.

"……뭐야, 너?"

"아…… 아…………?"

가녀린 여자 따위는 일격에 죽여버릴 수 있을 정도로 강한 괴력을 자랑하는 몬스터 디기. 그 강인한 팔로 벽에 내동댕이쳤는데도 사야는 죽기는커녕, 상처 하나 입지 않았다.

벽에 부딪히기 전까지 그 짧은 순간에 공중에서 몸을 회전시키고는 양쪽 발로 벽에 착지한 것이다.

그야말로 곡예 같은 움직임. 새빨간 눈동자가 바라보자 살육을 확신하던 몬스터 디기가 한 발짝 뒤로 물러섰다.

마나 머티리얼이다. 전부 마나 머티리얼 때문이다.

그 힘은 레이디 일행을 이 세상에 부활시켰다. 그리고── 이 세계의 생물을 엄청나게 강화시키고 있다.

레이디가 지닌 정보에 따르면 인간이라는 생물은 여자보다 남자가 몸도 더 크고 신체 능력도 더 뛰어날 텐데. 하지만 이 세계에서는 그렇지 않다.

이 세계에는 성인 남자보다 강한 여자가 있다. 기사단의 일원이며 몬스터 디기와 맞서 싸웠던 그 휴 레그란드보다 훨씬 더 강한 여자가.

게다가 지금 사야는── 그 이형을 써먹지도 않고 있다.

혼란스러워하는 몬스터 디기에게 사야가 접근했다. 그 움직임에는 공포나 망설임이 전혀 없었다.

사슬에 머리를 잔뜩 매단 채 썩은내를 흩뿌리는 괴물 앞에서 보일 움직임이 아니었다. 몬스터 디기가 급하게 도끼를 주워들고는 사야를 향해 내리쳤다. 자신을 두 동강낼 듯한 기세로 휘둘러진 도끼를 사야가 경봉만으로 막아냈다.

한순간, 까만 번개가 흩어졌다.

아니, 정확하게 말하자면 그것은 번개가 아니었다.

아마 그것은 에너지일 것이다. 좀 전에 레이디에게 막대한 대미지를 입힐 뻔했던 정체불명의 힘.

몬스터 디기의 거대한 도끼가 사야의 자그마한 경봉에 튕겨 나갔다. 레이디는 그 순간 사야가 눈을 크게 뜬 것을 똑똑히 보았다.

"설마…… 예상하지 못했다는 거야?"

다시 말해 사야는 그 힘을 고려하지도 않고 몬스터 디기와 맞섰다는 뜻이다.

몬스터 디기의 텅 빈 몸통에 사야의 경봉이 때려박혔다.

검은 번개가 번쩍였고, 몬스터 디기의 두터운 근육으로 둘러싸인 육체가 터졌다. 복도에 절규가 울려 퍼졌다.

급하게 몬스터 디기를 대피시켰다. 까만 액체가 된 몬스터 디기가 녹아 없어졌다.

하지만 대미지는 이미 막대했다. 단 한 방을 맞았을 뿐인데도 치명상이다. 간신히 죽지는 않았지만, 이래선 한동안 움직일 수 없다.

사야가 경봉을 살짝 털고는 혀를 찼다.

"또 놓쳤네."

몬스터 디기에게 잘도 이런 짓을!

레이디는 그 말을 아슬아슬하게 참았다.

안 된다. 그런 건 두려움을 주는 쪽이 할 말이 아니다. 오히려 몬스터 디기에게 습격당한 쪽이 해야 할 말이다. 그리고, 복수하려다가 어떻게 해보지도 못하고 끔찍하게 살해당하는 것이다. 공포의 몬스터와의 싸움은 그래야만 한다.

아니── 끔찍하게 살해당하지 않아도 된다. 사투를 벌인 끝에 몬스터가 패배해도 상관없다. 그저 거기에 공포가 있다면 몬스터 디기는 자신을 자랑스러워하며 패배할 수 있을 것이다. 그렇기에 휴를 상대했을 때는 그나마 여유가 있었다.

하지만 이건 너무 심하다. 이래선 어느 쪽이 몬스터인지 알 수가 없다.

몬스터 디기를 압도한 사야가 만족하지도 않고 레이디를 노려보았다. 하지만 다가오지는 않았다. 몬스터 디기의 기습으로 인해 거리가 벌어졌기 때문이다. 공격을 맞히기 전에 도망칠 거라는 사실을 알고 있기에 다가오지 않는다. 마치 육식 짐승이 사냥을 할 때 자신의 공격 사정거리를 파악하고 있는 것처럼────.

그때, 데몬 샤크가 다가오는 낌새가 느껴졌다.

지면이나 벽을 넘나들며 먹잇감에게 달려드는 흉악한 상어다. 보아하니 레이디의 명령도 듣지 않고 멋대로 이 구역에 침입한 모양이었다.

대체 어떤 시대에, 어떤 경위로 존재했던 건지 알 수 없는 상어. 알고 있는 것은 그 존재가 인간에게 강한 분노와 식욕을 지니고 있다는 점뿐.

몬스터 디기와 다르게 사나운 사냥꾼이 등장하자 레이디가 힐끔 뒤쪽을 보았다. 그 짜증 나는 상어라면 기습해서 사야를 쓰러뜨릴 수 있을지도 모른다.

레이디는 실낱같은 희망 같은 기대를 품었다.

———하지만, 데몬 샤크는 여기에 도착하기 십몇 미터 앞에서 갑자기 돌아섰다.

그리고 그대로 맹렬한 속도로 떠나갔다. 지금까지는 부탁하지 않았는데도 다가와서 표적을 물어죽이려 했으면서……. 설마, 도망친 건가?

"저 망할 상어……."

무심코 작은 목소리로 독설을 내뱉었다. 사야는 척 보기에는 가녀린 여자인데, 설마 그 상어에게 강적을 파악하는 뇌가 있었을 줄이야—— 덩칫값도 못하고 정말 못 써먹겠다. 몬스터 디기를 본받으라고!

데몬 샤크가 도망쳤다는 것을 아는지 모르는지, 사야는 더 이상 다가오지 않았다.

아마 기회를 엿보고 있을 것이다. 그녀에게는 그 이형들을 부리는 능력이 있으니까.

그러나 레이디에게는 아직 패가 남아 있다. 이 보물전이 지니고 있는, 별의 신이 공포를 모으기 위해 남겨둔 도구가.

이러한 상황에서 그것을 쓰는 것은 패배를 선언하는 것이나 마찬가지지만, 이 여자에게는 분명 괴물도 원령도 맹수도 재앙도 협박도 통하지 않을 것이다. 이대로 내버려 두면 보물전을 통째로 함락시킬지도 모른다.

사야가 눈살을 찌푸리며 레이디를 노려보았다.

"네 목적은 뭐야?"

“…………후후…….”

사야와 이야기를 나눠줄 이유는 없다. 이 사야에게는 무슨 말을 해봤자 레이디에게 공포를 느끼지 않을 것이다.

그렇다면, 직접 공포를 읽어내서 그것을 재현한다.

그것이 바로 휴에게도 사용했던 것, 별의 신이 이 보물전에 남긴 시스템———— '악몽의 우리(배드 드림)'다.

두 팔을 들고 깔깔대며 웃었다. 떨리는 공기. 오랜 세월 끝에 보물전에 축적된 마나 머티리얼이 모여들었다.

자, 사야가, 이 보물전의 천적이 두려워하는 것을 보여다오.

이 사야가 진짜로 두려워하는 게 있긴 할까? 그런 걱정도 금방 사라졌다.

까만 안개가 한곳에 모여들고 형태를 이루기 시작했다.

그렇게 끔찍하게 생긴 것들을 거느린 사야가 두려워하는 게 대체 뭘까?

침을 꿀꺽 삼킨 레이디 앞에 나타난 것은———— 한 검은 머리의 여자였다.

눈처럼 하얀 피부와 까맣고 긴 머리카락.

눈가를 가린 앞머리 틈새로 보이는 눈동자는 피처럼 새빨간 색이었다.

사야의 표정이 처음으로 동요하는 기색을 드러냈다. 레이디도 마치 꿈이라도 꾸고 있는 듯한 기분이었다.

설마———— 가장 두려워하는 것이 '자기 자신'인 인간이 이 세상에 존재할 줄이야.

나타난 사야가 말없이 경봉을 꺼내 쥐었다. 진짜와 마찬가지로 감정이 보이지 않는 새빨간 눈동자—— 그리고 경봉과 경봉이 격돌하자 거센 번개가 흩어졌다.

진짜 사야의 표정이 한순간 일그러졌다. 단 일격에 느꼈을 것이다.

지금 눈앞에 서 있는 것이 진짜로 자신이라는 사실을.

진짜 사야와 가짜 사야가 똑같은 움직임을 보이며 뒤쪽으로 물러섰다.

지금까지 레이디는 용감한 표적의 공포에 대해 알아내기 위해 '악몽의 우리'를 몇 번 사용한 적이 있었지만, 자기 자신을 만들어 낸 자는 없었다.

완전히 똑같은 능력을 지니고 있을 두 사람이 맞부딪혔을 때 어떻게 될지는 레이디도 알 수가 없다.

그렇다면 가짜 사야를 도와주면 된다. 이 보물전은 레이디가 관리하는 곳이니까.

좀 전까지는 절망적인 줄 알았던 상황에 승산이 보이기 시작했다.

그리고 자신과 동일한 존재에게 패배하다니, 공포를 부추기기에 안성맞춤인 소문이 될 것 같다.

두 사야는 마주 보고 조금씩 움직이며 상대방의 빈틈을 살폈다.

그때, 루시아가 뒤늦게 뛰어왔다. 두 사야를 보고 그녀의 창백한 표정에 당황한 기색이 스쳐갔다.

"?! 이건――."

"루시아, 여기는 나에게 맡기고 출구를 찾아! 저건 나만이 쓰러뜨릴 수 있어."

사야가 곧바로 소리쳤다. 두 사람이 따로 떨어진다면 레이디로서도 환영이다. 지금까지는 사야가 방해해서 루시아의 공포를 제대로 끌어내지 못했지만, 혼자 남는다면 마음대로 요리할 수 있다.

그리고…… 출구? 출구를 찾고 있었던 건가?

레이디는 눈을 감고 보물전을 조작해서 일시적으로 출구를 없앴다.

이제 이 보물전은 닫힌 보물전이 되었다. 바깥 세계와의 연결고리가 없는 상태에서는 마나 머티리얼이 공급되지 않기에 시간이 지날수록 보물전이 약해지지만, 어쩔 수 없다.

사야를, 이 보물전의 천적을 쓰러뜨린다. 입구를 억지로 열 수 있는 사야만 없어지면 두 번 다시 초대받지 않은 침입자도 나타나지 못할 것이다.

자, 도망치게 해줄게, 루시아. 비명을 지르면서 도망치렴.

일부러 나서지 않는 레이디 앞에서 루시아가 입을 꾹 다물고 있다가 외쳤다.

"읏…… 얕보지 마, 사야! 나는, 동료를 두고 도망치지 않아!"

"?!"

마법의 기척. 그 가녀린 몸에 폭발적인 마력이 생겨났고, 곧바로 다듬어지기 시작했다.

얼어붙은 바람이 휘몰아쳤다. 세계에 서리가 내렸다. 1초도 지나지 않은 사이에.

지금까지 마도사를 여러 명 없앴다. 공격 마법을 날린 자도 있었다.

루시아 로제는 공포를 잊은 것이 아니었다. 이것은 숙련도의 차이다.

언제 어디서나, 반사적인 영역으로 마법을 쓸 수 있게끔 단련했다.

숨을 쉬는 소리. 흔들리는 전의. 다양한 감정의 파도가 느껴졌다.

이 애…… 자신보다 다른 사람을 위해서 힘을 발휘할 수 있는 타입이다.

가짜 사야가 재빨리 뒤로 물러났다. 루시아가 날리려 하는 마법을 위협으로 판단한 것이다.

그 몬스터 디기의 공격에도 거의 흔들리지 않았던 사야가!

골치 아프다. 하지만, 멋지다.

공포와 용기. 잘 다듬어진 힘. 여러 의미에서 루시아 로제는 이상적인 표적이다.

그녀를 뛰어넘을 수 있다면, 이 보물전과 팬텀은 크게 비약할 수 있을 것이다.

결단은 한순간이었다. 속삭이는 듯한 목소리를 루시아의 귓가로 보냈다.

"루시아 언니, 바이바이."

"?!"

"루시아!"

레이디는 이 보물전을 마음대로 조작할 수 있지만, 전능한 것은 아니다.

왜냐하면, 보물전에 축적된 힘이 유한하기 때문이다. 지맥과의 접속을 일시적으로 차단한 지금, 리소스를 소모하는 것은 최대한 피해야만 한다.

하지만 그녀들은 어느 정도 무리를 해서라도 갈라놓을 가치가 있다.

루시아가 발치를 보고는 살짝 비명을 질렀다.

"히익?!"

루시아의 발치에는 어둠이 전개되어 있었다. 그 발목에 하얀 것이 달라붙어 있다.

그것은—— 손이었다. 어둠 속에서 돋아나 바람에 나부끼듯이 흔들리는 수많은 손.

그리고 손이 루시아를 어둠 속으로 끌어들였다.

"루시아!!"

마법은 미처 발동되지 못했고, 냉기가 사라졌다.

사야는 비명 같은 소리를 지르며 루시아가 있던 곳으로 달려가려 했다. 그 무방비한 뒷모습을 향해 가짜 사야가 곧바로 공격을 가했다.

사야는 경봉에 얻어맞고 날아갔다. 그 이형들이 다가올 낌새는 없었다. 뭐, 온다 하더라도 악몽으로부터 생겨난 사야 또한 같은 능력을 지니고 있겠지만———.

바닥에 굴러간 사야가 곧바로 일어섰다. 하지만 이제 팬텀을 불러서 가짜를 돕게 하면 된다.

사야는 조만간 쓰러뜨릴 수 있을 것이다. 물론 붙잡지는 않는다. 그녀는 너무 위험하고, 루시아 로제만으로도 성과는 충분하다.

가짜 사야가 경봉을 겨누었다. 레이디는 그 뒤에 떠올라 처음으로 여유를 보이며 사야에게 말을 걸었다.

"후후후…… 당신은 루시아가 망가지기 전에 구해낼 수 있을까?"

"윽."

레이디가 도발하자 피처럼 붉은 눈동자가 타올랐다.

한순간, 의식이 흔들렸다. 이건—— 살의다. 존재하지 않는 심장이 얼어붙을 것 같은 살의.

그러나 이것이 더 좋다. 냉정함을 잃는다면 더 빠르게 처리할 수 있을 것이다.

이를 악문 채 서 있던 사야의 뒤통수를 향해 가짜 사야가 경봉을 내리쳤다. 지금 이곳을 향해 오고 있는 팬텀들의 존재가 느껴진다.

더 이상 사야를 볼 필요는 없을 것이다.

레이디는 눈을 감고는 메인 디시를 처리하기 위해 루시아를 날려보낸 곳으로 이동했다.

"어? 루시아가 자취를 감추었다고?"

"네…… 행방불명 사건을 조사하던 도중에 사야 씨와 함께 사라진 모양이라――――."

에바가 새파랗게 질린 채 보고했다.

나는 한순간 멍해졌지만, 느긋하게 의자에 몸을 기댔다.

루시아는 실력이 뛰어난 헌터다. 루크와는 달리 마구 돌진하지도 않고, 리즈처럼 강적과의 전투에 굶주린 것도 아니다. 시트리처럼 사전 준비를 하지 않으면 제 실력을 발휘하지 못하는 타입도 아니다.

문무양도, 두뇌명석, 온갖 마술을 섭렵하고 온갖 상황에 대처할 수 있는 그녀는 《부동불변》 안셈에 버금가는 안정성을 자랑한다. 다시 말해 그녀는 대단하기 짝이 없는 여동생이기에 내가 걱정할 여지는 없다.

"그렇구나, 역시 루시아야…… 부지런하네. 일부러 사라져 보다니."

"……크라이 씨, ……걱정되지 않으세요?"

에바가 싸늘한 눈초리로 이쪽을 바라보았다.

걱정이 전혀 안 된다고 하면 거짓말이겠지만, 이번에는 사야도 함께 있고, 루시아는 나보다 훨씬 강하고, 그 밖에도 강한 헌터도 많이 있는데다 나라에서도 움직이고 있고, 이번에는 신의 팬텀이 없다는 말까지 오빠 여우에게 들었으니까————.

"다들 강하니까 괜찮아. 이번에는 대단한 상대도 없는 것 같고……."

루시아가 행방불명되었다기보다는 사건을 해결하기 위해 움직이고 있다고 생각하는 게 더 자연스럽다. 내 말을 듣고 에바가 눈살을 찌푸렸다.

"……전대미문의 사건인데요? 나라에서도 필사적으로 해결하기 위해 움직이고 있고요."

"요즘은 그런 일들뿐이네."

"담담하시군요."

"신뢰하는 거야. 나는 루시아와 사야를 믿거든. 괜찮아, 괜찮아."

내 주위에서는 계속 사건만 일어나고 있다. 좀 더 평화로운 세계가 되면 좋겠는데.

크크큭…… 이제야 메인 디시 차례다.

레이디는 미소를 짓고는 어둠 속을 헤매는 루시아의 모습을 살피고 있었다.

주위는 진한 어둠으로 가득 차 있다. 달빛도 거의 없는 복도는 밤눈이 밝은 헌터라 해도 쉽사리 알아볼 수 없게끔 되어 있다. 사야 크로미즈처럼 특별한 눈을 지니지 않은 이상.

루시아의 얼굴에는 핏기가 전혀 없었다. 아직 울부짖지는 않았지만, 그 몸놀림에서 강한 긴장과 공포가 느껴졌다.

레이디는 잃었던 힘이 조금씩 돌아오는 것을 느꼈다.

죽일 생각은 없다. 죽일 생각이었다면 큰 힘을 써서 사야와 루시아를 갈라놓지도 않았을 것이다.

그녀는 최대한 오랫동안 이 공간에 머무르며 공포를 맛봐야 한다. 돋아난 손이 발을 붙잡기만 했는데도 그렇게까지 멋진 반응을 보여준 헌터는 거의 없었다.

아무래도 루시아는 마법을 통해 주위의 상황을 확인하고 있는 것 같았다. 하지만, 소용없다. 이 보물전에서 기척 탐지나 생명 탐지 능력은 정상적으로 작동하지 않는다. 그녀는 아직 그 사실을 눈치채지 못했을 것이다.

레이디가 루시아를 날려보낸 곳은 제블디아 마술학원과 매우 비슷한 구역이었다. 사야와 완전히 갈라놓으려면 감옥이나 다른 구역으로 날려보내는 게 더 나았겠지만, 일부러 눈에 익은 곳으로 보냈다. 사야가 있는 곳과는 거리가 멀리 떨어져 있으니 문제는 없을 것이다.

눈에 익은 공간이기에 발생하는 공포는 확실히 존재한다. 오히려 완전히 미지의 공간으로 만들면 공포에 질린 한 소녀에서 미지에 맞서는 헌터가 되어버릴 가능성이 있다. 그렇게 되어버리면 전부 허사로 돌아가겠지만, 지금은 걱정 없을 듯하다.

루시아에게는 '악몽의 우리'를 사용할 수 없다. 그녀가 가장 두려워하는 것은 간단히 재현할 수 없기 때문이다. 하지만, 그런 것을 동원할 필요도 없이 루시아는 이미 평상심을 잃은 상태다. 아직 간신히 이성이 남아 있긴 하지만, 뭔가 하나라도 계기가 생기면 그것이 무너져 비명을 지를 것이다.

이제 누가 루시아를 겁주게 할 것인지가 중요한데———.

"………………."

어느새 레이디의 주위에 【별의 신의 모형정원】이 만들어낸 팬텀들이 잔뜩 모여 있었다.

레이디는 이 보물전에서 공포를 조사하기 위해 강한 권한을 지니고 있다. 하지만, 보물전에 나타난 팬텀들에 대해서는 관여하지 않았다.

그것들은 별의 신이 정했다.

과거의 공포의 기억을 토대로 마나 머티리얼이 재현한 이 보물전의 팬텀들은 정말 다양하다.

레이디처럼 인간 형태를 띤 팬텀도 많이 있고, 몬스터 디기 같은 괴물 형태도 있다. 데몬 샤크처럼 존재 자체가 영문을 알 수 없는 짐승도 있는가 하면, 실체가 없는 고스트나 살인 로봇 같은 무기물도 존재한다. 물론, 그 전부가 요즘 인간에게 효과적인 것은 아니다. 특히 이 시대에는 마물이나 팬텀이 존재하기에 어중간한 몬스터는 일반인에게 겁을 줄 수도 없다.

이 보물전에서는 공포를 모으지 못하는 팬텀에게 가치가 없다. 그것을 증명하듯이 이 보물전의 팬텀은 오랫동안 공포의 대상이 되지 못하면 힘을 잃고 사라져 버린다.

다들 사라지고 싶진 않기에 필사적으로 사람들에게 겁을 주려

한다.

"뭐야, 너희들. 사야가 싸울 때는 나오지도 않았던 주제에."

"…………."

시선을 보내자 팬텀들이 말없이 마주 보았다. 열세 명 모두의 얼굴이 똑같이 생긴 아이들, 쿄타. 항상 기어다니면서 상대방을 쫓아다니는 피로 얼룩진 여자 제시. 도깨비 가면을 쓰고 칼을 든 백의의 괴인. 신체 일부가 기계화되었고 인간과 맞먹는 지능을 지녔다는 곰 식인 블루와, 하늘을 떠다니는 반투명한 고스트로 구성된 오케스트라. 갓난아이 모습을 하고 있다가 안아든 순간 겁을 주는 팬텀. 그 밖에도 진짜로 공포의 대상인지 의심이 되는 팬텀들이 다들 뭔가 하고 싶은 말이 있는 듯 레이디를 바라보고 있었다.

설마 도움이 필요할 때는 나오지 않았던 주제에 짭짤한 부분만 가로챌 셈인가?

"내가 여기까지 몰아붙였다고. 당신들은 잡아온 녀석들에게서 조금씩 공포를 빨아들이면 되잖아!"

백 보 양보해서 루시아를 나누게 된다면 그 대상은 몬스터 디기일 것이다. 그는 그나마 일을 했다.

"…………신선한, 공포……."

어린애 괴이가 중얼거렸다. 그 말을 듣고 레이디가 눈살을 찌푸렸다.

"우리느은————."

"우리는, 시키는 대로 하고 있어……."

"크르……르르……."

공포는 익숙해진다. 레이디는 그들처럼 소심하고 일을 잘 하지 못하는 팬텀들에게 잡아온 사람들을 대상으로 겁을 주라고 지시를 내렸지만, 얻을 수 있는 공포는 반복할수록 줄어든다.

레이디 같은 경우에는 잡아온 사람들에게 육체적인 피해를 입힐 수 없기에 더더욱 그렇다. 잡아온 사람들의 눈앞에서 한두 명 정도 본보기로 죽이면 농도가 진한 공포를 얻을 수 있겠지만, 전체적인 지휘를 맡은 레이디가 살육을 주체로 삼는 괴이가 아닌 것도 다른 자들의 스트레스가 쌓이는 원인 중 하나이기도 할 것이다.

살육을 추구하는 계열이라 써먹기 힘든 녀석들은 지금 사야를 처리하기 위해 가고 있기에 여기서 따지고 있는 자들은 그나마 말이 잘 통하는 편이다.

당연히 독점하는 게 얻을 수 있는 공포도 크겠지만, 나누는 게 나을지도 모르겠다. 루시아의 잠재능력을 따지면 그런 상황에서도 꽤 무서워할 것 같으니까.

"……어쩔 수 없지. 알겠어. 하지만 차례대로 가야 해. 기절하기 직전까지 몰아붙여. 너무 화나게 만들지는 말고———."

루시아는 틀림없이 지금까지 잡아온 녀석들 중에서도 톱클래스로 겁이 많다. 휴에게 접근했을 때처럼 잔재주를 부릴 필요도 없을 것이다.

하지만, 너무 지나치면 정신이 망가져 버릴지도 모른다.

사야에게는 루시아가 망가질 거라고 하면서 정신을 뒤흔들었지만, 그렇게 의미가 없는 짓을 할 생각은 없다. 망가진 정신에서는 공포를 얻을 수 없으니까.

행방불명 사건을 조사하면 할수록 기분 나쁜 예감이 들긴 했다.

그런데, 설마 이런 게 그 배후에 존재했을 줄이야———.

기분이 최악이다. 하지만, 아무리 내키지 않는다 하더라도 앞으로 나아가야만 한다.

루시아 로제는 신중하게 제블디아 마술학원을 본떠 만든 기묘한 세계를 나아가고 있었다.

얼굴의 근육이 굳었다. 심장이 세차게 뛰는 것이 느껴졌다.

철이 들었을 때부터 루시아는 이런 어둠이 질색이었다. 그럼에도 불구하고 누군가가 함께 있으면 그나마 나았지만, 혼자서 걸어가다 보니 이상한 생각만 들었다.

헌터로서 높은 경지를 목표로 삼으며 극복할 수 있을 줄 알았지만, 결국 극복하지 못했다. 많은 마술을 배우고 전투 경험도 쌓았지만, 질색인 것은 여전히 질색이다. 그나마 척 보기에도 마물인 것은 문제가 없지만 이곳에 나타나는 것들과는 상성이 최악이었다.

이곳은 아마 보물전일 것이다. 소녀의 모습으로 나타난 그것도 틀림없이 팬텀이겠지. 그 사실을 머리로는 알고 있는데도 감정이 따라잡지 못하고 있다.

마술을 통해 주위의 상황을 수시로 확인하며 괴물이 숨어 있을 것 같은 어둠 속을 나아갔다. 5년 정도 다녔던 제블디아 마술학원도 어둠 속에서는 전혀 다른 곳처럼 보였다. 아니, 실제로 다른 곳이겠지만 왠지 기묘한 기분이다.

우선 목표는 사야와의 합류다.

위치는 기억하고 있다. 이곳의 구조가 진짜 학원과 똑같다면 문제없이 도착할 수 있을 것이다. 갑자기 나타난 그 사야와 똑같이 생긴 소녀. 그건 아마 꽤 버거울 것이다. 사야와 똑같은 능력을 지니고 있다면 혼자서 싸우기는 매우 힘들겠지.

평소의 컨디션이었다면 그때 바로 도울 수 있었을 것이다. 설마 그런 기습에 당하다니 너무나도 한심하다. 그 정도의 기습은 지금까지 몇 번이나 당했을 텐데, 잠깐 동요한 정도로 마술의 발동을 실패하다니———.

사야를 구해내고, 출구를 찾아서, 도망친다.

사야를 구해내고, 출구를 찾아서, 도망친다.

사야를 구해내고, 출구를 찾아서, 도망——— 아니, 이건 전략적인 후퇴니까!

"윽?!"

그때, 루시아는 기묘한 소리를 눈치채고 당황하며 주위를 둘러보았다.

이곳에 오고 나서 루시아는 항상 탐사 마법을 발동시키고 있다. 원거리에서 생명 반응이나 움직이는 것을 감지하는 마법이다. 그렇기에 무언가가 다가오면 바로 알 수 있을 텐데, 그 반응은 분명히 갑자기 솟아난 것처럼 나타났다.

반응이 나타난 곳은── 바로 옆 교실이다. 잘 들리지는 않았지만 이야기를 나누는 소리가 들렸다.

청각에 의식을 집중했지만 무슨 이야기를 나누고 있는지는 알아들을 수가 없었다.

어떻게 하지…………….

파티원들과 함께 행동하고 있었다면, 우선 루시아가 움직이기 전에 리즈나 루크가 돌입했을 것이다. 하지만 지금은 솔로이기에 루시아에게는 신중하게 움직인다는 선택지가 있다.

아니, 알고 있다. 안을 들여다보지 않는다는 선택지는 없다.

상대방이 적이라면 기습할 수 있고, 이번에는 행방불명된 피해자일 가능성도 있다.

확률적으로는 낮긴 하겠지만…….

살짝 한숨을 쉰 다음, 마법을 행사했다.

멀리서 난 소리를 알아듣는 '에코 스레드'.

단숨에 짜여진 마법이 방 안의 상황을 자세히 알려 주──어야 했다.

마법은 분명히 발동되었다. 하지만, 목소리는 들리지 않았다. 들리긴 하는데 마법을 쓰지 않았을 때와 마찬가지로 불명확하다. 비슷한 마법이 또 있기에 그것들을 써 보았지만, 전부 기대한 효과를 가져다 주지 않았다.

기술이 전부 허탕을 치다니, 있을 수 없는 일이야…… 설마, 이런 계열 마법에 제한이 걸린 상황인가?

이 세상에는 안에서 마술을 전혀 쓸 수 없는 보물전도 존재한다. 미궁형 보물전에서는 탐사 마법만 쓰지 못하는 경우도 있다. 결코 있을 수 없는 일은 아니다. 하지만── 다시 말해 이 보물전에서는 마법을 쓰지 않고 감각으로 기척을 탐지해야 한다는 뜻이다.

루시아의 기척 탐지 능력으로 이 어둠 속을 나아가야만 한다는 뜻이다.

최악이었던 기분이 더 최악으로 떨어졌다. 하지만, 멈춰 서 있을 때가 아니다.

미래는 자신의 손으로 헤쳐나가야만 한다.

몇 초만에 각오를 다진 다음, 교실 문에 손을 댔다.

부디 구조 대상이기를!

그렇게 기도하며 소리를 내지 않게끔 살며시 문을 열었다.

────속삭이는 듯한 목소리가 딱, 멈추었다.

교실에 있던 것은 아이들 열몇 명이었다.

제블디아 마술학원에 있을 리가 없을 만큼 어린 아이들.

다들 돌아서 있기에 얼굴은 보이지 않았다. 하지만, 피해자를 발견했다는 생각은 전혀 들지 않았다.

눈을 부릅뜬 루시아 앞에서 딱 멎어 있던 아이들이 일제히 돌아보았다.

핏기 없이 푸르스름한 피부. 두 눈은 흰자가 없이 새까만 색뿐이었고, 피눈물이 뚝뚝 흘러내리고 있었다.

한순간 심장이 멎는 줄 알았다. 얼굴이 굳었고, 목이 막혔다.

아이들은 모두 얼굴이 똑같이 생겼다. 문을 반쯤 연 채 완전히 얼어붙은 루시아를 향해 아이들이 몰려들었다. 그제야 루시아의 목의 기능이 돌아왔다.

"으아……."

어째서? 어째서? 저게 뭐야??

그저 정신없이 도망쳤다. 냉정함을 유지해야 한다는 생각은 전혀 들지 않았다.

어디로 도망쳐야 하는지도 생각할 수 없었지만, 멈춰설 수도 없었다.

도망치며 필사적으로 뒤를 보았다. 아무것도 쫓아오지 않기를 기원했는데 그 기도는 통하지 않았다.

교실에 있던 아이들이 두 손을 든 채 쫓아오고 있었다.

어째서?? 어째서 쫓아오는 거야? 보통은 사라져야지!

적어도 어렸을 때 루시아가 몰래 훔쳐보았던 크라이의 책에서는 그랬다.

사라져야만 한다고! 이런 건 완급이 중요하니까!

진짜로 이런 건 이제 질색이야!!

머릿속이 엉망진창이 된 채 도망치던 루시아의 귀에 기묘한 웃음소리가 들렸다.

"우케케케케케케케케……."

"?! 늘어났어?!"

피투성이가 된 채 아이들과 함께 바닥을 기어서 쫓아오는 여자의 모습. 언제 늘어난 건지도 모르겠다.

온 힘을 다해 뛰었다. 어디선가 '당신, 체력이 좋구나'라는 목소리가 들린 것 같았다.

어디를 뛰어가고 있는지도 알 수가 없다. 주위를 볼 여유도 없다. 원래 제블디아 마술학원의 건물은 넓지만, 머릿속 한구석에 있던 지도는 어느새 날아가 버렸다. 평범한 헌팅이었다면 절대로 있을 수 없는 일이다.

아무리 도망쳐도 추적을 뿌리칠 수가 없었다. 아니, 뿌리치기는커녕 오히려 늘어났다. 어느새 도깨비 가면을 쓴 백의의 변태가 추가됐다. 왠지 모르겠지만 갓난아기를 안고 있다. 영문을 모르겠다.

체력은 아직 여유가 있지만, 이대로 가다가는 끝이 없다…… 그래, 하늘!

하늘을 날아 도망치면 된다. 루시아는 하늘을 날 수 있으니까!

공황 상태에 빠진 와중에 창문을 열었다.

그리고, 떠들썩한 음악이 맞이해 주었다.

"?! ????"

마치 환영해 주려는 듯이 밝은 음악을 연주하고 있던 것은 흰색의 반투명한 요괴였다.

예전에 황제를 호위했을 때 변장했던 시트 요괴와 약간 비슷하다. 다시 말해 전형적이고 의욕이 별로 없어 보이는 어린애 눈속임 같은 요괴 몇 마리가 악기를 한 손에 든 채 씨익 웃고 있다.

"윽!"

별로 무섭지 않다. 이런 요괴는 무섭지 않다. 그렇기에 장문을 힘껏 닫아버린 건 그냥 반사 작용이다.

쫓아오는 추적자와 팡파레. 어떻게 해야 할지 알 수가 없어서 우선 뛰기 시작하자 몇 미터 앞쪽 천장이 세차게 무너졌다.

"히익?! ???!"

까만 덩어리가 내려왔다. 아니, 그것은 곰이었다. 머리 일부가 금속으로 교체된 곰.

왜 여기에 곰이? 이제는 영문을 알 수가 없다. 루시아가 지금까지 본 것 중에서는 몸집이 꽤 작은 곰이 송곳니를 드러내며 울음소리를 냈다.

"크르르르르르르르르."

"우케케케케………… 이, 이런, 데몬 샤크야!!!"

"?!"

엎드린 채 기어오던 피투성이 여자가 제정신으로 돌아온 것처럼 소리쳤다.

그리고 루시아는 보았다. 복도를 빠르게 거닐며 다가오는 삼각형을.

루시아가 제대로 보았다면 그것은── 상어의 지느러미다.

"크아아아아아아아아아아아아아아! 루시아는 내 먹잇감이다아아아아!"

"힘내라, 힘내라, 식인 블루! 상어 녀석을 날려 버려!"

왠지 모르겠지만 곰이 돌아서서 상어를 향해 돌격했다. 좀 전까지 루시아를 쫓아오던 판박이 아이들이 일제히 응원하기 시작했다. 곰이 아무런 전조도 없이 말을 하기 시작한 것도 그렇고, 술에 취해서 악몽을 꾸고 있는 것 같은 기분이다.

너무나도 뒤죽박죽인 상황에 혼란스러워하던 루시아의 목덜미에 싸늘한 무언가가 닿았다.

"흐악?!"

반사적으로 비명을 지르며 뛰어올랐다. 그리고, 이번에는 절규할 뻔했다.

얼굴이 굳었다. 어느새 루시아 뒤에 한 소녀가 있었다. 잊을 수도 없는, 유령 교실에 돌입한 직후에 마주쳤던 제블디아 마술학원 교복을 입은 소녀다.

이 세상 전체를 원망하는 듯한 그 어두운 눈초리. 하얀 피부와 축축하고 새빨간 입술이 눈에 띄었다.

그 몸에서 뿜어내는 얼어붙을 듯한 냉기는 과연 물리적인 것일까, 아니면 루시아가 이 소녀를 두려워하고 있기 때문일까. 모습 자체는 다른 것들보다 사람에 가까울 텐데, 왠지 모르겠지만 무시무시하다.

루시아는 그때 떠올렸다. 눈앞에 있는 팬텀들은, 예전에 루시아가 몰래 읽었던 책에 등장하는 소녀의 유령. 루시아가 상상했던 모습 그 자체라는 것.

그 책을 읽은 건 한 번뿐이다. 몰래 읽고 나서 그 이후에는 한 번도 펼쳐 보지 않았다.

하지만 단 한 번 읽었을 뿐인 그 기억을 루시아는 잊을 수가 없었다.

어떤 괴물보다 무섭다. 이런 것을 트라우마라고 하는 걸까.

소녀는 루시아를 빤히 바라보고는 방긋 웃으며 속삭이는 듯한 목소리로 말했다.

"루시아 언니. 나는 레이디야. 여기서 같이 살자. 영원히———."

"?!"

물러나려다가 발을 헛디뎌서 세차게 엉덩방아를 찧었다.

묵직한 통증이 느껴졌지만, 그런 것을 신경 쓸 여유가 없었다.

차가운 바닥. 당장에라도 폭발할 것처럼 빠르게 고동치는 심장.

레이디의 입가가 초승달 모양으로 일그러진 채 미소를 드리웠다. 뻗어오는 앙상한 팔. 다가오는 의미불명의 팬텀들. 요괴들의 연주가 장엄하게 바뀌었다.

비명을 지르려던 순간, 갑자기 레이디가 있던 곳에 경봉이 꽂혔다.

"?!"

"히익!!"

그 직전까지 루시아를 겁주고 있던 팬텀들이 비명을 질렀다. 어둠 속에 빨간 눈동자가 떠올랐다.

복도 너머에서 사야가 나타났다. 옷은 여기저기가 찢어졌고, 머리카락도 푸석푸석해졌다.

질질 끄는 소리. 그 왼손이 끌고 온 것은 좀 전까지 맞서 싸우고 있던 가짜 사야였다. 완전히 의식을 잃었는지 머리카락을 잡은 채 끌고 오는데도 꿈쩍도 하지 않았다.

"허억, 허억…… 절대로…… 절대로, 용서 못해."

눈부시게 빛나는 눈동자가 레이디를 노려보았다.

"마…… 말도 안 돼…… 어…… 어떻게…… 아니, 그쪽에는 다른 동료도———."

루시아에게 겁을 주고 있던 레이디라는 팬텀이 전율하며 말했다.

루시아 주위에 있던 팬텀들이 순식간에 흩어져 사라졌다. 곰과 상어도 곧바로 싸움을 멈추고 동시에 도망쳤다.

사야는 도망치는 팬텀들을 일부러 그냥 보내주었다.

중요한 것은 레이디다. 특별한 힘을 지니고 있는 팬텀.

지혜를 지닌 팬텀은 골치 아프기에 이번에 확실하게 해치워야만 한다.

숨이 찬다. 이렇게 심한 피로를 느낀 건 이번이 처음일지도 모르겠다.

전부 방문자들이 오지 않은 탓이다. 레이디를 쓰러뜨리라고 명령을 내린 그들은 어디로 간 걸까…… 하지만, 문제는 없다.

기분은 최악이어도 컨디션은 최고다. 온몸에서 기묘한 힘이 솟구치고 있다.

이런 적은 처음이지만, 이 보물전의 팬텀이 방문자를 볼 수 있는 것도 그렇고 사야의 능력과 이 보물전은 상성이 좋은 건지도 모르겠다.

크라이가 가장 적합할 거라고 말한 게 이런 뜻이었나?

"나를, 얕보지 마."

쏘아붙인 다음, 완전히 의식을 잃은 가짜 자신을 바닥에 난폭하게 떨어뜨렸다.

"윽…………."

레이디의 표정이 일그러졌다.

루시아와 레이디가 사라진 다음, 그들을 쫓아가려 한 사야를 방해하는 존재들이 있었다. 가짜 자신과 머리를 들고 다니는 팬텀, 그리고 마찬가지로 파워 타입인 팬텀들.

성가셨다. 팬텀은 그렇다 치더라도 가짜 자신은 틀림없이 자신과 한없이 가까운 능력을 지니고 있었다. 아마 '사락사락'도 쓸 수 있었을 것이다. 그렇게 될 경우에 방문자가 어느 쪽 편을 들지는 알 수 없지만———.

주먹을 쥔 채 레이디와의 거리를 좁혔다. 주먹에 기묘한 느낌의 까만 빛이 깃들었다. 이 보물전에 들어온 이후로 사야의 공격을 강화시켜 준 이 빛은 사야에게도 미지의 존재다.

하지만, 중요한 것은 그 빛이 이 보물전의 팬텀에게 치명적인 대미지를 입힐 수 있다는 점이다.

아무래도 상관없다. 써먹을 수 있다면 써먹는다.

사야는 어떻게 해서든 루시아와 함께 살아서 이 보물전을 나가야만 한다.

레이디가 호들갑스럽게 거리를 벌리며 사야의 공격을 피했다. 사야는 새파랗게 질린 채 척 보기에도 초췌해진 루시아의 팔을 잡아당기며 앞으로 나서서 감쌌다.

"나에게는── 지켜야할 것이 있어!!"

그것뿐이다. 사야가 이길 수 있었던 이유는 그것뿐이다. 가짜 자신에게는 아마 지켜야 할 것이 없었을 것이다.

가짜 자신에게 합세했던 팬텀들은 약한 상대뿐이었다. 주의할 필요가 있었던 것은 가짜 자신 뿐. 그런 것으로 사야를 쓰러뜨릴 수 있을 거라 생각했다면 그것은 사야에 대한 모욕이다.

레이디를 쓰러뜨리고 출구를 찾는다. 행방불명자에 대해서는 이 보물전에 대해 뭔가 알고 있을 크라이까지 끌어들여서 함께 조사하면 된다. 그리고 루시아 일행과 함께 제도를 관광하며 마무리를 짓는다.

"윽…… 크…… 큭…… 나를 쓰러뜨린다 해도, 출구는──."

그렇다면, 출구를 만들 때까지 철저하게 괴롭힐 뿐이다.

말이 통하는 상대라면 그렇게 할 수 있을 거라는 자신감도 있다.

사야에게 협박이 통하지 않는다는 사실을 깨달았는지, 레이디는 초조한 모습을 보였다.

그때, 그제야 사야가 보냈던 그림자사람들이 모여들었다.

뿔뿔이 흩어졌던 그림자 조각들이 모여들어 다시 인간 형태로 돌아왔다. 지금까지 어디를 찾고 있었을까. 이제야 나타날 줄이야. 하지만, 이제 결판을 낸다.

그림자사람이 모여든 것을 눈치챈 레이디가 새파랗게 질린 채 떨리는 목소리로 말했다.

"아, 알겠어…… 여기서 내보내 줄게. 이제 질색이야."

안 돼. 너는 사야의 친구에게 심한 짓을 했어.

레이디가 힘을 모으기 시작했다. 사야와 루시아를 보물전에서 쫓아낼 셈이다.

하지만, 이 거리에서는 사야가 더 빠르다. 경봉을 주워들고 땅바닥을 박차며 레이디를 향해 거리를 좁혔다.

레이디는 사야를 두려워하고 있다. 움직임이 둔해졌다. 티노가 모의전 때 쓴 수법을 흉내내서 중간에 땅바닥을 박차며 움직임을 가속시켰다. 레이디는 최고의 상태인 사야의 움직임을 전혀 따라잡지 못한다.

———해치웠다!

경봉을 내려치기 직전에 확신했다.

그리고, 경봉이 울상을 지은 레이디를 찢어 발기려 한 순간——강한 충격이 사야를 덮쳤다.

"앗?!"

묵직한 통증이 등에 퍼져나갔다. 팔에서 힘이 빠졌고, 경봉이 바닥에 굴러가는 소리가 멀리 들렸다.

루시아의 비명. 적이면서도 멍하니 눈을 크게 뜨고 있는 레이디.

그리고, 사야는 자신을 공격한 존재의 정체를 눈치챘다.

사야를 뒤에서 습격한 것은—— 그림자사람이었다.

날카로운 칼날 형태로 변화한 팔 끄트머리가 사야의 가슴에 튀어나온 것이 보였다.

———어째서?

의문이 머릿속에 가득 찼다. 하지만 곧바로 의식이 멀어졌다.

완전히 허를 찔렸다. 치명상이다.

그래도 탈출은 어떻게든 할 수 있을 것 같다. 레이디가 모으고 있던 힘이 해방되자 시야가 빛으로 가득 찼다.

아마 레이디도 그림자사람이 사야를 공격할 거라고 전혀 예상하지 못했을 것이다. 레이디는 거짓말을 하지 않았으니, 루시아도 함께 탈출할 수 있을 것이다.

살아 돌아갈 수 있어서 다행이다.

그리고 사야의 의식이 툭, 끊겼다.

무슨 일이 일어난 거지?

레이디는 예상하지 못했던 일들이 연달아 일어나자 혼란스러워졌다.

사야와 루시아가 사라진 공간. 사야를 뒤에서 꿰뚫은 그림자로 된 이형이 피로 젖은 팔을 낼름거리며 핥았다. 영문을 알 수가 없다.

그것은 레이디의 작전 같은 게 아니었다. 이 이형은 사야의 아군이었을 텐데.

얼어붙은 레이디의 목에 이형의 팔이 휘감겼다. 도망칠 여지가 없을 정도로 엄청난 속도였다.

우득우득, 부러뜨리려는 듯이 목을 조이고 있다. 믿기지 않는다.

이 보물전 내부에서 레이디는 불사에 가까운 성질을 지니고

있다. 하지만, 그 일격은 사야가 날린 공격과 마찬가지로 확실하게 레이디에게 간섭하고 있었다.

닿은 부분——— 조여지는 목을 통해 이형의 사고가 느껴졌다.

이제 사야는 필요없다.

이곳이라면, 이 보물전의 힘이라면 우리는 사야의 힘이 없어도 활동할 수 있다.

"아군이…… 아니었어?"

"우리를 불러내라, 세계의 끝으로부터."

이형이 입을 열었다. 쉰 목소리. 레이디에게서 언어 능력을 배운 모양이다.

알겠다…… 그들에 대해 느껴진다. 이것은——— 끔찍한 생물이다.

사람에게 공포를 주는 존재인 레이디 같은 팬텀들보다 훨씬 악질적인 '침략자'. 레이디는 존재하기 위해 인간이 필요하지만, 이 생물들은 인간을 필요로 하지 않는다.

필요한 것은 그들을 인식하는 존재다. 인식이야말로, 다른 차원의 생물인 그들을 이 세계에 적응시킨다. 그리고 그럴 수 있는 것은 사야와 그녀의 혈족들뿐이었다.

그렇기에 그들은 사야의 명령에 따라 협력해 왔다. 호시탐탐 이 차원에 뿌리를 내릴 방법을 찾으면서——. 사야가 죽으면 언제 이 세계에 올 수 있을지 모르기에.

하지만, 그와 동시에 사야의 일족이 단 한 명만 남은 원인도 이 녀석들이었다.

한 명이면 된다. 그들을 인식할 수 있는 사람은, 그들에게 간섭할 수 있는 사람은 단 한 명이면 된다.

수명을 빼앗고, 늘어나면 한 명만 남게끔 솎아낸다. 계속 협력적이었던 그들의 갑작스러운 배신은 치명적이다. 어찌 됐든, 능력이 없다면 사야 같은 사람들은 평범하니까.

이 보물전이라면 그들에게 자유를 줄 수 있을지도 모른다. 성질이 비슷하고, 사야와 같은 능력을 지닌 존재도 만들어냈다. 그리고 사야를 레벨 8까지 끌어올려준 '사락사락'을 마음대로 쓸 수 있게 되면 아무도 이 보물전을 공략할 수 없게 된다.

"어떻게 할 거지?"

이형이 레이디에게 물었다. 그들은 위험하지만, 선택지는 없다.

그들이 날뛰기 시작하면 지금 【별의 신의 모형정원】으로서는 대처할 수가 없다.

"……좋아. 손을 잡자. 하지만, 기억해 두라고. 나는 배신을 용납하지 않아."

"………….."

이형이 레이디를 놓아주고는 어둠에 녹아들 듯이 사라졌다.

재미있다. 저 이형을 잘만 이용하면 보다 효율적으로 공포를 수집할 수 있을 것이다.

하지만 한동안은 얌전히 지내는 게 나을 것 같다.

그들은 사야를 너무 얕보고 있다. 가슴이 꿰뚫리긴 했지만, 운이 좋다면 사야는 아직 살아 있을 것이다.

이상한 형태는 자신들을 인식할 수 있는 자를 선택할 때 더 약한 상대를 남겼어야 했다.

그것은 레이디 같은 팬텀들의 천적이다. 레이디는 그저 폭력적이고 자유자재로 변하는 이형보다 사야가 더 두렵다.

어디선가 만신창이가 된 채 나타난 몬스터 디기가 물었다.

"어, 떻게 할까?"

"한동안은 얌전히 지내자. 행방불명도 최소한으로 하고."

만약 이형이 전면적으로 협력해준다 해도 그런 무시무시한 상대를 보물전에 들이는 건 질색이다. 모처럼 퍼뜨린 소문이 무의미해지는 건 아쉽지만, 사야가 없어진 뒤에 다시 퍼뜨리면 된다.

하지만 보물전과 바깥 세계와의 연결 고리를 계속 끊어둘 수는 없다. 지맥을 통해 마나 머티리얼을 빨아들이지 않으면 보물전은 계속 약해지기만 할 것이다.

"그게 좋겠네. 전화를 이용하는 거. 아직 한 명도 안 걸려들었잖아?"

레이디 일행은 소문을 활용해서 사람을 보물전에 끌어들이지만, 그것들 중에는 물리적, 문명적인 원인으로 이 시대에서는 시험해볼 수 있는 사람이 없는 소문도 존재한다. 전화와 관련된 소문은 그중 하나였다.

밤중에 걸려온 전화를 받은 사람이 저주를 받는다거나, 몇 시 몇 분에 전화를 걸면 악마에게 걸린다거나. 그런 소문이지만, 어찌 됐든 이 문명에는 전화라는 것이 거의 존재하지 않는다.

중요한 연락을 할 때는 공음석이라는 보구가 쓰이지만 그쪽은 대상이 아니다. 이래선 소문을 시험해볼 수가 없다.

가끔 나타나는 전화 관련 괴이 팬텀은 이미 여러 마리 사라졌다.

동정은 가지만 시대가 안 좋으니 어쩔 수가 없다.

"사태가 잠잠해질 때까지는 얌전히 지내자."

레이디는 한숨을 쉬고는 사야가 등장하자 도망쳐 버린 동료들에게 방침을 설명해주러 가기로 했다.

제4장 시간 때우기

요즘은 왠지 평화롭네.

의자에 몸을 기댄 채 버릇 나쁘게 집무용 책상에 다리를 올려 두고는 기지개를 켰다.

근신 생활은 휴식을 취하기에 안성맞춤이었지만, 아무래도 심심해지는 것 같다.

보구도 대충 다 닦아버렸고, 낮잠도 꽤 잤다. 그럼에도 불구하고 시간이 남는다.

무엇보다 지금까지 휴가 때는 밖에 나갈 수 있었지만, 이번에는 그러지도 못한다. 아무리 타락의 극에 달한 나도 심심해질 수밖에 없을 것이다. 사치스러운 고민이긴 하지만.

이렇게 된 이상 할 일은 독서 정도밖에 없는데, 요즘은 책을 사지도 않게 되었다. 예전에는 상상하는 것을 정말 좋아해서 소설 같은 것도 꽤 읽곤 했지만 헌터를 지망하게 된 이후에는 거의 읽지 않았다.

괴담이나 호러 같은 걸 꽤 좋아했는데…… 뭐, 이야기보다 헌터가 되고 나서 맞닥뜨린 사건들이 더 호러 같긴 하지만.

느긋하게 별것 아닌 생각을 하고 있자니 갑자기 책상 위에 올려두었던 스마트폰이 떨렸다.

"!! 드디어 왔구나, 시간 때울 것이!"

내 스마트폰 번호와 주소를 알고 있는 건 오빠 여우와 여동생 여우뿐이다.

저번에 통화하고 나서 계속 연결이 안 되던데, 이제야 나를 용서해 준 모양이다. 뭐, 나쁜 짓을 한 기억은 없지만 용서해준다면 언제든 엎드려 빌 각오를 하고 있다.

스마트폰을 켜고 확인했다. 메일이 온 모양이었다.

"어디 보자……?【이차원의 보물고】?"

메일 제목을 읽었다. 보낸 사람은 오빠 여우나 여동생 여우가 아닌 것 같았다.

그리고 메일에는 상상하지도 못했던 멋진 정보가 적혀 있었다.

『운 좋게 이 메일을 받은 사람에게만 전하는 희소식. 제도에는 자기가 원하는 보구를 손에 넣을 수 있는 보물전이 존재한다. 게다가 안전하고 팬텀도 없어! 신경 쓰이는 사람은 아래에 적힌 번호로 연락↓』

이런 메일이 온 건 처음이다.【이차원의 보물고】? 안전하고 팬텀도 없는 보물전?

심장이 두근거린다. 너무 최고다. 팬텀이 없다면 나 혼자서도 찾으러 갈 수 있잖아. 뭐, 근신 중에는 밖에 못 나가지만, 정 뭐하면 다른 멤버에게 찾으러 가달라고 해도 되니까.

설마 스마트폰에 이런 기능이 있었을 줄이야…… 확실하게 메모해 둬야지.

혹시 최신 스마트폰이라 그런가?

적어둔 번호를 입력하고 전화를 걸었다. 오빠 여우, 여동생 여우 말고 다른 번호로 전화를 거는 건 이번이 처음이다.

신호가 몇 초 동안 가더니 통화가 연결되었다.

"여보세요, 나야."

『어??? 말도 안 돼??? 어째서? 왠지 모르겠지만 전화가 왔는데???!』

동요하는 목소리가 들렸다. 오빠 여우도, 여동생 여우도 아닌 목소리다.

설마 세 번째 통화 상대가 생겨버릴 줄이야, 오늘 나는 운이 좋다.

"메일을 보고 전화했는데, 안전하고 팬텀도 없는 데다 보구를 손에 넣을 수 있는 보물전이 있다는 게 사실이야?"

『어?! 그걸 보고 전화를 걸었어?! 걸려들었다고? 정말로? 어째서?』

아니, 그런 보물전이 있다는 이야기를 들으면 누구나 가보고 싶다고 생각하지 않을까. 전화가 와서 놀란 건 이해가 되지만…… 그 왜, 스마트폰을 가지고 있는 사람은 거의 없으니까.

전화기 너머에서 우당탕탕 소란을 피우는 소리가 들렸다. 그 뒤를 이어 여자애의 조용한 목소리가 들렸다.

좀 전까지와는 다른 목소리다. 약간 떨리고 있다.

『여보세요, 정말 들려?』

"물론 들리지. 확실하게 충전해 두었으니까!"

충전을 한 건 내가 아니라 루시아지만, 아무튼 통화 중에 전원이 꺼지지 않게끔 하는 건 스마트폰 매니아로서는 당연한 매너다.

자신만만해하는 내게 전화기 너머의 목소리가 조심조심 말했다.

『……여, 여보세요. 나, 메리야.』

“어? 마리? 누구? 《마장》의 마리라고? 아니면 이름이 똑같은 사람인가?”

『!! 나, 메리야! 지금 당신 뒤에 있어.』

『전개가 너무 빠르잖아! 조금씩 다가가야지!』

왠지 전화기 너머가 소란스럽네. 나는 스마트폰을 든 채 뒤를 돌아보았다.

그곳에는 놀랍게도——— 아무것도 없었다.

뭐, 있을 리가 없지. 이 방에는 출구가 한 군데밖에 없고, 거기에는 감시하는 사람들이 많이 있다. 게다가 유일하게 존재하는 창문도 바깥에서 감시하고 있다.

“아무도 없는데?”

『나, 메리야—— 어?! 말도 안 돼?! 안 보여?! 있잖아? 그 왜, 손을 흔들고 있잖아?!』

“없어.”

잘 살펴봐도 아무것도 보이지 않는다. 전화기 너머가 소란스러워졌다.

『나, 메리야—— 설마 영감이 없는 건가?! 제대로 소문을 따라 진행하고 있는데 보이지 않다니, 있을 수 없는 일이야.』

『그래도, 지금까지 못 본 사람은 없었잖아? 어떻게 된 거야?』

『그 누구보다도 영감이 없다는 뜻이겠지. 젠장, 모처럼 전화기를 가지고 있는데——.』

무슨 말을 하는 건지 전혀 이해가 안 된다.

하지만, 중요한 건 이 메일에 적혀 있던 정보가 진실인지 여부다.

"그래서, 여기에 적혀 있는 정보가 사실이야? 자세히 가르쳐 주었으면 좋겠는데."

『!! 나, 메리————예요, 잠깐만 기다————.』

또 우당탕탕 소란을 피우고 있네. 나는 한가하지 않은데 말이지…… 한가한가?

두근거리며 기다리고 있자니 좀 전보다는 차분한 남자 목소리가 들렸다.

『【이차원의 보물고】에 가기 위해서는 간단한 과정을 거칠 필요가 있어. 정말 어린애도 할 수 있을 정도로 간단한 과정이지. 괜찮겠나?』

"괜찮긴 한데…… 나는 지금 밖에 못 나가거든. 그래도 괜찮을까?"

『?! 잠깐만 기다려, 밖에 나가지 않더라도 되는 방법을 찾을 테니—— 찾았다!』

방법이 여러 가지인가……? 아니, 지금 나랑 이야기하고 있는 사람은 누구지?

『조금 복잡하긴 한데, 제대로 하면 괜찮아. 간단하니 꼭 좀 시험해줬으면 좋겠군. 알겠어? 우선 커다란 거울을 준비해.』

"커다란 거울 말이지. 크기는 어느 정도?"

『사람이 들어갈 수 있을 정도 크기야. 준비할 수 있을까?』

그렇구나. 에바에게 부탁하면 준비해 주겠지. 제대로 메모해 두자.

『그리고 그 거울을 말이야, 오전 4시 44분 44초에 딱 들여다 봐야 해. 그러면 전화가 걸려오고, 그 전화를 받으면 거울 속으로 빨려들어갈 거야. 그곳이 네가 원하는 곳이라고.』

이럴 수가…… 정말로? 거울 안으로 들어갈 수 있다니, 좀처럼 믿기지 않는 이야기지만…… 뭐, 밑져야 본전이니까. 방에서 나가는 것도 아니니까, 감시 담당자들이 있더라도 괜찮겠지…….

"안전하다는 건 사실이야?"

『사, 사실이지, 사실이야! 진짜로 안전하니까 무기 같은 것도 필요 없어. 무조건 오는 게 이득일 거야. 정 뭐하면 돌아가고 싶을 때 돌아가도 되고…….』

"보구가 진짜로 있는 거겠지?"

『있어! 보구 말고도 원하는 건 뭐든지 손에 넣을 수 있다고. 게다가 선착순이니 안 오면 손해야!』

그럼…… 서둘러야만 하겠네. 늦지 않게 갈 수 있을까?

나는 거울, 4시 44분 44초, 스마트폰이라고 적은 곳 아래에 원하는 것을 손에 넣을 수 있다는 내용을 적었다.

"알겠어. 그럼 준비를 해야 하니 끊을게. 고마워."

『자, 잠깐만!』

다시 여자애 목소리가 들렸다. 기다리고 있자니 여자애가 심호흡을 하고 나서 말했다.

『나, 메리야. 지금 당신 옆에 있어. 보이지?』

애원하는 듯한 목소리.

전화기에서 귀를 떼고 옆을 보았지만, 역시 아무것도 보이지 않았다.

꿈을 꾸고 있었다. 사야가 처음으로 능력을 썼을 때의 꿈이다.

사야의 일족은 어렸을 때부터 특이한 것을 볼 수 있게 되고, 다섯 살 정도부터 방문자를 불러낼 수 있게 된다. 그리고 부모님에게 방문자를 다루는 법을 배운다. 시선만으로 자신의 의지를 전달하는 방법을. 그리고 능력에 익숙해지면 혼자가 된다. 이유는 모르겠지만, 부모님도, 부모님의 부모님도 그랬던 모양이다.

'사락사락'이라는 능력에는 정도의 차이가 있다. 강하면 강할수록 많은 방문자들을 볼 수 있다. 사야의 능력은 특히 강했기에 철이 들었을 때는 이미 천애고아였다.

그 이후로 사야는 '사락사락'과 함께 살아왔다. 능력이 있으면 상대가 어떤 것이든 승리했다. 때로는 방문자가 사야의 의지를 어기고 움직일 때도 있었으나 문제는 없었다. 유일하게 실패한 것은 코드에 갔을 때뿐이지만, 그때도 문제는 방문자가 아니라 사야의 상태이상 내성이 낮았던 것이었다.

나이를 먹지 않게 된 사야에게 수명은 없다. 영원히 방문자와 함께 싸우게 될 거라 생각했다.

설마―――― 방문자에게 배신당할 줄이야.

결국, 탐색자 협회의 우려가 맞았던 것이다. 정말…….

사야는 어둠 속에 둥실둥실 떠 있었다.

신기한 기분이었다. 등을 꿰뚫렸을 텐데 아프지 않았다. 오히려, 기분이 좋다. 마치 따스한 물 속에 떠다니는 듯한 기분.

정신 또한 차분했다. 방문자에게 배신당한 것은 뜻밖이었지만, 일단 루시아를 구해낼 수는 있었을 것이다. 보물전에서 탈출하면 제블디아에는 강한 헌터들이 많이 있다. 《천변만화》도 있다. 어떻게든 될 것이다.

유일한 문제는 '사락사락'이 불러 버린 방문자를 어떻게 처리할 것인지인데, 사야의 능력이 계속 발동되게끔 바뀌기 전에는 방문자가 이 세계에서 힘을 발휘할 수 있는 시간은 한정적이었다. 사야가 눈앞에서 보고 있으면 계속 움직일 수 있지만, 눈을 뗀 곳에서는 오래 버티지 못할 것이다.

어찌 됐든 사야가 이제 할 수 있는 것은 없기에 시간이 지나 방문자들이 돌아가기만을 기원할 수밖에 없다.

루시아는 과연 사야의 죽음을 슬퍼해 주려나?

――――그런 생각을 절실하게 하고 있던 참에 사야는 깨어났다.

제일 먼저 눈에 들어온 것은 타오르는 듯한 붉은 머리카락의 청년이었다.

그는 멍하게 눈을 뜬 사야를 보고는 환호성을 질렀다.

"오오, 깨어났어, 깨어났다고. 잘했어! 안셈! 나는 아직 모의전을 안 했으니까!"

"으음……."

"……가슴을 꿰뚫린 정도로 죽을 리가 없잖아요. 그 정도로 죽는다면 우리는 이미 전멸했을 거라고요."

"후후…… 루시아, 그렇게 허둥댔으면서."

들어본 적이 있는 두 사람의 목소리. 아무래도 사야는 침대에 누워 있는 것 같았다.

아프지는 않았다. 열기를 빼앗기는 듯한 감각도. 천천히 침대에서 몸을 일으켰다.

우선 가장 먼저 확인한 것은 방문자의 모습이다. 사야에게는 방문자가 보이고, 근처에 있으면 기척을 알아차릴 수도 있다. 다행히 방문자는 없는 것 같았다.

"루시아, 괜찮아?"

"자기 걱정을 제일 먼저 해야죠. 정말."

"피투성이가 된 사야 씨를 루시아가 데리고 왔을 때는 놀랐다니까요."

시트리가 두 손을 모으고 방긋 웃으며 말했다. 근처에는 리즈와 안셈도 있었다.

보아하니 이곳은《비탄의 망령》의 거점 중 한 군데인 것 같았다. 훈련장에서 못 봤던 붉은 머리 청년은 아마 이름만 들었던 루크 사이콜일 것이다.

"내 상처는…… 중상이었어?"

"전혀 문제 없었어~, 가슴을 관통당한 게 전부인 치명상이었으니까. 안셈 오빠가 있었으니 금방 치료할 수 있긴 했지만, 없었더라도 알아서 낫지 않았을까?"

리즈가 쾌활하게 웃었다. 항상 전투가 벌어지는 테라스의 헌터들보다도 사고방식이 크레이지하다.

그래도 일단은 살아난 모양이다. 머리가 조금 어질어질하지만, 상처가 아프지는 않았다.

루시아가 약간 걱정스러운 듯한 표정으로 말했다.

"그런데, 사야. 무슨 일이 일어난 거죠? 제가 보기에는 갑자기 가슴이 꿰뚫린 것 같던데요———."

"…………'사락사락'이 폭주했어."

"어어?! 그게 배신했다고?"

방문자가 사야를 공격한 것은 이번이 처음이다. 하지만, 놀라거나 그런 것은 아니다.

원래 사야의 사락사락은 방문자를 부르기만 하는 능력이다. 마도사가 부리는 정령은 힘을 빌리는 조건으로 계약을 맺기에 정령이 마도사를 공격하진 않지만, '사락사락'은 그렇지 않다.

사야는 눈을 감고 정신을 집중했다.

원래 사야의 능력은 임의로 발동할 수 있는 능력이었다. 그 능력이 항상 강제로 발동되게 된 것은 코드에서 낮에 능력을 사용했기 때문이다. 능력을 멈추면 방문자들도 이 세계에 간섭할 수 있는 능력을 잃게 된다.

하지만, 한동안 능력을 멈추려 해 보아도 눈은 여전히 열기를 띠고 있었다.

역시 멈출 수가 없다. 능력이 폭주한 건지, 아니면 성장한 결과인지———— 어쩌면 눈이 물리적으로 그렇게 바뀌어 버린 건지도 모르겠다.

과연 방문자들은 앞으로 어떻게 되는 걸까? 사야가 이곳을 떠나면 방문자를 인식할 수 있는 자들도 없어져서 사라지는 걸까? 아니면 계속 돌아다니는 걸가?

하지만 방문자들은 바보가 아니다. 사야를 죽이려 한 이유가 있을 것이다.

알고 있는 것은 한 가지뿐.

방문자를 내버려 둔 채 이곳을 떠날 수는 없다.

방문자들에게 맞서려면 사야의 눈이 필요하다.

제도에서 능력을 제어할 힌트를 얻을 생각이었는데, 터무니없는 것들을 풀어놓아 버렸다.

눈을 내리깔고 있던 사야를 보고 리즈가 보인 반응은———— 환호성이었다.

"어? 그러니까, 그거랑 온 힘을 다해 싸울 수 있다는 뜻이야?"

"우오오오오오오오오오오오오, 불타오른다! 또 나만 따돌림당한 건가 싶었는데, 그런 거라면 환영이야! 검사는 있겠지?"

루크가 주먹을 쥐고는 야성적인 미소를 지었다.

어? 그래도 되는 거야? 터무니없는 일이 벌어진 것 같은데…….

멍해진 사야에게 시트리가 말했다.

“사실 재미있는 실험을 하나 생각했거든요. 사야 씨의 눈을 다른 사람에게 이식하면 그 사람에게 이능이 계승될 것인가. 신경 쓰이지 않나요?”

“신경 쓰이지 않아.”

“물론, 적출한 눈 대신 쓸 눈을 이식해드릴게요. 제 눈을 드리죠.”

“시트, 그만해!”

루시아가 방긋 웃고 있던 시트리의 머리를 있는 힘껏 때렸다. 농담이 아닌 것 같아서 무섭다.

제도는 대단하다. 테라스에서 이런 일이 생겼다면 도시 주민 모두가 대피할 만한 사태였어도 이상할 게 없을 텐데…….

여러 의미로 충격을 받은 사야에게 루시아가 말했다.

“일단, 사정은 알겠어요. 그 기묘한 공간에 대해서는 이미 보고했고요. 사야의 능력으로 게이트를 억지로 열 수 있다는 것도요.”

“힘들었죠. 루시아는 예전부터 호러를 무서워 했으니까.”

“…………”

“괜찮아요, 무서워해도. 무서워하는 게 좀 있는 게 더 귀엽——.”

“시끄러워! 시트!”

사이좋아 보여서 부럽네…….

한순간 사고가 다른 방향으로 쏠릴 뻔했기에 고개를 저으며 마음을 다잡았다.

“닫힌 게이트를 억지로 열 수 있다는 건 사실이지만, 애초에 게이트가 없으면 손을 쓸 수가 없어. 아마 그 팬텀은 게이트를 없앨 수 있을 거야.”

"귀찮네. 벨 수 있다면 좋을 텐데."

"시험해 보지 그래?"

검술만 아는 바보라는 이야기는 들었지만, 이건 그런 수준이 아닌 것 같은데?

그때, 루시아가 헛기침을 하고는 말했다.

"아직 모르는 것도 많긴 하지만, 방법이 하나 있긴 해요. 리더에게 물어보는 거죠."

하긴. 크라이라면 뭔가 알고 있을지도 모르겠다.

어찌 됐든 사야의 능력이 행방불명 사건을 해결하는 데 가장 적합할 거라고 딱 잘라 말한 모양이고, 얼마 전에 코드에서 일어난 사건을 감안하더라도 '사락사락'에 대해 뭔가 알고 있을 듯하다.

"그래도 크라이는 근신 중 아니야?"

"괜찮아, 괜찮아, 사야는 신경을 너무 많이 쓰네. 크라이는 자상하니까 곤란할 때는 도와줄 거라고. 안 그래?"

"으음, 으음."

저번에는 친구라고 해서 뭐든지 부탁하는 건 바람직하지 못하다고 말했던 리즈가 아무렇지도 않게 말했다.

그렇구나, 친구 관계란 복잡하면서도 따스한 거였던 모양이다.

리즈는 시계를 보고는 일어서서 말했다.

"한 시가 지났으니까 자고 있을지도 모르겠지만, 바로 물어보러 갈까?"

《비탄의 망령》 멤버들과 함께 클랜 하우스의 계단을 올라갔다.

그러고 보니 제도에 온 뒤에 크라이를 만나지 못했기에 오랜만인 것 같다.

밤이라 그런지 클랜 하우스도 조용했다.

"자기들이 무능하다고 해서 크라이에게 근신 처분을 내리다니, 정말 말도 안 되는 소리지~."

"뭐, 무슨 심정인지는 알겠지만. 돈은 받을 수 있으니 그나마 나은 거 아닐까?"

클랜 마스터실은 클랜 하우스 꼭대기층에 있었다. 대리석 바닥과 큼직한 목제 문.

문 앞에는 차림새가 다양한 사람들이 진을 치고 있었다. 지친 것 같으면서도 불쾌한 듯한 표정. 크라이의 근신을 확인하기 위해 파견된 사람들일 것이다.

"실례합니다, 크라이 씨와 할 이야기가 있으니까 들어갈게요."

"……우리에게는 그런 행동을 막을 권리가 없다."

정말로 감시만 하는 건가? 그나저나 밤인데도 참 고생이 많다.

시트리가 신이 나서 노크를 한 다음, 문을 열었다.

클랜 마스터실은 널찍한 방이었다. 응접실도 겸하고 있을 것이다.

멋진 소파와 로우 테이블. 집무용 책상에는 서류도 거의 없었고, 쓸데없는 것도 없이 잘 정리되어 있었다.

크라이 안드리히는 벽 근처의 커다란 거울 앞에 서 있었다. 귀에 자그마한 판자 같은 것을 댄 채 말을 하고 있었다.

"어? 아직 시간이 안 됐다고? 나도 알아, 나도 안다니까. 그래도 나는 4시에 깨어있지 못할지도 모르거든…… 거울은 준비했으니 어떻게 좀 안 될까? 일단은 1시 11분 11초로 맞춰 보았는데…………."

저 판자는 공음석 같은 건가? 이런 밤중에 누구랑 이야기를 하고 있는 거지?

시트리가 눈을 동그랗게 뜬 채 크라이를 보고 있었다. 크라이는 사야 일행이 왔다는 사실을 눈치채지 못하고 있다.

"어? 뒤?"

크라이가 뒤를 보았다. 그 순간, 크라이 뒤에 자그마한 여자애가 나타났다.

"?!"

레이디보다 더 작고 인형 같은 여자애다. 식칼을 들고 있다.

틀림없다, 그 보물전의 팬텀이다.

새파랗게 질린 루시아. 하지만, 크라이는 주위를 두리번거리고는 다시 거울을 보았다.

"아무도 없어. 메리? 없다니까. 응, 맞아. 아까도 말했지만……."

?!

인형 같은 여자애가 무릎을 꿇고는 눈물을 흘리며 식칼로 바닥을 쾅쾅 내리쳤다. 하지만, 크라이는 그 모습을 전혀 신경 쓰지 않고 있다. 마치 진짜로 보이지 않는 것처럼———.

메리라 불린 팬텀이 공기에 녹아들 듯이 스르륵 사라졌다. 크라이는 신이 나서 계속 말했다.

"응, 그래, 그렇지. 고마워. 잘 부탁해. 금방 끝낼 테니까."

그렇게 말한 순간이었다.

사야의 눈에는 확실하게 보였다.

거대한 거울에 게이트가 열렸고, 강한 보라색 빛이 뿜어져 나왔다.

빛이 사라진 뒤——— 거울 앞에 서 있던 크라이는 사라졌다.

사야 일행 뒤에서 문 틈새로 방안을 들여다보고 있던 감시자들이 갑자기 크라이가 사라지자 소리쳤다.

"앗?! 《천변만화》는 어디 갔지?! 대답해!"

루시아가 초조한 듯한 목소리로 외쳤다.

"어? 오, 오빠?!"

"어라…… 확실히 방 밖으로 나가진 않았네요."

"그래도 이거, 세이프야?"

"야아아아아아아아아아아아, 크라아아아아아아아이! 치사하다, 나도 데리고 가아아아아아아!"

"으음~."

눈을 가늘게 뜨고 거울을 보았다. 하지만, 좀 전까지 존재했던 게이트는 흔적도 없이 사라졌다.

성질이 다른 건가…… 아무래도 어떠한 조건을 만족시켜야만 게이트가 나타나는 것 같았다.

루시아가 사야를 보았다. 마음이 아프지만, 사야는 고개를 저을 수밖에 없었다.

"안 돼. 이건 열 수 없어. 그런데 크라이는 어떻게 게이트가 여기 있다는 걸 알았지? 근신 중이었을 텐데……."

"아~, 그건 말이지. 크라이는 항상 그런 느낌이거든."

리즈가 어깨를 으쓱이며 말했다. 그러고 보니 코드를 공략했을 때도 알고 있을 리가 없는 것들을 마치 알고 있는 것처럼 행동했다.

"음~, 이 거울은 평범한 거울이네요. 저번에 왔을 때는 없었으니까 아마 새로 들인 거겠죠. 에바 씨에게 물어보면 알 수 있을 것 같은데요……."

"거울 자체에는 아무것도 없어. 아마 이건——— 보물전의 규칙일 거야."

그 보물전의 팬텀은 소문을 이용해서 사람들을 납치한다. 일부러 그렇게 할 이유는 없을 테니 틀림없이 그 보물전에 특이한 규칙이 있을 것이다.

대책 본부가 조사한 소문을 알아보면 크라이가 어떤 소문을 이용했는지 알 수 있겠지만——— 그때, 집무용 책상을 확인하던 시트리가 종이 쪽지 한 장을 들어 올리고는 말했다.

"여러분, 여기 크라이 씨의 메모가 있네요."

휘갈겨 쓴 메모지에 남아 있던 것은 네 개의 단어였다.

'거울', '4시 44분 44초', '스마트폰', 그리고 '원하는 것을 손에 넣을 수 있다'. 마지막 단어는 동그라미가 쳐져 있었다.

메모를 읽은 리즈가 어이없다는 듯이 말했다.

"……크라이는 이런 걸 대체 어디서 손에 넣어오는 걸까."

"게다가 아직 4시가 안 되었는데……."

아직 1시다. 4시가 되려면 세 시간이나 남았는데 게이트가 기동될 줄이야…… 다시 말해 《천변만화》는 완전히 이 행방불명 사건을――― 보물전의 성질을 파악하고 있다는 뜻이다.

"이럴 수가. 절대로 방에서 나가지 않겠다고 약속했을 텐데."

"음…… 그래도 나가진 않았으니까."

"그런 변명이 통할 리가 없잖아! 우리는 보상도 해줬단 말이다!"

"프란츠 경께 연락해! 지금 당장!"

천장을 올려다보고 있던 리즈 쪽으로 우르르 몰려들었던 감시자들이 급하게 움직이기 시작했다.

보아하니 《천변만화》에게 권위는 통하지 않는 모양이다. 설마 사야가 방문자들에게 배신당했다는 사실을 눈치채고, 사태를 수습하기 위해 움직이기 시작한 건가? 만약에 그렇다면 너무나도 미안하다.

사야의 심정을 눈치챘는지, 루시아가 표정도 바뀌지 않은 채 말했다.

"……사야, 오빠는 그런 생각 안 하니까 신경 안 써도 돼요."

"아무튼 곤란하게 되었네요."

시트리가 두 손을 모으고 방긋 웃으며 말했다.

"거울하고 시간이라면 모를까, 스마트폰은 크라이 씨만 가지고 있으니…… 그건 귀중한 보구라서 어떻게 해볼 수가 없겠네~."

"……………………."

시트리는 볼이 약간 붉어져 있었다. 도무지 곤란해 보이지 않았다.

크라이가 들고 있던 물건은 스마트폰이라고 하는 거구나……

처음 들어본다.

보물전에서만 발견되는 보구는 정말 유명한 게 아닌 이상, 운이 좋아야만 손에 넣을 수 있다. 스마트폰이 귀중한 보구라면 이 대도시에서도 금방 얻을 수는 없을 것이다.

크라이는 어떻게 그런 보구를 가지고 있는 거지?

그때, 리즈가 시트리의 어깨에 팔을 두르고는 미소를 지으며 말했다.

"시이트으~?"

"왜애? 언니?"

"…………내놔."

"?!"

시트리의 미소가 얼어붙었다. 리즈는 시트리에게 얼굴을 들이대며 협박하듯이 말했다.

"가지고 있잖아, 임마! 내놔! 시트! 지금은 아끼면서 뜸들일 상황이 아니잖아?!"

"잠깐만, 언니, 무슨 그런──."

리즈는 몸을 비틀어 도망치려 하던 시트리를 쓰러뜨리고는 로브 속으로 손을 집어넣었다.

시트리가 얼굴을 새빨갛게 물들인 채 넘어졌지만, 리즈는 인정사정 봐주지 않았다. 시트리가 항복할 때까지 시간이 그리 오래 걸리지는 않았다.

"윽…… 알았, 알았다고! 꺼낼게!"

"진짜로 가지고 있었냐……."

"으음……."

어이없다는 듯이 말하는 루크와 끙끙대는 안셈. 루시아도 머리카락을 쓸어올리며 싸늘한 눈빛으로 시트리를 내려다보고 있었다. 《비탄의 망령》이 어떤 파티인지 이해가 되는 것 같았다.

포기한 시트리가 꺼낸 것은 크라이가 가지고 있던 것과 똑같은 판때기였다.

단, 색이 분홍색. 시트리가 불만스러운 표정을 지으며 말했다.

"모처럼 고생해서 손에 넣은 건데……."

"도움이 될 테니 상관없잖아. 그리고 딱히 뺏으려는 것도 아니고."

"크라이 씨랑 즐겁게 수다를 떨려고 했는데……."

"역시 몰수한 다음에 파티에서 관리해야겠네. 비상 사태인데도 숨겨두고 있었던 벌로."

일단 필요한 것들은 갖춰졌다. 이제 메모에 적힌 시간까지 기다리면 무슨 일이 생길 것이다.

남은 시간은 약 세 시간 정도…… 크라이는 분명히 무사할 것이다. 어찌 됐든, 제대로 된 전투 한 번 없이 코드를 떨어뜨린 남자다. 사야가 걱정할 만한 상대는 아니다.

하지만, 사야는 그 사실을 알고 있으면서도 크라이가 무사하기를 기원할 수밖에 없었다.

방문자는 아무리 《천변만화》라 해도 작전으로 어떻게 해볼 만한 상대가 아니기 때문이다.

행방불명 대책 본부. 프란츠 아그만은 기어코 들어온, 들어와 버린 보고를 받고 반사적으로 자리에서 일어섰다.

"후후후…… 하하하하하하핫! 기어코, 움직이기 시작했나…… 《천변만화》!"

교착 상황에 빠졌던 행방불명 사건의 상황은 몇 시간만에 갑작스럽게 바뀌었다.

사야와 루시아가 행방불명의 원인이 된 보물전에 잠입하는 데 성공했다는 것. 사야가 자신의 능력으로 게이트를 억지로 열었다는 것.

그곳에 나타난 팬텀과 보물전의 성질. 공략을 실패했다는 것까지 포함해서 이제부터는 본격적으로 작전을 세워야 할 것 같다고 생각하던 참이었다.

움직일 거라 생각하긴 했다. 그 남자의 성격을 감안하면 이런 사건을 내버려 둘 것 같지는 않았다. 요즘 한동안 《천변만화》를 알고 지내면서 프란츠가 배운 사실이었다.

"저기…… 감시하고 있던 자들 중에서 《천변만화》가 한 말을 들은 사람이 있습니다————. '드디어 왔구나, 시간 때울 것이'라고 했답니다."

"윽…… 젠장!"

심호흡을 한 다음, 욕설 한 마디만으로 아슬아슬하게 분노를 억눌렀다.
그 남자가 움직이기 시작한 이상, 이제 사태는 한시의 여유도 없다.
보물전을 공략하기 위해 뛰어난 마도사를 선정하기 시작했던 세이지가 재미있다는 듯이 말했다.
"어떻게 할 거지? 프란츠 경. 우리 쪽에서도 해결 부대를 편성할 건가? 《천변만화》에게 질 수는 없잖나?"
"……시간이 될 리가 없잖아! 분하지만 말이지."
"호오?"
그 남자가 움직이기 시작했다.
다시 말해――――― 상황은 끝났다는 뜻이다.
손쉽게 감시를 벗어나 보물전으로 사라진 이상, 그 녀석은 이미 준비를 마쳐버린 상태다. 하지만 이쪽은 이제야 보물전의 존재를 파악한 참이다. 도저히 상대가 되지 않는다.
어떠한 수법을 쓴 건지 프란츠는 상상도 되지 않았지만, 황제 폐하를 호위할 때도, 예언 소동이 일어났을 때도, 그리고 코드에서도 그 녀석은 자기 마음대로 행동하며 프란츠 같은 사람들이 기대한 것과는 전혀 다른 형태로 사건을 해결했다. 이번에도 그렇게 될 것이 뻔하다. 스스로 생각해도 기분 나쁜 신뢰다.
그렇다면 지금 프란츠가 이 대책 본부의 리더로서 해야 할 일은 무엇일까?
다행히 밤이긴 하지만 주요 멤버들은 모여 있다. 행방불명은 굳이 따지자면 밤에 발생하는 경우가 많기 때문이다.

프란츠는 크라이가 근신 중인데도 불구하고 움직이기 시작했다는 말을 듣고 얼굴을 시뻘겋게 물들인 채 떨고 있던 거크에게 말했다.

"거크 지부장, 전력을 모아주게. 기사단 녀석들도 깨우겠다. 무슨 일이 일어날지는 모르겠다만, 그 녀석이 입힐 피해를 최소한으로 막는다! 지금 당장!"

"윽………… 알겠다."

거크 지부장이 떨면서 일어섰다. 근신 중인 《천변만화》가 움직였으니 탐색자 협회에도 책임이 발생한다. 거크 지부장은 온갖 수단을 동원하여 레벨이 높은 헌터들을 모아 줄 것이다.

요즘은 잠을 거의 못 잤다. 하지만, 기분은 나쁘지 않다. 프란츠는 떡 버티고 서서는 감정에 몸을 맡긴 채 웃어댔다.

"흐하하하하하하하핫! 어떤 수단이든 써봐라, 《천변만화》! 네 마음대로는 안 될 거다!"

"프란츠 단장님…… 마, 망가지셨어……."

침입자를 내쫓는 데 성공하고 일단 차분함을 되찾은 보물전, 【별의 신의 모형정원】. 레이디는 팬텀 중 하나인 '숨바꼭질 메리'에게 보고를 듣고 귀를 의심했다.

"어? 진심으로 하는 말이야?! 진짜로 전화 소문에 사람이 걸려

들었어?!"

믿기지 않는 말이었다. 하지만, 고개를 끄덕인 메리에게서는 강한 흥분이 느껴졌다.

'숨바꼭질 메리'는 현재 문명에서는 제 실력을 발휘하지 못하는 전화의 괴이다.

메리는 일단 표적에게 전화를 걸어서 자기소개를 한다. 그리고 조금씩 다가간다.

처음에는 같은 나라, 다음은 같은 도시, 다음은 같은 골목, 집 근처, 집 앞. 마지막에는 표적 바로 뒤에서 전화를 걸고, 다음 통화 때 표적은 메리에게 습격당해 사라진다. 번거롭긴 하지만 공포를 주기에는 충분했다.

그러나 이 세계에서는 무의미했다. 무의미할 줄 알았다.

어찌 됐든, 메리가 건 전화를 받을 수 있는 전화기가 없으니까.

"게다가 그렇게 수상쩍은 스팸 메일에 걸려들었다고?! 대체 어떤 바보가!"

이 세계에는 전화나 메일이 거의 침투되지 못했다. 그럼에도 불구하고 보낸 사람을 알 수 없는 그 수상쩍은 메일을 열어본 데다 덤으로 내용을 있는 그대로 받아들이고는 전화를 거는 사람이 나타날 줄이야———.

"게다가 지시에 따랐다고?! 4시 44분 44초에 거울을 들여다보라는 지시를…… 어? 1시로 해달라고 했어?!"

완전히 엉망진창이다. 레이디는 이미 셀 수 없을 정도로 많은 사람들을 납치해 왔지만, 행방불명의 조건을 바꿔달라고 말한 사람은 이번이 처음이다.

함정이다. 소문은 행방불명을 유발하기 위한 함정이란 말이다! 물론, 1시라고 해도 납치할 수는 있다.

스스로 함정에 뛰어들려 하고 있으니 그 앞에 함정을 깔아주기만 하면 된다.

하지만, 너무나도 얼빠진 구석이 신경 쓰였다. 틀림없이 지금까지 노렸던 표적 중에서도 제일 멍청할 것이다.

"나, 메리야── 어떻게 할 거야?"

메리가 기어들어가는 듯한 목소리로 물었다. 하지만 그 목소리에서는 반드시 납치해야겠다는 의지가 느껴졌다.

이것은 숨바꼭질 메리에게 있어서── 아니, 다른 전화 관련 괴이 팬텀들에게도 유일하면서도 최대의 기회다. 이번 먹잇감에게 겁을 줘봤자 언젠가 사라질 운명은 바꿀 수 없을 것 같지만, 그래도 상관없다. 어찌 됐든 그녀들에게 있어서 그것은 존재 이유나 마찬가지니까.

그리고 레이디도 그것을 거부할 생각은 없다. 그녀들의 심정을 잘 이해하니까.

"허가할게. 단, 확실하게 공포를 새겨주도록 해."

"나, 메리야── 알겠어…… 괜찮아, 아무리 그래도 여기로 오면 나도 보일 테니까……."

"어? 방금 뭐라고 했어?!"

"나, 메리야. 지금 당신 눈앞에 있어……."

아니, 눈앞에 있긴 한데…… 솔직히 불안하기만 하다.

모두가 걸려들 사람이 전혀 없을 거라 예상했을 만큼 지독한 소문에 걸려든 것은, 검은 머리카락을 가진 평범하게 생긴 청년이었다. 그 몸에서 느껴지는 힘은 지금까지 행방불명시켜 납치해 왔던 어떤 인간보다 약했고, 여유롭게 레이디의 행방불명 표적의 기준을 만족시켰다.

이 남자라면 분명 그런 소문에 속을지도 모르겠지만, 그와 동시에 어떻게 이 남자가 전화를 쓸 수 있었는지 이해가 되지 않았다. 어찌 됐든 이 남자가 사용한 것은 스마트폰…… 이 시대에는 보구로만 존재하는 귀중품일 텐데.

남자는 갑자기 날아오게 된 이후로도 소란을 피우지 않았다. 스마트폰을 한 손에 들고 왠지 멍한 표정으로 주위를 두리번거리고 있었다. 여기저기에서 팬텀들이 관찰하고 있다는 것도 모른 채.

다들 숨어서 표적을 보고 있으니 왠지 모르게 과거로 돌아간 것 같았다.

아무런 생각도 없이 헤매는 사람들에게 겁을 주기만 하면 되었던 과거로.

"이름은 뭐라고 해?"

"나, 메리야—— 그의 이름은 크라이 안드리히야."

"어? 크라이, 안드리히?"

자기도 모르게 눈을 크게 뜨고는 남자를 보았다.

들어본 적이 있는 이름이다…… 아니, 최근에 알게 된 이름이다.

그것은 루시아에게 '악몽의 우리'를 사용할지 여부에 대해 확인하다가 읽어낸 루시아의 오빠 이름이었다.

설마…… 이 남자가 그 루시아의 오빠라고? 친오빠는 아니라는 듯하지만 아무튼 전혀 안 닮았네.

그래도 안성맞춤이다. 크라이 안드리히는 루시아 로제의 약점이다.

루시아는――― 오빠를 잃는 것을 무엇보다도 두려워하고 있다. 잘만 이용하면 루시아를 보다 깊은 공포에 밀어넣을 수 있을 것이다.

그건 그렇고, 우선 크라이 본인에게 공포를 주어야 한다. 그렇게 겁이 많은 루시아의 오빠이니 크라이도 분명 손쉽게 강한 공포를 느껴 줄 것이다. 뭐, 크라이는 루시아와는 달리 약하니 얻을 수 있는 공포도 레이디에게 큰 힘이 되지 못하겠지만―――.

어둠 속에서 크라이가 스마트폰을 귀에 댔다. 지금 시점에서 크라이는 이 어둠에 아무런 공포를 느끼지 않고 있다.

"여보세요? 보구는 어디 있어?"

여기까지 오고 나서도 속았다는 사실을 눈치채지 못한 건가…… 아니, 이 남자는 대체 자기가 누구와 이야기를 하고 있다고 생각하는 거지?

숨바꼭질 메리가 긴장한 듯한 목소리로 통화에 응했다.

"여보세요, 나, 메리야. 지금…… 당신 뒤에 있어!!"

공포를 주려는 것치고는 너무나도 강한 말투. 조금씩 다가간다는 전략도 쓰지 않고 있다. 하지만 메리의 접근은 마법으로도 감지할 수 없다. 만약에 갑자기 루시아 뒤에 나타났다면 효과가 엄청났을 것이다.

메리가 크라이 뒤로 전이했다. 높이 올라가는 식칼. 크라이가 천천히 뒤를 보았다.

그리고――― 크라이의 시선은 아무렇지도 않게 메리를 지나쳤다.

네?

"장난전화는 하지 마. 역시 없잖아. 나는 보구를 찾으러 왔거든?"

메리가 비명을 지르며 크라이에게 덤벼들었다. 하지만, 식칼은 아무렇지도 않게 크라이를 지나쳤다. 절규도 전혀 들리는 낌새가 없었다. 완전히――― 완전히 메리를 보지 못하고 있다.

진짜로? 이런 인간이 있다고?

레이디는 사야를 보았을 때와는 다른 의미로 믿기지 않는다는 생각으로 가득 차 있었다.

레이디 일행은 팬텀이지만 특수한 존재다. 영감이라고 하는 능력이 없으면 보이지 않고, 건드릴 수 없다. 존재가 특수하기에 인간의 공격은 거의 통하지 않고, 레이디 쪽에서도 육체적인 대미지가 아니라 정신적인 대미지를 입히려 한다.

하지만, 그것은 어디까지나 원칙이다. 바깥에서라면 모를까 이곳은 보물전 안인데. 레이디 일행의 존재도 어지간한 인간은 인식할 수 있을 정도로 강화된 상태다.

그럼에도 불구하고 이 남자는 메리를 전혀 보지 못하고 있다.

안 보이는 척하는 것도 아니다. 안 보이는 척하는 거라면 메리의 식칼이 그냥 통과할 리가 없다.

사야는 엄청나게 강했다. 원래는 입을 리가 없는 대미지를 스치기만 했는데도 입혔다.

이 남자는——— 그 반대다. 사야의 영감이 100이라면, 이 남자는 한없이 0에 가까운 것이다.

요즘 같은 시대에는 다들 마나 머티리얼로 인해 강화되었을 텐데, 이렇게까지 감각이 둔한 남자가 있을 줄이야———.

"어째서 이런 남자를 데리고 온 거야!!"

"나, 메리야—— 그, 그래도, 귀중한 표적이니까……."

무심코 큰 목소리로 태클을 걸었다. 메리가 바닥에 식칼을 쾅쾅 내려치며 말했다.

하지만, 크라이는 돌아보지도 않았다. 레이디의 목소리가 전혀 들리지 않는 것이다. 그리고 식칼 소리도 못 듣고 있다.

이 보물전 안에서 존재 강도가 최강급인 레이디의 목소리가 들리지 않는다면 그 누구의 목소리도 듣지 못할 테고, 볼 수도 없을 것이다. 이 남자에게 레이디와 메리는 존재하지 않는다.

전화기 너머로 목소리를 들을 수 있는 건 기적이 들어맞았기 때문일까? 굳이 말하자면 스마트폰 쪽의 능력일 것이다. 딱히 사야처럼 무시무시하지는 않지만, 사야와는 다른 의미로 상성이 최악이다.

오케스트라 요괴가 크라이 바로 위에서 음악을 성대하게 연주하기 시작했다. 공간을 뒤흔드는 듯한, 자기도 모르게 귀를 막을 만큼 시끄러운 연주다. 하지만 크라이는 눈을 깜빡이기만 하고 있었다.

그는 오케스트라가 연주하는 소리나 충격을 전혀 느끼지 못하고 있을 것이다.

영감이 0이라는 것은 다시 말해 살아가는 차원이 다르다는 뜻이다. 아무것도 간섭할 수 없다는 뜻이다.

그는 레이디 일행이 무언가를 던진다 해도 맞지 않을 것이다. 답이 없다.

너무나도 지독해서 대책을 세울 생각도 들지 않는다.

…………뭐, 뭐어, 루시아에게 겁을 주기 위해 실제로 크라이를 해칠 필요는 없으니까.

"……뭐, 굳이 따지자면 데몬 샤크 같은 녀석의 공격은 맞을 것 같긴 한데……."

이 보물전의 팬텀들은 크게 두 종류로 나눌 수 있다. 영감이 없으면 느끼지 못하는 레이디 같은 괴이 타입과, 물리적인 존재인 데몬 샤크 같은 패닉 몬스터 타입이다.

크라이가 감지하지 못하는 건 전자뿐이다. 데몬 샤크나 몬스터 디기, 식인 곰 블루 같은 녀석들이라면 크라이에게도 보이고 대미지를 입힐 수도 있을 것이다.

하지만 레이디가 그렇게 말하자 항의가 폭풍처럼 쏟아졌다.

"나, 메리야── 반대! 무조건 반대야!"

"크라이는 전화기를 가지고 있다고!"

"우리의 사냥감을 뺏지 마~!"

그렇게 소리친 것은 숨바꼭질 메리를 비롯한 전화기를 이용하는 괴이들이었다.

그들에게 스마트폰을 가지고 있고, 하는 말을 있는 그대로 들어주는 크라이는 구세주 같은 존재겠지.

실제로 겁을 주려다가 자신이 안 보여서 쓰러져 버린 메리까지 함께 항의할 정도로 팬텀들은 먹잇감에 굶주려 있었다.

"크라이를 갈기갈기 찢어버리겠다니, 절대로, 용~납~못~해~!"

"크큭…… 갈기갈기 찢어버린다. 크라이를, 갈기갈기, 찢어버리려 하면, 그 녀석을, 갈기갈기, 찢어버리겠어."

분노와 원한이 담긴 목소리. 공교롭게도 전화기를 이용하는 괴이는 결코 적지 않았다.

이미 꽤 많이 공포를 얻지 못한 채 사라졌지만, 사라지고 난 뒤에도 새로운 팬텀이 나타났다. 평소에는 전화기가 없기에 얌전히 지내고 있었다가 기대받는 신인이 등장하자 감정이 폭발한 모양이었다.

그들이 한데 뭉치면 이 보물전에 있는 패닉 몬스터들 중 대부분은 갈기갈기 찢길 것이다. 애초에 능력 자체는 괴이형이 더 강하다.

무엇보다 내분은 무의미한 일이다. 피해야만 한다.

뭐, 지금은 제3세력으로 사야를 배신한 그 이형들도 있긴 하지만.

크라이가 스마트폰의 조명을 켜고 복도를 걸어가기 시작했다.

레이디는 어쩔 수 없이 그 옆에 둥실둥실 뜬 채 의문을 제기했다.

“……그런데, 이 남자는 어째서 공포를 전혀 느끼지 않는 걸까?”

“나, 메리야── 아마 이곳이 안전한 곳이고, 자기가 원하는 보구를 손에 넣을 수 있는 보물전이라고 생각하기 때문일 거야.”

……그럴 수가 있다고? 안전한 보물전이라는 명분을 내세우긴 했지만, 그런 곳이 존재할 리가 없다는 건 잠깐만 생각해 봐도 알 수 있을 텐데. 뭐라고 해야 하나, 치명적으로 위기감이 없다.

무서워하는 게 뭔지 확인해 보았지만, 루시아나 사야처럼 뭔가 하나를 무서워하는 타입이 아닌 것 같았다. 굳이 말하자면 모든 것들을 어렴풋하게 무서워한다.

무섭게 생긴 탐색자 협회의 지부장. 보물전에 나타나는 도깨비 팬텀. 사람을 닥치는 대로 베는 소꿉친구가 언젠가 일반인을 베어 죽이지는 않을지도 두려워하고 있고, 더 지독한 것을 따지자면 고수처럼 특이한 채소 같은 것도 두려워한다. 어린애냐고!

귀중한 리소스를 써서 ‘악몽의 우리’를 발동시켜 채소를 꺼내면 대체 어떤 기분일지 상상하고 싶지도 않다.

이런 무의미한 존재는 얼른 쫓아내고 싶지만, 메리 일행은 아직 포기하지 않은 모양이었다.

어떻게 할까…… 아니, 잠깐만?

그때, 레이디는 좋은 아이디어를 떠올렸다.

“맞다, 통화는 할 수 있으니까, 잘 유도해서 터부 스위치를 누르게 만들자.”

터부 스위치란, 이 보물전의 장치 중 하나다.

이 보물전에 나타나는 다양한 팬텀들 중에는 인간의 힘을 빌려야만 나타날 수 있는 특별한 팬텀이 존재한다.

예를 들어 부적에 봉인된 괴이나 온몸을 구속당한 괴물 등. 각 구역에 봉인된 그것들은 레이디 일행과는 차원이 다른 힘을 자랑하는 이 보물전의 가장 뛰어난 정예다.

그리고 그러한 팬텀을 봉인한 부적이나 구속구는 인간만이 풀 수 있다.

봉인된 재앙. 결코 열어서는 안 되는 금단의 상자.

그것이 터부 스위치였다.

"나, 메리야── 아무리 그래도 그건 힘들 것 같은데……."

메리가 눈살을 찌푸리며 말했다.

터부 스위치의 팬텀이 강력한 만큼, 그 봉인은 간단히 풀 수 있는 것이 아니다.

실제로 레이디는 인간을 유도해서 봉인을 풀게 만들려고 시도한 적이 몇 번 있었지만, 한 번도 성공하지 못했다. 보통 터부 스위치라는 것은 인간에게 기피감이나 공포감을 주게끔 만들어져 있는 법이다. 푸는 것 자체는 버튼을 누르거나 부적을 떼어내는 것 정도에 불과하지만, 지금까지 한 번도 달성하지 못했다.

하지만, 이렇게 위기감이 없는 남자라면, 혹시나────.

그렇게 강력한 팬텀이 풀려난다면 사야를 배신한 그 이형들을 견제할 수도 있을지 모른다. 그것들은 레이디 일행과 비슷한 존재지만, 동료가 아니다. 패는 많으면 많을수록 좋을 것이다.

"차례대로 터부 스위치를 향해 유도하자. 봉인을 얼마나 풀 수 있을지는 모르겠지만, 하나라도 푼다면 남는 장사니까."

레이디는 한숨을 쉬고는 스스로도 알 수 있을 만큼 힘이 전혀 들어가지 않은 목소리로 지시를 내렸다.

아무래도 크라이라는 남자는 정말 위기감이 없는 것 같다.

어둠 속에서 그 청년은 스마트폰을 이용한 유도에 따라 시키는 대로 나아가고 있었다. 메리가 유도하는 목소리를 전혀 의심하지 않고 중간에 나타난 팬텀들을 완전히 무시하며 나아가는 모습. 앞으로 이 보물전에서 공포를 계속 모아도 두 번 다시 볼 수 없을 광경일 것이다.

이 보물전에는 구역이 여러 군데 있고, 그 모든 곳이 공포를 주기 위한 목적을 지니고 있다. 하지만 어떤 구역을 나아가도 크라이의 감정은 감탄만 보일 뿐, 공포심이나 경계심은 요만큼도 찾아 볼 수가 없었다. 얼마나 메일 내용을 굳게 믿으면 이렇게 되는 걸까.

게다가 크라이는 중간에 휴식까지 취했다. 공포심을 부추기기 위해 장식된 병실에서 어디선가 꺼낸 초코바를 먹고 있는 모습은 머리가 아파질 것 같은 광경이었다.

제일 먼저 유도한 곳은 폐병원 구역 한켠에 있는 터부 스위치였다.

여러 곳 있는 병실 중에서도 확실히 이질적인 곳이다. 금속제 문을 여러 개 통과한 곳에 존재하는 그 방은 특수한 재능의 소유자를 만들어내기 위한 실험실이었다.

방 밖에는 붉은색으로 큼직하게 '경고'라는 글자가 적혀 있었다.

안에 봉인되어 있는 것은 뇌를 개조함으로써 특수한 능력을 개발당한 남자다. 레이디도 정보만 알고 있지만, 힘의 대가로 원래 인간이 지니고 있어야 할 윤리관을 전부 잃은 그 남자는 과거에 그 능력을 사용해서 만 명을 죽였다고 한다.

그 남자를 해방시키는 건 간단하다. 버튼을 차례대로 누르기만 하면 된다.

그럼에도 불구하고 지금까지 봉인이 풀리지 않았던 이유는 그저 '위험! 절대로 누르지 말 것!'이라고 적힌 버튼을 아무도 누르지 않았기 때문이었다.

아니, 이렇게까지 있는 그대로 적혀 있으니 버튼을 눌러줄 사람이 아무도 없을 것 같았기에 레이디는 이곳에 사람을 한 번도 데리고 오지 않았다.

크라이가 겁도 없이 방으로 들어간 다음, 눈에 잘 띄는 경고색과 살벌한 설비를 보고 눈을 동그랗게 떴다.

"나, 메리야. 거기 있는 버튼을 차례대로 눌러줬으면 좋겠어."

『? 이건가?』

크라이가 순순히 커다란 버튼을 누르기 시작했다. 누르지 말라고 적혀 있는 버튼을 전혀 망설이지 않고 누르는 것을 본 레이디는 자기도 모르게 그만하라고 외칠 뻔했다.

크라이도 일단은 헌터일 텐데, 이렇게 경계심도 없이 어떻게 지금까지 살아남은 거지? 신기해서 견딜 수가 없다. 누르지 말라고 적혀 있는 게 안 보이나? 다른 동료들도 멍하니 보고 있었다.

크라이는 그대로 살인귀를 해방시킬 때 필요한 과정을 재빠르게 실행했다. 버튼을 누르는 손은 단 한 번도 멈추지 않았다. 오히려 놀랐다. 머리가 아파진다.

구속구가 하나씩 풀리고, 살인귀를 격리해 두었던 문의 잠금이 해제되고, 진행되고 있던 냉동 수면 해제 프로세스가 기동되었다. 이제 시간이 지나면 초능력 살인귀——— '콜드 A'가 움직이기 시작할 것이다.

너무나도 맥빠지는 해방이었다. 콜드 A는 레이디 쪽이 아니라 몬스터 디기 쪽 존재다. 이대로 크라이를 이곳에 머무르게 하면 곧바로 살해당해 버릴 것이다.

"다른 봉인도 풀게 해."

과연 얼마나 풀 수 있을까? 상황이 이렇게 되니 기대보다는 두려움이 더 커졌다.

두려움이라 해도 공포가 아니라 조마조마한 느낌이다. 솔직히 레이디는 이제 봉인을 풀어주지 않아도 상관이 없다. 사야든 크라이든, 극단적이면 험한 꼴을 보게 된다.

그때, 메리가 고개를 들었다.

"나, 메리야—— 누군가가 소문을 시험하려 하고 있어."

"?! 또?"

지금 이 보물전으로 이어져 있는 소문은 하나 뿐——— 크라이가 이용했던 소문이다.

시간을 확인했다. 시계는 4시 44분을 가리키고 있었다.

크라이가 시간이 되기 전에 돌입할 수 있었던 것은 예외 중의 예외다. 메리 일행이 특별히 배려해준 결과다.

원래 게이트는 이 시간에 열리는 것이 맞다.

어째서 지금까지 시험해 보는 사람이 한 명도 없었던 소문을 두 번 연속으로 시험하려는 걸까.

이번에는 어떤 바보가 소문을 시험하려는 건지———— 확인하려던 레이디의 눈에 들어온 것은 거울 앞에서 스마트폰을 꺼내든, 얼마 전에 내쫓은 두 명을 포함한 그룹이었다.

사야 크로미즈와 루시아 로제. 그리고 루시아와 동격인 것 같은 헌터들 몇 명.

터무니없는 바보가 두 명 연속으로 나타나지 않았다는 것에 약간 안심했고, 역시 사야가 죽지 않았다는 사실에 눈살을 찌푸렸다.

아무튼, 당연하지만 이대로 그들 모두를 받아들일 수는 없다.

이형들이 배신했다고는 해도 사야는 강하고, 다른 자들에게서도 꽤 강한 힘이 느껴진다. 그들은 분명 몬스터 디기나 레이디를 두려워하지 않을 것이다. 이제 됐다고.

이 사람들 중에서 보물전에 들여도 괜찮은 사람은 루시아뿐이다.

"메리, 루시아만 들여보내. 나머지는 필요없어."

원래 행방불명은 조건만 만족시키면 자동으로 발동된다. 조건을 만족시킨 사람을 모두 자동적으로 받아들이기에 한 명만 없앨 수는 없다.

하지만, 레이디 일행이 눈앞에 있을 경우에는 그렇지 않다.

지금이라면 조건을 만족시킨 사람도 **들이지 않을 수** 있다. 루시아를 제외한 사람들을 들이지 않으면 이 보물전에 들어오게 되는 것은 겁이 많은 마도사 한 명뿐이다.

게다가 이 보물전에는 지금 루시아가 잃는 것을 가장 두려워하는 오빠가 있다. 그리고 그 사실을 루시아 본인이 알고 있다. 이보다 공포를 부추기기 쉬운 조건은 없다.

"게이트를 잠깐만 열 거야. 특히 사야만은 절대로 들이지 말고."

사야를 따르던 이형들은 다들 이 보물전 안에 있다.

사야를 들이더라도 이제 패배하진 않겠지만, 골치 아픈 일은 생기지 않는 게 제일이다.

시트리의 스마트폰에 전화가 걸려오자 커다란 거울이 보라색으로 힘차게 빛났다.

거울이 빛난 것은 한순간이었다. 곧바로 빛이 사라지고 시야가 원래대로 돌아왔다.

거울 앞에서 신이 난 표정을 짓고 있던 리즈와 루크. 다른 멤버들과 비슷한 크기로 변신한 안셈과 스마트폰을 한 손에 든 시트리. 수수께끼의 생명체 키르키르 군과——— 사야.

좀 전까지 있었던 루시아가 없어!!

스마트폰을 귓가에 대고 있던 시트리가 곤란하다는 듯이 웃었다.

"이런…… 이거, 누군가가 표적을 골랐네요. 조건은 확실하게 만족시켰을 텐데 루시아만 빨아들이다니…… 사야 씨가 말했던 팬텀일지도 모르겠어요."

"젠자아아아아아아아아아아아아아아아아아앙! 나도 끼워달라고오오오오오오오오! 크라아아아아아아아이이이!!"

쾅쾅, 루크가 거울을 두들기기 시작했다.

거울을 보았지만, 아무래도 게이트가 존재했던 건 정말 잠깐인 것 같았다. 이제 사야의 능력으로도 억지로 열 수 없다. 어설펐다…… 완전히 경계하고 있다.

"쳇. 시시한 짓을 하기는………… 뭐, 공포를 준다고 해도 겨우 그 정도 상대라는 뜻인가?"

"으음, 으음."

"그러게요. 특수 기믹 계열 보물전은 팬텀이 강하다는 보장이 없으니까요."

하지만, 초조해진 사야와는 달리 다른 사람들의 반응은 느긋했다. 동료가 홀로 납치당했는데──── 게다가 무서워하는 상대라는 걸 알고 있을 텐데도 전혀 걱정하지 않는다.

"루시아가 걱정되지 않아? 루시아는────."

그 공간에서 루시아는 분명히 기운을 차리지 못하고 있었다.

그 상태로 혼자 그 보물전을 돌아다니는 건 자살행위나 마찬가지다. 사야는 팬텀이 무섭다고 생각하지 않지만, 헌터들 중에는 특정한 상대를 꺼리는 사람들도 있다는 사실은 알고 있다.

아무래도 루시아는 그런 악령 계열처럼 생긴 팬텀이나 마물을 꺼리는 것 같다. 그리고 레이디라는 팬텀도 그 사실을 눈치채고 있다. 이대로 가다가는 루시아가 두 번 다시 돌아오지 못하게 될 것이다.

보물전에 침입할 수 있는 다른 루트는 있을까? 하지만 이곳 제도에 퍼진 소문은 너무 많고, 레이디가 게이트를 봉쇄할 수 있다면 찾아내봤자 봉쇄당할 것이다.

초조해진 사야를 보고 시트리가 눈을 크게 뜨고는 손을 탁 쳤다.

"아~, 걱정하실 필요 없어요. 사야 씨는 아직 루시아에 대해 잘 모르시네요."

"팬텀도 멍청하단 말이지. 우리 중에서 루시아만 데리고 가다니."

리즈도 어이없다는 듯이 웃고 있다.

아직 루시아에 대해 잘 모른다고? 루시아에게 숨겨진 힘이라도 있는 건가?

거울을 다시 한 번 보았다. 크라이가 최근에 산 듯한 거울은 얼룩이 전혀 없었고, 사야의 눈으로도 당황한 자신의 표정 말고는 아무것도 보이지 않았다.

좋았어, 성공했다!

레이디는 승리의 포즈를 취했다. 사야나 크라이, 이형들처럼 쓸데없는 걱정을 끼치는 녀석들이 많은 와중에 순수하게 레이디 일행을 무서워 해주는 루시아 로제는 유일한 안식처다.

그녀가 무서워해줄수록 레이디 일행은 강해질 수 있다. 머무를 방도 손님처럼 꾸며줄 수도 있다. 그만한 힘을 지녔는데도 레이디 일행을 그저 무서워해주는 루시아는 귀중한 존재였다.

몇 시간 정도 겁을 주고 맛을 들인 동료들이 모여들었다. 이제 그들에게는 크라이에 대한 흥미가 전혀 없었다. 오지 않은 건 메리 일행 정도뿐이다.

어차피 또 좀 나눠달라고 하겠지.

딱히 상관없다. 몇 시간 전에 알게 되었는데, 루시아가 보여주는 공포는 모두를 치유해주고도 남을 정도였다.

"그 녀석들에게는 들키지 않게끔 해. 루시아가 살해당하면 안 되니까."

사야가 거느리던 이형들은 레이디 일행과는 다르다. 그 녀석들의 목적은 침략이나 폭력이며, 레이디 일행처럼 공포를 필요로 하지 않는다. 레이디 일행이 사라지면 힘을 휘두르기 위해 다시 사야에게 의존해야만 하는 이상 곧바로 반기를 들 것 같진 않지만, 그 녀석들은 분명 호시탐탐 이 보물전의 관리 권한을 노리고 있을 것이다.

언젠가 상하관계를 명확하게 잡아야겠지. 그 전까지는 힘을 비축해야 한다.

"내가 처음으로 갈게. 지금은 크라이가 있으니까."

레이디가 한 말을 듣고 다른 팬텀들이 야유했지만, 이번에는 양보할 수 없다.

크라이는 루시아의 약점이다. 그 약점을 제대로 찌를 수 있는 팬텀은 나밖에 없다.

루시아는 함께 있었던 일행들이 사라지자 연달아 주위를 두리번거리고 있었다.

지금 그녀에게 겁을 주는 것은 갓난아기의 손목을 비트는 것보다 더 간단하다.

루시아의 뒤로 슬쩍 이동한 다음, 그녀의 목덜미를 건드렸다.

"히이익?!"

루시아가 비명을 지르며 돌아서서 이쪽을 보았다. 그녀의 표정이 일그러졌다.

알 수 없는 충족감이 레이디를 가득 채워주었다. 레이디는 진심으로 미소를 지으며 말했다.

"루시아 언니, 또, 놀러와 준 거야? 도망친 줄 알았는데, 레이디는 기뻐."

공포와 함께 속삭이는 목소리를 루시아에게 흘려넣는다. 레이디의 수법은 깔끔하다. 대미지를 입히는 건 정신뿐.

단숨에 핏기가 사라진 루시아의 얼굴을 보고 레이디는 기뻐졌다.

투욱, 지면을 박찬 다음 공중에 떠서 루시아에게 얼굴을 들이밀었다.

"하지만, 이제 도망칠 수 없어. 절대로 놓치지 않을 거야."

"?!"

동요시킬 때마다 질이 좋은 에너지가 레이디에게 흘러들어 왔다. 이게 바로 마땅한 형태다.

이 시대 사람들이 다들 루시아 같았다면 좋았을 텐데…… 그렇게 생각하며 더욱 큰 절망을 주기 위해 계속 말했다.

"왜냐하면 여기에는 지금, 언니의 소중한 오빠가 있으니까."

다른 누군가를 위해서 힘을 발휘할 수 있다. 그것은 장점이자 단점이기도 하다. 크라이 때문에라도 루시아는 도망칠 수 없다. 공포에 질린 채 이 보물전을 헤매게 될 것이다.

레이디는 얼굴을 변화시켜 초승달 형태의 미소를 드리웠다.

"놀자? 숨바꼭질 같은 건 어때? 오빠를, 언니가 찾는 거야. 얼른 찾지 않으면 오빠를 죽여버릴지도———."

"…………뭐?"

얼어붙은 목소리. 잠시 미소를 지은 채 굳은 레이디의 목을 향해 루시아가 손을 뻗었다.

루시아의 표정에 좀 전까지 있었던 공포는 단숨에 흩어졌다. 있을 수 없는 일이다. 그렇게까지 레이디를 두려워하던 루시아가 레이디를 향해 손을 뻗다니.

손가락 자체는 레이디에게 닿지 않았지만, 떨리는 몸을 멈출 수가 없었다.

춥다. 얼어붙는 것 같을 정도로. 그것은 루시아의 마력 때문일까, 아니면 레이디가 루시아를 두려워하기 때문일까.

"저, 저기…… 언니?"

"방금, 뭐라고 했어?"

냉철한 눈초리. 힘이 담긴 목소리. 그 몸에 가득 차 있던 마력이 얼어붙은 바람이 되어 휘몰아쳤다.

레이디는 생각했다. 이거…… 잘못 건드렸구나, 라고.

잠자는 사자의 코털을 건드렸다. 지금 루시아에게 있는 감정은 공포가 아니다. 이것은── 분노다. 눈치채지 못했다. 두려워하는 대상이 아니었다.

루시아에게 있어서 크라이 안드리히는──── 용으로 따지면 역린이었던 것이다.

어느새 복도가 물에 젖어 있었다. 이것은 단순한 물이 아니다.

물의 정령이다. 차단된 이 보물전에서 정령을 불러낼 수 있을 리가 없고 지연 시간이 전혀 없었으니, 아마 어딘가에 담아서 가지고 다녔을 것이다.

보통 그런 짓을 하면 정령이 격노할 텐데, 그녀는 해냈다.

무섭다. 좀 전까지 그저 겁을 내며 레이디를 즐겁게 해주던 소녀의 분노가, 무섭다.

상황을 이해하지 못했는지, 초조해진 동료들이 루시아를 향해 일제히 다가갔다.

각각 땅을 기어서, 공중에 떠서, 전이해서──── 하지만 루시아는 그 모든 것들을 얼어붙을 듯한 눈초리로 바라보았다.

마력이 단숨에 다듬어져 현상이 되었다. 세계가 얼음으로 감싸였다.

레이디 일행에게 일반적인 공격은 거의 통하지 않는다. 하지만, 그것은 일반적인 공격이 아니었다.

분노의 감정. 절대로 놓치지 않겠다는 싸늘한 살의.

마술에 담겨진 그 날카롭고 치열한 감정이 폭풍으로 바뀌어 레이디 일행을 덮쳤다.

레이디는——— 그리고 아마 동료들 또한 곧바로 깨달았을 것이다.

루시아 로제를 두 번 다시 이길 수 없다는 사실을.

바닥이 얼어붙고 쿄타 열세 명이 비명을 지르며 도망치기 시작했다. 요괴 오케스트라가 얼어붙은 채 중력에 따라 바닥에 떨어졌다.

적어도 이형이 없는 사야의 공격 수단은 한정적이었다. 하지만 루시아는 그렇지 않다.

그녀의 공격 수단은 폭이 넓고 끝이 없다. 레이디는 루시아에게 붙은 별명을 떠올렸다.

《만상자재》. 온갖 현상을 자유자재로 다루는 마도사.

불과 몇 시간 전까지 쫓겨다니며 필사적으로 도망쳤던 팬텀들을 보고도 표정이 전혀 바뀌지 않는 루시아를, 레이디는 급하게 설득하려 했다.

"노, 농담이야. 언니. 나, 오빠를 죽이거나 그러진———."

"시끄러워."

"윽?!"

대답은 거대한 얼음 기둥이었다. 얼굴을 뚫고 떨어진 거대한 얼음 기둥은 그대로 기세를 잃지도 않고 바닥에 박혀서 냉기를 흩뿌리며 바닥 일대를 완전히 빙결시켰다.

한기가 멈추지 않았다. 살의 때문만이 아니었다.

마법이 조금씩 조정되고 있다. 레이디 일행에게는 거의 통하지 않던 마법에서 레이디 일행에게 막대한 대미지를 입힐 수 있는 마법으로.

루시아 로제는 오빠를 죽이려 하는 모든 것을 처치할 셈이다.

일부가 개조된 곰, 식인 블루가 포효하며 루시아를 향해 돌진했다. 천장을 헤엄치던 데몬 샤크가 루시아의 머리를 물어뜯기 위해 달려들었다.

하지만 둘 다 루시아에게 다가가기도 전에 얼어붙은 채 멈췄다.

딱딱한 소리를 내며 바닥에 떨어진 두 패닉 몬스터를 루시아가 싸늘한 눈초리로 힐끔 보았다.

기습이 아무런 의미도 없다. 크기만 한 상어 따위는 상대도 되지 않는다. 몬스터 디기 또한 다가가지도 못할 것이다.

레이디는 돌아선 다음, 소리를 지르며 전속력으로 도망치기 시작했다.

“애들아아아아아아아아아아아! 도망쳐어어어어어어어어어어어어어어어!”

이대로 가다가는 보물전이 전부 얼어붙어 버릴 것이다. 얼른 크라이를 찾아서 루시아에게 돌려줘야 한다!

으음………… 보구가 안 보이네.

스마트폰의 지시에 따라 보물전을 돌아다니기 시작한 뒤로 시간이 얼마나 지났을까.

나는 약간 질색하며 어둠 속을 걷고 있었다.

보물전은 스마트폰에 적혀 있던 정보대로 안전한 것 같았다. 어둡고 살벌한 분위기가 감돌고 있긴 하지만 적어도 팬텀은 없다. 하지만, 그와 동시에 보구도 보이지 않았다.

혹시 조건을 만족시키지 못하면 보구를 손에 넣지 못하는 것 아닐까. 그렇게 생각하고 스마트폰을 통해 전달되는 지시를 따라 보았는데, 아무것도 달라진 게 없다.

뭐, 시키는 건 버튼을 누르라거나, 자물쇠를 따라거나, 레버를 당기라거나, 부적을 떼라는 정도였기에 딱히 상관은 없지만, 좀 졸리기 시작했다.

시간이 시간이니까…… 얼른 보구를 손에 넣고 돌아갈 생각이었는데.

보물전은 여러 구역으로 나뉘어 있는 것 같았다. 이렇게 특이한 보물전은 처음 보았다.

혼자서 보물전을 돌아다닌 적은 거의 없었기에 귀중한 경험이긴 하다.

그때, 스마트폰에서 목소리가 들렸다.

『나, 메리야. 거기 열어서는 안 되는 오래된 우물 뚜껑에 붙은 부적을 떼고 열어줬으면 좋겠어.』

"네에~."

나는 갑자기 나타난 낡은 우물로 다가가 지시받은 대로 뚜껑에 더덕더덕 붙어 있던 부적을 떼어낸 다음, 뚜껑을 열었다. 안을 들여다보았지만 어두워서 아무것도 보이지 않았다.

『나, 메리야── 열어서는 안 된다는 게 무슨 뜻인지 알아?』

"그야 물론이지. 열어서는 안 된다는 건 열면 안 된다는 뜻이야."

아니, 그래도…… 그쪽에서 열어달라고 했잖아.

『나, 메리야── 당신은 벌써 터부 스위치를 스무 개나 눌렀어.』

이제야 스무 개인가…… 터부 스위치가 뭔지는 모르겠지만.

나는 한숨을 쉰 다음, 메리에게 말을 걸었다.

"상품 같은 거 있어?"

『나, 메리야── ……무슨 말을 하는 건지 모르겠어.』

"왜 모르는 건데…… 나도 잘 시간을 줄여가며 여기 온 거거든?"

『나, 메리야── 레이디만이 아니라 나도 왠지 머리가 아파지기 시작해.』

어째서…… 지시에 따랐으니 뭔가 보답을 해주는 게 당연한 거 아닌가? 그 왜, 내가 원하는 보구 같은 거…….

왠지 피곤하네…… 한숨을 쉬고는 벽에 등을 기댔다.

그러자 뒤에서 덜컹, 소리가 들렸다. 급하게 몸을 떼냈다.

『나, 메리야── 거, 거기는, 비밀의 방이야!』

초조한 듯한 메리의 목소리. 좀 전까지 벽이었던 곳에는 입구가 뚫려 있었다.

지금까지 돌아다닌 곳과는 분명히 분위기가 달랐다.

왠지 기분 나쁜 예감이 든다. 내 경험상, 내가 발견해 버린 곳은 보통 험한 꼴을 당하게 되는 곳뿐이다.

신중하게 안으로 들어갔다. 계단을 몇 초 정도 내려가자 그곳에는 새하얀 금속으로 된 방이 있었다.

방 안은 깔끔했고, 가운데에 상자 같은 테이블, 안쪽에는 낡은 제단 같은 것이 있었다.

척 보기에도 분위기가 달랐다. 지금까지 돌아다닌 곳은 어둡고 낡은 곳들뿐이었지만, 이곳은 밝다. 그리고 왠지 첨단 시설 같은 느낌이다. 약간 코드의 건물이 연상되기도 했다.

『나, 메리――.』

“여보세요, 잘 안 들려.”

『나―――― 리야. 그―――― 절―――― 누르지 마――――.』

노이즈가 끼다가 통화가 뚝 끊겼다. 나는 스마트폰을 보고는 머리를 긁었다.

아차…… 전원이 꺼졌다. 루시아가 확실하게 가득 충전해 주긴 했지만, 몇 시간 동안 연속으로 통화를 한 데다 조명까지 켜고 있었으니 에너지가 다 떨어져 버린 모양이다.

음, 어떻게 할까. 방에 있는 것을 다시 확인했다.

우선 가운데에 있는 상자 형태의 테이블.

위에는 받침대에 얹힌 왕관이 놓여 있었고, 그 앞에는 버튼이 설치되어 있었다.

안쪽에는 제단 같은 것이 있었고, 그 위에는 희미하게 빛나는 조각상 같은 것이 자리잡고 있었다.

나는 팔짱을 낀 채 고개를 끄덕인 다음, 하드보일드한 미소를 지었다.

그렇구나, 그렇구나………… 그렇구나?

쫓아오는 루시아로부터 필사적으로 도망쳤다.

루시아의 속도는 몇 시간 전과는 비교도 되지 않았다. 얼어붙은 바닥을 마법으로 가속하며 미끄러지고 있다.

레이디가 전속력으로 날아서 도망치는 데도 뿌리칠 수가 없다. 심지어 루시아는 마력이나 체력을 거의 쓰지 않았을 것이다. 이대로 가다가는 내 힘이 먼저 바닥날 것 같다.

전이로 도망치고 싶지만, 그럴 수도 없다. 루시아가 마법으로 마커를 달아두었기 때문이다. 전이해서 도망치더라도 틀림없이 쫓아올 것이다. 아무 말도 없이 무표정하게 쫓아오는 루시아는 정말 박력이 넘쳤다.

쫓아낼 수도 없다. 이 보물전에서 할 수 있는 것은 행방불명이며, 쫓아내는 것은 원래 기능이 아니다. 본인이 나가는 것을 원한다면 모를까 루시아에게는 그럴 의지가 없다.

어떻게 해야 할지 몰라서 극도의 혼란과 공포에 사로잡힌 레이디에게 메리가 합류했다.

"나, 메리야—— 큰일났어! 크라이가 제단의 방을 찾아냈어!"

"?! 어째서?!"

제단의 방은 이 보물전의 최심부다. 딱히 레이디 일행이 지켜야만 하는 방은 아니지만, 이 드넓은 보물전에서 작은 방을 찾아내는 건 매우 힘든 일일 텐데.

"나, 메리야—— 설명하려고 했는데 통화가 끊어져 버렸어! 전원이 꺼진 거야!"

"어어……."

"나, 메리야—— 그래도 버튼을 누르지 말라고는 했어!"

제단의 방에는 별의 신의 조각상과 왕관. 그리고 버튼 하나가 있다.

조각상과 왕관은 터부 스위치다. 테이블 위에 있는 왕관을 그 조각상의 머리에 씌우면 별의 신이 만들어 낸 팬텀이 되살아난다. 그리고 그것은 세계로 침공하기 위한 준비 과정이었다.

하지만, 더 중요한 것은 테이블에 있는 버튼이다.

그것은 지금까지 누른 터부 스위치처럼 봉인된 것을 부활시키는 버튼이 아니다.

"나, 메리야—— 그걸 눌러 버리면 세계가 융합되어 버릴 거야. 너무 이르다고!"

그것은 이 보물전과 바깥 세계를 이어 붙이는 버튼으로, 원래는 공포를 충분히 모으고 별의 신이 돌아온 뒤에 누를 예정이었다.

그것이 눌리는 순간 다른 차원에 존재하고 있는 이 보물전과 제도 제블디아가 융합된다.

【별의 신의 모형정원】과 바깥 세계는 자유자재로 오갈 수 있게

되고, 지금은 소문을 이용해야만 바깥으로 나갈 수 있는 팬텀들도 마음대로 바깥 세계를 돌아다닐 수 있게 된다.

버튼을 누르지 않았던 것은 아직 때가 되지 않았기 때문이다.

별의 신도 돌아오지 않았고, 공포 또한 충분히 수집하지 못했다. 인간들에게도 팬텀이 바깥에 나타나게 되는 그 버튼은 재앙 그 자체일 것이다.

다시 말해, 간단히 말하자면 지금 눌러봤자 누구에게도 이득이 없는 버튼이었다.

도망치며 필사적으로 생각했다.

우선, 메리가 경고했다면 아무리 그 남자라 하더라도 버튼을 누르지는 않을 것이다. 왕관은 씌운다 해도 상관이 없고, 오히려 씌우는 게 더 낫다.

신이 힘을 담아 만들어낸 팬텀이 부활하면 형세가 단숨에 역전된다. 조각상은 척 보기에도 왕관을 씌우게끔 되어 있으니 명색이 헌터라면 왕관을 씌울 가능성은 꽤 크다.

우선, 크라이가 어디 있는지 알아낸 건 좋은 소식이다.

루시아를 유도한다. 크라이가 있는 곳으로 가면 루시아의 분노도 사그라들 것이다.

이대로 가다가는 보물전이 통째로 얼음 속에 갇혀버릴 것이다. 레이디는 필사적으로 자신을 다그치며 말없이 거리를 조금씩 좁히고 있던 루시아를 보고는 마지막 힘을 쥐어 짜내 속도를 높였다.

"언니! 오빠는 이쪽에 있어!!"

"그렇구나, 그렇구나, 그렇구나, 이거 흥미롭네."

나는 고개를 끄덕이며 조용히 빛나는 왕관을 바라보고 있었다.

숨겨진 입구로 들어와 계단을 몇 초 정도 내려와 보니 그곳에는 매우 흥미로운 비밀의 방이 있었다.

하늘을 올려다보고 있는 조각상과 은빛 왕관. 그리고 커다랗고 빨간 버튼.

나는 약하지만, 이래 봬도 트레저 헌터다. 유적이나 기믹에 흥미가 없다고 하면 거짓말일 것이다. 그저 안전 쪽을 더 중시할 뿐, 안전한 보물전이라면 차분히 조사해보는 것도 나쁘지 않다.

이 세 가지에 담긴 진실은 과연 뭘까?

트레저 헌터로서의 내 피가 끓고 있다.

느긋하게 고민하고 싶긴 하지만, 이 보물전에 들어온 뒤로 시간이 꽤 지났다. 얼른 돌아가지 않으면 아침이 되어버릴 것이다.

"뭐, 일단 왕관은 챙겨야지. 트레저 헌터니까……."

자신을 타이르며 받침대에서 왕관을 들어 올렸다. 왕관은 가벼웠다.

빙글빙글 돌려가며 확인해 보았지만, 무늬가 새겨져 있는 것 말고는 딱히 특징은 없었다.

흐음, 흐음, 그렇구나…… 이게 보구인가? 내가 원하는 보구는 아닌 것 같긴 한데.

그때, 나는 보란 듯이 존재하고 있던 조각상을 보았다. 인간 형태를 띤 기묘한 조각상이다. 머리 근처에 패인 부분이 있다. 이 왕관이 딱 들어갈 것 같은 홈이다.

고개를 끄덕였다. 바보도 알아 볼 수 있을 정도로 간단한 기믹이다. 정말, 이 보물전은 나를 얕보고 있다.

어차피 이 왕관을 이 조각상에 씌우면 되는 거잖아?

…………으으으으으으으으으으으으음.

나는 고민에 고민을 거듭한 결과, 왕관을 내 머리에 써 보았다.

아니, 안다니까? 이 왕관을 이 조각상에 씌우면 된다는 건 알겠어. 어떤 기믹이 발동될 것 같다는 것도 안다고.

그래도 말이지…… 그렇게 하면 내 손에 남는 게 너무 없잖아.

나는 보구를 손에 넣기 위해 온 거라고. 이 왕관이 보구인지 아닌지는 모르겠다. 하지만, 이 왕관이 보구인지 아닌지 확인하고 나서 씌워도 될 테니까. 이건 내가 발견했으니 내 물건이다. 보물전에는 그런 규칙이 있다.

트레저 헌터 실격이라는 단어가 머릿속에 떠올랐다.

하지만, 솔직히 나는 이미 트레저 헌터 실격이다.

게다가 메리도 왕관을 씌우라는 말은 안 했다고. 스마트폰의 전원이 꺼져서 나중에 말하려고 했는지는 이제 알 수가 없지만…….

논리로 확실하게 무장한 다음, 숨을 돌렸다.

이제 이 버튼만 남았구나………….

그렇게 생각하고 있자니 문득 입구에서 싸늘한 공기가 몰아쳤다.

"아, 루시아."

넘어질 뻔하며 계단을 내려와 들어온 사람은 분명히 내 여동생인 루시아였다.

거친 숨소리와 창백해진 피부. 싸늘한 눈초리.

이런 밤중에 무슨 일이야? 신기한 우연이네. 적당히 말을 걸려 한 순간, 루시아가 몸통박치기를 날렸다.

"??! ?! 왜, 왜, 왜 그래?"

"……다행이야."

아니, 그것은 몸통박치기가 아니었다. 루시아가 나를 끌어안은 것이다.

얼어붙을 듯이 차가운 머리카락. 몸은 얼음처럼 차가웠지만, 부드러웠다.

루시아가 나를 끌어안다니 대체 몇 년만일까. 나는 눈을 깜빡이며 생각해 보았지만, 너무 오랜만이라 기억이 나지 않을 정도였다.

뭔가 괜찮은 말 없을까…… 나는 헛기침을 하고는 최대한 하드보일드하게 말했다.

"어라? 혹시 걱정 끼쳤어?"

"…………바보예요?"

"아, 아니, 괜찮아. 이 보물전은 안전하거든. 팬텀도 나오지 않는다는 건 알고 있었으니까……."

"…………."

곤란하네. 루시아가 끌어안는 것도 오랜만이고, 울면서 달라붙는 것도 오랜만이다.

나는 예전부터 루시아의 울음을 그치게 해주는 쪽으로 재주가 없었다.

뭐, 애초에 운 적이 그렇게 많지는 않았지만. 이렇게 된 이상 오빠인 나로서는 사과할 수밖에 없다.

"아, 아니, 미안해. 이제 여기서 할 일도 전부 끝났으니까 얼른 돌아가자. 루시아는 착하구나."

뭐, 가끔은 울음을 터뜨려 버리는 루시아도 나쁘지 않지. 나는 등을 몇 번 쓸어주고는 몸을 떼어냈다.

루시아는 얼굴이 새빨갛게 물들어 있었다. 눈에 눈물을 머금고 있긴 했지만, 좀 전까지처럼 얌전한 모습은 아니었다. 돌아간 뒤에는 한참 혼날 것 같다.

정말, 걱정도 많다니까…… 그래도 조금…… 아니, 꽤 기쁜데.

"그, 그렇죠. 약간, 흐트러진 모습을 보였네요. 다들 걱정하고 있을 테니 얼른 돌아가요."

루시아가 살짝 헛기침을 하고는 말했다. 부끄러운 모양이다.

갑자기 달려들다니, 약간이라는 정도가 아니었다고.

루시아가 입구로 향했다.

나는 그때 잊고 있던 게 한 가지 있다는 사실을 떠올렸다.

확실하게 기억하고 있다니, 오늘 나는 머리가 잘 돌아간다.

그리고 나는 미소를 지으며 테이블에 설치되어 있던 버튼을 꾹, 눌렀다.

세계가 떨렸다. 루시아가 갑자기 이쪽을 돌아보고는 달려들었다.

새빨갛게 물들어 있던 얼굴이 새파랗게 질렸다.

"???! 오빠, 방금 뭐 했어?!"

"어? 버튼을 누른 것뿐인데?"

"어째서?! 어째서 눌렀는데?!"

"아니, 메리가 절대로 누르지 말라고 하길래――――."

"누르지 말라고 했는데 왜 누른 거야아아아아아아아아아!! 애초에 메리는 누군데?!"

루시아가 내 어깨를 잡고 마구 흔들어댔다.

"아니, 루시아, 내 말 좀 들어! 메리가, 지금까지, 나한테, 비슷한 걸, 잔뜩, 시켰단, 말이야. 메리는, 아마 팬텀일 거고――――."

변명을 하자면, 나는 여기로 오던 도중에 비슷한 행동을 잔뜩 했다고.

누르면 안 되는 버튼을 눌렀고, 떼어내면 안 되는 부적도 떼어냈고, 열면 안 되는 우물도 열었다. 그야 마지막 버튼도 눌러야지.

"애초에 팬텀이 시키는 대로 하지마아아아아아아아! 정말, 정말, 정말, 정말, 정마아아아아아알!"

루시아가 소리쳤다. 오랜만에 들은 대절규에 귀가 찡하게 울렸다.

그리고, 세계가 소리를 내며 바뀌었다.

사야 크로미즈는 자신의 눈을 의심했다.

대지가, 하늘이, 세계가 떨린다.

클랜 마스터실에서 함께 대기하고 있던 루크와 리즈가 시끄럽게 떠들어대기 시작했다.

"오? 지진인가?"

"음~, 단순한 지진은 아닌 것 같은데? 그 왜, 크라이가 뒤처리를 하러 갔으니까……."

리즈가 여유로운 표정으로 말했다. 이건 아무리 봐도 단순한 지진이 아니다.

사야의 눈에는 보였다.

세계가 휘어지고 겹쳐져서 재결합하는 모습이.

그것은 그야말로 천재지변이라는 표현이 걸맞는 현상이었다.

뭘 어떻게 해야 이런 현상이 일어날지 상상도 안 되는 규모. 코드의 추락 따위는 지금 이 현상과 비교하면 초라한 수준이다. 테라스에 발생한 마도 재해의 규모도 이 정도는 아니었다.

원인은 모르겠지만, 무슨 일이 일어나려는 것인지는 상상이 된다.

"보물전과, 이곳 제도가…… 융합하려 하고 있어."

"네? 정말로요?"

"키르키르……."

원래 그 보물전과 제도 제블디아는 완전히 겹쳐져 있었다. 융합되지 않았던 이유는 존재하는 차원이 달랐기 때문이다.

입구 몇 군데를 통해 오가기만 하던 상태였던 두 세계가 지금, 변하려 하고 있다.

“오빠, 연락하고 와.”

“으음!”

시트리의 말을 듣고 안셈이 빠르게 방에서 나갔다.

감시하기 위해 모여 있던 사람들도 야단법석이다.

아마 제도에 사는 주민들은 다들 지금 일어나고 있는 지진과 변화를 느꼈을 것이다.

그때, 눈앞에 있던 거울 표면이 팽팽해지며 반투명한 요괴가 나타났다. 악기를 연주하며 루시아를 쫓아다니던 요괴다.

역시 세계의 경계가 애매해지고 있다. 지금까지 그 보물전의 팬텀은 마음대로 밖에 나오지 못했을 텐데. 하지만 그런 상황이 바뀌어 버렸다.

제도 전체가 대혼란에 빠진다. 어쩌면 나라가 멸망할지도 모른다. 사야가 ‘사락사락’을 쓸 수 있다면 막아낼 수 있을지도 모르겠지만, 지금 사야에게는 싸울 수단이 없다.

새파랗게 질린 사야. 그 눈앞에서 루크 사이콜은 아무렇지도 않게 요괴를 향해 칼날을 휘둘렀다.

“?!”

오케스트라 요괴가 찢어졌다가 곧바로 재생했다. 하지만, 충격을 받았는지 입이 악기에서 떨어졌다. 루크는 그 모습을 보고 환호성을 질렀다.

“오오오오오오오오오오, 벨 수 없는 거 발견! 영검을 습득할 기회다!"

"?!"

아니, 그 요괴는 못 벨 것 같은데———.

그렇게 태클을 걸기도 전에 요괴가 갈기갈기 찢겼다. 재생하고, 갈기갈기 찢기고. 재생하고, 갈기갈기 찢기고. 요괴들은 눈물을 흘리며 거울 속으로 도망쳤다.

"우오오오오오오오오오오오오오! 놓칠까 보냐아아아아아아아아아아아아! 벨~거~라~고~!"

"아하하하하하, 루크, 요괴 같아~!"

루크가 신이 나서 거울로 뛰어들었다.

그렇다. 그 보물전과 제도가 겹쳐진다는 것은 팬텀이 이쪽 세계로 마음껏 이동할 수 있다는 뜻임과 동시에, 이쪽 사람들이 보물전에 갈 수 있다는 뜻이기도 했다.

이제 보물전과 제도는 이어져 있다. 게이트는 닫을 수 없고, 아마 레이디가 보물전에서 휘두르던 권한도 사라졌을 것이다.

그건 그렇고 루크는 진짜 요괴 같았다. 모의전을 하지 않아서 정말 다행이다.

멍하니 서 있기만 하는 사야 앞에서 시트리가 방긋방긋 웃으며 말했다.

"모처럼 이렇게 되었으니까 우리도 갈까요? 기사단도 움직이지 못할 테고, 지금 가면 앞서나갈 수 있어요!"

"좋았어~, 티를 깨워올게. 우리 루시아에게 겁을 준 녀석들을 때려죽여야지!"

“후후후…… 아마 루시아가 때려죽였을 것 같긴 한데…….”

이렇게 느긋해도 되는 건가? 이 상황, 제도 전체가 패닉 상태에 빠질 것 같은데────.

“사야도 갈 거지? ‘사락사락’ 녀석들을 때려죽여야 하잖아?”

“그렇네. 말을 안 듣는 애들은 때려죽여서 두 번 다시 배신하지 못하게 해야지.”

리즈가 꽃이 피어나는 듯한 미소를 지으며 사야에게 손을 내밀었다.

시트리도 맞장구를 치듯이 살짝 박수를 치기 시작했다.

두 사람의 미소를 본 사야는 의문을 전부 보류하기로 했다.

힘이 솟구친다. 두 눈이 열기를 띠고 있다.

루시아도 정말 착한 아이였지만, 리즈와 시트리도 정말 좋다. 함께 싸울 수 있다면 다른 것들은 아무래도 상관없고, 방문자는 쓰러뜨려야…… 때려죽여야만 한다.

제도에 오길 정말 잘했다.

때려죽이고…… 두 번 다시 사야를 배신하지 않게끔 교육시켜야만 한다.

“흐하하하하하하하하하하하하핫! 기어코 저질러 줬구나, 《천변만화》!! 설마 이곳 제도에 팬텀들을 불러낼 줄이야! 대체 무슨 짓을 저지른 거냐!"

벌집을 쑤신 듯이 소란스러워진 행방불명 대책 본부에 프란츠의 웃음 소리가 울려 퍼졌다.

직원들은 혈안이 되어 뛰어다니고 있다. 싸울 수 있는 사람들은 이미 바깥에서 벌어진 소동을 가라앉히기 위해 나갔다.

"하지만 소용 없다아아아아아아아아아아아! 혹시나 이런 일이 생길까 해서 이미 만반의 준비를 갖추고 있었지! 기사단을 전부 깨워서 행방불명 사건이 일어난 곳을 전부 지키고 있었다!! 곧바로 움직인 나 자신을 칭찬해주고 싶군!"

"처, 《천변만화》 마스터."

"누가 《천변만화》 마스터냐, 임마아아아아아아아아아아아아아아아아!"

"아아아아아아아, 죄송합니다! 죄송합니다!"

기사단의 전령이 고개를 연달아 숙였다. 상황은 극도로 혼란스러웠다.

무슨 일이 일어난 건지도 알 수가 없다. 알고 있는 것은 행방불명 사건이 일어난 곳을 통해 다양한 팬텀들이 거리에 나타났다는 것뿐이다.

다행히 아직 아침이기에 혼란이 그렇게까지 많이 확산되지는 않았지만, 피해가 얼마나 생길지는 상상도 하고 싶지 않았다.

"이번에야말로, 이번에야말로 감옥에 처박아주마! 《천변만화》! 기다려라! 이번 사건은 황제 폐하께서도 감싸주지 못하실 거다!!"

"아, 아직 《천변만화》가 그랬다는 보장은———."

"보장은 있다! 《천변만화》 말고 누가 이런 짓을 한다는 거야! 네 놈은 그 남자에 대해 아무것도 모른다! 나는 요즘 《천변만화》 담당이라는 말까지 듣는단 말이다!!"

프란츠는 인정하고 싶지 않았던 사실에 대해 소리쳤다.

요즘 잠을 거의 못 잤기에 한계를 넘어 흥분한 상태였다.

"역시 《천변만화》 마스터 맞네요……."

부하가 조용히 중얼거렸지만 그런 건 신경 쓰이지 않았다.

최고의 기분이다. 이걸 뛰어넘으면 이번에야말로 《천변만화》 담당을 벗어날 수 있다. 이렇게까지 큰 소동을 일으켰으니 제국 법으로 처벌할 수밖에 없다. 아무리 레벨 8이라 해도———.

"프란츠 단장님, 행방불명되었던 피해자를 발견했습니다! 갇혀 있던 보물전의 감옥과 지하수로가 연결된 모양이라——— 휴가 앞장서서 탈출을 유도하고 있다고 합니다. 팬텀이 많은 것 같아 지원을 보냈습니다."

"!! 지하수로란 말이지. 확실하게 모두를 생환시켜라!"

휴…… 무사했나. 행방불명된 피해자를 발견했다는 건 좋은 소식이다.

최악의 보고와, 매우 안 좋은 보고와, 안 좋은 보고, 그리고 좋은 보고, 하나도 남김 없이 황제 폐하께 보고드려야 한다…….

프란츠는 숨을 고르고는 천장을 올려다보며 혼잣말을 중얼거렸다.

"이 정도로는 수지가 안 맞을 거다, 《천변만화》."

그날은 제블디아 제국에 있어서 최악이면서도 역사적인 하루가 되었다.

제도 제블디아가 발전하는 와중에 남몰래 힘을 비축하고 있던 보물전【별의 신의 모형정원】.

보물전과 융합한 제도는 팬텀이 들끓는 마경이 되었으나, 수많은 헌터와 기사단들이 진력한 끝에 겨우 도시로서의 기능을 유지하는 데 성공했다.

그 뒤 제도 제블디아는 세계에서 유일하게 팬텀과 공존을 이루어 낸 도시가 되지만, 어떤 원인으로 그런 사태에 처한 것인지는 아무도 말해주지 않았다.

Epilogue 비탄의 망령은 은퇴하고 싶다 ⑬

"죄송합니다아아아아아아아아아아아아아아아!"

"?! 왜, 왜 사과하는 거냐, 멍청아아아아아아아아아아!"

"지, 진정하게, 프란츠 경! 우선 이야기를 들어봐야———."

세계에서도 손꼽히는 대국 중 한 곳인 제도 제블디아.

그곳 중심에 존재하는 황성에 지금, 나 크라이 안드리히가 불려와 있다.

제도는 최근 며칠 동안 크게 바뀌었다.

아무래도 거리에 팬텀이 나타나게 된 모양이었다. 다행히도 나는 아직 팬텀과 마주친 적이 없고, 좀처럼 믿기지 않는 현상이었기에 '그런 모양이다'라고 말할 수밖에 없다. 그러나 헌터나 기사단이 전부 동원되어 대처하느라 정신이 없다고 하니 진실일 것이다. 지금까지는 처참한 사건이 일어났다는 뉴스는 못 들었지만, 그것도 대국 제블디아가 지닌 전력이 강했던 덕분일 것이다.

안내를 받아서 간 회의실 같은 방. 가자마자 화려한 큰절을 선보인 나에게 성난 목소리가 쏟아졌다.

왠지 들어본 적이 있는 목소리다. 아니, 프란츠 경——— 다시 말해 프란츠 씨였다. 왠지 요즘 엮일 기회가 많은 것 같다.

"일어서라, 《천변만화》, 그런 행동을 시키기 위해 부른 것이 아니다.”

바닥에 이마를 대고 있던 나에게 엄숙한 목소리가 들렸다. 나는 조심조심 고개를 들었다.

명색이 대국의 황성인데도 그런 느낌이 전혀 들지 않을 만큼 장식이 거의 없고 차분한 내부. 널찍한 방에는 커다란 테이블이 늘어서 있고, 거기에 표정이 굳은 사람들이 둘러앉아 있었다. 복장을 보니 귀족일 것이다.

프란츠 씨는 방 안쪽에 떡 버티고 서 있었다. 얼굴을 시뻘겋게 물들인 채 부들부들 떨고 있다.

그리고 방 가장 안쪽에 의젓하게 앉아 있는 사람은 혹시…… 황제 폐하인가?

예상하지 못했던 사태라서 토할 것 같았다. 제블디아 같은 대국의 황제 폐하는 만나고 싶어도 간단히 만날 수 있는 존재가 아니다.

알현하기로 한 것도 아닌데 황제 폐하에게 불려 오다니, 나는 대체 어떻게 되어버리는 거지?

프란츠 씨는 후욱, 후욱, 숨을 고르며 나를 노려보았다. 황제 폐하가 입을 열었다.

“…………《천변만화》, 어째서 불려 온 건지는 알고 있겠지?”

모르겠는데요……. 그렇게 말하고 싶긴 하지만, 신기하게도 이번에는 알고 있다.

알고 있기에 호출에 응한 것이다.

나는 지금까지 많은 사건에 휘말렸다. 그중 대부분은 나에게 전혀 잘못이 없었다. 있었다 하더라도 1할 정도. 겨우 그뿐이었다.

하지만, 이유는 몰라도 이번 사건은 내게도 분명히 잘못이 있다.

10할은 아니더라도 7할…… 아니, 5할 정도는 있을 것이다.

일이 이렇게까지 커진 이상 변명은 통하지 않을 테고, 시치미를 뗄 수도 없을 것이다.

내가 실토하지 않더라도 루시아가 말하겠지. 그리고 그건 올바른 행동이다.

나는 숨을 크게 들이마시고는 최대한 미안하다는 감정을 담아 말했다.

"……제가 버튼을 눌러서 팬텀들이 바깥에 나타나게 된 사건 때문이잖아요?"

"???!"

방 안이 갑자기 조용해졌다.

내가 그 보물전에서 버튼을 눌렀을 때 생긴 변화는 코드가 추락했을 때와 맞먹을 정도로 엄청난 변화였다.

눈에 보이는 무언가가 바뀐 것은 아니다. 하지만, 그 변화는 감각이 둔한 나도 알 수 있을 정도로 또렷했다.

굳이 말하자면 주위 모든 것이 바뀌었다고 해야 하나.

그 버튼이 뭐였는지, 결국 나는 아무것도 모른다. 하지만 버튼을 눌렀던 그날 밤 이후로 제도에 팬텀이 나타나기 시작한 것 같으니 인과관계가 있을 거라 생각하는 게 자연스럽다.

혹시나 우연일 가능성도 전혀 없는 건 아니지만 말이지!!

항상 소꿉친구들이 뭔가 터무니없는 사건을 일으키면 제도에서 도망치자고 생각했었는데, 실제로 일어나 보니 도저히 도망칠 생각이 들지 않는다.

일부러 그런 게 아니야………… 정말 교묘한 함정이었다고.

잠시 정적이 깔렸다. 프란츠 씨가 쉰 목소리로 다그쳤다.

"잠깐만, 방금, 뭐라고 했지?"

"저기…… 내가 행방불명 당해서 간 곳에서 버튼을 눌렀기 때문에 팬텀이 나타나게 되었다는 거?"

"??? 그, 그러니까, 뭐야? 네놈은, 이렇게 말한 거냐? 지금 이 대혼란을 불러일으킨 게, 자신이다, 라고?"

"뭐, 아마도?"

"………………."

프란츠 씨가 얼굴을 시뻘겋게 물들인 채 악귀 같은 표정을 지으며 떨고 있다. 다른 귀족들도 당황스러움과 분노가 뒤섞인 듯한 얼굴이다. 황제 폐하는 인상을 쓰며 눈을 감고 있다.

그렇구나, 진짜로 위험한 사건이 일어나면 이런 반응을 보이는구나…….

제국법에 대한 지식은 어느 정도 갖추고 있다. 이번 사건은 고의로 일으켰다면 틀림없이 극형에 처해질 사건이다. 사고였다는 사실을 이해시킨다면 내 죄의 무게가 달라질 것이다.

"하, 하지만, 일부러 그런 게 아니야. 그 왜, 행방불명 사건이 좀처럼 해결되지 않았기 때문이기도 하니까."

"………………."

루시아가 어째서 거기 있었는지, 이야기는 들었다.

행방불명 사건이 해결되었다면 내가 속아서 보물전에 가지도 않았을 테고, 버튼을 누를 일도 없었을 것이다. 사건의 수사는 기사단이 주도해서 진행했기에 버튼을 눌러버린 것도 기사단의 태만 때문이라 할 수 있다……………… 할 수 있겠지?

"…………."

왠지 위험한 분위기다. 호되게 혼날 것을 각오하고 오긴 했지만, 지금은 그저 이 정적이 무섭다.

프란츠 씨는 걱정될 정도로 머리에 피가 쏠린 상태. 이제는 그냥 빌 수밖에 없다.

나는 그저 미안해하는 표정을 지으며 말했다.

"정말, 죄송합니다. ……그런데, 행방불명되었던 피해자들은 모두 기적적으로 무사했다고 들었는데요."

"……모두 무사하다."

"기사단과 헌터들이 대기하고 있었던 덕분에 팬텀에게 죽은 사람도 없었다고 들었는데요……."

에바가 알려준 정보다. 매번 확인하는 거지만, 피해자의 숫자는 중요하다.

내 실수로 죽은 사람이 생겼다면 아무리 사죄해도 부족할 테니까.

"…………."

"…………."

"…………."

"…………."

내가 그렇게 말하자 또다시 기분 나쁜 침묵이 방안에 감돌았다. 이 긴장감, 왠지 꿈에 나올 것 같다.

잠시 후, 프란츠 씨가 떨리는 목소리로 말했다.

"펴, 평소에는, 모른다고 잡아떼는 주제에, 이번에는 자기가 했다고 하다니…… 대체 무슨 생각이지?"

무슨 생각이냐니…… 나는 내가 저질러 버린 실수 때문에 호출받았다고 생각해서 여기 온 건데? 감추려 해봤자 언젠가는 들킬 테니, 사과는 일찍 하는 게 더 낫다.

"…………아니, 평소에는 진짜로 몰랐어. 그래도 이번에는 알고 있었으니까…… 정직은 미덕이잖아? 내가 한 말이 진실인지 아닌지 확인하고 싶다면, 그 왜, 항상 쓰던 『트루 티어즈』를 쓰면 될 테고……."

허위를 밝혀주는 제국의 지보 '트루 티어즈'를 사용하면 내가 거짓말을 하지 않았다는 사실을 간단히 밝혀낼 수 있을 것이다.

하지만, 스스로 보구를 사용해 달라고 나선 나를 보고도 프란츠 씨의 표정은 바뀌지 않았다.

그저 심호흡을 여러 번 하고는 떨리는 목소리로 물었다.

"그러니까, 《천변만화》. 네놈은 이번 행방불명 사건에 대해 전부 알고 있다고 생각해도 되는 거겠지?"

"어……? 안 되지."

모른다고! 모든 것을 알고 있기는커녕, 아무것도 모른다니까!

"내가 알고 있는 건 저질러 버린 일뿐이야. 그것도 속아서 그런 거라고! 팬텀의 교묘한 함정에 걸린 거야! 애초에 계속 클랜 마스터실에서 근신하고 있던 내가 알 리가 없잖아!"

"윽………… 크윽…… 하필이면 그런 말을———."

왠지 프란츠 씨가 오늘 평소보다 얌전한 것 같은데, 혹시 옆에 황제 폐하가 있어서 그런가? 귀족들도 많이 모여 있어서 함부로 소리를 지르지 못하는 건지도 모르겠다.

지금이라면…… 질문을 해도 괜찮을지 모르겠는데?

내가 여기 온 목적 중 하나는 사죄였고, 다른 하나는 확인해야만 하는 것이 있었기 때문이다.

피해의 규모나 숫자도 확인해야 했지만, 한 가지 더.

"저기…… 확인하고 싶은 게 한 가지 있는데."

"뭐냐?"

내가 조심조심 손을 들자 프란츠 씨가 살의조차 느껴지는 눈빛으로 바라보았다.

나는 심호흡을 크게 하고는 용기를 쥐어 짜내 물었다.

"이번 사건………… 제국법에 저촉되나요?"

"?! ???"

프란츠 씨가 눈을 크게 떴고, 잠시 표정에서 분노가 사라졌다. 그리고 다시 악귀 같은 표정으로 바뀌려던 참에 옆에 앉아 있던 황제 폐하가 한숨을 쉬고는 말했다.

"《천변만화》, 네 주장은 알겠다. 이번 사건은 전대미문, 당연히 제국법에도 저촉된다만——— 상황을 정확하게 파악할 때까지 시간이 필요하겠구나. 계속해서 근신할 것을 명한다. 처분을 내릴 때까지 얌전히 지내거라."

《천변만화》가 밉살스럽게도 대놓고 약간 미안해하는 듯한 표정으로 회의실에서 나갔다.

프란츠 아그만은 오랜만에 모든 것을 내팽개치고는 소리를 질러대고 싶은 심정이었다. 그러지 않고 아슬아슬하게 참아낸 이유는 옆에 황제 폐하가 있다는 상황과, 지금까지 《천변만화》에게 당해온 일들 덕일 것이다.

회의실에는 정체를 알 수 없는 분위기가 깔려 있다. 아무도 말을 꺼내지 못했다. 제국 귀족들이 모인 회합 장소에서는 있을 수 없는 사태다. 하지만, 그런 상황이 되어버릴 정도로 《천변만화》의 발언은 지독했다.

프란츠 일행이 《천변만화》를 불러낸 이유는 이번 사건에 대해 이야기를 자세히 듣기 위해서였다. 하지만, 프란츠는 사실 《천변만화》가 대답해줄 거라 생각하지 않았다. 지금까지 중대한 사건들이 발생했을 때도 그는 '아무것도 모른다'는 태도를 유지했기에 당연했다.

그리고 그건 괜찮았다. 이번 행방불명의 원인——— 보물전에 대해서는 휴가 어느 정도 정보를 얻어서 돌아왔기 때문이다.

인간의 공포를 이용하는 보물전, 【별의 신의 모형정원】.

신전형 보물전이 있었던 곳에 제도를 옮긴 시점에서 어느 정도 위험 부담은 고려하고 있었다. 그런 위험 부담을 고려하면서도 옮겨야만 하는 이유가 있었던 것이다. 대도시를 건설함으로써 마나 머티리얼을 흡수하여 다시 신전형 보물전이 나타나는 상황을 막아야만 한다는 이유가.

그리고 그 성과는 확실하게 나타났다.

보물전에서 넘쳐나온 팬텀들은 그렇게까지 강하지 않았다. 적어도 프란츠가 깔아둔 포진을 돌파할 수 있을 정도는 아니었다. 원본인 신전형 보물전의 팬텀과는 비교도 되지 않을 정도로 약했던 이유는 틀림없이 마나 머티리얼이 부족한 탓일 것이다. 그리고 그 사실은 천도를 결정한 당시 제블디아 황제의 결단이 옳았다는 것을 나타내주고 있다.

제도 내부에서는 이번 사건을 천재지변이라고 판단했다.

죽은 사람도 없고, 천도를 하지 않았다면 이곳에 더욱 강력한 보물전이 나타나 이번과는 비교도 되지 않을 정도로 큰 피해가 발생했을 것이다. 사건을 조기에 해결하지 못했던 헌터와 기사단까지 포함해서 그 누구도 책임을 물을 수가 없을…… 예정이었다.

그런데 전부 망가졌다. 《천변만화》의 증언 때문에———.

자기가 했다고? 게다가 이렇게 공식적인 자리에서? 그야말로 최악이다.

그 누구의 책임도 아니었을 사건에 주모자가 나타나 버렸다. 농담으로 넘어갈 일이 아니다. 넘어가서는 안 되는 상황이 되어

버렸다.

정직은 미덕이라고?! 그 남자, 대체 무슨 생각을 하는 거지?

필요한 정보는 말해주지 않고 쓸데없는 정보만 주고 가다니, 정말 최악이다.

게다가 자기가 했다고?

막을 수가 없었다, 라면 그나마 용서할 수 있겠지만 자기가 했다니, 대체 무슨 소리냐!

"모두의 의견을 들어보자꾸나."

강인하다고 널리 알려진 황제 폐하가 한숨을 쉬며 의견을 요구했다.

"……뭐, 제국법에 비추어 생각하자면 극형에 처하거나 국외추방하는 것이 타당할 것입니다."

"지금까지도 그 남자는 제국에 협력적이지 않았지. 일개 헌터가 지금까지 추방당하지 않았던 게 기적이나 마찬가지라고."

귀족 중 한 명이 말했다. 하지만 말도 안 되는 소리였다. 일개 헌터가 아니었기에 추방당하지 않았던 것이다. 그 남자의 죄를 지금까지 묻지 않았던 건 이상한 일이었지만, 또한 타당한 일이기도 했다.

프란츠는 분명히 《천변만화》를 감옥에 처박아 줄 생각이었다. 하지만 그것은 어디까지나 근신을 어기고 움직인 건에 대해 죄를 물을 생각이었지, 그 죄목이 팬텀을 해방시킨 거라면 너무나도 일이 커진다.

제국법에 따르면 극형에 처하거나 영구 국외추방 처분이 타당하긴 하다. 아무리 정신 나간 범죄자라 하더라도 저지르지 않을 짓을 저질렀으니까. 하나 그것은 너무나도 어리석은 생각이라 할 수밖에 없었다.

그때, 다른 귀족이 이의를 제기했다.

"잠깐, 잠깐, 잠깐. 잊어서는 안 된다. 유그드라와 국교를 맺었다는 사실을. 지금 《천변만화》를 극형에 처하면 국교가 백지로 돌아갈지도 모른다."

"말도 안 되는 소리………… 세렌 황녀는 매우 의욕적이라고 들었는데. 아무리 인연이 있다 하더라도 범죄자를 처벌했다고 백지로 되돌리다니, 국가의 대표가 할 짓도 아니며 국민들도 용납하지 않을 터."

아니——— 세렌 황녀라면 틀림없이 그렇게 할 것이다. 그리고 그 결정에 다른 유그드라의 주민들은 이의를 제기하지 않는다. 유그드라는 세렌 황녀를 우두머리로 받드는 독재 국가니까.

이곳 제블디아에서도 황제가 강대한 권력을 지니고 있긴 하지만, 세렌 황녀가 유그드라에서 지니고 있는 권력과는 비교도 되지 않는다. 유그드라의 주민들에게 있어서 세렌 유그드라 프레스텔은 매우 가까운 곳에 있는 신이다. 그녀가 예스라고 하면 예스이고, 노라고 하면 노다. 그 측근인 고위 정령인들은 세렌에게 의견을 제시할 수는 있지만, 결정에 이의를 제기하지는 않는다.

"지금 유그드라와의 국교 수립이 백지로 돌아가는 건 위험하지. 얼마나 기대를 받고 있는지는 잘 알텐데? 그리고 얼마나 많은 나라들이 그 자리를 노리고 있는지도."

맞는 말이긴 하다. 행방불명처럼 영문을 알 수 없는 사건이 일어났는데도 제국에 활기가 넘치는 이유는 유그드라와 국교를 맺었다는 이벤트가 그 사건을 덮어주었기 때문이다. 이제 와서 국교 수립이 취소된다면 그야말로 제국 건국 이후로 가장 큰 실태이리라. 지금도 제국에서는 자유로운 성격이며 친숙하게 제도를 관광하고 다니는 세렌 황녀의 인기가 꽤 많은 상황이다.

그리고 《천변만화》의 추방은 더욱 최악의 선택지다.

그 남자는 최악이지만, 유능하기 짝이 없다. 이번에도 그 남자가 움직이기 시작하자마자 사건이 해결되는 방향으로 흘러갔다. 저지른 짓은 최악이지만, 원래 그 최악의 행동은 하려고 마음을 먹더라도 해낼 수 있는 것이 아니다. 아무리 범죄자가 되어도 그 남자를 데리고 가려는 나라는 얼마든지 있다.

"그래도 무죄로 방면할 수는 없지. 법은 법이니."

"맞아! 그 녀석이 죄를 고백한 이상, 심판해야만 해."

의견이 나오자 프란츠는 주먹을 한껏 세게 쥐고는 딱 잘라 말했다.

당연하다. 제블디아는 법치국가다. 아무리 문제가 있다 하더라도 죄를 저지른 자를 심판하지 않는다면 국민들에게 본보기가 되지 못한다.

"하, 하지만, 피해자는 없잖아? 프란츠 경이 곧바로 포진을 깔아두었던 덕분이라고 들었다만."

그렇다. 피해자는――― 적어도 이번 사건으로 인해 죽은 사람은 없다.

아니, 이번뿐만이 아니다. 지금까지도《천변만화》가 일으킨 소동으로 인해 죽은 사람이 생긴 적은 한 번도 없다.

다시 말해, 짜증이 나긴 하지만 그 남자는 프란츠가 어떻게 움직일지 완전히 예측하고 있었다는 뜻이다. 자고 있던 헌터들과 기사단을 억지로 깨워 온 힘을 다해 태세를 갖출 것을 예측했다는 뜻이다. 그리고 그 멤버들이 팬텀의 출현에 대처할 수 있을 거라 예상했다는 뜻이다.

전부, 모든 것이《천변만화》의 손바닥 위다. 지금도 그 남자는 분명 우왕좌왕하는 프란츠 같은 사람들을 상상하며 즐기고 있을 것이다. 이게 최악이 아니라면 대체 뭐지?

그때, 귀족 중 한 명이자 제국의 검이라 불리는 그라디스 경이 문득 생각났다는 듯이 말했다.

"……그러고 보면, 소문을 듣자하니 그 남자는 다른 사람을 시험하는 버릇이 있다더군. 상대가 받아들이든 그렇지 않든 아랑곳하지 않고 역량에 아슬아슬하게끔 시련을 내려준다고."

"…………그러니까, 그라디스 경께서는 이렇게 말씀하시는 겁니까? 그자가 프란츠 경을 시험한 거라고요?"

그 말로 인해 회의실이 떠들썩해졌다. 그냥 생각하기에는 귀족을 시험한다는 건 있을 수 없는 이야기다.

하지만, 그 말은 정곡을 찌르는 말이었다.

그 남자라면 그렇게 한다. 상대가 귀족이든, 동료든, 친구든 상관없이. 그것이 프란츠가 조사하고 체감했던《천변만화》라는 남자였다.

"유물조사원으로서는 이번 사건은 미지의 영역이다. 한 개인에게 죄를 물을 일이 아니라고 생각한다. 만약에 《천변만화》가 무슨 짓을 저질렀다 하더라도――― 제도 전체에 팬텀이 나타날 거라 예상할 수는 없었을 터."

"점성신비술원도 동의합니다. 속았다면 심판할 때도 그 사실을 고려해야만 할 겁니다."

"신산귀모로 널리 알려진 레벨 8이 속았다는 말을 누가 믿는다고?"

토론의 흐름이 서서히 갈라지기 시작했다. 프란츠가 생각하기로는 여기 있는 귀족들 중 절반 정도는 《천변만화》를 별로 탐탁지 않아 할 것이다. 하지만, 그럼에도 불구하고 모두가 《천변만화》의 처우를 결정하지 못하고 있었다.

죄를 물을 것인가, 묻지 않을 것인가. 묻는다면 그 벌은 어느 정도 무게가 적절할 것인가? 그리고 무엇보다 그 정체를 알 수 없는 능력을 지닌 남자를 가두어 둘 수 있을 만한 감옥이 존재하는가?

황제 폐하가 묵직한 목소리로 말했다.

"시험했다 해도 죄는 가볍지 않을 게다. 속았다는 말을 믿는다면 제블디아가 얕보이겠지."

"……옳으신 말씀인 듯합니다. 지금 시점에서 죽은 사람은 없습니다만, 이대로 가다가는 언제 죽는 사람이 생기더라도 이상할 게 없습니다. 아무리 별것 아닌 팬텀이라고는 해도――― 제국법에 따르면 지금 시점에서는 《천변만화》의 극형은 피할 수 없을 것입니다. 죄를 가볍게 하기 위해서는 이유가 필요하지요."

솔직하게 말하자면, 이번 일로 나타나게 된 팬텀에게는 대단한 힘이 없다. 지금까지 확인된 바로는 모습이나 형태가 이질적이기는 해도 전투 능력은 약한 편이다. 휴가 체험했다는 공포를 구현하는 능력의 소유자가 나타났다는 보고도 듣지 못했고, 지금까지는 기사단과 헌터들이 충분히 대처할 수 있는 상황이다.

하지만 엄중 경계 태세를 계속 유지할 수도 없을 테고, 더욱 전투 능력에 특화된 존재가 나타나지 않으리라는 보장도 없다. 그러한 가능성이 존재하는 이상 《천변만화》의 극형은 피할 수 없다.

이 상황을 어떻게든 해결하는 것은 절대로 불가능하다. 보물전을 소멸시키기 위해서는 그 원천인 마나 머티리얼이 흐르는 지맥을 어떻게 할 수밖에 없고, 그런 행동은 세계적으로 금지되어 있다. 국민의 안전이 가장 우선이긴 하지만, 그들의 존재가 신전형 보물전이 나타나는 것을 막고 있는 이상 제도를 버릴 수도 없다.

사건이 사건이니만큼, 극형에 대해 탐색자 협회에서도 이의를 제기하지는 않을 것이다. 하지만 조건이 이렇게 많이 갖춰져 있는데도——— 그 남자를 잘라내는 건 여러 가지 의미로 너무 위험했다.

그렇게 생각하던 프란츠는 눈살을 찌푸렸다.

아니——— 애초에 그 남자는 어째서 이번만 솔직하게 자기가 저지른 짓을 고백한 거지?

분하지만 그 남자의 신산귀모는 레벨 8에 걸맞는 수준이다. 신산귀모가 아니라 해도 조금만 머리가 돌아간다면 그렇게 고백했을 때 자신이 극형에 처해질 거라는 사실을 알고 있을 텐데. 그녀석은 마지막으로 제국법에 저촉되냐고 물어보았지만, 저촉되지 않을 리가 없다.

애초에《천변만화》의 고백은 본인이 털어놓지 않았다면 아무도 알지 못했을 일이었다.

언제든 그 남자의 행동에는 목적이 있었다. 프란츠 일행을 곤란하게 만들기 위해 그랬을 거라는 가설을 완전히 부정하지 못한다는 점이 골치 아프긴 하지만, 이번 고백에도 뭔가 목적이 있을 거라 생각해야 한다.

극형에 처해져야만 하는 이유……? 설마, 죽은 척이라도 할 셈인가?

그렇게 생각하고 있자니 갑자기 방 안의 조명이 전부 꺼졌다.

반사적으로 일어나 소리쳤다.

"?! 전원, 전투 태세에 들어가라! 폐하를 지켜라!"

갑작스러운 어둠으로 인해 회의실이 떠들썩해졌다. 귀족들이 일어났고, 호위를 맡은 기사들이 순식간에 전투 태세에 들어갔다.

빛이 없다고 해서 움직이지 못하게 될 만큼 제블디아의 기사는 허약하지 않다. 싸울 수 있는 힘을 지니는 것은 귀족의 의무다. 이 회의실에 밤눈이 어두운 사람은 한 명도 없다.

대체 무슨 일이 일어난 거지? 마법은 아니다. 사고도 아니다. 실력이 뛰어난 기사들이 많이 모여 지키고 있는 황성의 최심부까지 소동을 일으키지 않고 올 수 있는 자가 과연 있을까?

…………설마, 또 그《천변만화》가 뭔가 저지른 건가?

기분 나쁜 예감에 몸을 떨고 있던 프란츠 앞에서 문이 세차게 열렸다.

문 건너편에서 들어온 희미하고 푸르스름한 빛. 어둠 너머에서 온 것은——— 제블디아 마술학원 교복을 입은 한 소녀였다. 프란츠는 반사적으로 소리쳤다.

"보고를 받았던 그 팬텀이다! 절대로 놓치지 마라! 전원, 공격 개시!"

프란츠의 호령에 따라 기사들이 신속하게 움직이기 시작했다.

미지의 존재를 대비한 훈련은 평소에도 신경 써서 이루어지고 있다. 어찌 됐든, 요즘 제도는 뒤숭숭하기 때문이다. 그리고 예언 소동 때 크게 활약했던 기사들의 능력은 과거와는 비교도 되지 않을 정도로 강했다.

실전 한 번은 훈련 백 번보다 더 나은 법이다.

"소녀 팬텀이 어쨌다고! 얼마 전에 싸웠던 '마린의 통곡'을 생각해 봐라! 그 저주와 비교하면 목을 늘리는 게 어쨌다는 거냐! 우리의 무예를 보여줄 때다!!"

재빠르게 가다듬은 살의로 공포를 덧씌웠다.

기사들은 세련된 움직임으로 다가섰다. 한 명이 당하면 두 번째 기사가, 두 명이 당하면 세 번째 기사가 그 팬텀과 맞서 싸운다. 제블디아의 기사들은 용맹하다.

제일 먼저 달려든 기사가 검을 내리쳤다.

칼날이 그 팬텀에게 도달한 순간, 소녀의 목소리가 실내에 울려 퍼졌다.

"이젠 싫어! 항복할게!"

"…………뭐라고?"

최악이다. 그 남자가 버튼을 누른 이후로 레이디 일행의 상황은 그야말로 최악이었다.

애초에 그 남자가 누른 것은 공포를 충분히 수집하고 나서 누를 예정이었던 버튼이다. 그리고 인간의 공포를 충분히 모은 레이디 일행은 더 강화되었어야 했다.

하지만, 이제 전부 끝난 일이다. 그 남자의 경솔한 행동으로 인해 다른 차원에 존재하고 있던 보물전과 바깥 세계가 통합되어 버렸다. 레이디도 이제는 원래 상태로 되돌릴 수 없다.

루시아에게 집중하지 말았어야 했다. 자신이 직접 그 남자에게 대처했어야 했다.

진짜로 위험한 것은 극도로 분노한 루시아가 아니라 무슨 짓을 저지를지도 모르고 레이디 일행을 볼 수도 없을 정도로 무능한 크라이 안드리히였던 것이다.

보물전과 제도의 융합은 인간 쪽에서도 피해야만 할 사태였을 텐데————.

그리고, 어설픈 상태로 제도에 쏟아져 나온 레이디 일행을 기다리고 있던 것은 지옥 같은 술래잡기였다.

"나타났다! 상어다!"

"절대로 놓치지 마라! 몰아넣어!!"

인간에게 원한을 품은 무시무시한 몬스터, 이리저리 움직이며 흉악하기 짝이 없는 모습으로 인간을 덮치던 상어——— 데몬 샤크가 여러 헌터들에게 쫓겨 다니고 있다. 과거에는 수많은 인간들을 지옥에 떨어뜨렸던 몬스터도 이 세계의 헌터들에게는 약간 특이한 동물에 불과한 모양이었다.

"재생한다, 정수리를 노려!"

"그냥 상어일 뿐이야! 물린 정도로는 아무런 문제도 없다고!"

어째서 이 시대의 인간은 데몬 샤크에게 물려도 멀쩡한 거지? 대체 어느 쪽이 몬스터야? 데몬 샤크는 공중에 화살과 마법이 마구 날아다니는 와중에 필사적으로 도망쳐 다니고 있었다.

"나나나, 나! 나!"

"키르키르키르키르키르!"

몬스터 디기는 어디선가 나타난 괴물, 종이봉투를 뒤집어 쓰고 팬티만 한 장 걸친 괴인에게 쫓겨 다니고 있었다. 원심력을 충분히 실어 던진 머리를 한 손으로 분쇄하고는 멈추지 않고 쫓아오는 그 모습은【별의 신의 모형정원】에 나타났더라도 이상할 게 없는 위용이었다.

"우오오오오오오오오오오옷! 사냥감이다아아아아아아아아아!"

"루크! 치사해애애애!"

"붙잡아 주세요!! 개조할게요!!"

"?!"

보물전에 봉인되어 있다가 크라이가 해방시킨 자들도 레이디 일행을 구해주지 못했다.

봉인되어 있던 자들이 약했던 것은 결코 아니다. 원인은 크게 나누어 세 가지다.

첫 번째는 제도의 헌터들이 너무 강했다는 점.

아니——— 너무 강했다고 해야 하나, 너무 익숙했다. 팬텀이 갑작스럽게 나타났는데도 불구하고 거의 동요하지 않다니. 레이디가 보물전에 나타났을 때 주어진 일반 상식과는 너무나도 달랐다.

두 번째는 왠지 모르겠지만, 제도 쪽에서 만반의 태세를 갖추고 있었다는 점.

일반 시민을 먼저 습격했다면 레이디 일행도 좀 더 강해질 수 있었을 텐데, 마치 잠복하고 있었던 것 같은 형태로 대처하니 아무것도 할 수가 없었다.

그리고 세 번째가 최악인데——— 제도에는 이미 레이디 일행을 뛰어넘는 괴물이 있었다는 점이다.

종이봉투를 뒤집어 쓴 괴인도 그중 한 명이고, 류~류~ 하는 알 수 없는 목소리를 내는 아인, 키가 4m에 가까울 정도로 거대한 전신 갑옷을 입은 남자. 마주치자 마자 태우려 드는 마녀, 약간의 동요도 없이 베려고 달려드는 피에 굶주린 검사. 임팩트라는 면에서 완전히 뒤처졌다.

얼굴을 피투성이로 변형시킨 뒤 겁을 주려던 레이디를 보고 어린 여자아이가 눈을 동그랗게 떴다. 하지만, 그 이상 두려워하는 낌새를 보이지 않았다.

어째서 나를 두려워하지 않는 거지? 순수하게 의문을 제기한 레이디에게 일반인 여자아이가 말했다.

"어? 왜냐하면, 저번에는 더 무서운 게 나타났었으니까. 언니랑 캐릭터가 겹쳐. '마린의 통곡'이라고 하는데———."

그리고, 레이디는 그제야 알게 되었다.

불과 얼마 전에 제도 전체를 공포의 구렁텅이에 몰아넣은 존재가 있었다는 사실을.

검사를 살인귀로 바꿔버리는 저주받은 검. 제블디아 마술학원을 파괴한 검은 세계수와 교회에 봉인되어 있었던 흉악한 주물. 프림스 마도과학원을 혼란스럽게 만든 비약. 그리고——— 거대한 동물 모습으로 변신하고 파괴의 폭풍이 되어 제도 전체를 돌아다녔던, 전설로 남은 정령인의 저주.

겨우 손에 넣은 신문에 실려 있던 그 모습은 확실하게 말해서 레이디 진영의 어떠한 팬텀보다 눈에 띄었고, 무시무시했다. 그때는 아직 보물전에 마나 머티리얼의 공급이 더뎌지지 않았고, 남몰래 행방불명 사건을 진행하고 있었기에 알지 못했던 것이다.

이런 게 나타났다면 공포를 느끼지 못한 것도 당연하다.

오히려 레이디 일행은 지금까지 잘 해낸 편이라 할 수 있다.

공포를 제대로 수집하지 못한 이상, 별의 신이 돌아올 가능성은 거의 없을 것이다.

제대로 공포를 얻지 못하는 레이디 일행의 미래는 어둡다.

레이디가 지닌 능력도 바깥 세계와 보물전이 융합됨으로써 제한이 크게 걸렸다. 이제 게이트를 마음대로 드나들 수도 없고, 마음대로 전이할 수도 없다.

보물전 자체가 사라지지는 않겠지만, 보물전의 성질로 인해 공포의 대상이 되지 못하는 팬텀은 소실되어 버린다. 마나 머티리얼의 공급도 줄어들었기에 이 상황을 타개할 수 있을 만큼 강한 팬텀이 나타날 가능성도 별로 없다. 별의 신이 준비해둔 비밀의 방에 있던 조각상의 팬텀을 해방할 수 있다면 이야기가 달라질지도 모르겠지만, 해방에 필요한 왕관은 무슨 생각인지 크라이 안드리히가 가지고 가버렸다.

불과 일주일 전까지는 꽤 잘 진행되고 있었는데, 사야가 참전한 이후로 단숨에 어떻게 해볼 수가 없는 상황까지 무너져 내려버린 것이다. 그렇다면 남은 선택지는 얼마 없다.

이대로 팬텀으로서 마지막까지 싸우다가 사라질 것인가, 아니면———.

레이디가 한 말을 듣고 프란츠라고 자기소개를 한 남자가 정색하는 표정으로 말했다.

"그, 그렇군…… 그래서, 우리에게 온 거라고………… 말도 안 돼…… 그 남자는 이런 것까지 예상했다는 건가?"

"팬텀이 이야기를 나누러 오다니, 전대미문이로군. 정말, 이렇게 많은 일들이 연달아 일어날 줄이야."

결국, 레이디가 선택한 것은——— 인간과 교섭하는 것이었다.

갑자기 찾아온 레이디를 보고 인간들이 드러낸 반응은 각자 달랐다. 경악, 의심, 약간의 두려움. 하지만, 거기에는 분노 같은 감정이 없었다.

애초에 레이디 같은【별의 신의 모형정원】의 팬텀과 일반적인 다른 팬텀들 사이에는 큰 차이가 있다. 다른 팬텀들에게 있어서 쳐들어오는 인간들은 단순히 방해꾼이지만, 인간의 공포를 양분으로 삼는 레이디 일행은 인간을 필요로 한다. 레이디 일행 중에서 가장 인간에 대한 살의가 강한 데몬 샤크조차 인간이 없으면 살아갈 수가 없다.

그렇기에 레이디는 보다 효율 좋게 공포를 얻기 위해 도시의 발전을 방해하지 않게끔 주의하며 사람들을 납치했고, 인간을 최대한 죽이지 말라고 엄하게 명령을 내렸다.

별의 신이 내려준 사명도 인간을 전멸시키지 않고 그 공포에 대해 알아내는 것이었다. 막대한 힘을 자랑하는 별의 신에게 있어서 인간을 전멸시키는 데 레이디 일행의 힘 따위는 필요가 없었던 것이다.

다시 말해, 레이디 일행은 자존심만 버리면 인간과 공존할 수 있다.

자리에 앉아있던 남자들 중 한 명이 말했다.

"교섭에 응할 생각이 없다고 한다면?"

"간단하지. 영원히, 무질서하게 팬텀들이 솟아나 사람들을 덮칠 뿐이야. 당신들은 강하긴 해. 하지만 언제 어디서 솟아날지 모르는 우리와 계속 맞설 수 있을 것 같아?"

이 도시의 인간은 공포에 대한 내성이 강하기는 하지만, 결코 모두가 내성을 지니고 있는 것은 아니다. 레이디 일행이 이기지 못하는 것은 헌터나 기사, 마도사처럼 전투와 관련된 기술을 지니고 있는 자들뿐이다.

이 도시의 대다수는 비전투원이다. 거기에 활로가 있다. 아주 희미한 활로가.

인간이 곧바로 팬텀을 믿어줄 거라 생각하지는 않는다. 교섭이 간단히 끝날 거라고도 생각하지 않는다. 하지만, 시간을 들이면 레이디와의 교섭을 받아들이는 것이 더 큰 이익을 가져다 줄 거라는 사실을 이해할 것이다.

동료들을 위해 허세를 부리며 말한 레이디를 보고 나온 반응은 뜻밖이었다.

원래는 무시하더라도 이상할 게 없는 말을 듣고도 진지한 표정을 짓고 있다.

"이 사태를 어떻게 해결할 생각인 건가 했는데, 이건, 그런 뜻인가……."

"절대로 불가능하다고 생각했던 팬텀을 제어하는 방법이 있다라."

"《천변만화》 놈…… 설마, 이런 책략을 실행할 줄이야……."

"이거라면 분명히 정상을 참작할 여지도 생기겠어."

대체 무슨 소리를 하는 거지? …………책략?

프란츠 옆에 앉아 있던, 아마 여기에서 지위가 가장 높은 것 같은 장년 남자가 말했다.

"……좋다. 팬텀, 네놈은 뭘 원하는가?"

"내가 원하는 건…… 각자 나뉘어 살자는 거야."

죽이지 않는다. 특정한 타이밍, 특정한 범위 이내에만 나타난다.

그 대신, 동료들을 함부로 위협하지 않게끔 해줘야 한다.

물론 레이디가 내세운 조건을 만족시키지 못하는 자들도 존재하긴 한다.

예를 들어——— 계약을 맺은 사야의 이형들이다. 그것들은 사람을 해치는 존재이며, 레이디의 명령을 따르지 않고 기본적으로 레이디 일행과는 한데 어울릴 수 없다.

하지만 애초에 그것들은 끝장이다. 사야를 배신했으면서도 사야를 처치하지 못했다.

그것들은 사야를 얕보고 있다. 레이디 일행과 진짜로 손을 잡을 생각이었다면 반드시 사야의 숨통을 끊어놓았어야만 했다.

레이디 일행은 사야 크로미즈를 적으로 삼고 싶지 않다. 아마 그것들도 그 사실을 본능으로 이해하고 있었기에 지금까지 사야에게 한 번도 반항하지 않았을 테고——— 단 한 번 반항할 때는 틀림없이 숨통을 끊으려 했을 것이다.

이형을 불러내고, 그 이형에 간섭할 수 있는 사야의 능력은 더 강해질 수 있다. 그리고 그 능력은 이형과 비슷한 존재인 레이디 일행과 맞서 싸움으로써 더욱 강해졌다.

레이디 일행에게 막대한 대미지를 입혔던 까만 번개를 두른 공격. 애초에 이형들 자신들도 열지 못했던 이차원으로 통하는 문을 열 수 있는 능력이 '보는 것'만으로 끝날 리가 없으니까.

소용돌이치는 까만 하늘. 땅바닥에 튀어나온 수많은 묘비.

비가 쏟아져 내리는 와중에 사야 크로미즈는 홀로 서 있었다.

여기는 제도와 겹쳐져 있던 보물전에 존재했던 구역 중 한 곳이다. 지금은 '퇴폐 지구'에 있는 게이트를 통해 손쉽게 드나들 수 있는 '묘지' 구역. 아마 이 보물전의 팬텀들이 가장 큰 힘을 얻을 수 있을 그 구역에서 사야는 한숨을 쉬었다.

조상들로부터 대대로 이어져 내려온 제복은 젖어서 달라붙어 있다. 그녀는 경봉을 쥔 오른손에 힘을 주었다.

주위에는 팬텀의 기척이 없었다. 애초에 이곳을 거점으로 삼고 있던 팬텀들은 모두 도망쳤다.

이곳에 있는 것은 사야가 추적하던 자들과 사야뿐이다.

흐린 날씨와는 달리, 기분은 정말 시원스러웠다.

사야에게 있어서 방문자와의 관계는 복잡했다. 이유는 알 수 없지만 힘을 빌려주는 이형의 존재. 사야를 제외하면 누구에게도 보이지 않고, 무슨 생각을 하는지도 알 수 없는 미지의 방문자.

지금까지 사야가 방문자를 공격한 적은 없었다. 그럴 필요성이 없었기 때문이다.

하지만, 좀 더 일찍 이랬어야 했다.

지금은 알 수 있다. 원래는 엮일 일이 없을 방문자들의 세계에 간섭해서 방문자들을 불러내는 '사락사락'.

《천변만화》로 인해 확장된 그 능력 너머에 있던 것은, 방문자들에게 효과적인 능력――― 다시 말해 방문자들의 파괴였던 것이다.

"나오도록 해. 남은 건 너 뿐이야."

그렇기에 방문자들은 사야를 따르고 있었던 것이다.

사야의 능력이 없으면 이 세계에 방문할 수 없고, 또한 사야의 능력이 자신들에게 막대한 대미지를 입힐 수 있다는 사실을 알고 있었기에―――.

온몸에 가득찬 그 신기한 힘은 행방불명 사건을 통해 이계에 가서 그곳의 팬텀을 공격했을 때 처음으로 눈치챈 힘이다. 경봉이 방문자를 죽일 수 있는 까만 번개에 감싸였다.

리즈 일행이 한 말은 꽤 난폭했지만, 정곡을 찌르고 있었다.

다른 사람에게 해를 끼치는 존재를 부릴 때는 상하관계를 확실하게 새겨주어야만 한다.

방문자에게 대미지를 입힐 수 있는 사람이 아무도 없다 하더라도, 여기에는 사야가 있다는 사실을 새겨야 한다.

무덤이 후두둑 무너져 내렸고, 땅바닥에서 까만 그림자가 솟구쳤다.

지금까지 '사락사락'은 상대의 힘에 비례하듯이 강력한 방문자를 불러냈다. 하지만 이번에 사야를 배신한 것은 지금까지 불러냈던 어떤 개체와도 달랐다.

사락사락 하는 소리. 까만 덩어리에서 촉수 같은 것이 수없이 돋아났다.

————크다.

리즈 일행에게서 깨달음을 얻은 뒤로 사야는 그녀를 배신하고 팬텀들 쪽에 붙은 것들을 모조리 없애나갔다. 하지만, 이 개체는 그중 어떤 것들보다 강하고, 거대하고, 끔찍하고, 거만하다.

눈도 코도 입도 없는 그 모습은 약간 문어와 비슷하게 생겼다.

표정도 없는데 강한 경멸과 비웃음이 느껴졌다.

지금까지 사야를 도와준 적은 한 번도 없는 순수한 인류의 적.

이 녀석이 마지막이다. 그리고, 이 녀석을 쓰러뜨리면 분명 다른 방문자들은 대부분 두 번 다시 사야를 배신할 생각을 하지 못하게 될 것이다.

아무런 전조도 없이, 눈에 보이지도 않을 정도로 빠르게 촉수가 휘둘러졌다.

그 속도는 모의전 때 본 티노 셰이드의 최고 속도를 한참 뛰어넘었다.

하지만 음속을 뛰어넘는 속도로 내려친 촉수는 사야 주위에서 세차게 튕겨 나갔다.

방문자가 멈춘 것이 아니다. 사야를 중심으로 터져나간 까만 번개가 그 일격을 막은 것이다. 그것은 일부 술법 사용자들이 펼치는 결계와 비슷했다.

일반적인 결계와는 달리 방문자에게만 효과가 있는 힘이다. 하지만, 그것만으로도 충분했다.

사야에게 남겨져 있는 가장 오래된 기억. 얼굴조차 기억이 나지 않는 가족이 해준 말을 사야는 또렷하게 기억하고 있다.

사야의 재능은――― 일족을 과거까지 모두 통틀어도 비슷한 사람을 찾아볼 수 없을 정도로 강하다고.

일격을 막아내자 약간의 동요와 강한 살의가 느껴졌다.

리즈 일행도 도와주려 했지만, 마지막만큼은 사양했다.

이것은 사야가 내야만 하는 결판이다.

일렁거리며 돋아난 그 수많은 촉수가 사야를 여기저기에서 노리고 있다.

이 배신자. 굳이 이름을 붙이자면――― '천수(千手)'라고 할까.

사야는 제도에 와서 많은 것들을 배웠다. 이 녀석만 쓰러뜨리면 대단원이다.

그런 다음에는 아무런 걱정도 없이 제도를 관광하고, 당당하게 테라스로 돌아갈 수 있다.

경봉에 까만 빛이 모여들었다. 이 힘을 다루는 요령이 조금씩 이해되는 것 같았다.

눈이 열기를 띠고 있다. 마치 타오르는 것 같다. 하지만, 사야에게 있는 것은 고양감이었다.

"벌을 주겠어. 여기라면 다른 곳에 피해도 주지 않을 거야. 일대일로 결판을 내자."

이런, 이런, 어째서 근신 중에 그렇게 게으름을 피웠는데 겨우 한 번 밖에 나간 것만으로 이렇게 피곤하게 느껴지는 거지? 인간의 몸은 정말 신기하다.

오랜만에 긴장감 넘치는 이벤트를 마치고 클랜 하우스로 돌아왔다. 한숨을 쉬며 클랜 마스터실의 지정석에 앉은 나에게 에바가 위로의 말을 해주었다.

"고생 많으셨어요, 크라이 씨. 어땠나요?"

"으음…… 뭐, 애매하긴 한데…… 목적은 달성했으려나. 이제는 될대로 되겠지."

내가 호출에 응한 이유는 내가 저질러버린 일에 대해 엎드려 빌기 위해서다.

용서해줄지 여부는 뭐, 별로 문제가 안 된다. 할 수 있는 것을 했다는 게 중요하다. 세상에는 자신의 의지만으로는 어떻게 해볼 수 없는 것들이 대부분이니까.

애초에 내가 버튼을 눌러버리긴 했지만, 그 버튼이 구체적으로 어떤 거였는지는 모른다. 스마트폰에 수시로 오던 연락도 뚝 끊겼고, 애초에 근신 중이었던 나는 루시아가 조사하던 행방불명 사건에 대해 거의 아는 게 없다.

"정말, 왜 내 스마트폰에 메일을 보낸 거냐고…… 그런 건 치사하잖아."

스마트폰은 희귀한 보구이며, 여러 기능을 지니고 있는 만능 보구이기도 하다. 그런 보구에 메일이 오면 보통은 함정이라고 생각하지 않을 것이다. 보구를 좋아하는 내 성격을 제대로 이용당했다고 할 수 있다. 정말, 괘씸하다니까.

나는 유일하게 얻은 왕관——— 비밀의 방 제일 안쪽에 놓여 있던 왕관을 빙글빙글 돌리며 말했다.

"이 왕관도 보구가 아닌 것 같고 말이지."

보물전에서 발견한 아이템이 보구인지 아닌지는 간단히 알아볼 수 있다.

보구는 충전한 마력을 소비해서 효과를 발휘하지만, 애초에 마력을 충전하지 못하면 그것은 보구가 아니라는 뜻이다. 그리고 그런 관점으로 따지면 이 왕관은 보구가 아니다.

모처럼 원하는 보구를 손에 넣을 수 있다고 해서 정말 기뻤는데, 엎친 데 덮친 격 같은 결과다.

"……왠지 기운이 없으시네요."

"뭐, 위험부담을 꽤 떠안았으니까, 이번에는."

팬텀이 나타나지 않았다고는 해도 호위도 없이 보물전에 잠입한 것은 위험부담일 수밖에 없다.

에바에게 슬쩍 손짓을 한 다음, 다가온 그녀의 머리에 왕관을 씌워주었다.

가만히 있다가 왕관을 쓴 에바가 눈살을 찌푸렸다.

"…………이건 뭐죠?"

"뭘까."

적어도 귀금속으로서의 가치는 없을 것이다. 보물전에서는 귀금속 같은 게 나오지 않으니…….

뭐, 이번에는 정말 오랜만에 순수한 대실패였다. 내가 무능하다는 건 알고 있지만, 이렇게 얼빠진 짓을 하고 나니 의기소침해진다. 이번 사건에서 역 MVP를 뽑자면 분명히 나일 거라고.

그리고, 나는 이런 실수를 할 때마다 이런 생각을 한다.

슬슬 물러날 때인가.

나는 어째서 아직 헌터를 은퇴하지 않은 거지?

영원히 근신 처분을 당하고 싶은 기분이다. 보수를 안 줘도 되니까.

답답한 마음에 한숨을 쉰 순간, 갑자기 방 밖이 떠들썩해졌다. 노크도 하지 않고 문이 세차게 열린 뒤, 루크 일행이 시끌벅적하게 들어왔다.

제도 전체에 난리가 났는데도 너희는 정말 기운이 넘치는구나.

"크라이! 최고야! 설마, 이곳 제도가 보물전이 되어버릴 줄이야! 뭐, 팬텀들은 다들 도망치기만 하지만………… 다음에는 절대로 놓치지 않겠어."

"생각보다 별것 아니긴 하지만, 도시에서도 나름대로 마나 머티리얼을 흡수할 수 있다는 건 편리하지. 그 때문에 어설픈 헌터가 잔뜩 생길 것 같긴 하지만."

제도가 보물전이 되어서 기뻐하는 건 분명히 너희들 정도뿐일 거야. 뭐, 애초에 《비탄의 망령》은 보물전 안에서도 아무렇지도 않게 숙박하곤 했으니까.

그때, 루크나 리즈 못지 않게 눈을 빛내고 있던 시트리가 손가락을 하나 펴들고 말했다.

"크라이 씨, 어쩌면 도시 안에 보구도 나타날지 모르겠네요!!"

"!! 응, 그래, 그렇지!"

"기뻐하지 마!"

루시아가 곧바로 태클을 걸었다. 아니…… 기뻐하는 건 아니라고. 아주 조금 그렇긴 하지만.

보구가 나오는 건 문제가 없지만, 안전지대가 사라지는 건 최악이다. 나는 운이 안 좋으니 자칫하다가는 클랜 마스터실에 팬텀이 나타날지도 모른다.

"이번 사태가 누구 때문에 일어난 건지 알기나 해요? 안셈 씨는 교회 쪽 일 때문에 사흘 밤낮으로 일하고 있거든요?"

"너무 그러지 마, 루시아. 크라이도 생각이 있어서 그랬을 테고, 안셈 오빠는 사흘 정도 밤을 새는 건 아무것도 아니니까."

신기하게도 리즈가 루시아를 달래네………… 아니, 딱히 생각이 있어서 그런 건 아닌데?!

내가 일부러 그런 것처럼 말하지 말아줄래?

"맞아, 루시아. 냉정하게 생각해 보라고. 제도가 보물전이 된다는 건 손해보다 이익이 더 커. 그렇지? 크라이?"

이런. 나를 리즈와 루크 같은 사람처럼 보고 있네.

정색하는 듯한 에바의 눈초리를 보니 마음이 아프다. 급하게 따졌다.

"아, 아니, 아니, 안 되지! 제도를 보물전으로 만드는 건 용납

못해. 아마 제국법으로도 유죄일 거라고."

"제블디아는 융통성이 없으니까요. 저도 그렇게까지 큰 성과를 냈는데, 게다가 증거도 없는 상황이었는데 레벨이 떨어졌고요."

"아마는 무슨, 그런 짓을 하면 틀림없이 극형에 처해질 거라고요."

에바가 어이없는 듯한 표정을 지었다. 그녀는 내가 이 소동의 원인이라는(그럴지도 모른다는 가능성이 조금이나마 있다는) 사실을 아직 모르고 있다. 그런 한편, 시트리 같은 사람들은 루시아에게 이야기를 들었을 것이다.

"그래도 크라이 씨는 세운 공적만 봐도 차원이 다르니까요. 유그드라 건도 있고, 제국 쪽에서도 그렇게 간단히 극형에 처하지는 못할 거예요."

"…………크라이 씨, 무슨 짓을 하셨나요?"

"맞아~, 맞아~, 사야도 크라이가 부른 거나 마찬가지니까."

시트리는 기본적으로 내 편이다. 그런 시트리가 이런 식으로 말하는 걸 보니…… 의외로 내가 지금 처한 상황이 위험한 건지도 모르겠다. 이제 와서 어떻게 해볼 수는 없지만.

아무리 그래도 하드보일드하게 웃을 수는 없었던 나에게 시트리가 밝은 목소리로 말했다.

"괜찮아요, 극형에 처해지게 된다면 그때는 재빨리 제도에서 도망치죠! 대국은 제블디아만 있는 게 아니니까요. 우리라면 어떤 나라에서도 받아줄 거예요!"

"잠깐만! 시트! 농담은 이제 그만 해! 괜찮아요, 리더. 극형 같

은 건 있을 수 없는 일이니까요. 거크 지부장도 감싸줄 거고요, 아마도."

"맞아, 크라이. 나도 극형에 처해지지 않았으니까, 너도 괜찮을 거라고!"

루크는 좀 더 반성해야 할 것 같은데. 아니, 의외로 자각하고 있었구나 너.

그렇게 별것 아닌 이야기를 나누고 있자니 어깨에 들어갔던 힘이 빠졌다.

한숨을 쉬는 나를 보고 리즈가 문득 생각났다는 듯이 눈을 반짝이며 소리쳤다.

"맞다~! 크라이, 사야 만났어? 크라이가 말한 대로 엄청난 능력자였거드은. 너무 강해서 위기에 처한 경험이 거의 없었던 것 같은데, 이번 일을 통해서 능력도 더욱 강화된 것 같더라."

"제 신작 가스라면 쓰러뜨릴 수 있겠지만요, 아마도."

"저는 나중에 모의전을 할 예정이에요. 약속했으니까요."

"나도! 나도 할 예정이야. 약속은 안 했지만 말이지!"

……사야도 힘들겠네. 뭐, 의외로 상성이 좋은 것 같으니 이런 것도 나름 친구인가?

이러쿵저러쿵 이야기를 나누는 소꿉친구들을 보고 있자니 왠지 예전으로 돌아간 것 같다는 기분이 들어서 모든 것이 아무래도 상관없다는 기분이 들었다.

이번에 나는 확실히 큰 실수를 저질렀다. 하지만 지금까지도 몇 번이나 실수를 저질렀고, 모두에게 협력을 받아 겨우 그런 상황을 뛰어넘어 여기까지 올 수 있었다.

이번에도 모두가 있으면 어떻게든 될 것이다.

나에게는 분명 레벨 8에 걸맞는 실력이 없다. 그렇지만, 태도는 제쳐두더라도 헌터가 된 지 5년 정도만에 키워낸《비탄의 망령》의 실력은 확실히 레벨 8에 도달했다.

이제 더 이상 고민해봤자 의미가 없다. 일단 모든 고민을 머릿속에서 몰아냈다.

결국 내가 할 수 있는 일은 없다. 전부 될대로 되겠지.

나는 기지개를 켜고는 그제야 하드보일드한 미소를 지으며 눈을 감았다.

————그리고 다음에 깨어났을 때, 나는 낯선 방 안에 있었다.

귀족의 침실처럼 호화로운 가구들. 상황을 이해할 수가 없었기에 푹신푹신한 침대 위에서 몸을 일으키고 눈을 깜빡였다. 그리고 그런 내 앞에서 철컥, 잠금을 푸는 소리가 들린 다음 문이 열렸다.

들어온 사람은 낯익은 제블디아 제국의 갑옷과 투구로 무장한 기사였다.

그가 나를 내려다보며 큰 목소리로 선고했다.

"크라이 안드리히. 국가내란죄 용의로 동행하게 되었다. 제국법에 근거하여 귀공에게는 취조를 받을 의무가 있다. 귀공의 실력은 알고 있지만, 경솔한 행동은 삼갈 것을 충고한다."

………………어?

Interlude 대죄인

제블디아 제국 동부. 그것은 수도에서 약 1000km 떨어진 곳에 존재하고 있었다.

제국이 보유하고 있는 가장 큰 감옥이라 불리는 사우스 이스테리어 대감옥이다.

그 안에서도 몇 년 전에 발생한 집단 탈옥 사건을 계기로, 제국이 인재와 기술을 총동원하여 만들어낸 감옥이 있다. 거대한 호수 위에 있는 외딴섬에 새롭게 지어진 대감옥.

고레벨 헌터급, 인간의 범주를 뛰어넘는 힘을 지닌 죄인을 완전히 가두어두기 위해 만들어낸 그곳은 이스트 실 감옥섬이라고 한다.

섬에는 이미 많은 대죄인들이 수감되어 있다. 최근에 제국에 발생한 중대 사건의 범인들, 다른 나라에서 확실하게 수감해 두기 힘들겠다고 판단한 범죄자들. 고레벨 헌터나 많은 병사들이 호송해야 할 정도로 지극히 흉악한 범죄자들이 모여 있는 이 감옥은 그야말로 감옥섬이라는 이름에 걸맞는 곳이었다.

이스트 씰 감옥섬 책임자이자 이스트 씰을 포함한 주변 일대의 관리를 맡고 있는 제국 귀족 중 한 명, 얼터 후작은 얼마 전 회의 결과를 떠올리며 한숨을 크게 쉬었다.

"설마 우리 이스트 씰 감옥섬에서 《천변만화》를 받아줄 수 있겠냐니. 그렇지 않아도 '여우' 멤버를 수감시켜서 분위기가 팽팽해진 참인데."

이스트 씰 감옥섬의 목적은 일반적인 감옥에서는 완전하게 수감해 둘 수 없을 만큼 강력한 범죄자들을 수감해 두는 것이다.

최근의 사례로 따지면 보물전에서 마나 머티리얼의 조작 실험을 했던 노토 커클레어 일당이나 제도에서 대낮에 《심연화멸》과 싸움을 벌였던 '아카샤의 탑' 멤버들, 수르스에서 소동을 일으켰던 배럴 도적단도 이 감옥에 수감되어 있다.

그런 상황에서 그 범죄자들을 간접적, 또는 직접적으로 붙잡은 그 《천변만화》를 수감시키다니. 불에 기름을 붓는 격이나 마찬가지다.

"하지만 말이지, 이 감옥이 범죄자들을 수감하는 방식을 생각하면 거절할 수도 없을 거라고."

이스트 씰 감옥섬의 간수들은 뛰어난 인재들이다. 제블디아의 정규 기사단과 비교해도 훨씬 실력이 뛰어난 멤버들을 갖추고 있긴 하지만, 그럼에도 불구하고 마나 머티리얼을 대량으로 흡수한 그 흉악한 범죄자들과 비교하면 뒤처진다.

이렇게 흉악범들만 수감해 두고 있는 대감옥이 어떻게 아직 한 명의 탈옥도 허용하지 않고 유지되고 있는가. 그것은 이 감옥섬이 흉악한 범죄자들을 서로 싸우게 함으로써 탈옥을 저지하는, 지금까지와는 전혀 다른 실험적인 시설이기 때문이다. 제국으로서도 고육지책이었다.

흉악한 범죄자는 고레벨 헌터에 필적하는 능력을 지니고 있지만, 그들을 감시하기 위해 고레벨 헌터들을 한곳에 모아둘 수는 없다. 그렇다면 범죄자들에게 서로를 감시하게 만들면 된다.

그렇기에 이 감옥에서는 사이가 좋지 않은 조직원들을 근처에 수감해 두고 있다. 살상 사건은 이제 거의 일상이 되었지만, 그 대가로 여러 나라에서 애를 먹었을 정도로 흉악한 범죄자들을 가두어 둘 수 있는 것이다.

"《천변만화》…… 터무니없는 짓을 저질러 줬군. 에휴……."

비탄의 망령은 은퇴하고 싶다

외전 몬스터들은 겁주고 싶다

보물전【별의 신의 모형정원】의 팬텀들은 기본적으로 마음대로 바깥으로 나갈 수 없다.

보물전 중에는 일정한 규칙이 정해져 있는 곳들도 존재한다. 별의 신이 공포를 수집하기 위해 만들어낸【별의 신의 모형정원】의 팬텀들에게는 '소문을 이용하지 않으면 바깥에서 행동할 수 없다'는 규칙이 존재했다.

그 대신 공포의 정도에 따라 힘이 점점 강해지고, 일반적인 팬텀과는 달리 그렇게 간단히 소멸하지도 않기에 단점이라고만 할 수는 없지만, 그것을 제쳐두더라도 바깥으로 좀처럼 나갈 수 없다는 상황은 지성을 지닌 자가 비교적 많은【별의 신의 모형정원】의 팬텀들에게 있어서 큰 스트레스였다.

'흐느껴 우는 레이디'가 어느 정도 마음대로 바깥으로 나갈 수 있었던 것은 레이디가 소녀형 괴이 전반에 대한 공포의 상징이기에 지극히 폭넓은 공포를 담당하는 존재이기 때문이고, 레이디가 소문을 퍼뜨릴 필요도 없이 바깥에 소녀형 괴이에 대한 공포가 만연해 있기 때문이다.

만약에 레이디가 다른 팬텀들의 소문을 퍼뜨리지 않았다면 공포의 수집 진도도 전혀 나가지 못했을 것이다. 하지만, 레이디는 대표격인 존재이면서도 다른 팬텀들에게 무언가를 강제할 힘은 없었고, 다른 팬텀들 중에는 순수한 전투 능력이 그렇게까지 강하지 않은 레이디를 탐탁지 않아하는 자들도 많았다.

그리고 크라이 안드리히의 만행으로 인해 바깥 세계와 융합되어 버린 지금, 그러한 자들이 레이디가 하는 말을 들을 리가 없었다.

크라이로 인해 봉인에서 풀려난 보물전 최상위 괴물들을 비롯하여 바깥 세계에 굶주려 있던 자들은 이 상황을 환영하고 있었다.

마음대로 바깥을 돌아다닐 수 있게 된 이상, 이제 레이디를 따를 필요는 없다.

이번에야말로 인간들에게 공포를 새겨주겠다고 생각한 것이다.

데몬 샤크는 과거에 그저 한 마리의 상어였다. 하지만 인간에게 개조당하면서 강인한 육체와 인간을 가지고 놀 수 있는 지성, 마음대로 지면을 넘나들 수 있는 능력을 얻었다.

데몬 샤크는 인간에 대해 강한 원한을 품고 있었다. 인간들은 멋대로 자신을 붙잡아 실험을 거듭한 끝에 힘을 얻은 데몬 샤크를 살처분하려 했다. 그 원한은 강했고, 모든 인간은 데몬 샤크에게 있어서 적극적인 공격 대상이자 포식 대상이었다.

바닷속이나 바다 위뿐만이 아니다. 데몬 샤크는 물질 잠항 능력을 통해 온갖 장소를 넘나들며 먹잇감을 사냥하고 두려움을 샀으며, 자신을 사냥하기 위해 온 많은 사람들을 해치우다가 최종적으로는 토벌당했다.

데몬 샤크는 포식자이자 절대 강자다. 마나 머티리얼의 힘에 의해 나타난 이 세계에서도 공포의 상징으로 군림할 예정이었다.

지금까지는 레이디 때문에 사람들을 만족스럽게 잡아먹지도 못했지만, 바깥 세계와 이어진 지금, 데몬 샤크는 이제야 자신의 두려움을 세상에 널리 알릴 수 있게 된 것이다!

좀 전에는 얼음 속에 갇혀 버렸지만 생전에도 인간들에게 반격당해 쓴 맛을 본 적이 있었다. 그 정도로 포기할 데몬 샤크가 아니다.

빛이 스며드는 출구를 향해 바닥 아래를 헤엄치며 나아갔다. 인간의 냄새가 조금씩 다가오며 데몬 샤크의 본능을 자극했다.

자, 바깥으로 나가면 어떻게 인간들을 공포의 구렁텅이에 몰아넣어줄까.

그렇게 생각하던 순간, 눈앞에 보이던 출구로부터 스며들던 빛을 무언가가 가로막았다.

바깥 세계를 자유롭게 드나들 수 있게 되었다는 건 건너편에서 이쪽으로 들어올 수도 있다는 뜻이다. 아마 아무것도 모르고 우연히 왔을 것이다. 첫 먹잇감으로는 나쁘지 않다.

소리도 없이 음속으로 접근해서 물어뜯어 주마, 그렇게 생각하며 바닥 위에서 솟구쳤다.

데몬 샤크의 눈에 들어온 것은——— 거대한 동물이었다.

"냐아?"

데몬 샤크는 인간과 맞먹는 지성을 지니고 있다. 그 동물과 비슷한 생물도 알고 있다.

고양이다. 하지만, 이것은 결코 고양이가 아니다.

울음소리는 고양이와 비슷하고 빛나는 눈도 비슷하긴 하지만, 그 유사 고양이는 데몬 샤크에 필적할 정도로 몸집이 거대했으며 등에는 멋진 날개가 돋아나 있었다.

한순간 데몬 샤크의 마음속에 망설임이 생겨났다.

이 생물을 두려워하는 것은 아니지만, 데몬 샤크의 먹잇감은 인간이며 그 이외의 생물은 표적이 아니다. 애초에 이 시대에서는 이런 생물이 바깥을 돌아다니는 건가?

생각에 잠겨 있던 순간, 고양이 같이 생긴 그 미지의 생물이 눈을 크게 뜨고는 포효했다.

"냐아아아아아아아아아아아아아아아아아아아아아아!!"

그 포효에는 두려움도, 망설임도 전혀 없었다. 고양이 같은 생물이 덤벼든 것과 동시에 뒤쪽이 반짝이며 빛났다. 그것이 무엇인지 이해하기도 전에 데몬 샤크의 표피 몇 군데에 날카로운 통증이 느껴졌다.

그것은――― 검이었다.

아니, 정확하게 말하자면 검이 아니다.

고양이의 꼬리가 여러 갈래로 갈라졌고, 그 끄트머리에 검이 붙어 있는 것이다! 데몬 샤크의 튼튼한 표피를 뚫을 수 있을 만큼 날카로운 검이!

말도 안 돼, 이런 생물이 존재한다니―――.

치명상은 아니었지만, 뜻밖의 공격에 한순간 기세가 멈췄다.

그런 데몬 샤크에게 고양이가 힘차게 달려들었다.

날카로운 발톱이, 송곳니가, 데몬 샤크에게 파고들었다. 곧바로 그 유사 고양이는 고개를 힘차게 흔들며 데몬 샤크를 휘둘렀다.

땅바닥이나 벽을 넘나들 수 있는 능력도 이런 상황에서는 도움이 되지 않는다.

대체 뭐지? 이게 대체 뭐지?

통증과 지금까지 느껴본 적이 없었던 감정으로 인해 혼란스러워하던 데몬 샤크의 귀에 여자 목소리가 들렸다.

"그렇구나. 잡식성이라는 건 알고 있었는데, 먹거리는 물고기를 좋아하나 보네. 맬리스 이터의 기반으로 고양이과 생물을 써서 그런가? 설마 기뻐하면서 달려들 줄이야."

레이디는 입을 다문 채 데몬 샤크가 하는 말을 듣고 있었지만, 공포를 주는 쪽이라고는 볼 수 없는 위축된 모습을 보고는 한숨을 크게 쉬었다.

"그렇구나…… 꼬리가 검이고 거대한 고양이란 말이지."

데몬 샤크는 온몸이 만신창이였다. 군데군데 살이 드러났고, 몸집도 저번에 보았을 때보다 훨씬 작아졌다. 그 모습은 데몬 샤크가 자신감을 크게 잃었다는 증거였다.

데몬 샤크는 눈물을 흘리며 몸짓으로 자신을 덮친 비극에 대해

호소했다. 그는 얼마 전까지 레이디를 골치 아프게 만들었던 팬텀 중 한 마리였지만, 지금은 그런 느낌이 전혀 들지 않았다.

애초에 데몬 샤크와 커뮤니케이션을 할 수가 있었구나…….

데몬 샤크는 레이디에게 한참 불평을 늘어놓고는 몸을 움츠리며 떠나갔다.

보아하니 굳이 다짐을 받아둘 필요도 없이 바깥 세계를 습격하지는 않을 것이다.

딱히 기뻐할 만한 일은 아니다.

이번에 습격을 시도했다가 충격을 받은 건 데몬 샤크뿐만이 아니었다.

"으으…… 무서워………… 키르키르 무서워……."

몸을 웅크린 채 훌쩍훌쩍 울고 있는 몬스터 디기. 그 또한 바깥 세계의 괴물들에게 당한 피해자였다.

몬스터 디기는 바깥으로 나가려 하지도 않았는데 괴물과 마주쳐 버렸으니 데몬 샤크보다 더 가엾기도 했다.

몬스터 디기가 마주친 것은 종이봉투를 뒤집어 쓰고 '키르키르'라고 하며 덤벼드는 반쯤 알몸인 거한이었다고 한다. 그냥 용감한 변태인 건지 판단하기가 힘들다.

다른 자들도 다 죽어가는 상황이다. 보물전에 잠들어 있다가 크라이 안드리히가 해방시킨 팬텀들도 대부분 아무런 성과도 내지 못했다. 닿지 않고도 물체를 움직이는 초능력을 지니고 있지만 얼어붙어 있던 살인귀도, 우물 속에 봉인되어 있던 원령도, 그 밖에 레이디가 보기에는 충분히 무시무시한 힘을 지니고 있는 괴물들도———.

지금까지 순조롭게 공포를 수집해 온 줄 알았는데, 착각이었나?

아니, 애초에 어째서 공포를 주는 쪽과 당하는 쪽이 역전되는 현상이 일어난 거지? 루시아처럼 레이디 일행을 두려워해주는 존재도 있긴 하지만…….

혹시 방법을 착각하고 있었나?

레이디 같은 팬텀들은 각자 과거에 인간들에게 공포를 주었던 존재다. 그렇기에 현세에 나타난 뒤에도 과거의 기억을 토대로 공포를 주려 했다. 하지만, 그게 잘못된 생각이었다면……?

냉정하게 생각해 보니 인간들의 세상에서는 유행과 몰락이 있기 마련이다. 공포만 예외라고 할 수가 있을까?

루시아처럼 무서워 해주는 존재도 있는 이상, 레이디 일행이 완전히 착각한 건 아닐 것이다. 하지만 그녀 이외의 사람들이 무서워 해주지 않았다는 것도 고려해야만 한다.

우선 제블디아와의 첫 번째 교섭은 잘 풀렸다. 다음에 생각해야 할 것은 앞으로 어떻게 공포를 모아 나갈지, 그 방법이다.

공포를 모으지 않으면 레이디 일행은 살아갈 수가 없다. 함부로 인간을 공격하지 않기로 약속을 해버렸으니 폭력적인 수단을 제외하고 공포를 모을 방법을 생각해야 한다.

그러나 레이디는 팬텀이다. 생각해 봐도 좋은 아이디어가 떠오를 것 같지는 않았다.

이 시대의 인간에 대해서는 이 시대의 인간에게 물어보는 것이 제일 좋겠는데, 팬텀인 레이디의 이야기를 제대로 들어줄 사람은———.

그때, 레이디는 눈살을 찌푸렸다.

잠시 다른 방법이 없을지 생각했지만 그 정도로 좋은 생각이 떠오를 수 있다면 이미 떠올랐을 것이다.

레이디는 한숨을 크게 쉬고는 우울한 기분으로 '숨바꼭질 메리'를 불렀다.

"아!! 여보세요? 난데? 메리?"

『당신, 정말 상대가 누구든 전혀 신경 쓰지 않는구나.』

스마트폰에서 낯선 목소리가 들리자 나는 무심코 눈을 크게 떴다.

스마트폰 화면에는 메리 양이라고 떠 있었다. 얼마 전에 번호를 연락처에 등록해 두었기에 이름이 뜨게 된 것이다. 이런 부분 또한 내 스마트폰 사용자로서의 성장을 나타내주고 있을 것이다.

하지만, 들린 것은 다른 목소리였다. 스마트폰을 여럿이서 사용하고 있는 걸까.

"맞다, 저번에 그건 곤란한데. 스위치를 누르지 말라고 하길래 눌러 버렸잖아."

『……무슨 말을 하는 건지 이해가 안 되니까 무시하겠지만, 의논할 게 있어서 말이야.』

"의논? 물론이지, 뭐든지 물어봐. 나는 이래 봬도 평판만은 신산귀모로 통하거든."

『인간 사회는 정말 이해가 안 되네…….』

정말 힘이 없는 듯한 목소리다. 그 말을 듣고 감이 딱 왔다.

"그래! 인간 사회라고 하는 걸 보니, 다시 말해 너는…… 인간이 아니라는 뜻이야. 맞지?"

이게 신산귀모다.

『왠지 벌써 피곤해지니까, 본론으로 들어가도 돼?』

아, 네.

설마 통화 상대가 한 명 더 늘어나 버릴 줄이야…… 스마트폰은 정말 멋진 장난감이다. 통화나 메일을 주고 받을 수 있다면 상대가 팬텀이든 인간이든 상관없다.

멀리 떨어진 곳에서 연락을 주고 받는 정도라면 위험하지도 않고.

전화기 너머로 피곤한 듯이 털어놓은 고민. 그것은 인간에게는 들어볼 수 없는, 팬텀 특유의 고민이었다.

"무서워하게 만드는 방법 말이지."

『당신이 우리의 고민을 해결할 수 있을까?』

"겁쟁이의 기분은 잘 알아. 나도 겁이 꽤 많으니까……."

『……당신이 무서워하는 건 고수야.』

고수………… 아니, 꺼리긴 하는데 말이지!

그 밖에도 무서워하는 건 잔뜩 있다.

"아니, 무서워하는 건 그 밖에도 있어. 그 왜, 그거, 그거……

유그드라에서 싸웠던 신의 팬텀…… 뭐시기라거나…….”

『이름조차 기억하지 못하고 있잖아! 됐으니까 무서워하게 만드는 방법을 가르쳐줘!』

아니, 보통은 한두 번 정도밖에 못 들은 이름은 기억 못하잖아? 나는 기억 못한다고.

충격적이긴 했지만 말이지. 나는 팔짱을 낀 다음 진지하게 생각하다가 말했다.

“으음…… 그러게. 너희가 무서워했던 걸 흉내 내보면 되지 않을까?”

『흉………… 내…………?』

그녀들이 무서워했던 건 냐아~, 냐아~, 하고 우는 거대한 날개가 달린 고양이? 키르키르라는 울음소리를 내며 종이봉투를 뒤집어 쓰고 반쯤 알몸인 거한? 벤다, 벤다, 라고 외치면서 베려 하는 붉은 머리 남자? 였나?

왠지 짐작이 되는 캐릭터들뿐인데!!

그래도 모두가 무서워하는 것을 알고 싶다면 실제로 무서웠던 것을 흉내 내보는 게 제일 좋을 것 같다.

신들린 조언을 해줬다고 생각하던 나에게 통화 상대가 잠시 침묵한 다음, 원망스러운 목소리로 말했다.

『그러니까…… 당신은 데몬 샤크에게 날개와 꼬리를 달아주고, 몬스터 디기에게 종이봉투를 씌운 다음에 ‘키르키르’라는 울음 소리를 내게 하고, 나보고 벤다, 벤다, 사람을 벤다아아아아아아아! 라고 소리치라는 말이야?』

………………….

나는 그 말을 듣고 정신을 차린 다음에 말했다.

"……너희, 유령의 집이라도 차려보는 건 어때?"

그리고, 아무리 그래도 루크는 그렇게까지 지독하지 않거든!

비탄의 망령은 은퇴하고 싶다

작가 후기

10월부터, 애니메이션 제2쿨이 시작됩니다!!

안녕하세요, 오랜만에 뵙는 츠키카게입니다. 저번에는 단편집을 냈기에 애니메이션 방영 개시 직전에 발간된 12권으로부터 약 1년 만에 속간을 내게 되었습니다.

저는 애니메이션 방영이 시작되는 시기 전후부터 감사하게도 매우 바쁜 나날을 보내고 있었습니다. 사생활 쪽에서도 이벤트가 겹쳐서 기억도 거의 나지 않지만 독자 여러분께서도 많이 응원해 주셔서 이렇게 무사히 13권 발매까지 이어갈 수 있었던 것(그리고 애니메이션 제2쿨 방영도 어떻게든 된…… 것!)을 매우 기쁘게 생각합니다.

자, 여러분, 애니메이션 제1쿨은 어떠셨나요? (너무 늦었잖아!)

자세한 감상 같은 것은 X(Twitter)에 올리거나 Youtube 채널에 올리는 식으로 이것저것 했기에 생략하겠습니다만, 개인적으로는 재미없는 부분은 재미있게, 별것 아닌 부분은 더욱 별것 아니게끔, 멋진 애니메이션이 되었다고 생각합니다. 처음 보신 분들의 감상도, 원작을 이미 읽으신 분의 감상도 즐겁게 읽었습니다. 애니메이션의 힘은 대단하네요! 제2쿨은 제1쿨 이상으로 소재가 잔뜩 들어갈 것 같으니 부디 즐겁게 봐 주셨으면 합니다!(애초에 콘티 시점에서 소재가 듬뿍 들어갔는데 매번 웃으면서 확인했습니다).

자, 애니화라는 단계를 맞이해서 애니화 작업 중에 많은 것들을 배우고 나서 집필한 제13권, 더욱 성장한 크라이의 모습을 볼 수 있을 줄 알았지만———— 평소와 달라진 게 전혀 없습니다!

13권의 주제는 호러입니다. 최근에는 상하권 에피소드가 많았기에 가볍게 읽을 수 있고 별것 아닌 내용이 된 것 같습니다.

이번에는 지금까지 초점을 맞추지 못했던 캐릭터와 크라이에게 휘둘리던 사람들이 어떻게 성장하는지 등에 초점을 맞추어 보았습니다. 규모가 큰 에피소드가 한 번 시작되면 그것 이외의 캐릭터에 대해서는 좀처럼 쓰기가 힘들기 때문에 이번 내용 같은 이야기를 한 번 언젠가 쓸 생각이었습니다.

크라이가 평소보다 더 터무니없는 행동을 하지만, 조금이나마 즐겁게 읽어주셨다면 기쁘겠네요.

그리고 다음 장부터는 또 새로운 전개가 펼쳐지니 기대해 주세요!

자, 마지막은 감사의 말씀으로 마무리하겠습니다.

일러스트레이터 치코 님, 이번 권도 멋진 일러스트를 그려 주셔서 감사합니다. 갑작스러운 상어 요구도 들어주시는 치코 선생님은 신이라고 할 수밖에 없을 것 같습니다! 다음에는 더 힘든 캐릭터를 생각해 볼게요!

담당 편집자 카와구치 님, 타카하시 님, 나가후지 님, 이번 권도 정말 신세를 많이 졌습니다. 요즘은 기억이 드문드문 날아가곤 하는데, 앞으로도 온 힘을 다해 집필할 테니 잘 부탁드립니다!

그리고, 평소에 비탄의 망령은 은퇴하고 싶다를 응원해 주시는 여러분께 깊은 감사의 말씀을 드립니다. 감사합니다! 애니메이션 제2쿨도 잘 부탁드립니다!

2025년 8월 츠키카게

2025.8

비탄의 망령은 은퇴하고 싶다
13권 발매!!!
축하드립니다!!
헤비노 라이
嘆きの亡霊は引退したい
13巻発売
おめでとう
ございます!!!
蛇野らい

비탄의 망령은 은퇴하고 싶다 13

2025년 12월 15일 1판 1쇄 발행

저 자 츠키카게
일 러 스 트 치코
옮 긴 이 천선필
발 행 인 유재옥
이 사 조병권
편 집 부 정영길 조찬희 박치우 이소의 정지원 최유정 김혜주
디자인랩팀 김보라 전세연
디지털사업팀 김지연 윤희진 장혜원
라이츠사업팀 김정미 이지현 유아현
영업마케팅팀 최원석 윤아림
물 류 팀 백철기 이새롬
경영지원팀 최정연
인쇄제작처 ㈜코리아피엔피
발 행 처 ㈜소미미디어
등 록 제2015-000008호
주 소 서울시 마포구 토정로222, 502호 (신수동, 한국출판콘텐츠센터)
판매 및 마케팅 (070) 8822-2301

ISBN 979-11-384-8879-2
ISBN 979-11-6507-865-2 (세트)